索·恩
THORN BIRD

忘 掉 地 平 线

THE DAWN WATCH

Copyright ©2017, Maya Jasanoff

All rights reserved.

[美]马娅·亚桑诺夫 著
金国 译

守候黎明

全球化世界中的
约瑟夫·康拉德

The Dawn Watch
Joseph Conrad
in a Global World
by
Maya Jasanoff

社会科学文献出版社
SOCIAL SCIENCES ACADEMIC PRESS (CHINA)

图书策划人 视觉设计师

联合创立

本书获誉

一部引人深思、富有同情心、精彩绝伦的作品。

——约翰·勒·卡雷(John Le Carré)

康拉德的艺术……令人着迷,他将这种艺术定义为能够使读者倾听、感受、观察的能力,能够捕捉到帝国的内部矛盾和外在反抗。这是亚桑诺夫和她的作品想要竭力还原的康拉德形象。《守候黎明》将成为一部对所有康拉德研究者有所启发的参考书目,它甚至使我怀念起他音乐般的词句中所带来的愉悦与启迪。

——恩古齐·瓦·提安哥(Ngugi wa Thiong'o),
《纽约时报书评》

《守候黎明》是有史以来关于康拉德的最生动、最具启发性的传记……一本精彩绝伦的书。

——《华尔街日报》

棒极了……这本书把传记、历史、文学和她自己的旅行编织在一起,赋予文学巨匠以鲜活的生命,并揭示了他在历史潮流中的适应与挣扎……亚桑诺夫解释了研究康拉德所处时代的重要性,因为历史本身就是对当下问题的一剂良药。她的论述理性而又风趣。阅读《守候黎明》,我们可以感受到自己就像是康拉德的孩子,即使你高中时讨厌"吉姆老爷",这本书也会让你想去重新阅读。

——约翰·鲍尔斯(John Powers),美国国家公共电台

一项精彩的研究……《守候黎明》必将荣获大奖;如若没有,那便是奖项评审自身的问题。

——《卫报》

非常出色……亚桑诺夫是一位富有洞察力和想象力的历史学家……这本书以约瑟夫·康拉德的传记形式出现,但实际上是通过康拉德,由作者讲述着世界史的一整个阶段……无限的好奇心也帮助马娅·亚桑诺夫更好地写作此书……她的亲身旅行使她对康拉德

以及帝国主义的受害者表现出同情与理解，让他们的声音贯穿着这本书的始终……这是自伊恩·瓦特以来，关于康拉德研究最好的著作。马娅·亚桑诺夫向我们提供了一个在 21 世纪理解康拉德最好的方式。

——《洛杉矶评论》

精湛的写作……这本书读起来令人十分愉悦，因为马娅·亚桑诺夫在探索的，是她所钟爱作家的世界。

——亚当·霍赫希尔德（Adam Hochschild），《外交事务》

凭借机智、细心和敏锐的观察力，哈佛历史学家马娅·亚桑诺夫的《守候黎明》为我们带来了约瑟夫·康拉德影响深远且充满争议的一生，从他的作品中探索过去和现在都挥之不去的主题：混乱与联系，移民与仇外，权力与弱者。

——梅甘·奥格雷迪（Megan O'Grady），Vogue.com 2017 年十大图书

亚桑诺夫是一位出色的说故事人和文体大师。

——《旧金山纪事报》

马娅·亚桑诺夫的杰作……是我们这个时代关于殖民主义的最重要的著作之一，而亚桑诺夫也是当下

最杰出的年轻历史学家之一。

——威廉·达尔林普尔（William Dalrymple），《卫报》

亚桑诺夫巧妙地整合了康拉德的生平细节和他的四部伟大作品，将小说内在的张力与21世纪的历史语境结合起来……值得强烈推荐。

——《经济学人》

这是一本章法有序、论证清晰且叙述精美的作品……应该归功于亚桑诺夫对她研究主题的由衷热爱。

——《金融时报》

这是一次受益良多、质感丰富的阅读，其涉猎广泛，充满了令人惊喜的跨体裁联系……亚桑诺夫……与我们分享了如何用诗意的语言捕捉人类经验，同时她的写作又是那般巧妙以至于我们常常分不清康拉德和她自己的声音。

——《美国学者》

康拉德的人生故事已经被多次讲述过，然而马娅·亚桑诺夫的这部作品凭借她生动、富有想象力的文字在其中脱颖而出……她为各种主题的探讨都提供了大量细致的背景介绍……对康拉德小说中隐藏张力的揭露更是极其敏锐。

——《星期日泰晤士报》(英国)

非常精彩的写作……这是一位传记作家为我们的时代带来的一个不一样的康拉德。虽然我们很难对一部学术著作有这样的感受,但这本书值得你去享受阅读它的过程。

——《泰晤士报》(英国)

一本既精彩又精致的书。亚桑诺夫的《守候黎明》有许多新的发现,是对康拉德世界的一次充满惊喜的探索——从克拉科夫到金沙萨,从伦敦到新加坡。阅读它的过程,就好像乘着一艘船疾风行驶,从康拉德的时代来到我们自己的时代。

——吉尔·莱波雷(Jill Lepore)

亚桑诺夫的研究跨越大洋陆地和档案馆,使人读起来常感觉像是同康拉德一起在周游世界。这是一部令人钦佩、值得深思的自传作品。

——克莱尔·托马林(Claire Tomalin)

就像斯文·林德奎斯特"消灭所有的野兽"一样,《守候黎明》使康拉德摆脱了那些所谓的伟大传统,去尝试更加新鲜、雄心勃勃的东西:证明他的世界和我们所处世界的相互关联。马娅·亚桑诺夫是一位雄辩的历史学家和一位博学多才的故事讲述者，她的这本书差点说服我去重读《诺斯特罗莫》。

——杰夫·代尔（Geoff Dyer）

这是一次由约瑟夫·康拉德的小说和马娅·亚桑诺夫的学识带领下的帝国深度游。《守候黎明》是一本史学著作，是一部人物传记，更是一个冒险故事。它充满了新奇的见解与有趣的见闻，及时地向我们提供了关于'全球化'的重要探讨。

——路易斯·门恩（Louis Menand）

这是一本令人着迷的书，它是一项重大成就，更是一次难忘的航行，是一次关于康拉德一生的历史性环球之旅。我喜欢这场对历史和知识的全景式观察，它在海上全球化和殖民活动的风雨历史中，为我们带来了关于康拉德的全新的框架、精彩的研究和有力的论证。整本书充满了生动且难忘的细致描绘，他的个人经历犹如阳光般穿过黑暗的历史风云。关于《黑暗的心》那一节是我心中绝对的佳作，作者将历史叙事、文学分析和复杂的后殖民论证以最激动人心的方式结合在了一起。

——理查德·霍尔摩斯（Richard Holmes）

这本书围绕着最伟大的文学作品,向我们展开了一场精彩的对公共历史、个人经历和想象力之间边界的探索。亚桑诺夫追溯了康拉德著名的关于道德、政治腐败的小说的起源,她将他百年前对于现代性的黑暗描绘看作是我们时代的一种预言。

——菲利普·古列维奇(Philip Gourevitch)

对于我们这个时代来说,一部关于康拉德的伟大传记绝不会只是康拉德一个人的传记。《守候黎明》是一场学术上对这段历史的回溯之旅,也是对康拉德后世地位及其影响的反思与探索。亚桑诺夫的博学多才、睿智与激情,都将在此书中一一得现。

——胡安·加夫列尔·巴斯克斯(Juan Gabriel Vásquez)

巧妙地融合了传记叙事、历史分析和文学阐释,亚桑诺夫让读者一瞥康拉德的小说中那些弱势个体,以及他们在一个慢慢失去边界的世界中的危险命运。从对康拉德一生旅程的回顾中,亚桑诺夫有力地揭示了康拉德作为一个小说家,同时也是一个(后)现代地缘政治和文化困惑的预示者。

——《书单》

一本引人入胜的传记,融合了历史和文学层面的分析……在丰富的细节中,亚桑诺夫巧妙地将其作品置于引发社会政治革命的'一系列历史事件'之中……展示了她对康拉德一生及其所处动荡时期的深刻见解。

——《柯克斯评论》

《守候黎明》让读者身临其境到了约瑟夫·康拉德的人生航行中,揭示了当下的全球化世界早在一个世纪前已然成形。这更是一本融合了生动的游记叙事、学术传记和敏锐的历史观察的奇迹之作。每一位正在探索康拉德和我们所处时代的读者,都应阅读这本书,和马娅·亚桑诺夫一起出发。

——原美国海军上将詹姆斯·斯塔夫里迪斯（Admiral James Stavridis）

在《守候黎明》中,马娅·亚桑诺夫为探索新全球化时代的浪潮提供了一种独特的方式。这段旅程是如此的振奋人心,使我们不仅增加了对康拉德的了解,而且更加清楚地认识了我们自己的世界。

——奎迈·安东尼·阿皮亚（Kwame Anthony Appiah）

《守候黎明》为我们提供了许多关于约瑟夫·康拉德一生和其思想的新见解。恐怖主义、种族主义、干涉主义、异化等我们今天所日益忧心的问题，早在一个世纪之前，康拉德便有所先见。这是一部权威的传记，但其本身也是一部文学精品。"

——安德鲁·罗伯茨（Andrew Roberts）教授，纽约历史学会莱尔曼杰出讲师

马娅·亚桑诺夫的其他作品有

《自由的流亡者:独立战争时期的美国保皇派》

《帝国边缘:东方地区的生活、文化和征服（1750–1850）》

献给同我一起旅行的朋友们

"我代表世界,来看望看望你。"

——《胜利》,约瑟夫·康拉德 1915 年的作品

插图列表 / *001*

地图列表 / *001*

序幕　自己人 / *001*

第一部分　国家 / *019*
　第一章　没有家，没有国 / *023*
　第二章　出发地 / *062*
　第三章　在陌生人中间 / *081*

第二部分　海洋 / *119*
　第四章　随波逐流 / *123*
　第五章　步入蒸汽轮船的世界 / *159*
　第六章　当船儿辜负了你 / *183*

第三部分　文明 / *207*
　第七章　心心相印 / *211*
　第八章　黑暗角落 / *254*
　第九章　白种野人 / *294*

第四部分 帝国 / *327*

　第十章　一个新世界 / *329*

　第十一章　物质利益 / *362*

　第十二章　不管这世上的人喜不喜欢 / *391*

结语　望君知 / *429*

致谢 / *436*

注释 / *443*

索引 / *481*

插图列表

埃娃·科尔泽尼奥夫斯卡,(本姓)波勃罗夫斯卡 / **032**

阿波罗·科尔泽尼奥夫斯基 / **032**

肯拉德·科尔泽尼奥夫斯基在沃洛格达,以及他早年的一份手迹 / **050**

阿图尔·格罗特格,《哀痛的噩耗》(1863 年) / **052**

塔德乌什·波勃罗夫斯基　康拉德的舅舅和监护人 / **064**

肯拉德少年时代的克拉科夫:集市广场和圣玛丽教堂 / **066**

青少年时代的肯拉德·科尔泽尼奥夫斯基 / **068**

1878 年 9 月 25 日《泰晤士报》上的一则广告 / **083**

1880 年伦敦城的鸟瞰图 / **085**

爱德华·福西特(*Edward Fawcett*)的卷首插画,《无政府主义者哈特曼》(1893 年) / **109**

"萨瑟兰公爵号"登记列入劳埃德船级社的英国及外国船运账册(1867 年) / **135**

"萨瑟兰公爵号"停泊于悉尼环形码头(*Sydney's Circular Quay*)(1871 年) / **136**

康拉德的船长合格证书(1886 年) / **144**

大副肯拉德·科尔泽尼奥夫斯基在"托伦斯号"上与学员们在一起（约1893年）/ *146*

新加坡街头 / *162*

新加坡河畔的船码头 / *164*

新加坡航线，约1880年 / *167*

"维达号"的海运提单 / *176*

康拉德时代婆罗洲的一条河 / *177*

新加坡约翰斯顿码头 / *180*

《派尔-麦尔新闻》上一则"吉达号"沉没的报道，1880年8月11日 / *192*

康拉德的暹罗湾航海图 / *212*

西尔维乌斯·布拉博喷泉，位于安特卫普，1887年建成 / *221*

亨利·莫顿·斯坦利于伦敦，在他"发现"戴维·利文斯通之后所摄 / *233*

刚果的"突突"（右）/ *234*

爱德华·蒙度作品《刚果的文明》（1884年至1885年间）/ *246*

"比利时国王号" / *249*

在马塔迪附近建设铁路 / *257*

马塔迪至利奥波德城之间道路上的搬运工们 / *259*

在"比利时国王号"旁边的独木舟 / *263*

康拉德的日记本《上游日志》里的某一页 / *266*

斯坦利瀑布的渔夫们 / *268*

E.D. 莫雷尔记录的刚果暴行，国王利奥波德统治非洲期间（1904年）/ *290*

与约瑟夫·康拉德结婚当天的杰西·乔治（Jessie George）/ *311*

与杰西·乔治结婚当天的约瑟夫·康拉德 / *311*

肯特州的"斜顶农庄"，康拉德一家自1898年至1907年居住过

的房子 / **330**

R.B.坎宁安·格雷厄姆骑在他的爱马"马拉卡丽塔"

(Malacarita)上 / **337**

《万邦来朝美利坚》(The Great American Durbar),W.A.罗杰斯(W. A. Rogers),约作于1905年 / **385**

第一版《机缘》的封面 / **397**

1914年去波兰旅行时康拉德一家所使用的护照 / **399**

康拉德及其表亲安妮拉·扎戈斯卡 / **404**

1916年康拉德在"雷迪号"皇家海军军舰上 / **412**

约瑟夫·康拉德的肖像,阿尔文·兰登·科伯恩(Alvin Langdon Coburn)于1916年所作 / **418**

花园里的康拉德,地点奥斯瓦德(Oswalds),1924年 / **426**

地图列表

1900 年的帝国和全球网络 / *010*

康拉德出生时的分裂化波兰 / *020*

1872 年印度洋的航运路线 / *120*

康拉德青年时代的非洲,中央区域为空白 / *208*

康拉德成年时代的非洲,分割成了一块块欧洲殖民地 / *209*

刚果自由邦地图 / *241*

"美洲帝国"的版图,1904 年 / *328*

中美洲运河所省的航海里程地图,1901 年 / *365*

序幕　自己人

前往刚果这个地方并非易事，它的东部地区战事正酣，南部则是一个被多家国际采矿公司瓜分干净的"影子国家"，而首都金沙萨（Kinshasa）的政治抗议活动也正风起云涌。刚果民主共和国从多个角度来考量都是世界上最为失控的国家之一。它尽管自然资源充裕，但在联合国人权发展指数的排名却接近末尾，人均国民总收入位居世界倒数第二。[1] 我的导游手册是这样描述的："这片广袤的土地充斥着大大小小的黑暗角落，无论从地理上还是人文上皆是如此……这里的人们始终在跟自身的'恶魔'和本性做着斗争。"[2] 也就是说，此地乃黑暗之中心。而这，也正是我意欲前往的原因。

首先，我需要一份签证，而欲得签证则先要有一份经过核实的"缴款证明"（*Prise en Charge*），或者在刚果有保人担保亦可。我通过在金沙萨的一位"万事通"朋友上下打点，终于搞到了一份黄颜色的文件，上面盖满了紫、绿、蓝色的公章以及签名。我数了一下足足二十几个，它们均来自内政部、外交部、移民局、公共服务部、出入境管理局和市长办公室的主管领导之手，外加数位司法人员、管理人员和部门负责人，有些上面还附有猎豹和长矛的图片。于是我支付了500多美元获得了这些东西。

我把材料寄送到华盛顿申请签证，并预订了一张两个多月以后启程的飞机票，再回过头来筹划我前去要做的事。凡是跟刚果有哪怕一丁点儿关联的人，只要我能想得到的，就都与他们保持联系，而且他们所推荐的人我也都一一拜访接触。我跟一位勇敢的旅行经营商共同筹划好了一条线路，他们会用飞机将我送入大陆深处的基桑加尼（Kisangani），然后沿着蜿蜒曲折的刚果河坐船航行1000公里返回金沙萨。尽管旅途的条件是极其原始的，但这仍将害我破费不少。人们告诉我这是世上最无人想去的地方之一，西方女游客若要安全前往就必须承受这些代价。

在我们大学一间名为"全球事务协助"（Global Support Services）的办公室里我面见了一个人，他坐在一张用津巴布韦国旗覆盖的办公桌后面。此人对我做了一段人身安全的简述，以及紧急医疗方案。他建议我对一切物品实施两重防水，把钱捆绑在脚踝上，并且随时保持警惕，在思想上要做好任何物品均有可能失窃的心理准备。然后他走到橱柜那边，拿来一份礼物：一顶蚊帐。

万事皆已俱备，但历经数月后我仍未拿到签证。在华盛顿的大使馆说要等待金沙萨那头的外交部批文，于是乎为了又一个公章，我只得再掏一次钱。我的联系人向他们的联系人施加压力，但事态未有分毫进展。他们告诉我这种拖延是蓄意而为的，没有哪个美国人能获准进入该国。

幸亏我偶然联系到了某位在刚果使馆工作的人，这才让签证得以最终抵达。而此时恰逢新学期的第一天，所以我不得不等到各项课程全部结束之后才能动身离开，而与此同时刚果则正在滑向一场政治危机。总统约瑟夫·卡比拉（Joseph Kabila）的任期即将结束，但他拒绝安排制定选举日程。于是金沙萨兴起了反政府的示威活动，有将近50人被安全部队击毙、砍杀或烧死。出租车司机因惧怕遭袭而拒绝从机场进入市中心。美国国务院勒令政府工作人员的家属撤离，而欧盟也计划对其实施制裁。[3] 假如我仍然执意要开赴刚果的话，旅行社建议我一定要抢在总统按期下台之前——或更确切地说是没有下台而激发更严重暴力事件之前就早早地逃离出来。

如此就给我留下了不多不少**整整**三个星期的时间。我收好蚊帐和导游册，将钞票塞进鞋子里，把刚果伦巴舞曲（soukous）下载到播放列表之中，随后便前往飞机场。

一百多年以前,有一位名为肯拉德·科尔泽尼奥夫斯基(Konrad Korzeniowski)的波兰水手也曾有过一次刚果之旅。那趟旅行原本似乎会永久推迟,但最终突然就发生了。1889年11月,肯拉德前往一家比利时公司面试,应聘刚果河上一艘蒸汽轮船船长的工作。对方许诺给他一个职位,但对他后续的来信一概不予回应。当肯拉德要求再次面谈时对方叫他等待。六个月杳无音信之后,康拉德获得了公司的消息,说该职位正虚位以待,肯拉德需在一周之内动身赶赴非洲。

"天地良心,我真的火烧眉毛了!"他写信给一位好友说,"瞧瞧这些个铁皮铁罐、左轮手枪、高筒靴,还有语重心长的告别……随身携带的药瓶药罐和真诚祝愿。"[4] 肯拉德原本应该在刚果待上三年,但等他在金沙萨和基桑加尼之间沿河来回一趟之后就甩手不干了。在刚果这个地方,肯拉德目睹了一个贪婪、残暴、伪善的欧洲人政权,它实在令人惊骇不已。离开非洲时肯拉德精神沮丧,在道德层面上深感绝望。九年之后他在英格兰扎根安顿了下来,并把自己的姓名改成了英语化的"约瑟夫·康拉德"(Joseph Conrad),将在刚果的经历倾注进了一本名为《黑暗的心》(*Heart of Darkness*, 1899)的小说里。

我想去看看康拉德的所见所闻,他所目睹的一切为此后许多人的观感构筑了框架,因此我要前往刚果走一趟。《黑暗的心》至今仍是最受广泛阅读的英语小说之一,据其改编的电影《现代启示录》(*Apocalypse Now*)仍在为康拉德的故事添砖加瓦。这句短语对生活本身提出了挑战,其著作已然演化成了一块试金石,考量着非洲与欧洲、文明与野蛮,以及帝国主义、种族灭绝和心智癫狂等课题,探讨着人性本身。

他的小说同时也成为一根导火索。在20世纪70年代,尼日利亚小说家钦努阿·阿切贝(Chinua Achebe)宣称《黑暗的心》是"一部可悲至极的冒犯之作",充斥着对非洲和非洲人民地位卑微的刻板印象。[5]阿切贝说,康拉德"就是一个残忍的种族主义分子"。而不久之后,有一位名叫巴拉克·奥巴马的半肯尼亚血统大学生受到友人的质问,他们要求奥巴马解释为什么去读"这本种族主义小册子"。"因为……"奥巴马结结巴巴地说,"因为这书教给我一些东西……关于白人的东西。书里说的其实并不是非洲,不是黑人,而是关于作者自己,关于欧洲人、美国人。它讲的是一种看待世界的特定方式。"[6]

我第一次读到《黑暗之心》是在伊萨卡(Ithaca)高级中学的英语课上。康拉德对欧洲帝国主义的讽刺和批评令人心潮澎湃，给人以莫大的勇气。后来我在哈佛大学跟自己的学生一起阅读康拉德及阿切贝的文章时，才开始逐渐重视起康拉德的视角来。我的理由跟奥巴马的一样，并不因作品的盲点而轻蔑憎恨，倒恰恰是因为那些才去阅读。康拉德捕捉住了跨越大洲和种族的强权运作模式，而这些东西对今日的重要性似乎也与他初次提笔的那个年代相同。

《黑暗的心》只是刚刚开始，当我继续阅读康拉德更多的作品时，常常会惊叹于他那种"看待世界的特有方式"竟然如同先知般得到了一一应验。在911事件和伊斯兰恐怖主义兴起之后，我惊愕地回忆起正是这位在《黑暗的心》里宣判资本主义有罪的作家也创作过《间谍》(*The Secret Agent*)（1907年）这样一部围绕描述伦敦恐怖主义爆炸图谋的小说；在2008年金融危机之后，我发现康拉德在《诺斯特罗莫》(*Nostromo*)（1904年）一书中描写跨国资本主义所炮制的那些鬼把戏跟我们日常报纸上读到的如出一辙；在数字科技革命紧锣密鼓进行的时代，我读到康拉德曾在《吉姆爷》(*Lord Jim*)（1900年）及多部其他作品里动情地描述了航海业这一他最熟知的行业受科技破坏的后果；对移民问题的争论正搅得欧洲和美国鸡犬不宁，而我又再一次惊叹于康拉德怎么能够运用英语来创作完成那些著作，哪怕只写一部也令人诧异——要知道英语是他成年后才习得的第三语言。

康拉德的笔犹如一根魔术棒，变幻着未来时空的精灵。[7]他究竟是如何做到的？正像加勒比作家V. S.奈保尔（V. S. Naipaul）所观察的，康拉德怎么会鬼使神差般"步步抢我之先"？他如何能够在一百年前就"思索我今日所识的世界"？[8]倘若我能明白其究竟，那也就探得了那个年代——乃至我们当代的某些精髓和真谛。

待我意识到答案时已身处印度洋半途之中。我从中国香港出发到英国，登上法国达飞海运集团（CMA CGM）一艘名为"克里斯托弗·哥伦布号"（*Christophe Colomb*）的法国货轮。这艘船从中国至北欧往返共11周，最多运载13344个20英尺规格的集装箱。这年头几乎没有哪个旅行家会愿意耗费4个星期坐船出行，而坐飞机的话只需14小时不到的时间。我早已下定决心要做成这趟航海旅程，将其当作一次特意安排的复古之旅，因为如此一来我便能更好地理解康拉德生活与写作的这一核心部分。

康拉德于1857年出生在今天乌克兰境内的一户波兰家庭，16岁那年他离开了这块被内陆包围的欧洲中心地带前去当一名水手。接下来的20年里，在他尚未发表作品之前都一直是专职的海员，曾航行至加勒比海、东南亚、澳大利亚和非洲。这些出海经历为其以后的小说提供了丰富灵感，以至于人们常常称他为"海洋文学作家"，与赫尔曼·梅尔维尔（Herman Melville）相比肩。

在"克里斯托弗·哥伦布号"上，我将21世纪的高速性和互联性均置于身后，没有网络，不用手机，不看新闻，加入到一个完全由男性组成的队伍里，与康拉德当年所参加的集体无甚差别。船上有欧洲长官和亚洲船员总共大约30人，他们的船上生活以轮流的值班守望来分割计量，对下一个停靠港做倒计时。我们所沿的贸易线路是世界上最古老的航路之一，用去年的茶叶、陶瓷、丝绸和香料等货物换取一箱箱廉价的电子产品、塑料制品和冷冻食物。大伙在新加坡稍作停留，我去河边前后走了走，在从前的邮政总署外围瞧见一块向康拉德致敬的牌匾。海风飒飒，海水缓流，航船轻柔地穿越这片宁静而温热的大海，一如百年前蒸汽轮船的速度，朝向那1869年开放的苏伊士运河而去。在那片"非洲之角"的海域里，欧盟反海盗巡逻队正游弋值勤，一如康拉德当年皇家海军在当地巡防那样。

我对平行的世界关注越多，就越发感到时空已被我带回到昔日的框架。在"克里斯托弗·哥伦布号"上的航行并非不合时宜的"年代错误"，而是康拉德本就曾经站在当时年代的前列。甲板之上，康拉德守候着，远望全球相连的世界浮出水面，这个如今我正航海穿行的世界。

历史犹如对当下的治疗，使其追根溯源。"全球化"一词于20世纪80年代才流行起来，因此人们很容易认为大多数与之相关的事物均属于当时或以后的，譬如互为依托的经济、开放的边界、多样化的种族和网格化的人口结构、国际化的惯例准则、共享化的文化参照点。然而正如沃尔特·惠特曼（Walt Whitman）所言，全球联系的速度广度并不是在我们的时代发生变化，而恰恰是在康拉德的青年时代。"旧世界，那是东方，有苏伊士运河……而新世界，强大的铁路延伸至天涯海角……大洋底下，嵌入了一根根纤细而意义深远的电缆。"[9]康拉德停泊于远洋汽轮旁，这些船只以空前绝后的规模运送着来自欧洲和亚洲的移民。康拉德从跨洋电缆上方航行而过，那些电缆高速传播着新闻消息，其迅捷程度有史以来首度超过人与人之间的口口相传。康拉德在数次航行间隔之际在伦敦安家落户。这座城市作为当时世界金融市场的中心，在康拉德有生之年的融合程度比20世纪80年代再度复兴时还要厉害。[10]

康拉德不会知晓"全球化"这个词汇，但从沙俄行省远涉重洋来到英国安家的这一旅程却使得他将"全球化"表现得淋漓尽致。他把自己的全球化视角融入进了一部又一部严重基于个人经历和真实世界的小说当中。关于康拉德的天赋，亨利·詹姆

1900 年的帝国和全球网络。灰色阴影处为英国殖民地斯（Henry James）曾明确指出："在学以致用上，没有人了解你所通晓的知识和你所拥有的视野，以艺术家的整体来看，这是一种无人企及的权威高度。"[11]这就是为什么康拉德笔下世界脉络的蓝图会与同代人有如此的不同。经常有人将康拉德跟鲁德亚德·吉卜林（Rudyard Kipling）相提并论，吉卜林作为大英帝国民间的桂冠诗人，其情节均发生在地图上那些用红色标识以彰显大英统治的地区里。然而康拉德却没有一部小说是设定在英国殖民地的，而且即便是在英国或英国船只上，其突出描写的主角往往也并不是英国人。康拉德将写作的巨网撒向欧洲、非洲、南美和印度洋，而后徜徉于一个个虚构的网洞里。他将读者带到那些"电报线和邮船航线触及不到"的地方，送到那些在快速汽船旁边缓慢航行的帆船上，领入"在遗忘角落里的流放者队伍中间"。[12]

大英帝国早已消亡，再没有多少人会去读吉卜林的作品。但康拉德的世界却在我们的乾坤之下闪烁发光。如今互联网光缆与老旧的电报线一起贯穿于大洋之底，新一代反全球化抗议者、自由贸易卫道士、干涉主义拥趸、极端恐怖分子、社会平权活动家和排外的本土主义者此起彼伏，而康拉德笔下人物的声音就仿佛在他们中间默默地回响着。集装箱货轮恐怕是目前再好不过的全球化象征，它们将航运变得如此廉价，使得在苏格兰抓鱼运到中国切片然后再送回欧洲销售的做法居然会比雇佣当地劳动力来得更为经济划算。90%的国际贸易通过海运来实现，而这就让轮船和海员比以往任何时候都更加处于世界经济的中心地位。[13]

简而言之，从康拉德的人生经历和小说作品当中，我所发现的是一部由里向外观察的全球化历史。接下来，我必须找寻一种具体描述它的方法。

在本书中我以历史学家为指南针、传记作家为航海图、读者视角为六分仪，启程探索康拉德的世界，讲述他的人生故事，串联起欧、亚、非、拉美以及其间大洋的历史，思考康拉德在其最广为人知的四部小说——《间谍》、《吉姆爷》、《黑暗的心》和《诺斯特罗莫》——里是如何论及这些过往岁月的。

"在这片广阔的世界里，我人生中的每一件事都能从我的书里找到。"康拉德曾如是说。[14] 早在康拉德还活着的年代，评论家理查德·柯尔（Richard Curle）和乔治斯·让·奥布里（Gérard Jean-Aubry）在康拉德本人的欣然首肯下就发表过许多关于康拉德早年旅途记录以及这些记录对其作品所产生的影响的文章。后来最具洞察力的康拉德评论家爱德华·萨义德（Edward Said）和伊恩·瓦特（Ian Watt）也承认，解读康拉德小说的关键在于要按照纪传体的方式去阅读。不过康拉德并没有为我们大开方便之门，有些故事他让人们相信是带有自传性质的，然而事实却并不是这样。此外他还隐匿了某些过去，而那些往事会影响其他的历史。[15]

可是传记作家们往往没有更多的内容可写。《约瑟夫·康拉德书信集》(Collected Correspondence of Joseph Conrad) 精心细致编辑了九卷，统共5000多页。然而仅有200页是涵盖康拉德从1857年出生到1895年发表处女作的那段时期，也就是说用4%的篇幅去记录超过50%的人生时光以及整个激发他创作灵感的"浪迹人生"。文学史专家诺曼·谢里（Norman Sherry）在20世纪60年代做了一个英雄般的壮举，她前去追踪寻访康拉德小说的各个特定源头。[16]而不足为奇的是，许多主流的康拉德传记作品——由乔斯林·贝恩斯（Jocelyn Baines）、弗雷德里克·卡尔（Frederick Karl）、内志德·内达尔（Zdzisław Najder）和约翰·斯特普（John Stape）创作——全都聚焦于资料翔实得多的文学生涯细节，譬如康拉德的写作过程（疲惫煎熬）、财务状况（朝不保夕）、文学同道（热情友善）、家庭生活（平静祥和）、与经纪人和出版商的关系（五味杂陈）、生理和心理健康状况（糟糕透顶）。[17]

为了调查康拉德的"浪迹人生"，我追踪了一条与众不同的路径。"历史由人所创，但不是光靠空想而得。"《间谍》一书中某位理论派哲学家如是说。这句台词对卡尔·马克思的论断"人民群众创造历史,但不是无条件的随心所欲……"做了讽刺性的挖苦。[18] 传记和历史的区别在于传记作者们通常由人开始落笔,而历史学家则往往从环境和条件入手。假如将康拉德视作传记对象就能从里朝外打开一段全球化的历史,那么将其看成历史对象来接近则让我从外向里构筑一部传记的轮廓,把康拉德所做的抉择同那些历史环境为他"代劳"的区分开来。

小说与历史的差别通常被人视为理所当然,小说家虚构故事,而历史学家则不然。思考两者的视角也许是将这种差异进行人格化的较好方法。凡是没有线索指引的地方历史学家是不会去的,这就意味着他们往往止步于他人内心活动的大门之前,甚至有些日记书札看起来似乎已经"和盘托出",但历史学家们仍十分典型地将客观发生之事同人为促成之事划清界限。可是小说家却会径直走上前,在个人情感、认知观念和思想活动的天地里自由地漫步。客观发生之事即人为促成之事。康拉德辩称,正是如此才使得小说能够成为对人类经历更为真实可靠的记录载体。"小说即历史。它不是别的,就是人类的历史。"他说,"不仅如此,小说还站在更为坚实的基础之上,它基于有形的现实与对社会现象的观察,而历史只基于文献……依靠二手的印象"。[19]

康拉德的小说并不只限于此,这也是他讨厌被人贴上"海洋文学作家"标签的原因之一。(他并不欣赏梅尔维尔,曾批评《白鲸》是"一部不自然的捕猎狂想曲,三大卷里没有一句真诚的话"。[20])"我属于别的类型,或许比海洋文学作家——甚至热带文学作家的内涵更加深远。"康拉德如此坚称。[21] 在他所有的著作里,无论把情节设定在哪个地方,康拉德均探讨着全球性世界下的生活分支,比如角色错位所引起的道德和物质影响、多族群社会的紧张态势和机遇、科技更新所导致的变迁与破坏。在对西方个人主义自由化观念的含蓄质问中,康拉德相信一个人永远无法真正摆脱强于自己的力量,哪怕是最自由的心灵也会受到那个被其称为"命运"的东西所左右。康拉德的小说常常聚焦于那些遭遇某项生死抉择的人物身上,而到头来他们所要面对的后果却远远超出了原本的想象。康拉德的小说是伦理道德的警世之言,它们默默地思索着,在一个全球化的世界里当古老的规则日渐过时而新的律法尚无人订立时我们应当如何立身行事。

任何一位伟大的作家都会引起人们诸多的解读与反应,而康拉德也不例外。描写他生活和作品的书籍出版了一批又一批,我在此处几乎不做论述,尤其是他的文学影响和同道关系。你们眼中的康拉德或许跟我的不同,也许他是你最钟爱的大文豪,也许你根本无法忍受他，也许你从未听说过康拉德，没有读过他写的一个字。

多少次我自问对这位已故白人的仰慕，以今日的标准来看，他压抑的情感伴随终身，愤世的态度根深蒂固，心怀的偏见叫人震惊。作为一个女人，我踌躇着该不该在这位作家身上投入如此多的时间，他的小说完全缺乏合理可信的女性角色，就好像他没有意识到女性也是人一样；作为半个亚裔人士，康拉德对亚洲人的异化且通常的诋毁描写使我望而却步；作为半个犹太人，他偶尔表现却无可抵赖的反犹主义令我深感鄙夷。我跟随着康拉德的脚步，跟跟跄跄地行走在波兰的大地上，后来又在一艘沿他当年路线航行的高桅横帆船上犯了严重晕船的毛病——而这些还只是一切刚果经历之前的事。当我初次尝试阅读《诺斯特罗莫》时遭遇惨败，在多少个不眠之夜里我辗转反侧，拼命想完成本书的编写创作，生怕自己会鬼使神差般写下对康拉德的恼怒和痛苦。

然后我回想起自己在"克里斯托弗·哥伦布号"上度过的那段温馨而平和的日子，海上黎明破晓时的绝美景色引诱我每天早早起床来看日出。我想象着船上的康拉德，他睿智、诙谐、博学、眼光敏锐，是一位气魄大度的朋友，是忠于家庭的男人。按照他所处时代的标准，康拉德在某些方面出奇地宽容。不管是否同意康拉德的观点，能有他的陪伴总令人感到值得。跟我所认识的他的同时代其他作家相比，康拉德给书面文字赋予了更强的跨国别、跨族群的混合之声。他跟我一样，有幸属于所处时代里先进强国的中产阶级队伍，而且他的作品也呈现了意味深长的责任义务以及随之而来的挑战。他并不惧怕反驳常理，而且一见到剥削、暴政和伪善便会大声疾呼。我记得有一句如咒语般反复念叨的话语贯穿了《吉姆爷》整部书的始终："他是自己人。"无论是好是坏，约瑟夫·康拉德就是"自己人"，一位全球化的世界公民。

第一部分　国家

康拉德出生时的分裂化波兰

Lida
Grodno
R. Niemen
7
Nesvich
Bobronisk
Staro Bishov
R. Dnieper
Bialystok
Slonim
Slutzk
Glousk
Rogatchev
Proujani
Louninetz
Retchitza
Kobrin
Pinsk
R. Pripet
Marshes
Brezesc-Litovsk
Ovroutch
Kovel
R. Pripet
A
N
D
R. Slouts
Ivanov
Vladimir
Luck
Rovno
Novrad Volinsk
Kiev
Ostrog
Zytomir
Vasilkov
Zaslav
7
Rawa
Lemberg
St. Constantinov
Khmiatlinik
Tarnopol
Letitchev
Vinitza
Sambor
Stry
Halicz
R. Dniester
Kaminiek
Bracklaw
Ouman
Stanislaw
Zaleszczyky
Mohilev
Olgopol
R. Pruth
Tzekinovka
Balta
Geriza
Munkacs

第一章 没有家,没有国

1857年圣诞节前三周,在乌克兰别尔季切夫(Berdychiv)的加尔默罗(Carmelite)修道院里,一位修士穿着拖鞋在结冰的地面上走来为一名新生儿做洗礼。[1] 他对婴儿泼洒了三次圣水,用其外公的名字约瑟夫(Józef)、爷爷的名字特奥多尔(Teodor)和波兰爱国文学里的英雄人物肯拉德(Konrad)来为婴儿施礼。"上帝已经将你重生。"神父对这位约瑟夫·特奥多尔·肯拉德·科尔泽尼奥夫斯基说,同时伴随着家族的历史和希冀为其涂油。[2]

宝宝的父亲,阿波罗·科尔泽尼奥夫斯基(Apollo Korzeniowski),沉浸在佳节的气氛里。第一个孩子的降生对任何父母而言都是书写历史的,阿波罗同时还以深刻的政治维度来体验这一刻,这反思祖国命运的一刻。波兰,是一个早就不以国家形式而存在的地方。别尔季切夫曾经是独立的波兰-立陶宛共和国的一部分,但在18世纪末这个国家被其邻国以三次鲸吞的形式瓜分掉了。如今奥地利统治着南部行省加利西亚(Galicia),普鲁士掌管着西北部地区,而俄国则抢走了其余的一切,即围绕着立陶宛、白俄罗斯和乌克兰的大片土地。"回归的国土。"叶卡捷琳娜大帝如是宣称,而波兰人则说:"被窃取的土地。"[3]几乎一夜之间,在乌克兰的波兰人成了欧洲最专制帝国铁蹄下的鹅卵石。

阿波罗是一名职业作家,他将政治化作诗篇。为洗礼之日,阿波罗谱写了一首歌。"致爱子,"他起头吟唱道,"生于俄国压迫的第85个年头。"

> 亲爱的儿子,睡吧,不带恐惧。
> 快快安睡吧,世界已黑。
> 你没有家,亦没有国。

> 亲爱的儿子,请告诉自己,
> 你没有土地,亦没有爱,
> 没有国家,亦没有乡亲,
> 而波兰——你的母亲——正躺在坟墓里。

忘却了愉悦、自豪、宽慰或任何健全婴儿呱呱坠地时父母会表现出来的幸福感觉,阿波罗的摇篮曲是一首为出生即失去双亲的婴儿写作的挽歌,在尚未有幸做人之前便陷入了哀号之中。阿波罗走近那犹如暗道的未来，有阻隔的高墙，有沙俄帝国的铁腕，但在尽头也存在着曙光，即波兰人的独立和解放。在抵达彼岸之前必然始终伴随着艰难和挑战，这就是为什么阿波罗喜爱那句座右铭"ubi crux, ibi poesia"，意为"哪里有十字架，哪里就有诗歌"。或者像他拿来借用的——"哪里有宏伟目标，哪里就有希望。"[4] 阿波罗劝导大家要有勇气和韧性，要甘于奉献并持之以恒。"那一天终会来到，这日子必将过去。"他断定说。在上帝庇佑下，肯拉德将会目睹波兰的重生。

阿波罗意在让自己的诗篇起到鼓舞人心的作用，但当他怀抱着这团温暖的褪褓，抚育这圆圆的小手指和亮珠般的小眼睛时，他完全没有想到这些话语竟然会引起如此共鸣，根本无法预料那心理的阴霾将怎样折磨肯拉德，以及在找到某处家园之前肯拉德将如何与孤单相伴，在远方的人群中深入他国之土有多么远。阿波罗做梦也想不到，自己的这番鼓励回过头来品味却多么像是一段咒语。

肯拉德·科尔泽尼奥夫斯基于1857年12月3日出生在一个小镇里。关于那座镇子，波兰有句老话，当你对某人说"请寄一封信到别尔季切夫"，那么你的意思就是"寄信到天涯海角"，也就是说你永远都联系不上我。[5]这句古谚用在19世纪别尔季切夫的地位上就不是"远在天边"而是"近在眼前"了,特别是对于那些当时占据人口多数的犹太人而言。别尔季切夫每年都会举办大量的商品交易会,使小镇成为那些居无定所的商贩们停驻歇脚的常规站点。如果他们说"请寄一封信到别尔季切夫",那他们的意思就是寄往我要去的地方,言下之意就是你一定能找到我。

这个世界就是由这些"远在天边的无名之地"和"近在眼前的有名之地"而构成的,然而哪个更重要则取决于你从哪个地方去看了。肯拉德的人生,以及他所生活的那个世界,便是"无名之地"和"有名之地"遭遇碰撞的故事。正当他降临人世之时,俄亥俄州某家银行的破产触发了一场金融危机,导致远在汉堡的许多公司被迫关门;[6]英国军队正竭力镇压印度的一场叛乱;印度的军队开船至广东威胁中华帝国的官员;[7]在欧洲人统治下的某个马来国度,华人侨民于婆罗洲的某条河岸边揭竿而起;[8]欧洲的服装和枪支在刚果盆地被那些从未见过白人的村民们用象牙来高价换取;[9]某个美国兵痞被驱逐出了尼加拉瓜;美国建造的蒸汽轮船在南美洲的河流里破浪前进;在利兹生产的火车头拉动起布宜诺斯艾利斯的首列火车。[10]

肯拉德长大之后将追随那些正在加速并延伸的贸易交换、金钱流动和人员迁徙的路线而深入到各大洲里去。不过尽管如此,他旅程的起点却始于一个叫做波兰的地方,一块欧洲地图上的"无名之地",先后被1772年、1793年和1795年的分割行为消抹干净了。[11]然而对于肯拉德的父母,阿波罗和埃娃(Ewa)这对热忱的民族主义者而言,波兰是唯一一处他们真正在乎的"有名之地"。他们给予儿子的世界观亦类似于某种暗道般的视角。

沉甸甸的历史压在某些人的背脊之上,肯拉德的家族在沉重的包袱下跌跌撞撞地走进了19世纪。他们家是有地的贵族,属于特权阶层"什拉赫塔(szlachta)",其血统可以追溯到神秘传说中的波兰民族创立者。"什拉赫塔"涵盖了波兰人中间的十分之一,有的如达官显贵般富有,有的则如农夫村妇般贫穷。不过他们个个都享有特权,譬如拥有一枚象征家族的盾徽、免于被任意逮捕的自由之身等。每一位男性"什拉赫塔"均有资格在政府部门担任负责人,并能向议会代表投票从而推举国王。[12]"什拉赫塔"曾一度被视为波兰-立陶宛共和国即"贵族共和国"的公民脊梁,然而他们在沙俄帝国治下却丧失了这些特权,深深地感受到某种特殊的责任,要重建一个独立的波兰国家。

肯拉德的父母都在失败的阴影里长大。1830年民族主义者们在华沙周边以波兰人为主的中心地带[史称"波兰会议王国"(Congress Kingdom)]发起了一场大暴动,但在1831年被俄国军队打退了。于是沙皇撤销了行省议会,强加了军事占领,并在教育、法律和宗教领域强制实行俄罗斯化的政策。紧接着,政权没收了5000户"什拉赫塔"的土地财产,流放了8万名平民去西伯利亚甚至远东地区,还强迫10万名波兰士兵调入高加索艰苦服役。略为侥幸的是,约有1万名起义者移居到了国外,加入了首都设于巴黎的波兰流亡国家。政治家们在那里筹划卷土重来,又沉浸于流亡者亚当·密茨凯维奇(Adam Mickiewicz)那韵律洪亮的诗歌及侨民弗雷德里克·肖邦(Fryderyk Chopin)的马祖卡舞曲(mazurkas)和波洛奈兹舞曲(polonaises)之中。[13]

历史被绑架,语言受压制,宗教被边缘化,生活方式遭人鄙视,境遇饥寒交迫……这时候你会怎么做呢?肯拉德生命中最重要的两个男人——父亲阿波罗·科尔泽尼奥夫斯基和舅舅塔德乌什·波勃罗夫斯基(Tadeusz Bobrowski)——分别给出了两个截然不同的答案。在波勃罗夫斯基家族那边,肯拉德听说祖先们善处逆境、白手起家。外公批评1830年的暴动"愚蠢至极",当鲁莽的朋友急匆匆前去入伙时他却待在乌克兰原地不动。[14] 外公此举的报偿便是相对的经济阔绰,1850年去世时留下了6000英亩土地和360名男农奴来清偿债务,同时还有酿酒厂、小酒馆、工作坊和整整一马厩的骏美良驹。[15] 肯拉德的舅舅塔德乌什当年仅21岁就接管成为波勃罗夫斯基家族的族长。塔德乌什跟其他人一样厌恶俄国佬，但能够接受沙皇的统治，将其视作一个艰难的现实，并转而将自己的政治热情投入到诸如土地改革和农民解放这类实际的问题上。[16]

在科尔泽尼奥夫斯基家族这边，肯拉德也曾听说过那些奋起反击的亲人。祖父是拿破仑战争时代的老兵，他于1830年自费招募了一支骑兵团，策马前去迎战俄国人。他所受到的惩罚是家财散尽，族人不得不搬离漂亮的祖宅而到另一片城区里安顿，在那个地方祖父为政府工作来勉强养家糊口，管理另一处被罚没的波兰人土地。

1831年起义失败之时肯拉德的父亲年仅11岁，民族挫败的经历犹如感同身受的灭顶之灾。他从浪漫主义的诗歌当中寻得了慰藉，诗人密茨凯维奇歌颂波兰为"基督之国"并以围绕信仰、勇气、抗争和友爱的颂歌集来灌输给年轻一代的"什拉赫塔"。[17] 阿波罗二十岁出头时是圣彼得堡大学的一名语言学学生，当时他加入了一个蓬勃发展的地下文学社，在那里波兰学生交换着外国走私翻印本（人称"吸墨纸"）的被删减文本，或煞费苦心手工誊写的稿件文章。[18] 此时阿波罗开始自主发表作品，譬如话剧、诗歌集，还翻译了一本他最喜爱的法国作家维克多·雨果的小说。[19] 文学之于阿波罗，恰如军队之于其父。它赐予了一处追寻意义的地方，一个遵照信仰而行动、满足责任感的地方。假如你在政治上无权无势，那么你可以运用诗歌的力量；假如独裁者要查禁你的言论，那你就付诸无声的书面文字来回击，使用虚假的封面在朋友中间悄悄地流传。

塔德乌什·波勃罗夫斯基素来是一位实用主义者，他"侦测"到阿波罗脑子某些愚蠢的乌托邦主义，那套思想已经将其父亲害苦了。"总是不假思索地说上马就上马，急匆匆地去驱赶家园上的敌人……人人都知晓这位'什拉赫塔'曾经骁勇善战，却没几个人会停下来问问他脑子好不好使。"[20] 在塔德乌什看来，做一名贵族简直是继承一套政治空想。一个人的职责是要学会与现实相处。塔德乌什嘲笑阿波罗签名的时候总是"极其狂妄"地将贵族族名"纳勒茨（Nałecz）"包括在内，以此来吹嘘他的"什拉赫塔"地位。[21] 可是阿波罗之所以这么做其实并非仅仅出于摆派头，对他而言做一名贵族是继承一个政治自由的传统，而一个人的使命就是要重新夺回它。[22]

阿波罗于1846年从圣彼得堡返回，回归到每天管理乌克兰郊外庄园的沉闷工作之中。他讨厌居住在一群不懂政治的乡巴佬中间。[23] "有时候我觉得自己就好像登陆到了美洲的原始森林里，一群群猴子正在嘲笑一个迷路落单的人类。"他抱怨说。支撑着阿波罗的，是两个至爱的对象。[24]

第一个是塔德乌什·波勃罗夫斯基的妹妹埃

娃·波勃罗夫斯卡（Ewa Bobrowska）。埃娃生于1831年，他俩相遇时埃娃才16岁，但已婷婷玉立，出落成了美人，而且"在那个年代里她受教育的水平比一般女性要高"。阿波罗为之神魂颠倒，埃娃就是"他的贝阿特丽切（Beatrice）（《神曲》中但丁单恋的对象，也是通向天堂的指引者。——译者注）……浑身充满了魅力与智慧，是精致文雅的乌克兰女孩，心灵犹如天使一般。"[25] 阿波罗凭借口锋锐利的谈吐、都市文艺的品位、惹人注目的相貌——亦有人言其外表丑陋——在乡间邻里的会客厅里大出风头。不过请君喝茶是一回事，而准许自家闺女与你交往则完全又是另一回事了。埃娃的母亲"嫌他气质轻佻、生活不规律"，而其父则"发现他缺乏实际工作能力，头脑也不够灵活，似乎更喜欢把时间花费在阅读、写作和骑马上，而不是踏踏实实地干活"。为了让阿波罗不再对埃娃胡思乱想，她父亲带着阿波罗在这片城区里到处会友交际，期望他能看上别的什么姑娘，但阿波罗"总能聪明地让女孩们或其家人欣赏不来他"。尽管埃娃的家人尚未察觉分毫，但埃娃自己却早已被爱情俘获了。为了阿波罗，她"冷冰冰地踢开了所有追求者的示爱"。[26]

在另一处激情的索求上阿波罗同样执着坚定，那就是波兰。为了民族崛起的那一刻，他奋笔疾书，翘首以待。会是1848年那个民主革命席卷欧洲的年月

左图：埃娃·科尔泽尼奥夫斯卡，（本姓）波勃罗夫斯卡

右图：阿波罗·科尔泽尼奥夫斯基

吗？似乎为时尚早。会是1854年吗？那时英法两国正联手在克里米亚发动针对俄国的战争。阿波罗迫切要求在乌克兰搞一场由"什拉赫塔"贵族领导的暴动，他预想广大农奴们会集结起来支持波兰地主。然而巴黎方面强势的波兰侨民却命令说："火候未到。"[27]

多年的耐心让阿波罗赢得了前一个目标，埃娃·波勃罗夫斯卡为了顺从家庭的意愿曾与阿波罗保持距离，但到了二十出头的时候她对阿波罗的渴望有目共睹，以至于母亲和哥哥塔德乌什均害怕"埃娃的健康和未来将会有碍"。假如不嫁给阿波罗的话，她就不会跟任何人结婚了。[28] 于是他们便给予了阿波罗心照不宣的默许，随他重启爱的追求。1856年春天这对小鸳鸯结成了夫妇,当时他三十有六,而她恰花信年华。相隔了近十个春秋,鉴证了彼此对爱情的承诺与忠贞。如今他们手牵着手迈向同一个目标——自由的波兰。

当他们的儿子于 1857 年 12 月降生时,阿波罗和埃娃用各自父亲的名字作为孩子前两个名字以示纪念,而宝宝第三个名"肯拉德"——也就是大家实际上称呼他的名字——则预示着夫妇俩对俄国统治的回应。他们从亚当·密茨凯维奇的作品里取材,其 1828 年的诗歌《肯拉德·华连洛德》(*Konrad Wallenrod*)描绘了一位立陶宛战士是如何报复日耳曼征服者的。他渗透进敌方的内部高层,蓄意将敌军引入死亡境地。[29] 1832 年密茨凯维奇在他的话剧《亡者祭》(*Dziady*)第三幕"先人之夜(The Forefathers' Eve)"里再次使用了"肯拉德"这个名字。"现在我的灵魂化身为我的祖国,而我的躯体里寄居着她的灵魂。"他望着波兰"犹如一个赤子凝视着他被车裂处死的父亲",并哭喊着"救救我们啊,上帝"![30]

在肯拉德人生的头一两年里,阿波罗从一户较为有钱的人家那里租来了一座庄园并日常打理着,扮演了一部分"什拉赫塔"贵族的角色。然而正如大舅子塔德乌什怀疑的那样,阿波罗并不太擅长此业。"诗人,"眼光素来犀利的塔德乌什批评道,"是只有想象和理念的人,没有能力清清楚楚地制订具体计划来过日子。他们尽量不去触及'俗务',把这些活儿丢给'不那么纯洁'、'没多少理想'的人去做,即那些更清楚人生奋斗、更明白生活所需的人。"[31] 一笔钱花出去了,却没带来多少进账收入,而后又一笔钱流走了……到 1859 年,科尔泽尼奥夫斯基一家已经丧失了全部投资,包括一部分埃娃母亲的钱。

阿波罗举家迁至日托米尔(Zhytomyr)镇,他在那里试图以作家的身份养家糊口。"我'必须'写作,因为眼下无事可干。"[32] 阿波罗把几部法语作品翻译成波兰语[更多的维克多·雨果小说以及一部阿尔弗雷·德·维尼(Alfred de Vigny)的《查特顿》(*Chatterton*)],这为他带来了些许收入。与此同时他将爱国主义的浪漫情怀抒发到诗歌、话剧和报刊文稿里。在颇具改革头脑的亚历山大二世治下,解放农奴正逐渐成为一项主要的政治课题,而"什拉赫塔"紧紧抓住"农民问题"并将其当作一种推进波兰民族权益的可行方式。华沙的达官显贵们设立了一个"农业学会"来讨论土地经营的诸多问题,而这个学会很快就演变成了"什拉赫塔"民族主义者的联盟组织。[33] 土地问题与政治之间的联系或许解释了为什么当阿波罗和塔德乌什难得一次携起手来提议为当地士绅出版农业周刊的时候却被俄国当局予以否决。[34]

阿波罗在农村改革一事上逐渐丧失了信心。眼看着越来越多的地主为支持工业化的炼糖厂而放弃耕种土地，这让阿波罗心灰意冷。"让我们大力推进农业和与农业有关的事务，将它们摆到最先考虑的位置。"阿波罗在一份华沙的报纸上坚持这样表示，"工业制造和商业贸易不可压倒我们的农业，它们应该继续充当谦卑的仆从角色"。[35] 他指控贵族同胞们恬不知耻地模仿英国工业化的路子，并预言将会发生大规模的贫困，人们的生理健康也会退化，伦理道德亦将败坏。[36] 阿波罗把自己的苦恼倾注进一部名为《看在钱眼儿的份上》(For the Love of Money)的话剧里。这出剧在基辅和日托米尔两地创作完成，是对目光短浅、爱财如命的"什拉赫塔"大加讽刺的作品。[37] 就波兰受到压迫这一问题，他开始转向更为激进的解决方案。

阿波罗并非孤掌难鸣。在华沙，民族主义者们开始在一些波兰历史纪念日上筹办大规模的公共集会，熙熙攘攘的人群齐声高唱爱国主义赞美诗。"波兰尚未灭亡，"人们吟诵着，"上帝保佑波兰。"此外还有一段新作的副歌，"自由和祖国重回我们的怀抱，噢，上帝！"1861年2月农业学会在华沙召开年度会议，而场外已经形成一场大规模的示威游行。俄国军队朝人群开火，打死了5位平民。爱国人士用"全民哀悼"的方式来予以回应，统统身穿黑衣作为抗议的象征，遍布波兰各行省的教堂均为死难者举办纪念活动。接着到4月份的时候又爆发了一场集会，又遭遇了一次射杀，有100位平民——包括儿童、妇女和男子——

流血牺牲，纷纷倒在了皇家城堡（Royal Castle）门前的鹅卵石地面上。[38]

令人烦扰的消息从华沙传来，回荡在各大行省里。在日托米尔，埃娃穿上了国丧孝服并鼓励大家也这么做。那时的阿波罗在贵族同仁里已经是"一位知名的煽动者，肯定在警方的监控之下"。他在自己家里召开了一次政治会议，讨论如何组织一场面对沙皇的请愿活动。中学生们唱着民族主义赞美诗，活动家们召集地主进行募捐，以便在"波兰会议王国"之内组建一支军队，并发誓要"用鲜血染红国界线"。[39]

意识的高墙逐渐逼近，前方的路径愈行愈窄，暗道尽头的曙光显得空前明亮，愈发诱人。科尔泽尼奥夫斯基一家的流亡之旅骤然降临了。

在别尔季切夫城外五英里的捷列霍夫（Terekhove），肯拉德在外婆波勃罗夫斯基家庄园的花园里转着圈奔来奔去。"我在这里很好，"他向父亲汇报说，"我在园子里东跑跑西跑跑，但蚊子咬我的时候也挺讨厌的。"[40] 外婆带他出去坐车兜风，并为他讲故事。妈妈给他上课并带他去教堂，还让他跑到外面去给那些等在门口的乞丐们发放救济物品。肯拉德尽可能长时间跟他们闲聊，在回家路上把所有内容都告诉妈妈，还有一切关于小马和小熊的故事。"我猜咱们的宝贝儿'肯拉德兹奥'（Konradzio）长大之后肯定与众不同，他有一副菩萨心肠。"宠爱他的外婆如此断言道。[41]

时值1861年春，肯拉德三岁半。这个年龄大概是一个人开始形成记忆并永驻一生的时候。孩童的记忆往往是从点点滴滴的小处而得来的。或许肯拉德当时在捷列霍夫留下的最深印象就是那只停在他粉嫩大腿上的蚊子，或是身穿新买的黑衣去做礼拜时在手上玩耍的那根好伙伴给他的马鞭。

肯拉德很可能记不得母亲煞费苦心记录下来的事情。埃娃写下自己如何特意制作那套黑衣的事，因为肯拉德总是央求要跟身边所见到的人一样也前去"参加哀悼活动"，为"遇害"的波兰而默哀。她还记录下肯拉德每天都问"我们什么时候去看爸爸"时的样子。[42]

1861年5月，阿波罗"受到华沙运动同志的号召前去报到"。[43] 他的官方任务是去出版一本名为"*Dwytygodnik*"［即《双周刊》（*The Biweekly*）］的杂志，该刊深受那本极富影响力的法国政治与文化刊物《两个世界》（*Revue des deux mondes*）的启发。[44] 然而据一位名叫"斯蒂芬·布兹克森斯基（Stefan Buszczyn'ski）"的密友兼爱国作家的回忆，"阿波罗的主要目的"是去帮助华沙民族主义同志们开展工作，"从而给这场运动赋予一个共同的奋斗方向"。[45]

到目前为止，各宗教教派和社会阶层的波兰人民均表示出了对获取更大自治权的拥护和支持，然而这也是"共同奋斗方向"戛然止步的地方。阿波罗陷入了地下组织的一锅大杂烩里，每个派别都鼓吹不同的民族解放观点及实现手段。他的有些老友属于"白党（Whites）"，这是一个主要由"什拉赫塔"贵族名士构成的温和组织，他们提倡来一场实实在在的"道德革命"，而不是嘴上说说。但阿波罗倾向于"红党（Reds）"，一股激进的力量，他们号召波兰在获取独立的同时也要开展一场广泛而彻底的社会革命。阿波罗头戴一顶农民帽子在华沙四处游走，以彰显其同情之心，并赢得了年轻激进分子和学生们的追随，而这些人曾在今年的早些时候帮助组织过街头抗议活动。[46] 不过在"红党"中间，集体共识也不容易达成。有些人想加入即将开展的市政选举，而有些人却正要联合抵制它；有些人想接入俄国革命的网络，而有些人对恐怖袭击情有独钟。阿波罗坚持一个理想化的、由"什拉赫塔"领导的"贵族共和国"，在这个国度里农奴制度将被废止，历史上著名的波兰－立陶宛共和国将会复辟。在众多的宣传册中，他在某一册里敦促道："波兰人民仍在披麻戴孝之中，仍在教堂请求上帝的仁慈。请省下每一分钱，积攒起来有备无患，等待时机的到来。"[47]

埃娃和肯拉德仍留在乌克兰，到不同的亲戚家里来回辗转，直至最后阿波罗捎信过来要他们前去。埃娃尽可能多地让捎话之人代送信件，以此避开邮政检查员的耳目，同时为阿波罗实时更新当地的政治局势。她自豪地说："悼念活动正在扩散开来，"而且爱国主义赞美诗仍在教堂里吟唱。不过镇压行动也同样铺展到了各处。日托米尔中学被俄国当局关闭一年，他们逮捕了捣乱的学生，将他们编入军队服役。警察骚扰神职人员，以所谓的"煽动性言论"为名当场抓人，同时还加强了对社会活动分子的监控。

埃娃说就算沙俄警察前来搜查房子，"我也早已做好准备，望夫君绝对放心"。自从阿波罗离开的那一刻开始，当局就已经纠缠起了邻居和仆人，要他们透露阿波罗的行踪。别尔季切夫警察署长本人乔装打扮，在泰瑞柯娃（Terechowa）家大门口以便衣出现。他不敲门铃，在马厩里假装阿波罗的朋友提问。"最后一次，爽快点，"他问道，"你们是不是已经回华沙了？"埃娃教丈夫如何对身藏之处保密，叫他用化名来告诉她位置，并通过其他城镇来给她写信。但他们双方都感到分离犹如幻肢一般，"你想念我，而我对你的渴望亦不必言表，因为我知道，即便无声，你也感觉得到"。埃娃写信不多，对此阿波罗必须耐心一些，因为"老江湖说这样对你更为保险"。[48]

家信的文字跳动着激情，吐露着意志。"告诉我，如何去爱才能保护你免遭不幸？告诉我，如何去做才能让上帝听到我的祈祷,让天神赐予你灵感和护佑。"[49] 埃娃迫不及待地想要与阿波罗重逢,为共同的事业再聚首。"我的灵魂渴望着彼此梦中的'年轻波兰',你一定能创造,一定能将其化为现实,引领我们走向未来。"[50] 没有阿波罗的日子简直度日如年。"在我们彼此分离的这段日子里,请给我一点事情做吧,"埃娃恳求道,"我原本想开始弹钢琴,但其中三十根弦已经失踪了六个月……让我搞点翻译吧(翻译法语),"她提议道,"给我点新出版的,有可读性的作品。"[51] 埃娃开动脑筋,琢磨出了如何将财产分散到各位好友那里,如此一来只等阿波罗一声召唤就能立刻带上肯拉德动身离开了。

1861年10月初,埃娃和肯拉德到华沙与阿波罗团聚,他住在新世界路(Nowy Swiat)上一间狭小的出租公寓里。那份担当运动喉舌的报纸还差几周就要发布面世了。10月15日他们举办了数次集会活动,纪念18世纪90年代领导波兰与分割势力最终决战的已故民族英雄塔德乌什·柯斯丘什科(Tadeusz Kos'ciuszko)。哥萨克队冲进教堂打断教事活动,将礼拜者拖了出来。这一波逮捕行动四处扩散,共围捕了超过1500人。[52] 阿波罗在自己公寓里集结起一支大约由18名"红党"分子组成的队伍,共同商讨下一步何去何从。他们自行建立"行动委员会",宣布准备起事。"行动起来,明天我们即将冉冉升起,

胜利注定属于我们。多实干，少空谈。"⁵³

数天后埃娃和阿波罗正熬着夜安静地阅读写作，肯拉德一定早已进入了梦乡。时间已过子夜，门外传来清晰的叩门声。随后一群身着制服的男人闯进了屋子，他们指控阿波罗涉嫌颠覆国家并将其逮捕，抓着他大步迈出了房间。"门铃敲响后仅仅六分钟，阿波罗就离开了我们的房子，"埃娃说，"这让人感觉就跟强盗抢劫一样。"⁵⁴

警方以四项指控拘捕了阿波罗：组织艺术学院和体育学院的学生成立一个名叫"米罗斯拉夫斯基赤卫队（The Mierosławski's Reds）"的秘密组织；在威德尔酒馆（Café Wedel）寻衅滋事；出版一本名为《民族同胞，提高警惕！》(*Nation, Beware!*)的煽动性小册子；今年早些时候在日托米尔组织活动……为华沙死难者集体祈祷，而且其妻还一直向群众分发黑纱作为哀悼的象征物品。警察的这些指控颇有意思，表现出已知与无知的奇怪结合。不错，阿波罗的确跟"红党"中的积极学生共同密谋过，他也确实发表过许多匿名的民族主义宣传册，也曾经真的支持过在日托米尔举办的民族哀悼活动。但是他的组织不叫什么"米罗斯拉夫斯基赤卫队"，也并没有在酒馆里闹事，更没有写过质问里提到的那本小书，更何况他到底是不是日托米尔骚乱的主要策划者也尚不明确。最后，阿波罗对所有四项指控均予以否认。⁵⁵

他们将阿波罗带到华沙城堡（Warsaw Citadel），将其关进"X舍区"（Pavilion X），那是臭名昭著的关押政治犯的区域。"华沙城堡是这座城市里随时开动的暴力破坏机器，也是沙皇掩埋波兰爱国主义的大地牢，"阿波罗后来如是写道，"它阻挠了一代又一代的波兰爱国者。"对于许多犯人而言，单单是被关在这阴冷潮湿的牢笼里就已经形同于死刑，他们在等待裁决的同时就一个接一个病倒了。阿波罗定期被拖出牢房审讯，可是一周又一周过去了，他仍然待在牢里，毫无迹象表明他的案子何时才有所进展。拘押侵蚀了阿波罗的身体，他牙龈出血，关节肿胀，还伴有风湿病和坏血病引起的疼痛。躺在床铺上，他听见牢门哐啷哐啷的声响，还有铁销子的咯吱声和砰砰声，以及链子哗啦哗啦声。他听见新抓来的政治犯拖着沉重的脚步越走越近，而到头来又跟跟跄跄地踏出……去流放、去下矿，或死在绞刑架上、行刑队前。此外还有最糟糕的——因为其名声最臭——就是去俄国军队服役，穿上敌人的制服。[56]

在城堡外，埃娃继续和肯拉德住在新世界路上，尽力搞清丈夫的境况究竟如何。后来警察返回公寓搜查，收缴了阿波罗的稿件和埃娃当时从日托米尔写来的家书。他们甚至还把埃娃也一齐带走，审问她书信里所讲的内容。埃娃坚持这并不是她本人的笔迹，还说从来没有写过那些东西。[57]她跟阿波罗一样，"对自己（家庭）的命运仍然一无所知"。[58]

埃娃的母亲急匆匆地从别尔季切夫赶来帮忙。埃娃每天去"城堡"加入到一群聚集在门口打听在押亲戚的妇女中间，而其母亲则可以照看一下肯拉德。女眷们每天都很困惑，"有时候我们一整天就站在那里，不管是寒风还是下雨，等来一小张纸条、三两句消息……而有时候我们是白白地等。曾有一次，为了取暖和解闷，大伙自行报数点名，原来人群已有两百几十位了。"随着逮捕行动持续展开，外头的人群也接连扩大，他们中间有神父、拉比（*犹太民族某一阶层的名称，定义比较宽泛，原意为"圣者"，后指传授宗教教法的人，或受过良好教育、追随教义的贤士。——译者注*）和牧师，囊括了各大庄园、各种经济水平、各阶段年龄层次和各类生活处境的人士，其中还有不少女士，所有人都被石砖高墙锁在了外头。埃娃看不到她的丈夫，频繁询问卫兵来打听阿波罗健康方面的消息。她为阿波罗送来干净的床单和食物，在百般游说之后卫兵终于允许她捎给阿波罗"一本祈祷书和罗伯森（Robertson）的英语课本"。埃娃获准每隔十天给阿波罗写一封简短的信，如果审查通过，那么阿波罗就可以读到来信并回复给她只言片语。

1861年圣诞夜，即阿波罗被捕后两个月，人们写给阿波罗的信件已在家中堆积如山，亲朋好友们纷纷送来礼物，还有祈祷与祝福。埃娃穿过城市里一条条"凄凉、黑暗、肃静"的街道,前往要塞做日常探望。她看见城堡建筑群外一如往常那样挤满了罪犯家属,有的人镇定自若,而有的人心急如焚。大约在最后的一个月里,埃娃终于获准去面见阿波罗几次。每一回都隔着紧密的铁丝网探望五分钟,两旁均设士兵把守。他们的制服有的寻常,有的奇怪,有的则根本没有专门的服装。当埃娃和阿波罗一谈到实质内容时,旁边所有人都会大声喊"不许讲"。夫妇二人用命运来自嘲打趣,因为"哭泣的场面谁也不喜欢",况且保持积极向上的精神面貌总归要更好一些吧。

今朝与往日不同,时逢佳节之故,家属有幸获得无隔离的短暂会面。埃娃凝视周围一双双披着围布的肩膀和一个个盖着领巾的脸庞,望到了阿波罗正走出来。在那儿,就是那儿,是他吗?他看起来是那么的消瘦,脸上满是斑污,胡子犹如一团芒刺。此刻埃娃和阿波罗冲破了那条对自由的无形束缚,双手紧紧地握到了一起。他们掰开一块由神父赐福过的圣饼,默默地祈祷着。[59]

其时肯拉德刚满四岁。很久以后,他将回忆起,"在这座城堡的后院有我儿时的记忆,尤其是对我们国家的记忆就从此开始了"。[60]

1862年4月,军事法庭认定阿波罗·科尔泽尼奥夫斯基所有罪名均成立，但并没有什么审判。在埃娃从日托米尔寄出的信件里曾提醒阿波罗可能遭到逮捕，于是审查员们便据此作为"阿波罗所事活动及其异端思想"的罪证。

数周后的某个大清早，一位看守陪同一位俄国官员走进了阿波罗的牢房。

"请您站起身子，听我宣读判决书。"官员用俄语说道，随后清了清喉咙。"先生，你叫什么名字？"

"阿波罗·纳勒茨·科尔泽尼奥夫斯基。"

"即便在'城堡'里政府也有可能被人蒙骗过去。"官员继续说道，态度傲慢地解释刚才为什么要问阿波罗的姓名，"说不定有人顶替你，这种家伙虽然是无辜的，但也要受到惩罚。一个公正的政府绝不愿意此类事件发生。"

"政府的所谓公正人尽皆知。"阿波罗用波兰语反驳道。

那名官员摊开判决书，手写稿足足有好几页长。接着他开始宣读："我庭俱已知悉……整场叛乱活动的主要策动者……审查委员会虽未掌握任何证据……考虑到其厚颜无耻的回答……此人系波兰籍，过去一直且将来也会为波兰而战……令其流放……在流放地置于警察长期监控之下。"

"我读完了。"官员戛然而止，还剩好几页未念。"你必须在判决书上签字，表示你已经都听过了。"阿波罗抗议他甚至没有听完全部内容。然而此处有一句总结性的判词:"依照律令,科尔泽尼奥夫斯基及其妻子必须被送往彼尔姆(Perm)镇,置于警方的严密监控之下。"该镇位于东北方向超过1500英里之外,是西伯利亚的门户。俄语中对阿波罗的惩罚("ссылка")意味着流放之刑——或正如阿波罗后来在回忆录中所描述的:"被关押在荒蛮的世界里,于野生动物中间,且无任何自卫的手段。"[61]

对科尔泽尼奥夫斯基一家而言,流放实际上就等同于终生居无定所外加病魔缠身的徒刑。彼尔姆路途遥远,而且春季路面开始解冻,化为淤陷车轴的烂泥,是最糟糕的旅行季节。全家人在俄国宪兵的押送下开始东行。[62]只要在"波兰会议王国"境内,卫兵们"假客气得很,教人看不惯",而一旦踏出了以波兰人为主体的土地之后,宪兵们立刻变得"野蛮无礼,也同样让人无限鄙夷"。[63]全家获罪的第一个受害者就是肯拉德,在莫斯科郊外他发起了可怕的高烧。旅站上的一位医生用水蛭为他治疗,并建议科尔泽尼奥夫斯基一家停止旅行,"因为……假如再赶路的话孩子就有可能会死"。然而就在那时,士兵们开始套上马具继续前进。恐慌之情紧紧地揪住了这对父母的心,阿波罗拒绝挪动一步。"你动我一下试试!"他斗胆挑衅卫兵。"救救我的孩子,求求你们了!"埃娃央求道。他们的消极抵抗为全家人拖延了大约十几个小时的时间,但最终当地官员强迫他们继续赶路,并甩下冷漠的一句话:"孩子嘛,生下来就是要死的。"

马车摇晃颠簸,在泥地里向东而行。昏暗的车厢里埃娃和阿波罗为病儿祈祷直至高烧退去。"上帝一定给了我护佑……让孩子在这艰苦旅途中活着。"阿波罗说。[64] 后来埃娃病倒在东倒西歪的轿厢里,在一张简易小铺上瑟瑟地发抖。当到达下诺夫哥罗德时,埃娃已经虚弱不堪,士兵不得不搀扶着她。此时科尔泽尼奥夫斯基一家再次不愿前进,而俄国人也再次拒绝停留。这一回当地指挥官——原来是埃娃家里某位兄弟的熟人——以他们的名义插手了此事并致电莫斯科要求准许休息几日,而回复的电报却送来了一份更加意外的宽慰。多亏了另一位熟人的热心介入,电报说流放的地点已改为一处距离更近、更暖和的城镇,名字叫"沃洛格达(Vologda)",大约位于莫斯科东北方向300英里处。

1862年6月,刚抵达不久的阿波罗给一些堂表兄弟写信说道:"沃洛格达是一片广袤的沼泽地,绵延超过三俄里,数条平行或交叉的木制人行桥道于其间穿过,但皆已腐烂,在脚底下摇摇晃晃的。"此地潮湿的环境远近闻名,很不利于人的健康。阿波罗戏谑地称一条河为"淋巴结核河",因为这种腺体疾病在当地似乎是非常流行的地方性病种。整座镇子都散发着"污泥、桦焦油和鲸脂油"的臭气。"这里的一年仅两个季节,'白冬天'和'绿冬天',"阿波罗说,"现在是'绿冬天'的开始,已经连下了21天的雨了,而且似乎不把雨水下干净是不会停的。"当"白冬天"逐步降临时,北极的风从白海(White Sea)那头狠狠地刮来,阿波罗和埃娃往炉子里塞入昂贵的柴火。霜冻正渐渐地逼近,这场御寒之战眼看就要败北。此地大约有20名其他波兰流放者与他们作伴,对于那些人而言,"阿波罗和埃娃的到来就如同生石灰里掉进了几滴水珠一般"。科尔泽尼奥夫斯基一家与这些天主教徒们共同找到了一处教堂,"这是我们生活所围绕的中心,大家勤于祈祷,认真而虔诚"。[65]

肯拉德·科尔泽尼奥夫斯基在沃洛格达,以及他早年的一份手迹。

其中有一位波兰人经营着"一家摄影工作室,冲洗当地淋巴结核病的照片"。[66]大概在肯拉德五岁生日的时候,他就坐在这家摄影室里拍照。父母把他的头发往后梳好,再帮他穿上带扣短外套,扣好纽扣,然后再在腰间系上一条宽皮带。肯拉德爬上摄影室的椅子,一条腿盘到另一条腿下面,在大腿上摊开一本书,然后抬头看着那个用黑布罩着的大相机,犹如一只乌鸦般模样庄重。过了几个星期,肯拉德拿起笔在照片背后用大大的、歪歪扭扭的字母写下敬语赠言:"致亲爱的外婆,您帮我寄点心给牢里可怜的爸爸——外孙、波兰天主教徒和'什拉赫塔'贵族,肯拉德。"67

波兰人、天主教徒、"什拉赫塔",这三项标签是阿波罗和埃娃要他们儿子绝不能忘记的,尤其是在眼下1863年他们正教他写字的这个冬天。阿波罗和埃娃刚刚接到从波兰会议王国传来的令人无法接受的消息,在科尔泽尼奥夫斯基一家离开华沙之后,原先在他们公寓里聚头的那个行动委员会重组扩大了,在新的名号和领导之下他们于1863年春天密谋准备发动一场大起义。然而政府调兵遣将(由一位受招安的"白党"分子领导),对他们步步紧逼,使之不得已提前起事。1863年1月,委员会自行宣告波兰国家政府成立,并公布了施政宣言,号召解放农奴,呼吁历史上曾属于共和国子民的犹太人、立陶宛人、乌克兰人和波兰人统统都站起来反抗俄国佬。埃娃的小弟弟斯蒂芬掌管了设在华沙的委员会并积极团结平民来参与此项事业。从普鲁士边界到深入立陶宛、白俄罗斯和乌克兰的各个城镇里,数千名起义者均发起了对俄国驻防部队的突然袭击。

然而俄国军队一次又一次将他们打退。尽管分别有超过一千起针对俄国人的冲突,但组织性欠缺、武器装备简陋的起义者始终没有取得进展。虽然国家政府在地下蓬勃发展,已具备一张复杂的网络,有通信员,有化名手法,还有基于密茨凯维奇诗歌《塔杜斯

肯拉德·科尔泽尼奥夫斯基在沃洛格达,以及他早年的一份手迹

先生》(*Pan Tadeusz*)而编制的难解密码,然而在明面上政府一直没有获得法国、英国或奥地利的关键支持。其间沙皇也颇具手腕,他在波兰各行省里扩大了农奴解放的法令,免除他们的强制劳役与佃租,从而大大削弱了农民支持叛军的可能性。[68]

在沃洛格达,阿波罗和埃娃用颤颤发抖的手指打开每一份公告。"报纸犹如鸦片,我们知道它会杀死我们,但还是要继续阅读。"不过信件的内容更雪上加霜。在仅仅一年的时间里,阿波罗的家族实际上已惨遭灭门。他的哥哥在战斗中牺牲,妹妹和小弟则被逮捕并流放,而打仗总是敢为人先的父亲也在焦虑中去世;此外波勃罗夫斯基一家同样遭受灾难。埃娃的

哥哥卡齐米日（Kazimierz）在基辅入了狱，而斯蒂芬——人见人爱的斯蒂芬，"拥有惊为天人般的魅力，能言善辩，天生聪慧，还怀着一副迷人的好心肠"——作为华沙地下组织的"罪魁祸首"，在一场与政治对手的决斗当中被射杀。[69]眼下只剩实用主义者塔德乌什还保持着自由身份。就像他父亲当年一样，照顾涉事亲友遗孤的重担便落到了他的肩膀上。[70]

"身边所有的人都殒命了，我们在绝望中惊愕万分。"阿波罗说。[71]波兰浪漫主义艺术家阿图尔·格罗特格（Artur Grottger）有一幅名为《哀痛的噩耗》（Mourning News）的画作，而科尔泽尼奥夫斯基一家应该能从中找到自己的影子，其所属的系列作品就是描绘1863年诸多事件的。[72]图画展现了一群穿黑衣的人物，他们围在桌子旁几近昏厥，桌上一张报纸犹如无声的定罪。女人们用手帕蒙住泪水，一位男子则紧抓着一封信札绝望地盖在脸上。另一位男子身藏在角落里，正攥着拳头，紧锁眉头，下巴的神态犹如时刻准备要复仇。然而那只拳头是用绑带挂着的，而凶狠的眉头之下却是一对因悲痛而紧闭的双目。画框内只有一人明白这是怎么回事：就是那个小男孩，他站在几位哀悼者中间，睁大着双眼，满目疑云。

发生的一切令阿波罗义愤填膺，他将满腔的怒火倾泻到一篇名为《波兰与俄国》（Poland and Muscovy）的檄文里，其篇幅如宣传册一样长。他

阿图尔·格罗特格,《哀痛的罹耗》(1863 年)

将自己的牢狱之灾与漫长的沙皇压迫史作平行类比。"我们波兰人在俄国佬的魔爪之下已遭受了屠戮、火难、抢劫、强奸和虐待折磨,"他开篇写道,"在他们的军刀、刺刀和枪口下丧命。我们熟悉俄国佬的警棍、皮鞭和绞索。整个俄国就是一座大监狱。"接着他铿锵有力地比喻,迅速编织出一张张目不暇接的图影,均化作一团红色的、模糊的暴怒之物。"俄国是一群静候猎物的豺狼,是数不清的害虫,满身尽感染着细菌。""它是一头贪婪的野兽,生吞活剥了波兰,就好像她早已是一具死尸。""俄国是一台杀人的机器,用齿轮碾压着波兰,镇压、粉碎、打断、折磨和抢掠我们。""俄国是最肮脏、最致命的瘟疫,是如倾盆大雨般泼到地球文明硕果之上的污泥,它原始野蛮、愚昧无知、背信弃义,它吞噬着文明、光明、对上帝的虔诚和对人类未来的信仰。"[73] 那条暗道坍塌了,一切皆归于黑暗。

阿波罗和埃娃在沃洛格达过得都不好,"犹如一盏沙漏,但流的不是沙子而是淋巴结核"。在多次请求转移到更温暖的地点之后,当局鉴于他们的健康状况,准许阿波罗和埃娃转到乌克兰的切尔尼戈夫(Chernihiv),那儿距离基辅100英里不到,而且大大地靠近了家乡。埃娃——两位病号中的一位——也得以请三个月的假去兄弟塔德乌什的庄园看望,并带着5岁的肯拉德在身边。[74] 埃娃坚称自己的病情只是"神经紧张"而已,是受到两家人家接连不断变故的打击所致,说病魔很快就会驱散的。然而瘟神久久挥之不去,埃娃又进一步患上了肺结核。

到1865年冬天,他们已流放了三个春秋,埃娃病情"糟糕,相当的糟糕,"整个人已经犹如鬼影。"绝望的心情仿佛铁锈般慢慢地腐蚀着她的身体,"阿波罗说,"她几乎没有力气来望我一眼,或轻轻地说一句话。"此时阿波罗只得放下尊严,厚着脸皮乞求当局变更流放地点,如此一来或许还能得到稍好一些的医疗看护。他们的家庭医生从日托米尔大老远地一路赶来为她治病,可是埃娃已太过虚弱了,经受不起医生建议的手术。于是阿波罗就变成了全职的护士,尽管他自己的健康状况也很差,但他仍读书给埃娃听,为她祈祷,抱她上床下床,始终表现得乐观而高兴,好让埃娃能够"相信两人的分离只是天方夜谭——不然的话她可能没有力量来承受任何事了"。然而阿波罗的内心却已开始响起悼词。"我们彼此心境可照,相亲相爱,并非因为我俩在彼此眼中是完美无缺的,而是由于我们都不在乎对方的缺点和不足……我相信……直到今天我们一直都生活在极度的幸福和快乐之中。"这一幕动人的戏只有两个角色,"肯拉德迪克"(Konradek)理所当然地被忽略了。[75]

埃娃的身体日渐虚弱，1865年4月某天她终于香消玉殒。"对阿波罗而言埃娃的离世是一场终极的精神打击。"阿波罗的老友斯蒂芬·布兹克森斯基说，"如此般配的姻缘可谓世间罕有。他倾慕于她，而在她眼中他亦是无与伦比的男子，是理想的典范"。[76] 阿波罗把自己深埋于悲痛之中。"我大部分的时光都陪伴在坟墓之旁度过。"阿波罗坦陈。他在无眠的夜里时刻警醒着，质问着自己的信仰，想象着仍有埃娃陪伴在身旁，为他代写书信。阿波罗以为自己也同样时日无多，而他对此倒坦然地欢迎——假如这意味着能与埃娃重逢的话。

不过有个"小家伙"仍然活蹦乱跳着，那就是7岁的肯拉德。他的母亲埃娃已长眠地下，假如——或者说何时——阿波罗也去世了的话，那么肯拉德就需要有人照顾才行。"从前她常把心血都扑到这孩子身上，而如今假如不留下任何万全之策就丢下他，或没有生活的盼头就撒手不管的话，我看那就是对埃娃心血和灵魂的不忠。"阿波罗向一位居于华沙的老友施压，求他做肯拉德的监护人，并为"肯拉德迪克"安排了一笔款子能供他把书读完。款项的金额并不大，但足以负担他的生活所需和教育开支。"为确保肯拉德的未来，我已做好了一切眼下能做的事。"[77]

埃娃去世数月之后，肯拉德以一种打断悲痛的角色出现在阿波罗的信里。阿波罗叫华沙的朋友寄来一份教学大纲和几册课本,把他自己的旧书桌卖了来偿付。"这桌子是她以前最喜欢的东西,可她再也看不到我坐于书桌之后了。"阿波罗心里清楚,自己并不是儿子的理想伙伴。"可怜的孩子……看着我老是伤心欲绝的样子,天知道这一幕会不会让他幼小的心灵暗起波澜,或使这初醒的灵魂抹上一缕昏暗。""这个小不点仿佛在与世隔绝的环境下成长起来,永志不忘的亲人坟墓便是我们自己死亡的警示牌。"[78] 阿波罗觉得他所能做的就是送肯拉德走,尊重埃娃的遗愿,"让孩子有个受庇护的未来"。[79] "我的肯拉德将在人性化的环境里变得文明开化,富有教养。"[80]

然而阿波罗并没有死,不管他也许有多么想离开这个世界。于是阿波罗继续奋笔疾书。坐牢期间埃娃寄给他的罗伯森英文课本非常有用。阿波罗曾是圣彼得堡大学的语言学学生,如今他英语娴熟,足以将其翻译成波兰语。他选择了查尔斯·狄更斯的《艰难时世》,想必没有哪部作品更能够引起回忆的共鸣了。肯拉德原本是丧失亲人的阴霾之下一个隐隐的忧虑,而后渐渐地转变为新的注意力聚焦点,是阿波罗继续活下去的唯一理由。"我重新开始把握生活,眼下统统只扑在"肯拉德迪克"身上。"[81] 小男孩越长越像他的母亲。[82] "我亲爱的小不点照顾着我,"阿波罗自豪地评价道,"他心地善良,遗传了他的母亲,但头脑并不让人艳羡,是随了我。"[83] 阿波罗改良运用了罗伯森的可靠方法来教授儿子法语,"如今在孩子身上的突出效果令人赞叹"。[84]

1866年春天,阿波罗把肯拉德送到乡间跟外婆和舅舅塔德乌什一起住。他们能够为孩子提供多得多的条件:一位法国女家教辅导功课,肯拉德仅学一年对法语的掌握程度即令教师倍感惊讶;一位年龄相仿的小表亲共同玩耍;孩子们就像是父母的替代品,让宠爱孩子的外婆和宽宏大量的舅舅得以将其对妹妹的爱全部转移到了她儿子身上。[85] 可是肯拉德已经受过流放的艰辛,早就患有头痛病,时而还会犯癫痫和风疹。亲戚们带他去日托米尔、基辅和敖德萨寻医看病。阿波罗在切尔尼戈夫埋头从事翻译工作时承认说:"我很孤独,可是这样的安排可以让儿子将来在经济上更加有所保障!"[86] "但回头想一想……"阿波罗感到惊讶地说,"肯拉德也很想念我,就算他所见到的尽是我这张愁云密布的脸,而且在他九岁的人生里唯一的娱乐就只是教人费劲的功课。"[87]

当阿波罗衣冠不整地来到塔德乌什·波勃罗夫斯基庄园门前时,肯拉德已有一年多没见到父亲了。阿波罗已将旧的外套和围巾闲置,换上了简朴的农民工作服。从前整洁蜷曲且抹蜡的胡须犹如石蕊般缠在胸前。[88] 在他身体里,双肺逐步恶化,变得坑坑洼洼并且出现脓血。他已获准取得护照,可以前往更温暖宜人的阿尔及尔(Algiers)或马德拉(Madeira),即从流放的徒刑当中解脱出来,然而此时他偏偏已病入膏肓活不长久了,而且也太过穷困无法承担远途旅行的开销。

阿波罗最终使用签证将自己和肯拉德弄出了俄罗斯帝国。他俩一起旅行至奥地利加利西亚地区的利沃夫(Lviv),"在那里一具行尸走肉由一位丧母的男孩陪伴着",在邻居眼里似乎是"值得格罗特格挥笔勾勒的形象"。[89] 阿波罗和肯拉德犹如一对独腿人般行动,彼此均无法独自保持平衡,但互为倚靠时便能站立。"两个无家可归的游荡者彼此需要着对方,"阿波罗说,"我是他可怜的保护者,而他是我继续活在世上的唯一力量。"父子俩在桑博尔(Sambir)区的一座山间疗养胜地里度过了1868年的夏天,肯拉德治疗了尿道内的尿沙状结石,正是此物经常引起他膀胱内的绞痛。而阿波罗则咬咬牙喝羊乳清治疗肺结核,"等警察问及我在加利亚干什么时,我能问心无愧地回答说'我在喝羊乳清'"。[90]

阿波罗再度沉浸于波兰的语言、文化和信仰之中,他感到"犹如从长久的沉睡中苏醒"。多年以来诗歌头一次又在胸中翻涌。受到他钟爱的维克多·雨果的启发,阿波罗在1868年的一首诗里将波兰人民比作大海,"若偶尔去看,似乎如低潮期的洋面,微波不惊,安详宁静……但请且等且看,"阿波罗叮嘱道,"大潮必将翻转而来,人民定然再度崛起。"[91]

1869年初，阿波罗在克拉科夫（Kraków）找到一个工作，为一份名为《农村》（*Kraj*）的杂志效力，该刊是由老友兼作家同道斯蒂芬·布兹克森斯基负责编辑的。阿波罗觉得克拉科夫是一块理想之地，"能培养'肯拉德迪克'长大成人，而且不是做民主主义者、贵族、煽动家、共和主义者、君主主义者，或那些政党的仆从和奴才——只做一名堂堂正正的波兰人。"[92] 时光逐渐入春，阿波罗的活动范围从整套公寓房缩小到卧室，最后只限于床榻上了。邻里一位主妇过来帮忙烧饭洗衣，后来那些头戴硬布白巾的护理修女也来了，一行人等活像是打蜡地板上滑来滑去的天鹅。布兹克森斯基前来拜访时发现这位好友"痴狂般盯着结婚戒指和妻子的相片"。是时候该叫牧师来了。1869年5月底，在至亲好友们的围聚下，阿波罗·科尔泽尼奥夫斯基生命的潮水淡去了。[93]

阿波罗的遗愿很可能在埃娃死后的空寂岁月里始终没有改变过。"我最希望的莫过于帮肯拉德稳稳当当地生活在体面的好人中间，让他壮实自己的体魄，唤醒我们社会的精神，"阿波罗曾如是表达，"将她的骨灰从异乡的坟地带回家族的墓冢里。"至于他自己，阿波罗只希望"踏足故土，呼吸家乡的空气，看一看那些我所爱之人的双眸，然后放声大喊，'上帝啊，就现在，请接受您的仆人……因为他太累、太累了'"。[94]

据《农村》杂志报道,"阿波罗去世的那晚'庞大的人群'纷纷聚集在科尔泽尼奥夫斯基家房子外面的鹅卵石地上,都来向这位伟大的波兰之子致以最后的敬意。""他们中间有神职人员、举旗的基尔特公会会员、大学教授和中学教师、大中学生以及小学童。大家伙全都来了,除了'所谓的上流社会'之外。"在"沉痛的悲伤和深刻的崇敬心"之下,众人护送灵车穿过闹市广场,经过圣玛丽教堂(St. Mary)的一座座尖顶,出了圣弗洛里安门(St. Florian Gate),而后抵达拉科威基公墓(Rakowicki Cemetery)。阿波罗·科尔泽尼奥夫斯基以"俄国暴行遇难者"的身份在此安息。墓冢边吟唱起一曲《又圣母经》(*Salve Regina*),送殡者们皆泪如雨下。[95]

走在浩荡队伍最前面的是 11 岁的孤儿肯拉德。后来斯蒂芬·布兹克森斯基把肯拉德带到自己在弗洛里安斯卡大街(Florian'ska Street)上的家里照看,一直到外婆特奥菲拉·波勃罗夫斯卡(Teofila Bobrowska)从乌克兰回来为止。布兹克森斯基告诉特奥菲拉,她"宠爱的孤儿最深情地依偎在可怜的父亲怀里的模样,他跪在床榻边哭成泪人,于神父和修女中间为父亲的灵魂祈祷。每个人都被肯拉德的挚爱之情所征服,以至于过了许久大伙才回过神来叫布兹克森斯基先生把紧紧贴在阿波罗胸前的孩子拉回来"。[96]

这匆匆的一瞥是唯一一次旁人观察到肯拉德的情感活动。需待四十多年之后，他才亲自动笔记录关于童年的点滴。

第二章　出发地

"遵照孩子父亲的意愿",特奥菲拉·波勃罗夫斯卡将外孙肯拉德安排到一所小学堂里,从布兹克森斯基家的房子出发沿着弗洛里安斯卡大街走过去就到,该学堂由一名参加 1863 年起义的老同志运营。早在阿波罗去世之前那位老同志就担心肯拉德尚无兴致去学习功课而且也缺乏恒心,尽管不可否认他只有 11 岁而已。肯拉德喜欢从同情心的角度来批评任何事物,而且性情温柔,善良无比。[1] 肯拉德并没有接受过系统化的家教,而且对德语和拉丁语也一无所知,这就意味着他无奈地落在同龄伙伴的后面,但老师们都表扬他勤奋、理解力强、应用本领高。[2]

在接下去的四年里,肯拉德大部分时间与特奥菲拉一起住在克拉科夫。特奥菲拉跟肯拉德亲密无间,她心里明白,"对于这个头无片瓦的流放犯遗孤来说,再多的关爱也不嫌够"。塔德乌什·波勃罗夫斯基

（他本人无子）步入了父亲和资助人的角色。[3] 1869年9月他第一次写信给"小肯拉德"，这成为他们二人终生通函的开始。

"摧残孩童的最大不幸降临到你头上，小小年纪就丧失了双亲，这是上帝的旨意，"塔德乌什严肃地开始说道，"但慈爱的上帝悲天悯人，让你的好外婆和我来照顾你，关心你的健康、学习和将来的命运。"塔德乌什列出了一份优先事务的清单。"假如你得不到完整的教育，那就会是无用的废物。所以每门课程在一开始都要下决心、下苦功去学习掌握。对于一个男子汉来说……如果不知道怎样独立工作，不会指导自己的话，就不再是一个堂堂正正的男人而是一具毫无用处的木偶。"塔德乌什向肯拉德保证，家里人会打理好一切事务并承担所有的费用开销。"但即便如此你也仍然要去努力学习并锻炼身体……假如你听听老人言，说不定样样都会如意。切记不要让那些不适合你年龄的情感和想法耽误了自己。"[4]

这段掷地有声的警示箴言还蕴含了一句潜台词。塔德乌什想把肯拉德塑造成一位奉行实用主义的波勃罗夫斯基，而不是像他父亲那样成天做梦的科尔泽尼奥夫斯基。在朋友们眼里阿波罗一直是理想的贵族类型，浪漫的爱国者，培养儿子首先要"做一个波兰人"！[5] 肯拉德或许没有学过德语和拉丁语，但他却能背诵大量的密茨凯维奇作品，而且没有哪个孩子（斯蒂芬·布兹克森斯基发誓说)拥有"像他那样高贵的心"。然而在塔德乌什眼里,阿波罗始终是软弱的家伙,堂吉诃德式的人物,而且最要命的是他无法支撑起自己的家庭。待塔德乌什亲眼观察肯拉德多年后,发觉这孩子太容易生病,而且老是被情绪化的幻想分神。做一个波兰人?先做个有用的人再说吧。

文化人阿波罗以写作爱国诗歌的形式来庆祝他儿子的降生;生意人塔德乌什则开列了一本账簿,以此来记录自己监护肯拉德的重担。塔德乌什准备等到肯拉德成年时再将这本账簿亮给他看。"我想让你完全了解你的父母跟其他家庭成员的关系,我想让你知道这一小笔款子是怎样特意另拨出来给你将来的工作和独立派用场的,还要让你明白我们都爱你的母亲,并爱屋及乌也喜欢你和你的父亲。"[6] 在接下来的二十年

塔德乌什·波勃罗夫斯基
康拉德的舅舅和监护人

里，塔德乌什将肯拉德名下的每一笔借方贷方金额均记入他的"档案"里，还标注了对外甥行事作为的讽刺性批评。

塔德乌什的"档案"提供了当时唯一的记载材料，透露了肯拉德之后五年人生是如何度过，又是在何处度过的。第一年肯拉德继续留在弗洛里安斯卡大街上跟学校老师学习，而后三年则师从一位私人家教。此人名为亚当·普尔曼（Adam Pulman），是克拉科夫雅盖隆大学（Kraków's Jagiellonian University）的医学生。[7] 那年秋天肯拉德即将年满十六，当时克拉科夫流行霍乱，因此塔德乌什将肯拉德送到利沃夫某位表亲的住处，"有助于你锻炼身体，这是每个男人一生都需要的"。塔德乌什的账簿同时也记录了为肯拉德健康考虑而每年操办的旅行：1869年跟外婆一起去游览"沃滕堡之滨"；三个暑假均待在波兰的温泉胜地克雷尼察（Krynica）；1873年春天"遵照医嘱"同普尔曼到瑞士做为期六周的徒步远足。[8]

这些举措究竟对这名孤儿起到了怎样的作用呢，从他身上没有只言片语的透露。唯有从其他人书面的线索，从那些字里行间的蛛丝马迹里才暗示了"不当的情感和想法"始终驻留在肯拉德的心底，久久挥之不去，譬如一系列难以查明的病症、头痛和"心神不宁"。[9] 这就如同探测大洋床底一样，能够读出深度，但完全显露不出下方的东西究竟是何面目。

肯拉德少年时代的克拉科夫:集市广场和圣玛丽教堂

当肯拉德最终发声时，他用行动来说话。1874年秋，肯拉德刚从利沃夫待了一年回到克拉科夫。这位脆弱且自闭的男孩在多年以前跟着父亲送殡的队伍经过大广场，始终习惯于感怀悲伤，而如今他是一个努力伪装成大人的青少年。他把头发往后梳，抹上一层油，单片眼镜顺滑地塞入起毛的背心马甲里，然后步出房门。对克拉科夫角角落落的灰泥高墙和古旧石块，肯拉德都如数家珍。波塞斯卡街（Poselska Street）上父亲离世时的那套房子、弗洛里安斯卡大街上的小学堂，还有斯皮特尔纳街（Szpitalna Street）上同外婆共住的公寓。在那里肯拉德曾与斯蒂芬·布兹克森斯基的儿子一起探出窗户朝那些穿黑长衣的过路犹太人抛掷水球。[10] 在圣玛丽教堂的一处尖顶上，孤单的号手吹奏着《军号》（*hejnał*），这首传统的克拉科夫小曲突然在第五个音符处戛然而止，犹如对一个受压迫民族的挽歌。[11]

穿过一座围绕着镇中心的公园，肯拉德走进克拉科夫最好的一家照相馆坐下拍照。[12] 他按店家指导的姿势，将脸微微侧斜偏离镜头。他的下巴和嘴唇都很饱满，认真严肃的时候看起来就像是面露愠怒之色的小伙子。不过肯拉德的双眼却属于另一个年龄段，四周一圈黑色，活像大海中的礁石，浸在潮水中由波浪拍打。

快满十七岁那年，肯拉德完成了学业，正是定居

青少年时代的肯拉德·科尔泽尼奥夫斯基

克拉科夫并听从塔德乌什劝告从事一门职业的理想年龄。克拉科夫同时也是父亲曾经希望他待的地方,接受父亲的精神遗产,"做一个波兰人"。可是肯拉德多年以来所向往的却是尽可能离此地越远越好,而且令人出乎意料的是,塔德乌什居然也准备放他走。

1874年11月塔德乌什将肯拉德的行为记入账簿。"两年来你一直吵着要去商船队,我到克拉科夫和利沃夫来就是给你送行的。"肯拉德一心想做一名水手,而这对于一个从小到大就生长在距离大海数百英里之外的内陆年轻人而言简直是不切实际的胡思乱想。然而肯拉德的整个人生本来就一直飘泊不定，前去大海只是将其正式化了而已。

塔德乌什安排送他的外甥去马赛，在那里多亏了流散法国的犹太裔波兰人帮忙。塔德乌什认得一位波兰同胞，而他又认识另一位朋友，正是此人有个表亲开了一家船运公司。[13]（肯拉德当然已经会说一口流利的法语。）塔德乌什为肯拉德结清了他在加利西亚欠下的费用，付掉了他的旅费以及新海员的"一部分装备花销"。

账都付清了，行李都打包了，资料都备齐了，火车票也已在手，于是肯拉德做了道别。他向塔德乌什保证，不管去哪里都会负起责任来。他又对父亲的挚友斯蒂芬·布兹克森斯基许诺他将一直忠于自己的家乡。"我始终记得当年离开克拉科夫时您对我说的话，"多年之后肯拉德回忆到，"您说，'你记住，不管你朝哪里航行，你的心都要驶向波兰！'"

"这句话我一直没有忘怀，永远都不会！"[14]

. . .

后来肯拉德把名字改为带有英文字母 C 的康拉德，在此之后又过了很久，他难得有一次翻回世纪的一页来书写早年的波兰生活。1908年(他时年50岁),名为《私人档案》(*A Personal Record*)的回忆录出版面世,附加了一两篇散文,以成熟男子的口吻述说本人年轻时代的思想和情感。在一篇感人至深的文章里康拉德回忆起在克拉科夫的时候他踮起脚尖走进父亲的病房,小心翼翼地踏入"那可怕的沉寂气氛"。他吻了吻被褥下平躺的躯体,悄无声息地走了出去,常常(但并非每次)哭泣着坠入梦乡。然而当那无可回避的死亡一刻来临时,康拉德说自己"却没有一滴眼泪可掉,人人都觉得他是世上最无情的小兔崽子"。[15]

"假如当年我不是一个爱读书的孩子,那真不知道会变成什么样子。"康拉德沉思道:"我猜在脆弱的孩童脾气下可能早就疯了吧。"终日因流放、隔离和伤痛而窘迫不堪,相比之下在浩瀚的书海里康拉德倒能够环游世界。[16]他阅读那些在北极和非洲的探险故事,八九岁的时候得到人生第一本介绍海洋的文学作品。他坐在父亲的床脚边,大声朗读阿波罗对维克多·雨果作品《海上劳工》(*Toilers of the Sea*)(1866)的翻译样稿。在书本里,康拉德从弗雷德里克·马里亚特船长(Captain Frederick Marryat)的海上故事穿越到詹姆斯·费尼莫尔·库柏(James Fenimore Cooper)的海洋小说。[17]最后康拉德决定要成为一名水手。

在《私人档案》里康拉德述说了自己的想法是

如何日趋成熟的。"我想做一名水手,"他喃喃自语地说,"刚开始的时候,这一宣告未受到家人的注意就飘渺而过了,但等我到处去拼命大呼小叫之后才一时间惊动了他们,引来了诸如'谁在说怪话'之类的发问。""我想要做一名水手。"康拉德重复一遍。"你们听见那孩子的话没?"全家人都炸开了锅!康拉德掀起一阵轩然大波,当消息传到远在乌克兰的塔德乌什那里时,他特地赶到克拉科夫来劝说康拉德打消掉这个念头。

"孩子,把眼光放高些,好好琢磨琢磨你这想法究竟意味着什么,"他劝诫道,"同时在年终期末考的时候尽量考出最好成绩。"18

康拉德接着跟亚当·普尔曼去阿尔卑斯山度假,做徒步旅行。普尔曼显然已被委派了一项秘密任务,"要说服我断了那浪漫又愚蠢的念头",因为他在火车上跟我吵,在游湖汽船上与我争,甚至在瑞吉峰(Rigi)上观赏那闻名遐迩的日出美景——瑞士旅游的必看景点之一——的时候也还在给我洗脑子。

"那种生活……能(给你)带来什么回报呢?"普尔曼质问他的学生。"这个问题确实不好回答。"康拉德承认道。他感觉自己"犹如行尸走肉","胸中壮志未酬","梦想的大海"渐渐地退了潮。

随后突然间这股潮水又倒转了过来。"我们眼神交汇到一起,彼此领会到某种由衷的情感,霎那间转瞬即逝。"康拉德猛地拾起背包,站起身来。

"你是个无可救药的堂吉诃德,这就是你的灵魂。"普尔曼说。

他俩就此事不再多言。两个年轻人在威尼斯停止了他们的旅行,前往利多岛(Lido)。他们身后是波光粼粼的环礁湖和银白色的天际线,而身前则是若隐若现的海滩和翻滚的波浪,还有那无限伸展的汪洋。康拉德说:"在那一刻以前,他和我都一辈子没见过大海一眼。"[19]

每个见证者都可以说出不同版本的故事,而没有谁能够像所感所知的当事人那样真正见证内心的情感与想法。康拉德所说的话几乎没有一样能跟其他人的记录对得上号。那些当时将哭哭啼啼的他从父亲亡故的床榻边拉开的大人们都说这孩子完全沉浸在悲痛之中,绝对不是什么"无情的小兔崽子";康拉德头一次见到大海是1866年在敖德萨跟外婆一起旅行的时候,而不是在威尼斯;塔德乌什从未提到过自己专门跑去克拉科夫劝阻外甥不要航海(况且我们了解塔德乌什,假如确实去过的话,那他早就把此事写进那本账簿里了。)此外,那本康拉德说启发他成为海员的书——雨果的《海上劳工》——其实是个令人好奇的选择。书里面并没有太多实际的航海活动,故事讲的是一位不合时宜的怪人想要赢得他所爱女子的芳心,可是到头来却看见那位佳人跟另一个男子出海去了,最后那个怪人投水自溺而死。康拉德读到大海的那一页其实是伤心梦碎的大海,是自杀之海。

回忆录能够允许作者把自己塑造成他们希望别人接受的形象,而非真实的本我。康拉德精心打造了一个文艺版的年轻自我,犹如无忧无虑的梦想者,潇洒地度过儿时的颠沛流离和心理创伤。然而相识者对他外表形象的描绘却似乎与之大相径庭,更像是康拉德小说里反复出现的某些命途多舛的复杂人物,而且康拉德在《私人档案》当中也承认"每一部小说都含有自传元素"。[20] 他笔下的角色挣扎于命运错位、遭人嫌弃和绝望失意的处境,其中有 17 位死于自杀。

其他一些关于康拉德早年生活的侧面也无声无息地流露在他毕生的作品里。理想主义的科尔泽尼奥夫斯基和现实主义的波勃罗夫斯基在他体内左右互搏,这场关于优先主导地位的争夺伴随着康拉德步入成年。乍看起来,《私人档案》里青年康拉德的形象真不愧是他父亲的儿子,同阿波罗一样也是个梦想家和大作家。"阅读本书的人都知道我坚信这个世界……全都依靠……'忠贞不渝'这一理念。"康拉德在序言里如此表达自己的价值观,模仿父母对波兰独立的不朽执着。

不过康拉德跟波勃罗夫斯基家的人一样强烈鄙视"革命精神方面的绝对乐观主义"。当他描绘波兰时,他所运用的是舅舅的口吻。康拉德唯一一部情节设定在波兰的小说《罗曼亲王》(Prince Roman)正是取材于塔德乌什在 1900 年出版的波兰语回忆录,描绘了他当年在塔德乌什家逗留时见过的一位 1830 年起义者。[21]《私人档案》里大段大段的内容均直接来自那同一个源头。正是从塔德乌什那里,康拉德得知爷爷的形象是那种只相信"骑马杀敌"的波兰贵族;正是从塔德乌什那里,康拉德对母亲形成了"理想波兰女性"的印象,"有爱心、翠羽蛾眉、文雅恬静、仪态端庄,双眸透着一股冷傲的甜美"。[22]

至于他的父亲,塔德乌什育人计划的反面教材,康拉德以一幅颇有意味的画面来描绘阿波罗去世前几周的情形。他走进病房,发现父亲"深陷在一张扶手椅里,身子用枕头垫着支撑。这是我最后一次见到父亲下床"。一位护士跪在炉台边"给炉子添加柴火"。遵照阿波罗的意思,护士正拿他的手稿和信件往炉子里塞。康拉德见了惊愕万分,目瞪口呆。"这种毁灭行为所传递的投降气氛深深地触动了我。"[23]

无论康拉德当时看到烧的是什么,但都并非阿波罗的手稿,那些稿件在遗嘱执行者的监护下得以幸存。然而这种误解是极具暗示作用的。康拉德望着父亲,觉得他犹如"一个被打垮的人",至少回过头来想是如此。他的言论和思想最终无法抵挡那远比他强大的力量所施加的致命打击。

康拉德从未忘记或原谅那摧残他童年的"大俄罗

斯帝国压迫阴霾"。它激发了一种宿命论的意识，世界如同一个王国，无论你多么执着地要自行其是，但都无法摆脱命运的轨道。阿波罗曾把俄罗斯写成一台机器，其"齿轮"正碾碎着波兰，而康拉德则将这个世界本身也描绘成一部装置，他写信给一位朋友说，生命犹如一台机械织布机。[24] "它引着我们来回穿梭，编织起时间、空间、痛苦、死亡、腐朽、绝望以及一切幻想，可是没有一样是真正重要的。"但不管你期望它编织多少，或几匹锦缎，或停下休憩，"你都无法干涉它，甚至无法砸碎它"。你只能目瞪口呆地站着，望着这咔嚓咔嚓的架子继续那无休止的工作流程。[25]

康拉德的小说通常在一个人物需要做出关键抉择的罕有时刻翻转，你能够"欺骗命运"，也可以把过去尘封起来；你可以待在原地随船共沉，也可以跳上救生艇逃亡；你可以用真相来伤人，也可以借谎言来宽慰；你可以恪尽职守地保护一笔财产，也可以监守自盗；你可以把某些地方炸个底朝天，也可以将阴谋肇事者告发入狱。

你可以一辈子生于斯、长于斯、亡于斯，也可以动身离开再也不回来。

马赛啊马赛，一座橄榄油、橙子树、美酒和香料袋汇成的城市，张着大嘴对准地中海，斜着双眸望着大西洋，是十字军、革命家和基督山伯爵的故乡。肯拉德从住所下山，前往"旧港"（Vieux Port）。一根根桅杆"戳破"了船顶，犹如修剪过的麦穗。肯拉德步行路过酒馆，只听见哗啦啦的骰子声，瞧见亮闪闪的苦艾酒酒杯，农妇们抱着盛山羊乳酪的肩筐来卖，一位年迈的北非人晃着他的手摇风琴，声音盖过了有轨电车那刺耳的噪音。在港务办事处里船长们走进走出，脸庞皱得如同旧纸片。阳光如块状般一片片打落到港口的水面上。"乔治斯先生，"一位驾驶员呼唤道，其法语口音里稀里哗啦嚼不清"科尔泽尼奥夫斯基"。[26]

肯拉德已经成功地逃了出来。他再也没有写信给斯蒂芬·布兹克森斯基或亚当·普尔曼，尽管塔德乌什一再唠叨此事。他从克拉科夫带来的一个箱子也不见了，里面装满了波兰语书籍和一张全家福相片。塔德乌什很不情愿地重新寄给了他一张，还夹带着狠狠的训斥。"瞧你丢三落四的样子，把东西一点不当回事，真让我想起你们科尔泽尼奥夫斯基家，"塔德乌什责备道，"你们家就是这样总糟蹋东西，浪费东西……我不是指我的好妹妹、你的母亲……对了，你要个保姆不要？"[27]

钱财如流水般不见踪影，连肯拉德自己都没注意花到哪儿去了。八个月的生活费在几周内就人间蒸发，而且有人逼问所花何处他也几乎无从作答：日常生活的开销、狐朋狗友的借贷，还有一些他绝不想谈及的去处。可是他还需要钱，这就意味着必须再次联系舅舅。于是从乌克兰寄来了一封信，满篇尽是惊叹号和金额数字。塔德乌什舅舅批评他肆意挥霍钱财、做人粗心大意，甚至训斥他寻求帮助的方式。"看来我得打开天窗说亮话了，你说发生了什么什么事的口气我真的非常不喜欢……不错，仅仅因为某个蠢蛋犯了错就叫他自杀或去加尔都西（Carthusian）修道院出家的话确实没有道理……但一点点悔罪的态度总没问题吧。唉，尽管如此，这是头一次也是最后一次……只此一次噢……"于是塔德乌什还是寄钱给了他。[28]

待肯拉德年近20岁时，欲从俄国人眼皮底下消失就显得愈发紧迫了，而且也愈发困难。根据法国的法律，肯拉德作为一个外籍侨民必须得到其领事的许可方能登上法国船只报到。然而俄国领事是绝不可能准许的，因为肯拉德正值招募入伍的壮年期。迄今为止他还一直能劝说马赛的港务监察员对此事睁一只眼闭一只眼，而且已经到西印度地区来回跑了三趟。可是到了1877年夏天的某一日，当时俄国人刚刚向土耳其宣战，待肯拉德准备登上一艘船时监察员们就较真起来了。他们查到肯拉德没有合法的文件，遂拒绝放他走。假如肯拉德还想出海的话，要么另找一条不属于法国的船，要么另找一个地方归化国籍，不再属于俄国人。

塔德乌什罗列筛选了一些选项,有许多地方肯拉德可以前往,比如瑞士、美国、拉丁美洲。肯拉德曾经还提到过他在马赛面见了日本领事。"说不定你将成为日本的海军上将?这倒也是,一旦从事了像商业航运这类世界性工作之后,身处哪里是不重要的。"[29]然而塔德乌什唯一反对的却是肯拉德自己的向往主张,即前去英国,到世界上最大的商船队伍里头找工作。那样果真行得通吗?"我头一个问题就是……你会说英语吗?"[30]

肯拉德对轮船之事感到绝望,债台甚至越筑越高。不过一次偶然机会他跟早先第一条船"勃朗峰号"(*Mont-Blanc*)的船长不期而遇,对方许诺帮助肯拉德摆脱困境。船长透露说自己在对西班牙走私方面买卖做得不错,要肯拉德一起投资,说给予一笔丰厚的利润。于是肯拉德给了他1000法郎,结果船长回报了1400法郎。接着肯拉德便把自己余下的所有资金都给了船长,但不料那人一个子儿也没送回来。肯拉德闯了大祸,他无法面对塔德乌什舅舅,就找了一位朋友借钱,是一个名叫理查德·斐科特(Richard Fecht)的德国人。后来他带着那笔钱前去蒙特卡罗的各家赌场,希望能在赌桌上转运,可到头来损失惨重。肯拉德万念俱灰,返回了马赛,邀请斐科特来喝茶,以便把这个坏消息告诉他。[31]

1878年2月底,塔德乌什正在基辅商品交易会上,却收到了从法国打来的一条让人头疼的电报。"*Conrad blessé envoyez argent—arrivez*"[32](即"康拉德受伤,请汇款,速来")塔德乌什收拾起生意,火速赶往马赛,来了才发现外甥胸口中了枪伤,正在休养。

在斐科特前来赴约饮茶之前,肯拉德已经掏出手枪对准自己胸膛抠动了扳机。

康拉德没打中心脏,这令塔德乌什如释重负。难道是故意射偏?况且还康复得很好。鉴于脸面的考虑,他俩都同意对外宣传是在决斗中负伤。[33]不过塔德乌什太了解这个外甥了,嗅得出来这场麻烦事一定另有隐情。塔德乌什在马赛待了两个礼拜,要"验明正身"并帮肯拉德恢复正常生活。他从肯拉德身上看到了太多科尔泽尼奥夫斯基的影子:浪漫狂放、不负责任、"极度敏感、高傲自负、冷漠寡言,外加极易激动。"尽管如此,他"倒不是一个坏小子"。跟大多数海员不同,康拉德不太喝酒,通常也不赌博,更没有明显迹象证明他在男女关系上放荡不羁。"他有能力有口才,举止得体,英俊潇洒,而且人见人爱。""虽然我们波兰人,特别是年轻的波兰人,天生就喜欢法国佬、喜欢共和国,"但塔德乌什同样也乐于见到肯拉德是"一个帝国主义者",一个支持从前拿破仑三世政权的人。

在塔德乌什看来,眼下对肯拉德而言显然应该放弃航海返回克拉科夫。但肯拉德反对,"仍然深爱着他的职业,绝不想也绝不会改行"。于是舅舅跟外甥两人共同"认定应该加入英国商船队,在那儿不存在像法国这样的繁文缛节"。[34]

肯拉德伤势刚痊愈就报名前去一艘悬挂英国旗帜的蒸汽轮船"梅维斯号(*Mavis*)"。这艘船的条件很差,肯拉德也不喜欢那个船长,而船员们同样对他没有好感。当"梅维斯号"朝诺福克海岸港口鸣笛时,肯拉德就决心不干了。他跟船长吵了一架,上岸后即丧失了一部分求职预付的定金,接着火速动身赶往伦敦。[35]肯拉德将永远不会写出马赛经历的真相。

第三章　在陌生人中间

1878年秋天的第一周,世界上最大的城市正转动着世界的轴心,它稳步运作,开拓进取,制造产品,实现消费。在这里有投资,有发明,有销路,也有罪恶。这座城市人口超过450万且正在高速增长,人们早已对日新月异的扩张司空见惯。基建人员清除了饱含查尔斯·狄更斯小说风格的破烂贫民窟、肮脏的废弃空地和满是污秽的公寓楼,并铺设好全新的康庄大道,譬如沙夫茨伯里大街（Shaftesbury Avenue）、查令十字街（Charing Cross Road）、皮卡迪利广场（Piccadilly Circus）。在狄更斯的时代,拾荒者和流浪汉常出没于泰晤士沿岸的一条烂泥边缘带,如今工程师们将埃及艳后方尖碑（Cleopatra's Needle）从容地插进庄严宏伟的维多利亚堤岸区（Victoria Embankment）里。[1] 在河流下游,港区的开发商将河道切割成内港和码头的网格。在南北两侧,连栋的排房星罗棋布，一座座普通人的"城堡"将郊外旷野"缝合"到一起。正在不断挖掘的地铁网把通勤的乘客从城市的中心接来送去。

在一张连结着天涯海角"有名之地"的大网上，伦敦犹如一只蜘蛛，用时事消息的"丝线"牵动着这个世界。一艘艘蒸汽轮船准备就绪，开赴加尔各答、阿德莱德（Adelaide）、布宜诺斯艾利斯和横滨；抵港的船只则带来西印度群岛飓风、秘鲁南部动荡、萨尔瓦多闹蝗灾的消息。装卸工人往各个仓库里装运美国的棉花、澳洲的羊毛和加勒比地区的可可豆。在货币市场上，土耳其、巴西和瑞典的股票价格跌宕起伏，拉丁美洲的矿产、印度茶叶和北美铁路的证券价值潮起潮落；在伍尔维奇市政厅（Woolwich Town Hall）里仍继续进行着一场针对泰晤士河满载轮渡失事的询证问责；在水晶宫（Crystal Palace）里评委们正在颁发果品展和国际薯业博览会的奖项；在纽因顿（Newington），有7000人正在听一位美国禁酒令推动者阐述酗酒有害的观点；在伦敦西区（West End）的剧院里高朋满座，观众们正愉悦地欣赏着W. S. 吉尔伯特（W. S. Gilbert）和阿瑟·萨利文（Arthur Sullivan）全新的小歌剧《皮纳福号军舰》（*H.M.S. Pinafore*）。

利物浦街车站（Liverpool Street Station）上一列从诺福克发来的火车伴随着嘶嘶声驶入了站头，一位年轻人走了下来。他一直在认真地细读《泰晤士报》（*The Times*），用登满广告的那几页练习初学的英语：男女家教找学生、厨师厨娘找好东家、"黑衣的高挑淑女寻觅先前在里昂的船上向她献殷勤的绅士"。深埋在六大栏信息里的一条广告似乎抓住了肯拉德的眼球。

> SEA.—WANTED, respectable YOUTHS, for voyage or term, in two splendid ships for Australia, and others for India, &c.—W. Sutherland, 11, Fenchurch-buildings, Fenchurch-street, near rail. Established 1851.

1878年9月25日《泰晤士报》上的一则广告

肯拉德·科尔泽尼奥夫斯基需要一份工作，而且本人已经来到伦敦找差事。他将广告塞进口袋里，查了查地图，确定他的方位，随后消失在人群之中。[2]

"当初我同意你到英国船上航海可不是让你待在英格兰的，也不是叫你去逛伦敦，不是任你在那儿乱花我的钱！"远在对岸欧陆的塔德乌什舅舅听到吊儿郎当的外甥在那里把钱花个精光时一下子大发雷霆起来。"天知道你为什么要去伦敦，不过你给我脑子拎拎清，要明白你是无法管好自己的。你一无所有，举目无亲。"[3] 就算舅舅没有开口说这番话，肯拉德自己也能够感觉到会是怎样的回应。伦敦乃世上最佳隐匿之处，他和他父母在沙俄遭受的灾祸将绝不可能在此地上演。

伦敦这个地方，问的不多，给的却不少。没有限制条件规定谁能来这个国家或谁不能，没有护照或签证的必要，也无须证明你有经济支撑。没有人会被强制服兵役；没有人仅仅因为说了或写了什么反对当局的话就被扔进监狱；没有人因其政治背景而遭到引渡。自由二字将伦敦变为欧洲的流浪海滩，收留了被政治动荡的浪潮冲垮的难民们，他们包括1830~1831年起义的波兰人、1848年革命的俄国人和匈牙利人、19世纪五六十年代跟加里波第并肩战斗的意大利人、1871年巴黎公社的法国激进分子，甚至还有法国前皇帝拿破仑三世本尊。英国人在"万国避难所"的国家角色里获得了爱国主义的自豪感，宛如一盏自由的明灯。普天之下只有瑞士这个国家才拥有此等的宽容，但瑞士并没有那么多机遇，不如这座世界上最伟大的城市。[4]

当肯拉德迷迷糊糊地步出火车站时，便已加入了旅居伦敦的五万多名欧陆人士当中，这个数字比克拉科夫的总人口还要多。从利物浦街往东走，肯拉德发现一部分俄国人和俄国波兰人，这批人在城内有7000名，不过大多数人都是逃离沙俄迫害的犹太人；往西行，则步入克勒肯维尔（Clerkenwell）的"小意大利"。这是一片由灰色砖墙小巷构成的迷宫，男男女女们纷纷往冰淇淋小推车里装货，把筒子刮得干干净净。若继续深入则到了霍尔本（Holborn），此时意

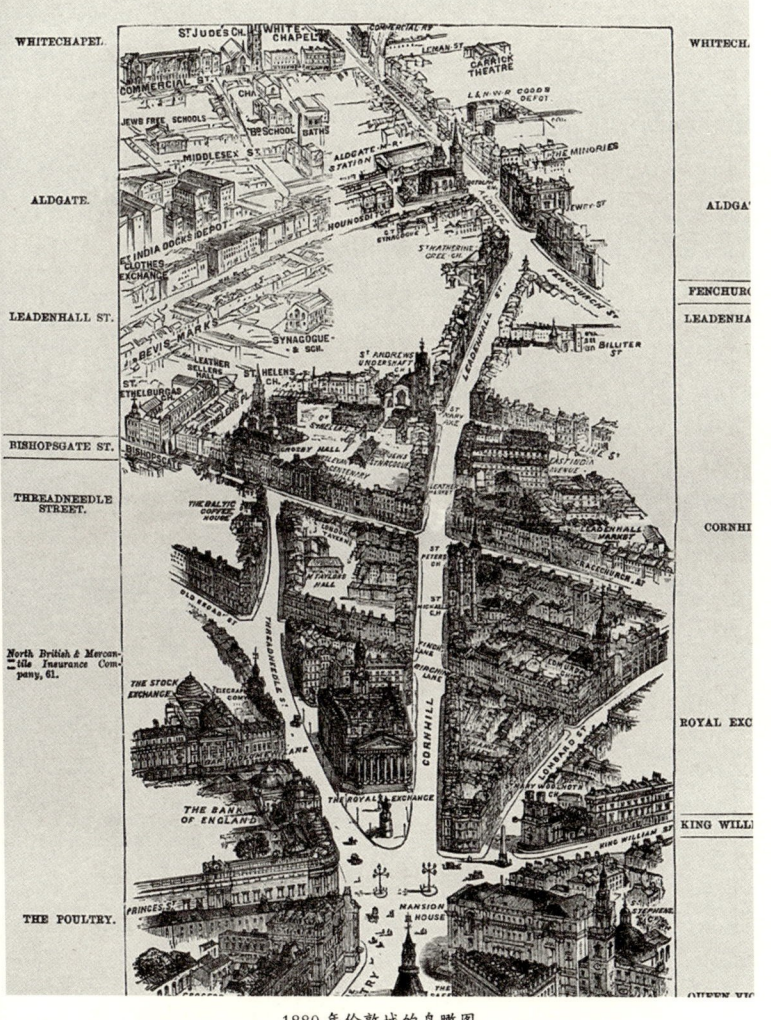

1880年伦敦城的鸟瞰图

大利人逐渐变为法国人,是一个名副其实的小巴黎,位于导游册上唤作"狄更斯城(Dickensland)"的地方的中心位置。[5] 从此地走一小段路就踏入了苏豪区(Soho),异域伦敦之都,这名头意味着德国人的首都。在这座城市里居住着超过20000名德国人,约有四分之一是商业职员,而其他人则为服务员、面包师、屠户、教师、偶尔出现的皇家亲王,以及一批被放逐的革命者,比如你可能在大英图书馆发现有一位卷胡子男人在书桌上乱涂乱写,那便是卡尔·马克思。[6]

环绕苏豪区的大道上奔跑着二轮小马车、二轮手推车和大棚货车,肯拉德跳上那摇摇晃晃的绿色公交车,爬上顶层的长椅,尽情享受一段向北而去的长途旅行。[7] 伦敦的太阳并不耀眼,犹如灰黑色前窗背后垂下的白布帘。在双层公交车的上楼地板上,肯拉德检阅着一排排精美装修的楼房立面,又俯视着下方叫卖小贩的手推车、头戴圆顶高帽的经纪人和裙撑饱满却双脚总是沾泥的妇女们。过了摄政运河(Regent's Canal),戳着烟囱的锯齿形房顶已不足为奇,公园和绿地在铁栅栏外头自由地吞吐着大自然的气息。公共汽车在斯托克纽因顿(Stoke Newington)抵达了终点。肯拉德从主干道转出,步行进入迪尼沃路(Dynevor Road)。长长的小道两旁仿佛蹲伏着砖石砌成的面孔,乳白色窗台的窗户似乎在一眨一眨。行至6号门牌,肯拉德摇开一道小门,登上一小段柱廊,然后拉开绿色的窄门,消失在了里头。这里,就是第一个被他始终称作"家"的地方。

待三十多年之后约瑟夫·康拉德回想当初刚到伦敦时候的样子,他说那时就好像徜徉在查尔斯·狄更斯的小说里。关于伦敦的一切,他所知道的每一样事物都是从狄更斯作品里来的。在孩提时代康拉德狼吞虎咽般地阅读狄更斯的波兰语翻译版,他震惊于"尼克贝(Nickleby)女士居然能以波兰语东拉西扯喋喋不休,以及那邪恶的拉尔夫(Ralph)也能操这种语言大发雷霆"。[8] 当时的康拉德跌跌撞撞地走出利物浦街车站,发现船运代理人待在"狄更斯式的犄角旮旯处",窝在"狄更斯式"的小办公室里,正品尝着一块"从街角那头某个狄更斯式的小食店里"带回来的羊排。[9]

事实上,当肯拉德·科尔泽尼奥夫斯基于1878年现身于这座城市时,狄更斯的伦敦早已消逝了(抹平后建造更宽的道路和更好的房屋),但这另当别论。肯拉德通过狄更斯来讲述他的故事,将一则初来乍到的逸事变为成龙成凤的传奇。他点亮起一条心路历程,从书生气的波兰作家之子肯拉德·科尔泽尼奥夫斯基,到广受赞誉的英国小说家约瑟夫·康拉德。他同时也顺便将早年生活的某些部分藏匿了起来,譬如躁动青春期的病痛和不幸,以及在马赛试图自杀。

康拉德很少写自己的早年生活,在难得的几次里他最常回忆起的就是初到伦敦的那几年。康拉德成长于俄罗斯帝国,家里人总是令他意识到自己作为波兰人、天主教徒和"什拉赫塔"的身份有别于身边的俄国人、犹太人和乌克兰农民。康拉德的身份认同被这把"差异"的利刃削得锋利。作为身在伦敦的异乡青年,"差异"成了一个融入的起点。"在一片自由而好客的土地上,哪怕是咱们族群里最受欺凌的人也可能找到相对的宁静和某种程度上的幸福。"康拉德在1886年用英语向一位波兰熟人写道:"'家'这个词用英语说出来、写下来或想起来时,对我而言总意味着大不列颠这片好客的海岸。"[10]1886年他申请(并获得了)英国国籍,[11] 从此生活在伦敦,再也没有离开哪怕一两个小时。

作为一位伦敦的成熟作家,康拉德看到"这个巨型城市——一座庞大无比的城镇,人口超过某些大洲——拥有足够的空间来设定任何的故事。她内涵深厚,足以赋予任何激情;她变幻多端,可以设置任何情节;她晦暗无光,能够埋葬500万生灵"。[12] 然而康拉德只将一部小说完全设定在伦敦(或者说是在英格兰),而且在架设的时候他也选择讲述一个关于外国人的故事。结果这本设定在1886年伦敦的作品于1907年出版面世,书中流露了更多关于康拉德来伦敦之前的生活,在这一点上胜过了以往任何明确的表述。他将此书命名为《间谍》。

故事的开场是某个春天的大清早,一位男子在"伦敦稀罕的阳光那充血的眼神"之下走出一家位于苏豪区的店铺。这家小铺子从远处看起来犹如文具店,而这男人在棕红色的长大衣下显得既饱满又时髦,模样恰如那种小资产阶级体面人士。他注意到伦敦街道门牌号的怪异之处,9号隔壁门牌是1号,而37号旁边是9号。若你是个外国人则会察觉到这种"地理上的诡异",但阿道夫·维罗克(Adolf Verloc)自恃"见过世面骗不倒"而引以为豪。[13]这是小说的第一条伏线,预示了在《间谍》的世界里没有什么事物是表里如一的,你知道多少取决于你探入有多深。

维罗克自称是"天生的英国子民",但其实他是欧洲(法国)出身,并在法国不知哪个地方住过一段不知有多长的时间。他看上去是一位"宽厚和蔼"的家长,但其家庭生活却基于某种不可言说的妥协。维罗克有位目光稳重的年轻妻子,她曾经为了维罗克而冷淡地回避了心上之人,不过这只是因为维罗克能够为她患痛风病的母亲和她的弟弟史蒂夫提供一个安稳的家。史蒂夫是个善良的好小伙,外表看上去"精致"、"有柔弱之美",但"下嘴唇的空凹处"则显示他患有某种智商缺陷。维罗克的店铺貌似文具商店,但当你审视橱窗时会发现原来是家色情书店,摆满了几近全裸的舞女照片和淫秽书籍。男人们均箭步窜入，还不忘先竖起自己的衣领子。[14]

到了晚上，常常有一些貌似小黄书顾客的男子大摇大摆地直接走到柜台前，抬起隔板径直穿越到店后的里间。他们都围聚在维罗克的壁炉周围，翻下衣领，开始谈论革命之事。他们所有人都跟维罗克一样来自国外。小团体的"精神领袖"米夏埃利斯（Michaelis）曾被关押了十五年，放出来的时候体型发福，牢里的公家饭和他喜欢的某位伦敦社团女主人的手艺把他给吃胖了。在那位女士举办的沙龙里，米夏埃利斯鼓吹一幅资本主义崩塌的"乐观"愿景："未来跟过去一样清晰——奴隶制、封建制、个人主义、集体主义。"有时候医学生亚历山大·奥西邦（Alexander Ossipon）扮演宣传家的角色，以革命小册子吸引读者，同时用那对杏眼、那头沙色秀发和"黑人般"朝气蓬勃的精气神来眉目传情勾搭女人。接着是骨瘦如柴的秃头卡尔·扬特（Karl Yundt），一位自封的"恐怖分子"和"爆破战老手"，他的牙悉数掉落只剩牙龈，口口声声支持要制造大规模伤亡。第四位是人称"教授"的"龌龊小男人"。至此，小团体集合完毕。对"教授"而言，什么狗屁思想他都丝毫不放在眼里。"恐怖分子和警察统统是一路货色；造反革命和保皇正统都是同种游戏里的反制手段；惰性的表现形式各有不同，但本质完全一样。"吸引他的是革命的技术和方法。"我正在钻研一种炸弹,能自动调整来适应一切行动条件……一枚真正智能的炸弹。""教授"将爆炸物裹在外衣之下,一捏橡皮球就会引爆。[15]

至于阿道夫·维罗克,大伙都知道他是个小店老板,但这些欧洲的"政治朋友"却清楚维罗克是一名无政府主义者。那个春日早晨,维罗克一如既往地在切舍姆广场(Chesham Square)上迈着大步,到外国使馆大门口轻叩,而后被人领了进去。人们简单地称呼他为"Δ"。这家使馆隶属于俄国(不言自明),而维罗克作为线人已经在他们的经费开支名册上挂了十一个年头了。[16]

受到使馆新来的一等参赞弗拉基米尔(Vladimir)的召唤,维罗克前来接受一项任务。弗拉基米尔对英国的做法表示难过,他们的观念"很荒唐","对个人自由怀有神经质般的敏感",为欧洲大陆形形色色的捣蛋分子提供庇护,比如无政府主义者、社会主义者、革命活动家。弗拉基米尔想要英国人采取整治措施,而且希望维罗克能帮他的忙。"你去制造一场大恐慌,"弗拉基米尔一边沉思一边说,"在国家美术馆(National Gallery)里放颗炸弹的话应该能闹出一些动静……"不过他猛然想到更优的选择,即某些科学和工业的象征物,"某些……英国佬觉得……是他们物质繁荣的源头之物"。弗拉基米尔"打算在格林威治的子午线方位捣乱",那个划定世界经度线和时区的地方。"整个文明世界都听说过格林威治,"他高兴地敲定了选择,"我觉得……没有比这效果更好、更唾手可得的了。"[17]

爆炸发生在幕后的潜台词里,在章节和章节的缝隙之间。奥西邦和"教授"正在苏豪区的一家啤酒馆里喝酒时奥西邦分享了消息。"有个男人今早在格林威治公园被炸飞了,"他从口袋里抽出一份报纸,"树下的地面上炸出一个大坑……遍地都是那名男子的残肢碎片……据说这起事故必定是一场企图炸毁天文台的邪恶阴谋"。[18]

"嗯……"奥西邦喃喃低语地说,"简直令人难以置信。"那会是谁干的呢?

"那个人……我只说一句……""教授"回答说,"维罗克。"维罗克最近从"教授"那里搞到一些炸药,现在看来在他到达目标地之前就意外爆炸了。"教授"嘴里咒骂着此次爆破的失败。他悄悄走出酒馆,盘算着如何再制作一枚质量更好的炸弹。当他转入一条小巷时,看见一个身影正走过来。他一眼就认出了那男人的步态及其玉米色的胡须。他就是苏格兰场(即伦敦警务处)的督察长希特(Heat)。

希特已经跟踪这些革命家多年,能说出他们"每个人逐个小时里都在干什么"。当得知那天早上格林威治的消息时,他十分确定地向上级保证"我们手头上的这些人没有一个与之有关"。[19] 然而等他前去格林威治做了调查，证据均无可辩驳地指向了维罗克的那个圈子。目击者汇报称看见两个男人从米夏埃利斯的房子那个方向走来，而且从验尸台上的那具捡拾的尸首身上希特调查到了某些原本属于某个男人的蛛丝马迹：几根浅色的头发、断腿上一只鞋子、外套衣领上撕落下来的地址标签，印着花纹"布雷特街（Brett Street）32号"——正是维罗克的店铺。

希特欲抓捕团伙内的意识形态罪魁祸首米夏埃利斯，但苏格兰场的上级予以反对。这位助理处长（Assistant Commissioner）很早就在亚洲热带地区从事警务工作，他经验丰富，善于跟踪并捣毁犯罪集团。这一回在伦敦有机会故伎重演。现在是时候清除掉"这些受雇于外国政府的狗腿子了"，[20] 而维罗克则显然就是要抓的人。助理处长亲自揽过了此次调查任务，直奔苏豪区。

希特心里明白，要深入探查伦敦的心脏地带的话就最好把自己乔装打扮成一个陌生的过客。于是他穿上一身简朴低调的便服，调整了一下自己的举止风格，然后溜进了那些街巷，"形如寻常可见的又一个古怪外国佬，在街区阴暗的角落里来去匆匆。"希特到"一家小意大利餐厅"里吃了一顿便餐。在那里头，"等餐碟一端到面前，人们就不分天南地北了"。"希特被自己在玻璃窗里反射出的外国打扮吓了一跳",于是捻一捻胡须,拉一拉衣领,然后前往维罗克的铺子。[21]

故事回转到布雷特街上,维罗克全家一直在调整以适应生活的变化。温妮的母亲已经决定搬入一所专为孤寡设立的救济养老院,把史蒂夫完全托付给温妮照顾。母亲的离去让史蒂夫郁郁寡欢。温妮叫维罗克带他出去走走,哄哄他开心。"阿道夫,你随便干什么事都可以带上他……他愿意为你赴汤蹈火的。"于是夫妇俩决定把史蒂夫送到郊外跟米夏埃利斯住上一段时间,希望换一个环境会对他有利。当维罗克跟史蒂夫一起散步的时候温妮思量着,"说不定能像父子一样"。[22]

维罗克去看望史蒂夫,返回时天上下着灰濛濛的雨,帽檐上滴滴答答,双眼和鼻子也都流着雨水,牙齿咯哒咯哒地作响。鬼天气,坏心情。维罗克喃喃地对温妮说,应该把钱统统提出来,搬到另一个国家去,比如法国、加利福尼亚。温妮为他沏好茶,劝他冷静下来。"我想知道到底是谁要逼迫你这么做。你可不是奴仆唉,在这个国家里没有谁非得做一个奴隶……你绝不要主动投降。"温妮一反常态,含情脉脉地在维罗克的眉毛上吻了一吻。"我要是信不过你的话,当初就不会嫁给你了。"

门铃响了。维罗克前去应门,返回客厅来时表情"困惑不解"、"心烦意乱"。他告诉温妮自己要出去一趟。温妮认不出那个叫门的人，但尖尖的胡须和翻起的衣领使他看起来像是丈夫的那些聊政治的朋友。"我丈夫整晚都会陪你的。"她向那人保证。随后两个男人便潜入了那晦暗污浊的夜色里。

门铃又响了，温妮前去应了门，只见这位拜访者一脸弯曲发蔫的胡须，温妮着实认得这幅相貌。他就是总在街角晃来晃去的那个警察。

"维罗克太太，你丈夫在家吗？"

"不在，他出去了。"

"去哪儿了？"此时没有应答。

"知道我是谁吗？"仍没有应答。

"认得这个东西吗？"那人掏出从格林威治尸体上取下来的地址标签。温妮当然认得此物，这就是她亲自印染并缝到史蒂夫外衣上的。这东西怎么会在这儿？

正当温妮对这条线索困惑不解时，维罗克回来了。希特督察跟着他一起进了客厅。温妮透着钥匙孔偷听他们讲话。

"炸成小碎片了，四肢、碎石、衣服、骨头、碎片，全都搅合在一起。我跟你说啊，他们不得不拿来一把铲子将那家伙收集到一起。"[23] 突然间，温妮把零碎的信息都拼拢了起来。是史蒂夫遇害了，是史蒂夫携带着那颗炸弹，是史蒂夫绊倒在树下。"史蒂夫啊，我可怜的史蒂夫。"他几乎是温妮亲手拉扯大的，这孩子无辜、温和、淳朴,却被炸成碎片了,只留下一小块衣物尚能辨认出他的身份。

维罗克坚称如果他被带到法官面前的话就会把实情和盘托出,说是大使馆将他摆到密探的位置上,而那颗炸弹是意外爆炸的。希特可不愿意看到如此结果。"这样的话米夏埃利斯就屁事没有了,还会把'教授'的家庭小作坊暴露于天下,瓦解整个监视系统,并且文案工作也将永无止境。"希特再次被他的上级抢得了先机。作为一名助理处长,格林威治爆炸案的好处就在于"它为某些我认为必须着手处理的工作开了一个完美的好头,即在我国清除掉一切外国政治间谍、警务人员及那一类……一类走狗"。他辩称,逮捕那些密探,同时让那些雇佣密探的别国外交官们没好日子过,这样一来那些家伙就不会再打此类鬼主意了。[24]

维罗克在这位助理处长的眼里只不过是连带伤害的对象。"很显然他并没有打算要害死那个可怜的小伙子,即他的小舅子,"他对政府的一位部长报告说,"维罗克有一个心地真诚的妻子和一桩忠实可敬的婚姻……从某种角度来看,我们其实夹在别人的家务事中间"。[25]

维罗克的道德感被震得粉碎。"我没想要伤害那孩子一根毫毛,"他告诉温妮说,"你是知道的,我绝不要他受任何伤害。"维罗克是受大使馆所逼,被迫走这一步棋,此前他已经为那些人牺牲了十一年的光阴,顶着风险扮演双重间谍的角色。"我们结婚的这七年来，仿佛有一把利刃时刻会捅进我的身子。"[26]

温妮心乱如麻。"这个男人把孩子带出去害死了……他把孩子从家里带走害死了……他把孩子从我身边带走害死了！"这个男人，她曾共同生活的男人，这个她已经惯于相处的男人，这个他从前深信不疑的男人——把孩子带走害死了！维罗克重重地躺倒在沙发上，喘着大气，身心俱疲。此时他听见温妮走了过来，瞧见墙上她身体的投影拉长了，天花板上闪现她挥舞胳膊的影子，像是手握一把切肉刀。还没等维罗克来得及起身，利刃已深深地插入了他的胸膛。[27]

"她已是一个自由的女人，完完全全的解放，令她无欲无求，彻底无事可做了。"[28]

维罗克的鲜血在地板上蔓延开来。此时此刻温妮所能想到的只是她会被逮住并绞死。温妮跟跟跄跄地跑到大街上，心里害怕、困惑、绝望，"孑然一身在伦敦"。[29]垂头之时恰好撞见了亚历山大·奥西邦。

奥西邦在附近的酒吧里已经待了两个小时，心情忐忑，对如何躲避警察举棋不定。对于这位落难的女子，他出于本能勾搭了上来。"自从我第一眼看到你的脸，我就一直喜欢你，喜欢得简直无法用语言来表达。"他脱口而出，然后将温妮揽到怀里。在温妮散乱的自白中，奥西邦拼凑起了一个他猜也猜不到的故事。在他的脑子里，温妮从落难的家庭主妇变成了疯婆子、女凶手，一个跟她遇害弟弟一样的"废物败类"。奥西邦许诺带她安全私奔到巴黎。就在那天夜晚他带着温妮登上港口接驳列车,但当火车驶离站头时,奥西邦从车厢里跳了下来,抛弃了温妮。她所有的钱——使馆给维罗克的全部酬金——均被奥西邦塞进了外衣内的钱包里。[30]

这部小说最后在苏豪区一家啤酒馆里走向尾声。奥西邦和"教授"再次碰面喝酒。自从格林威治那次事件以来奥西邦都一直闷闷不乐,他甚至调动不起兴致去跟人打情骂俏。于是"教授"便一边劝慰他要高兴起来一边敬酒干杯:"为'毁灭'干杯。"奥西邦用一贯紧张兮兮的腔调从口袋里夹出一份折得很旧的报纸,日期是十天以前,上面写着"一名女乘客在跨海峡驳船上自杀。这不解的谜团似乎注定要笼罩在这场抑或疯狂抑或绝望的举动上"。一名船员在座椅上发现了她的结婚戒指,温妮的婚戒。"抑或疯狂抑或绝望"这几个字在奥西邦的耳中不断回响。《间谍》一书最后的文字跟踪描写那位"教授"。他从容地漫步在苏豪区的小巷子里,默默地思量着破坏大计。在城市里几百万无辜的人当中,"他如行尸走肉般来来去去,丝毫不受怀疑,就像一只在熙熙攘攘大街上的害虫"。[31]

《间谍》这本书是康拉德向敬爱的查尔斯·狄更斯献礼。康拉德用名词和绰号来为角色命名〔比如"希特"（英文原文为Heat，热量的意思。——译者注）、"教授"］。像狄更斯一样，他把人物性格包装在外表形体里：猪脑肥肠的米夏埃利斯、骨瘦如柴的卡尔·扬特，以及用"肥猪模样"来让维罗克这个角色强壮高大起来。康拉德的伦敦也如同狄更斯的一样昏暗、泥泞、四处灰烟、雾气朦朦。在狄更斯式的笔尖魔力之下，一个人物在喧闹的大都市里漫步时或许会偶然遇见那个推动剧情的关键角色，比如"教授"。他"消失在人群中"，转入小巷子会发现希特督察；温妮"漫无目的"地从铺子里蹒跚而出，"生怕自己跌入深渊"，正好撞见奥西邦。康拉德最喜欢的狄更斯小说是《荒凉山庄》，这本书他读过不知多少遍，包括波兰语版和英语版，"每每伴随着强烈的无理性偏爱"，双目紧紧凝视于字里行间。[32] 狄更斯笔下的警察布克特（Bucket）是"一位形体粗壮、面容坚毅、眼光犀利的黑衣男子，"仿佛拍了拍康拉德笔下希特督察的肩膀，"一个穿黑色长外套的健壮男性……一对眼珠明亮，眼神具有穿透力"。狄更斯书中那位无辜的、被虐待的清道夫乔（Jo）或许就相当于可怜的傻子亲戚史蒂夫。《荒凉山庄》以一出自发引爆的插曲为特色，而《间谍》里头也有炸药爆炸的情节。肯拉德·科尔泽尼奥夫斯基阅读狄更斯，而约瑟夫·康拉德则重新演绎狄更斯。[33]

《间谍》表面上似乎是一部侦探惊悚作品。但每部探案小说都是历史小说，它用眼前的蛛丝马迹来搞清过去之事是如何发生的。《间谍》的故事设定在写作之前二十年，显然也算一部历史小说。康拉德的情节是基于1894年在格林威治发生的一起真实事件，而那桩案件则又是属于一场家族世系的政治阴谋，或多或少与沙俄帝国有些联系——那个康拉德逃离的国家，而维多利亚时代的伦敦却渐渐被他认作是故乡了。

《间谍》一书的真实故事原型发生在1881年的圣彼得堡。当时沙皇亚历山大二世刚出席完一场每周举行的阅兵式，正骑马返回冬宫。行人都挤在叶卡捷琳娜运河（Catherine Canal）两侧，让路给皇家随从队伍通过。有一位看热闹的观众从腋下掏出一个包裹，将其扔到马匹队伍那形如剪刀般摆动的马腿中间。只见突然闪起一道亮光，冒出一阵烟雾，顿时尖叫声、马嘶声乱作一团，哥萨克们纷纷倒在了雪地里。马车轿厢是防弹的，因此毫发无损，沙皇安然无恙。他步出轿厢看看发生了何事。此时从街道另一侧又出现了另一名男子，他猛地往沙皇的脚上抛掷了某样东西，烟雾和白雪霎那间腾空而起，只见沙皇淌血的残肢。他的双腿被炸飞了，下腹部撕裂，手掌被自己的婚戒碎片切烂了，数小时后便驾崩而去。这颗致命的炸弹是一位波兰"什拉赫塔"扔的，此人仅仅比肯拉德·科尔泽尼奥夫斯基年长一岁而已。[34]

当年惩罚肯拉德父母的这位沙皇死了。肯拉德激动地写信给舅舅塔德乌什，滔滔不绝地表达着自己对泛斯拉夫联盟的憧憬。"你对祖国的关注让我感到很高兴，"塔德乌什回应说，"没错，这是你的责任，而且我也希望你保持忠诚，但是有许多人就算生活在国内也毫不关心此事。"[35]

康拉德的父母都是民族主义者，他们为了解放波兰民族，曾致力于推翻一个国家，即沙俄王朝政权。刺杀沙皇的组织是一个名为"人民意志"的社会革命团体，属于新一代的激进分子，他们就是想要推翻"这个"国家。他们从一伙激进团体当中涌现出来，而那些人的目标是在"人民"中间重新组建社会。卡尔·马克思拥护一种名曰"生产方式的国有化"的观点，即共产主义。他的俄国同志米哈伊尔·巴枯宁（Mikhail Bakunin）——《间谍》中喜欢说大话的米夏埃利斯的人物原型——则更为激进。巴枯宁说，只要你有了国家，就有了"一个阶级对另一个阶级的统治，而最终的结果就是奴隶制"。既然"没有奴隶制的国家是不可思议的"，那么我们就不得不消灭国家——也就是说要搞无政府主义。[36]激进的目的需要激进的手段。"我们必须传播我们的信仰，不是靠语言，而是用行动，"巴枯宁坚称，"因为实实在在的行动才是最受欢迎、最有效果、最令人无法抗拒的宣传模式。"[37]

沙皇遇刺数月后，全欧洲的无政府主义者蜂拥至伦敦尤斯顿火车站（Euston Station）附近的一家酒馆里，召开历史上首届国际无政府主义者代表大会，这是他们对共产国际的回应，从前共产国际于1864年也在伦敦首次召集。[38] 此次代表大会受到俄国事件的极大鼓舞，正式采用了"用行动来宣传"的战略。无政府主义政治理论家彼得·克鲁泡特金（Peter Kropotkin）说："不久之后，单单一场刺杀或爆炸就能超过数千份宣传册的效果了。"[39]

"行动"二字所指的就是雷管。此物在1867年获得专利，遂将大规模破坏的手段武装给了普通民众。在1848年的维也纳、1863年的华沙和1871年的巴黎，革命者们曾经被数量占优且使用武器更胜一筹的军队残酷镇压，而如今你只需从矿场或工厂里偷走几根雷管，或在自家的秘密化学实验室里捣鼓捣鼓，就能单枪匹马去恐吓并破坏了。"人民意志"组织特意选择炸弹而非手枪去刺杀沙皇，正是因为其惊人的效果。[40] 克鲁泡特金敦促无政府主义者都去研习化学知识，以便学着制作炸弹。德国的激进分子约翰·莫斯特（Johann Most）则更进一步，他编写了一本炸弹制作指南《革命战争的科学》（*The Science of Revolutionary Warfare*）。[41] 莫斯特在炸药的冲击波里看到了一个崭新时代的黎明："就像火药和步枪的力量曾把封建制从地表上清除一样，炸药的威力也能够摧毁资产阶级政权。"[42]

"雷管宣传"于1881年白雾蒙蒙的冬夜悄然降

临英国，军队位于索尔福德（Salford）的某部营房遭到炸弹袭击，有一名小男孩遇难。[43] 后来在切斯特（Chester）的军营里又发生几次爆炸，接着在利物浦的一处警察局里侦探们找到一个炸药储藏点，里面摆满了用时钟、炸药和硝化甘油做成的定时炸弹。[44] 在1883年，这些投弹者一旦开始袭击伦敦，就很少会只干一次。1883年3月，多枚经过调试的炸弹在《泰晤士报》总部和白厅（Whitehall）的一幢政府大楼里爆炸。10月，在某条地铁线路里一枚炸弹炸碎几节车厢，乘客纷纷瑟瑟发抖地钻出普里德街（Praed Street）车站，而隧道里遍地都是碎玻璃。十分钟后，在查令十字地铁站等车的乘客们又被另一起爆炸赶到了站台上。[45] 1884年5月底，警方在特拉法尔加广场（Trafalgar Square）的纳尔逊纪念柱的底部发现了16箱雷管。在同一天夜里，警探们刚夜间出勤还没过30分钟，一枚炸弹就把苏格兰场的某个角落炸飞了。[46] 在1884年至1885年的那个冬天发生了一连串袭击，到1月份的某个周六上升至了顶点，伦敦塔和威斯敏斯特大厅（Westminster Hall）的地下室里又同时引爆了多颗炸弹，而第三枚则炸穿进（无人的）下议院大厅，炸裂了皮革面的长凳，搞得满房间尽是马毛填充物。[47] "此时此刻，一位口袋里装有雷管的旅客给伦敦各大城市带来的恐慌要胜过一支万人军队在多佛登陆。"一份名为《无政府主义者》(*The Anarchist*)

的报纸欢呼雀跃般地宣称。[48]

然而这些"雷管暴行"却没有一起是无政府主义者筹划的,统统都属于那些好战的爱尔兰民族主义分子远在美国的杰出运作,他们被人称为"芬尼亚分子"(Fenians)。[49] 他们在日常的通勤路线上杀伤平民,目标针对标志性区域,对袭击活动进行调试以求影响最大化,这些"芬尼亚分子"为现代恐怖主义奠定了剧本套路。作为回应,英国政府率先倡导反恐怖主义。国会火速通过《爆炸物法案》(Explosive Substances Act),任何人拥有爆炸物且意在造成伤害的均属于违法行为,而伦敦警察厅(Metropolitan Police)也成立了"政治保安处(Special Branch)"来调查带有政治性质的犯罪活动。[50]

无论是归功于执法人员那自吹自擂的严肃整顿还是得益于英格兰-爱尔兰关系政策的变化,总之"芬尼亚分子"的爆炸活动在1885年停息了。[51] 不过在世界的其他地方,无政府主义者及其嫌疑分子的袭击却开始增加。[52]1886年在芝加哥干草市场(Haymarket),一颗炸弹在一场工人示威游行当中爆炸;在俄国,暗杀活动开展得越发深入;在罗马,爆炸案件发生在教堂和露天广场;在巴塞罗那歌剧院,一名无政府主义者在罗西尼(Rossini)的《威廉泰尔》(*William Tell*)表演当中在楼上看台探出身子将一枚炸弹扔到观众们的脑袋上;[53] 在巴黎,一个名叫拉瓦肖尔（Ravachol）的杀人嫌疑犯从警察的看管之下逃脱了，并到地方法官们的房门口安放了爆炸物。当警察重新抓住他时，他的追随者们又炸掉了一家餐馆，而后又是一处公司总部，最后把一枚炸弹扔进了下议院。惊恐万分的法国人常常会谈及"拉瓦肖尔化（ravacholisé）"这个词，即被雷管炸死。[54]

每一起事件都会触发更多的拘捕和驱逐，于是越来越多的欧洲难民纷纷涌入伦敦这座避风港来。到目前为止主要是俄国的犹太人，他们大体上跟无政府主义无关，只不过是沙皇遇刺的替罪羊和大屠杀的受害者，仅有一小部分才是真正的革命家。一位法国无政府主义者为新来的同行们撰写了一篇《伦敦流亡客实用指导》（Practical Guide for a London Exile），附带一本基本常用语手册。

法语	书面英语	口头英语
Est-il vrai qu'en Angleterre, il y ait eu deshommes politiques honnêtes?	Is it true that in England there have been some honest politicians?	Iz ite trou date ine Ingelen'de der hêve bine some honest politichanese?...
Ma jolie fille?	My pretty girl?	Maille prêté guile?...
Sacré étranger!	Bloody foreigner!	Bladé forégneur!...
Allons boire un verre.	Let us have a drink.	Leteusse hêve é drin'ke.[55]

激进分子想方设法躲进了伦敦各个潜伏角落,在东区(East End)的伯纳斯街(Berners Street)上有一家专为犹太无政府主义者开设的酒吧,那里还有伦敦的意第绪语革命报刊。苏豪区的"自治权俱乐部"(Autonomie Club)是"常规的无政府主义者养兔场",在那里头新来者睡在长沙发上,廉价的英国杜松子酒烧灼着喉咙,墙壁上方悬挂着拉瓦肖尔的照片。[56] 在摄政公园(Regent's Park)附近的一幢房子里,两名英国青少年奥利维亚·罗赛蒂(Olivia)和海伦·罗赛蒂(Helen Rossetti)热情地欢迎无政府主义者的到来。姐妹俩是意大利流亡贵族的孙女[诗人克里斯蒂娜·罗赛蒂(Christina Rossetti)和画家但丁·加布里尔·罗赛蒂(Dante Gabriel Rossetti)的侄女],她们在阅读了彼得·克鲁泡特金的宣传册之后转而信仰了无政府主义,并开始在自家的地下室里兴办一份名为《火炬》(*The Torch*)的无政府主义报纸。[57] 于是罗赛蒂家的地下编辑室很快就成了"操各种口音的外国人前来聚集的场所……俄语、意大利语、法语、西班牙语、荷兰语、瑞典语,不久后实际上淹没了英语语言元素……"在这块地方,真正的无政府主义者大都是外国人。[58]

真正扔炸弹的"芬尼亚分子"加剧了英国人对无政府主义者的恐惧,而他们只不过是说说要扔而已。"我国包庇收留全世界的无政府主义杂碎,这是在养虎为患。"《派尔－麦尔新闻》(*The Pall Mall Gazette*)警告说。[59] 看起来伦敦本身迟早也会成为目标。小说家们捕捉住了这股恐慌的情绪。1893年的小说《无政府主义者哈特曼——大都会的末日》(*Hartmann the Anarchist, or, the Doom of the Great City*)描绘了一位德国革命家发明了一种飞行器来轰炸伦敦,"刺穿这个文明中心的心房……它将资本的血液泵射到世界各地,通过俄国、澳大利亚和印度的大动脉,也流经北美皮毛公司、厄瓜多尔种植园和非洲河道上的贸易汽船这些毛细血管"。"只要瘫痪了这颗心脏,"他说,"你就击垮了金融业的信用体系和运行机制。"[60] 书本上一幅触目惊心的插画展现了大本钟塔被炸飞并一头栽进泰晤士河里的图景。[61]

妄想症笼罩了伦敦城。侦探们和无政府主义者们玩起了捉迷藏的游戏。某些人宣称"每个无政府主义者都及时学会了如何第一眼就辨认出警探",但他们心里都明白,"无政府主义的队伍当中也简直如蜂巢般千疮百孔,充斥着特务和间谍。"[62] 那些被征调入"政治保安处"追踪"芬尼亚分子"的警探们已正式转为全职的"无政府主义捕手"。[63] "如今凡是罪犯或可疑的外国佬都被视作无政府主义者,这种做法已成为流行惯例。"[64]

1894年2月的一天晚上,外面夜色已黑,格林威治公园的管理员听到从天文台附近传来一阵响声。他赶忙爬上山，看见一个双膝跪地的身影，其外形越看越像是一名男子……一个小伙子……一位长相纤弱、衣着考究的年轻人。他浅色眼珠、淡色柔发，下腹部裂开了大口子，内脏和肠子都落了出来。左手的碎片撒了草坪一地。"带我回家。"他喘着气说，接着便一命呜呼了。65

该名男子此前一直携带着一瓶炸药，但意外地引爆了。"炸成了碎片！受害者是无政府主义分子（？）"街头小报纷纷惊呼。66 经核实此人名叫马夏尔·布尔丹（Martial Bourdin），系法国人，是"自治权俱乐部"的成员。警方称，他很显然是准备前往格林威治天文台放置炸弹的。那里是世界的中心，零度子午线。不过其他有些人士则疑心要更重一些。一名无政府主义宣传资料撰稿人主张布尔丹是被他的姐夫引到格林威治的，而那个人则是警方安插的眼线。人们众说纷纭，莫衷一是。

革命者、理论家、警探、双重间谍；姐夫、炸弹、事故。格林威治谜案箭头直指《间谍》一书。关于标题的选择，康拉德提供了一个直截了当的解释。他在1920年的小说引言里声称自己的灵感来源于"某位朋友随意谈及无政府主义者的一番话"。67 而这位朋友也是一位作家同道，名叫福特·马多克斯·福特（Ford Madox Ford）（生卒年份自1873年12月17日至1939年6月26日，英国小说家、诗人、评论家和

爱德华·福西特（Edward Fawcett）的卷首插画，
《无政府主义者哈特曼》（1893年）

杂志编辑,推动了 20 世纪早期英国文学的发展。——译者注),其表妹正是青少年激进分子奥利维亚·罗赛蒂和海伦·罗赛蒂。康拉德将她们所办报纸《火炬》嫁接到了维罗克店铺的正面橱窗里。[68] 就这样,历史走进了小说里。或者应该说,至少康拉德希望读者们这样认为。

康拉德笔下的伦敦,文学的外表形象具有迷惑力。正如玛丽·科雷利(Marie Corelli)和霍尔·凯恩(Hall Caine)的畅销书里说的,你那位经济阔绰、温文尔雅、美如天人的朋友到头来搞不好是伪装的撒旦,或者说你的种种印象是魔鬼送来的而非上帝赐予的,[69] 这就好像当你如英俊潇洒且青春永驻的骑士那样昂首阔步地行走在镇子上时,说不定某间阁楼的哪个位置上你的画像却已逐渐衰老、丑陋、扭曲(取自奥斯卡·王尔德的《道林·格雷的画像》);这就好像你配制了一服药水让自己变成邪恶的另一面,却无法找回配方重新恢复原本完好的模样[罗伯特·路易斯·史蒂文森(Robert Louis Stevenson)的《化身博士》(*Dr. Jekyll and Mr. Hyde*)]。你或许会发现在《海滨杂志》(*The Strand*)里堕落放纵的鸦片鬼或烂醉如泥的马夫其实是夏洛克·福尔摩斯为破案而乔装打扮的。但假如你阅读街头小报,就会了解开膛者杰克仍在东区神出鬼没,并没有落入法网,他可能假扮成任何人。在《间谍》的世界里,没有什么事物是表里如一的,你知道多少取决于你探入有多深。

《间谍》作为一部关于无政府主义的历史小说最终还是上演了。布尔丹的炸药瓶是英国迄今为止引爆过的唯一一颗涉嫌无政府主义的爆炸物。格林威治事件发生之后,海伦和奥利维亚·罗赛蒂立刻看到"公众情绪"转为"反对无政府主义分子"。[70]数百名抗议者围攻了布尔丹的送殡队伍,他们嘘声一片,呼喊着"我们不要炸弹!"、"滚回你们老家去!"此时葬礼宣读者开始朗读悼词:"朋友们、无政府主义同志们……"可是即刻被淹没在"私刑处死他!"[71]的叫骂声当中。此外,警方也突袭了"自治权俱乐部"并将其关闭。"政治保安处"的警探们逮捕了两名意大利人,罪名是应用约翰·莫斯特的炸弹制作手册来炮制爆炸物。不久后,像彼得·克鲁泡特金这种曾经号召"用行动来宣传"的人物如今也否定了信条,认为那只不过是些不满现状者对暴力正当化的随意借口而已。罗赛蒂姐妹停办了《火炬》报刊,在一部带有温和批评色彩的自传体小说《无政府主义者中间的女孩》(*A Girl Among the Anarchists*)里撰写她们在无政府主义方面的历险。

当康拉德在1906年开始写作《间谍》的时候,

英国的无政府主义已成了不合时宜之物。苏豪区从一个贫困而凶险的贼窝蜕变为波西米亚式夜生活的潮流聚集地。[72] 感官小说家们正将更加迫在眉睫的危机搬上文艺舞台，譬如针对德国的战争。与此同时 G. K. 切斯特顿（G. K. Chesterton）在《名叫"星期四"的男人》（*The Man Who Was Thursday*）（1908年）里嘲笑无政府主义惊悚小说这一文学类别，书中的秘密革命圈子内部每个成员到头来竟然全都是卧底的警察。无政府主义呈现给人们的与其说是强烈的冲击，倒不如讲是捧腹的笑料。

"不要以为我是在讽刺革命世界，这些人全都不是革命者，净是些冒牌货。"当《间谍》于1907年在各家书店大卖之时康拉德告诉一位朋友说。[73] 美国出版社将这本书作为"外交阴谋与无政府主义者变节的故事"来推广销售，康拉德对此做法十分恼火。"我不喜欢看到这个故事被人误解成怀有任何社会效应或引起论战的意图，"他抱怨说，[74] "我无意于从政治角度考虑无政府主义问题。"[75] 硬要说有一丁点关联的话，恰恰是对政治意义的完全忽视才使康拉德想去写关于布尔丹的故事。他宣称："一个人毫无缘由地被炸成碎片……面对这样的事实，面对如此愚蠢的、莫名其妙的血腥事件，我们无论用怎样合理或甚至不合理的思维都不可能彻底看穿其缘由究竟……哪怕是最接近的无政府主义理念或别的什么名堂。"[76]

"在我眼里，"康拉德说，"这部小说是应用在某个特定主题上的一次相当成功（且忠实反映）的嘲弄化处理。"[77] 其讽刺性之于文学手法，就如同神秘感之于故事情节。它取决于伪装，比如一个人说某件事，但其实醉翁之意不在酒；[78] 讽刺性仰赖于秘密，读者是旁观而清，而人物却因当局而迷。

每一部侦探小说也许都是历史小说，只不过《间谍》一书的内在历史根本与无政府主义没有什么关联。康拉德说，表面上看起来像是一本关于"特务"（维罗克）的书，但实际上却是"温妮·维罗克的故事"；表面上看起来像是一本涉及政治阴谋的作品，但实际上属于康拉德笔下那位侦探眼里的"家庭闹剧"，而且正是家庭成员的关系才推动了剧情。维罗克同意充当密探并以此保护自己的家庭，而史蒂夫之所以跟随"干爹"维罗克去格林威治也是因为他的母亲已经搬走了；温妮为了给弟弟报仇而杀死了自己的丈夫。康拉德给我们奉上这部因受"无政府主义者之间闲聊"而启发的作品，而实际的作者是某位不需要行内人来开导就知道革命活动会如何搞垮家庭的，因为外表看似是约瑟夫·康拉德创作的小说，其实也是出自肯拉德·科尔泽尼奥夫斯基之手。

《间谍》一书勾勒了康拉德早年生活的框架轮廓，超过了其写作过的任何一部作品。书里的家庭有父亲、母亲、儿子和时而出现的外婆角色——阿波罗、埃娃、肯拉德·科尔泽尼奥夫斯基以及偶尔加入进来的特奥菲拉·波勃罗夫斯卡；房子里有革命者们的聚会活动，恰如康拉德依稀记得1861年新世界路上全家的公寓里见到过那些人"在庞大空间里时而出现时而消失"，就在警察来找父亲的前几周里；[79] 书里有革命团体、组织文件和宣传小册子，正如他父亲的行动委员会、《双周刊》和《农村》；书里有提早引爆的惊天大案并枉杀了无辜，恰似1863年适得其反的波兰起义；书里有邪恶的外国专制势力，显然就是在说俄国；书里有流亡者的避风港，也就是英国；书里有一个过着双重身份生活的中心人物，就像约瑟夫·康拉德·科尔泽尼奥夫斯基。

"不管在海上还是在陆地上，我都是以英语为视角的，"康拉德谈及自己时说，"但不应由此得出我已成为英国人的结论。这是两码事，在我身上'双重人'这个词不止一种含义。"[80] 康拉德更改了姓名和国籍，用英语写作，而不是波兰语。他说父亲的手稿被焚毁了，而他则亲自烧掉了父母的书信。

然而他无法毁灭那些已经"烧入"脑子里的东西。"活在记忆里是相当残酷的，"他深思着说，"我这样的人明白其中滋味，过着双重角色的生活，其中一个身份被那些随着岁月流逝而越发珍贵的影子包围着。"[81] 当人们偶尔问及康拉德的家庭时，他总是自愿坦陈往事。他记得坐在父亲的病榻上阅读他的翻译初稿；记得父亲是"一个相当感性的人，他气质高雅，志向远大"，信仰虔诚，而且郁郁寡欢。康拉德还记得父亲极具讽刺天赋。[82]

　　康拉德从来没有明确写过关于父亲政治目标失败的事，但"强权必压垮理想"和"理想难免会有牺牲"的隐约之感则在他的作品里反复出现。恰逢写作《间谍》之时，康拉德也许已经注意到了革命热情的又一类受害者。尽管英国境内的恐怖袭击和暗杀绝大多数系本国公民所为——"芬尼亚分子"、印度民族主义者及其他——但无政府主义的威胁逐渐增加了本土主义者们对欧洲移民的敌视。外来移民的数量已经以几何级数激增，19世纪70年代康拉德刚来伦敦时有7000名俄国人和俄国波兰人，到1906年写作《间谍》的时候已超过了10万人，而且几乎统统都是犹太人。假如你有一个类似"科尔泽尼奥夫斯基"的名字，那么英国人不会首先想到气拔山兮的波兰自由战士。他们会联想起犹太人，而且他们认为犹太人贫穷肮脏、贪婪耍滑，无法并且也不愿意融入。"一场外族入侵"消耗着伦敦，警醒了那些积极反对移民的人士。他们声称（其实与统计数据相悖）移民拉低了工资待遇并抬高了租金，而且带来了败坏的社会风气和违法乱纪行为。[83]

　　当你认为外国人或将抢走你的饭碗时，你会奋起抗议；当你认为外国人搞不好会杀害你时，你将无比恐慌。"随便是谁只要处于极度危险的情势下就可以获准登陆我们英国海岸并不受任何盘问，"[84] 于是警察提醒人们，事到如今即使再多的警方监控也无法保证英国的安全了。就在格林威治炸弹事件后不久，保守派索尔兹伯里侯爵（Salisbury）向国会提出了一项旨在限制移民并驱逐可疑外国人的法案。"英国人总是热衷于把这个岛国视作政治斗争失败者的庇护所，"他认识到，"然而事态的发展已经在避难权这一理念上引起了彻底的改变。"1905年索尔兹伯里的同僚们通过了《侨民法》（Aliens Act），英国历史上第一次限制移民。自由派试图保住最宽宏大度的政治避难规定，对凡是"生命、肢体和自由面临威胁"的人均予以认可。保守派反驳称："按照英国的标准，世界上每个人不是都面临着自由受限的威胁吗？"英国接纳不了所有人，"自由"这个词受到了损害。[85]

法案生效数周之后，康拉德开始创作《间谍》。他为本书情节选定的年份是1886年，而不是格林威治事件发生的1894年——而1886年正是他归化为英国子民的年份。

在每页纸上康拉德尽皆流露着他的"表里不一"，痛苦地提醒着"英语对我而言仍是一门外语，掌握它需要艰巨的努力"。[86] 康拉德握笔在手，努力将生硬的语言变成专为"英国人"设计打造的小说作品，思忖着"在英国读者身上将会产生的效果"。他知道，完成《间谍》之时将标志着"我作品的一个杰出新起点"。[87] 直到此时康拉德已经发表了一系列见解深刻、围绕水手和航船的小说，而批评家们也接受他为那一类"海洋文学作家"。然而这本书"一滴水也没有"——除了雨水之外，既然一切情节均发生于伦敦，那么雨水则再正常不过了。[88] 康拉德希望这种主题的转换能够为他赢得更多不同类型的读者。

可是书的销量却令人失望。康拉德从那本书里所得到的仅仅是评论家们赞扬他"是某种异类、某位用英语写作的奇怪外国佬"。[89] "估计我身上有什么地方对大众而言是博得不了同情的，我猜是……异域感吧。"[90] 不久之后，《每日新闻报》（*Daily News*）上有一个混蛋评论家天知道受了什么挑衅就写道"我是一个没有国家和语言的人"。[91] 康拉德从未受过此等侮辱，"就像是在欺负一个口齿结巴的人士。我只能说……任何回应都会牵扯到太多的内心情感，搅动起无数隐秘的痛楚，而且我也根本不奢望他人能够理解这份复杂的忠诚之心"。[92] 不过数周之后他确实找到了方法来回应那些针对自己——《间谍》的"外国"作者——的责难，他开始动笔撰写《私人档案》。[93]

《间谍》捕捉住了康拉德生活中具有悲剧色彩的讽刺之处。他从小到大被人教育要心属一个叫做波兰的国家，然而他却从来没有真正身在其中，因为这个国度并不正式存在。于是康拉德接受了一个他永远都无法彻底归属的国家,因为在某些方面他仍然是个外国人,而且某种程度上他是有意而为之的。"我生活于陌生人之中,却不曾与他们共同生活过。我在世上徜徉,从未离开那'记忆的故乡'。"[94] 没有一块地方是家。

第二部分 海洋

1872年印度洋的航运路线

第四章 随波逐流

"喂!全员右舷班!"黑夜中一阵呼喊,舷窗上砰砰砰的敲击。"懒鬼们,你们听见那儿的动静没?"[1] 普通水手肯拉德·科尔泽尼奥夫斯基睡眼惺忪,眼前一排排双层铺位和东倒西歪的沉睡躯体。头顶上玻璃棱镜照射下昏暗的微光。肯拉德呼吸着发霉酸臭的空气,记录下自己的方位。在"萨瑟兰公爵号"(the Duke of Sutherland)上,离开伦敦已六周,驶上航线已有四天。钟敲七下,早班值勤时分。[2]

肯拉德双脚下床,爬上舱梯。半夜老鼠撕咬吵闹,搅得他现在脚底软绵绵的。[3] 他拿来一块布匆匆地洗漱了一番,然后走进厨房舀了几勺小孩留下的灰色麦片粥,接着他背靠着水手更衣橱吃了起来,用一只锡杯猛喝咖啡。大清早的太阳,把海面照得煞白。

钟敲八下,早晨八点了,是上午值班时间的开始。肯拉德从水手长迈耶斯(Mayers)那里接过命令,那家伙是一个品相恶劣、趾高气昂的巴贝多人(Barbadian)。目前肯拉德的资历刚够摆脱最肮脏的杂务活——刷盘子、冲洗桅杆,但他和瑞典人皮特森(Pitterson)仍需要负责擦洗甲板。肯拉德把缆绳快速缠绕在系索栓上拉紧,然后到船尾扫地。

他从未上过"萨瑟兰公爵号"这么大的船,也没有航行过这么久。他们要穿过好望角,驶往澳大利亚。[4]时至今日肯拉德尚未注意到船只正缓慢地朝着迎风一侧驶去。"萨瑟兰公爵号"安详地游弋在赤道无风带上,很难相信就在五周之前这条船行至韦桑岛(Ushant)海岸附近时是何等的摇晃和倾斜。当时他们闯入了一股极其凶猛的大风之中,其势之甚让资格最老的水手也铭记了一二。康拉德在倾斜的甲板上跟跟跄跄地走着,海浪猛拍到他胸膛,仿佛重重地拉拽着他。所有人都发疯似地尽力捆紧滑轮和帆布并收起主帆,蹭伤掉皮的手指笨拙地整理着梯绳。狂风咆哮,刺耳的呼啸声足以让人希望自己耳聋了才好。[5]

不过从那以后船只就一直缓慢而行,没有从东北方向吹来的信风。于是"萨瑟兰公爵号"慢慢进入了无风带,等待着东南风前来带他们一程。船员们放下那些迎强风的结实大帆,系上破旧的软帆来捕捉热带纬度的微风。一轮轮的换班在昼夜交替的日程里循环着。到了亚速尔群岛(Azores)附近,些许云雀和椋鸟飞到船上,还有一只角鸮。[6]水手们把它们装进笼子里给自己作伴,在这片望不见岸边的海洋里,将它们当作陆地的纪念物。

自从肯拉德在法国帆船"勃朗峰号"上首次航海以来已经历时四个春秋,当年是第一次出海,所有的感官全部受到了巨大的震撼。在船上,你即便静止也在移动,连睡觉的时候也是,而且以各种你从未有过的方式运动:摆动、振动、升高、倾斜、翻滚、左右摇晃。在大海上你可能被抛来抛去,直到你完全分不清上下左右,两眼仿佛在脑袋上跳,咸水灌进嘴里。于是你弓起身子隆起肩,到顺风的栏杆处呕吐不止。肯拉德很熟悉船舱甲板下的特定恶臭和黏湿,要想克服它就最好抽一斗烟或学会完全闭住鼻子才行。[7]他已经习惯依照轮班来度量的生物钟规律。他发现水面上的阳光简直无与伦比。在海上其实无甚可看,但总有东西戳在眼前。人们总是在睡觉,又总是在苏醒。你永远不可能一个人,但始终感觉孤零零。

等到肯拉德又经历了两次从马赛始发的航行之后,他就在法语的环境下熟悉了这门行当。而如今他正在英语氛围中重新学习一遍。缆绳叫做"线",风帆叫做"单子",航速叫做"节",而打结又叫"钩"。像今天这样平静的日子,肯拉德会把防擦装置拿来练习技术。据说测试一个海员是不是真正的水手,就要看给他"铁笔"时他能用其做些什么。一条缆绳当你走近细看时它或许是个凌乱的东西,磨损、交叉、损坏、突刺、变色。肯拉德首先循序渐进一步一步来，先在磨损的绳索之间缠绕一些纱线，然后用焦油涂抹的帆布套在绳索外面将其包裹起来防止雨水侵袭。最后，他再将纱线绕在那些绳索上并在甲板上拉直。[8]

七声钟响：交接班的晚饭。昨天是猪肉和豌豆，因此今天就是用碎饼干塞一起的牛肉，外加一点抵抗坏血病的加糖青柠汁。在船上不许喝酒，[9] 所以肯拉德所能见到的酒精饮料都是象征性的，就在数天之前他们跨出航线时。根据由来已久的旧传统，同船的一名水手打扮成海王波塞冬并捉弄一位"蝌蚪"，即从未穿越过赤道的船员。在海水里狠狠地冲一波，经过闹哄哄的洗礼仪式，然后敬一杯烈酒，将"蝌蚪"变成新科的"老水手"。[10]

钟响八声，中午十二点：下午值班。肯拉德猫腰下舱梯回到私人场所。在这里有些人钻进床铺里倒头就睡，其他人要么缝补衣物，要么用木头或骨头雕刻纪念品。肯拉德取出一本书来。[11] 这些书本曾唤醒了他对海洋的兴趣，但没有几个水手在海上会愿意看一眼关于海洋的书籍，而他本人一肚子诗情画意。

钟响八声，下午四点：换班第一班，又是卷绳子、装设备、扫地和清洗等工作。下班的人在船尾楼甲板上三三两两地散落开来。他们当中许多人从前曾经一起出过海，不管怎样都共享了一份友善的慰藉。按理来说值班守望的时候是不能交头接耳的，而肯拉德对此求之不得。他跟船员们并没有太合得来。[12] 这倒并非因为他不是英国人,这些家伙里有一半都不是。25名船员里有4名斯堪的纳维亚人,3名加拿大人,2名赫尔戈兰岛人(Heligolander),2名巴巴多斯人,1名纽约人和1名波兰人(即他自己)。然而肯拉德感觉他在另一个阶层里,而且他自己的行动也体现了这一点。当船员们在伦敦海运监督事务所(Shipping Office)里注册签名时,其中五人甚至不会书写自己的名字,只是如文盲般画个押。而肯拉德却清高无比地写成"康拉德·德·科尔泽尼奥夫斯基",嵌入一个贵族范的"德"字来彰显自己"什拉赫塔"出身。他还优雅地在线上勾画字母"d",还在"z"下方弄出花式来。[13]

  干部船员们都待在船尾相伴。大副贝克(Baker)在港口时喝得酩酊大醉,此刻相信大海会令他保持清醒,可事实是他一点也没兴奋起来。贝克虎背熊腰粗脖子,外加一束黑发,总是准时,总是正确,但也总是喜欢讽刺嘲笑。二副巴斯塔(Bastard),人比名字要好(Bastard在英文中意为"私生子"、"狗杂种"。——译者注),是新斯科舍岛(Nova Scotian)上的老水手,岸上还有个老婆,而且眼看就要退休了。肯拉德极少见到船长约翰·麦凯(John McKay),此人一天的大部分时间都待在房门紧闭的船舱里。麦凯曾经成功地在72天之内完成悉尼至伦敦的航行,而且在这条航线上你还必须限制在最慢的速度下航行。[14]

钟响四声，下午六点：换班第二班，"新一天"的适航时间开始。多亏了换班制度把每一天分割开来。两小时为单位而不是四小时，如此一来他们就打破了原有的时间循环，以便不用在24小时的周期里重复报时两次。肯拉德在黄昏时分用的晚餐，然后望着海水如盖着泡沫的丝带从船边偷偷溜走。

钟响八声，晚上八点：夜班第一班，轮到肯拉德掌舵两小时。他双掌握住这被千百人握得软化的舵柄，感觉力道很轻。保持在航线上凭借地平线来开船比用指南针来得容易，这意味着在夜间操控更难。保持清醒是另一个挑战，他们称之为"偷懒眼"。[15]肯拉德的目光聚焦在罗盘图纸上，凭借那闪烁的罗盘灯一头扎进黑暗中。他渐渐垂下脑袋，又猛地抬起。有些人一口气背诵乘法表或历代国王和教皇，以此来保持头脑清醒。[16]肯拉德的双眼慢慢模糊了起来，于是他眨巴眨巴眼睛，让视线显得干净些，同时在脑海里背诵着诗歌。在这南方静谧的汪洋和微光闪烁的夜里，他孩提时代的诗人密茨凯维奇和斯洛维齐紧紧地陪伴着他。

"轻响的小钟声"标志着午夜时分的降临，夜班第二班。[17]肯拉德走下半甲板，撑起自己的身子钻入床铺里。在黑暗中，人们到处翻寻着帽子和鞋子。他听见梯子上咔嗒咔嗒作响，甲板上嘎吱嘎吱的脚步，以及海水对船体的轻拍声。又一天完成了，1878年12月3日，他的21岁生日。

"我曾想过，假如要做一名海员，那就做英国的海员，而不是别的什么国家。"约瑟夫·康拉德三十年后如此宣称。"这是我有意为之的。"[18] 从"萨瑟兰公爵号"再到其他十几艘船，他在这些船上都工作过，从英国商船水手一路升至船长的位置，在1894年走下最后一艘船——恰好是他离开克拉科夫的二十年之后。[商船队不同于皇家海军，它是由携带货物和乘客的商业船只组成的，其长官都是从贸易委员会（Board of Trade）得到执照的普通公民。]

康拉德曾向他父亲的老友斯蒂芬·布兹克森斯基发誓过，说他一直会"驶向波兰"，以此纪念他父母的民族主义梦想。然而如果要说康拉德在那二十年里曾往哪个方向"驶去"的话，那他却是在朝英国而去。在海上，肯拉德·科尔泽尼奥夫斯基转变为了约瑟夫·康拉德。他还在英国船上学说英语，找到一份适当职业和社会角色，归化成为英国公民。到19世纪80年代末期某个时候，他开始创作小说——这是他终生写作水手、船只和大海的开端。在作者康拉德笔下，这些自传体元素成了点金术的秘方，他将英国航船化作了一条道德操守的金科玉律，一个浪漫的理想,就如同波兰对于父母而言那般,发挥了指导一生的作用。

在《私人档案》里,康拉德将自己与英国的关系描绘成一种新的罗曼蒂克,有一系列令人疼惜的"第一次"。在阿尔卑斯山的一家旅馆里,他很仰慕一队体格粗壮的苏格兰工程师,这是他"第一次接触到非游客的英国人"。康拉德回想起来,当年他的家庭教师最后一次试图劝他打消水手念头时,有一位"令人难忘的英国人"穿着灯笼呢西服,长着一张"极其红润的脸"和一双煞白的小腿,从他们身旁大步流星地走过,就如同"未来世界的天使,关键时刻受遣而来扭转乾坤"。[19] 康拉德说当他在马赛港停靠到一艘黑色的英国蒸汽货轮旁边时,"平生第一次听到被人用英语打招呼——我梦中选择的语言!"随之而来的便是如高潮般的兴奋。"平生第一次,靠在英国船那光滑的侧面上,我张开的手掌实际上感觉到了一股悸动。"他注视着桅杆上的英国旗,"它如烈焰般令人心潮澎湃"。"英国商船红旗!这面意义深远、守土保民、热情似火的旗布飘扬在四海之上,在未来许多年里注定将是我头顶上遮风挡雨的唯一一片瓦。"[20]

康拉德心里清楚,当他以英国水手成长史向世人呈现的同时,却隐藏着另一个故事,即他自杀未遂之后"特意选择"离开法国。康拉德于1878年才刚刚踏足英伦,就职于一艘从洛斯托夫特(Lowestoft)到纽卡斯尔的运煤小货轮。此时他收到塔德乌什舅舅一封措辞尖刻的信。[21]"你真是个懒骨头、败家子,"康拉德阅读到,"你几乎闲逛了整整一年,欠了债,还故意朝自己开了一枪……说真的,你这个年纪居然还如此愚蠢,简直不像话!"塔德乌什发誓绝不会再给钱,"自个儿找份工作,挣点钱,因为你不会再从我这里拿到半个子儿了。""你打算做个水手,这是你当初想要的,是你自愿选择的,那就接受后果吧……想想你的父母,想想你的外婆,想想我的牺牲……你应该洗心革面,去辛勤工作,去打算未来,做人要谦虚谨慎些,用行动去努力追求自己的目标,而不是靠耍嘴皮子。"[22]

正是这个时候康拉德回应了《泰晤士报》上的那条广告。他在伦敦所找的船运公司提供十分低劣的雇佣条件(相比20镑的预付押金而言,薪酬仅有微不足道的每周1先令),却尽是些繁重的工作。到"萨瑟兰公爵号"上漂洋出海,塔德乌什的责难便远在千里之外了。

生活的选择有时候似乎非常的私人化,你要做什么,要上哪儿去,想跟谁一起生活,都会受到诸多条件的影响,而这些因素又可能距离抉择的当事人相当遥远——如果说不是绝对看不见的话。康拉德本人或许并不知晓,当他解释为什么"非英国水手不做"的时候,他的事业与历史的条件是多么地契合,对欧洲水手而言,当时英国是世界上最佳的求职之所,甚至都不需要什么"特意的选择"。

康拉德成长于19世纪60年代,梦想着要去航海,当时的帆船的高速、迷人和受欢迎的程度简直前所未有——简言之,就是英姿飒爽的斜桅杆快船,每年从中国出发携带着新鲜时令的茶叶向西而行。[23] 然而等到康拉德在19世纪70年代真正走上大海时,蒸汽船的涌现却搅动了海运世界。尽管它们起先太不稳定且费用太过高昂而无法与帆船竞争,但19世纪50年代发动机设计方面的突破则开始将远洋汽轮转变为一项可盈利的方案。[24] 因为在红海那臭名昭著的反向盛行风的关系,1869年苏伊士运河的开通赐予了蒸汽轮船一项关键优势,使蒸汽轮船在繁忙的欧亚航线上得以胜过帆船。时至19世纪70年代,蒸汽轮船达到了史无前例的利润回报以及优质的舒适度和庞大的占有量。风帆之下的茶叶竞争在1873年画上了句号,在10年之内汽船运载的国际货物数量超过了帆船。[25]

然而在世纪中叶,美国似乎已是一股冉冉升起的海上力量,但蒸汽轮船的兴起给予了英国相当强大的竞争优势:钢铁产量无与伦比,工程设计一枝独秀,帝国范围内调度得法的加煤站网络。此外,在19世纪40年代至80年代间,自由贸易政策的贯彻实施实际上也使得全球贸易对英国经济的重要性翻了一倍。[26] 待康拉德于1878年签约登上"萨瑟兰公爵号"的时候，在世界的每一寸海面上，英国商船队均是漂浮着的最强商业力量。英国船只登记吨位容量是第二大商船队的五倍；[27] 英国船东们控制着世界贸易的70%；[28] 英国造船厂在建造行业占据着统治地位；[29] 工业世界里几乎有一半的船只登记在伦敦劳埃德船级社（*Lloyd's Register*）的账册里，该社是航运业最重要的资格认证机构。[30] 每年的档案卷宗均提供了某种航运普查，将每艘船系统化地编译成一项数字和符号的代码。45590号、状态"A1"（最佳适航）、"S F & Y.M.65 c.f."（船只于1865年以毡制品和黄铜封装，带有铜制紧固件）："萨瑟兰公爵号"。[31]

一名水手无须查看统计数字也知道英国的工作机会比其他任何地方都要多，而且船只种类也更广泛。船员同样也不用一本账册来告诉他每一条船是如何地不同与独特。有些船"有海上刁难人的习惯"，这令其对于船员而言是让人痛苦不堪的住处，不是闹老鼠，就是在整个漫长航行中甲板下的船舱里一直滴水。而其他船只则"愉快惬意"地航行，[32] 如果你运气好，找到一艘"幸福之船"，密封性佳不漏水，也没有多少瓶瓶罐罐要去擦洗，而且还有相对上乘的伙食：那就是"萨瑟兰公爵号"。[33]

"每一个在孟买港水面上的人都逐渐意识到有一

些新手加入到'纳西索斯号'（Narcissus）上来了。"当醉醺醺的水手们在舷梯上跟跟跄跄地挪步时，那些人划着船——由白衣的亚洲人划的岸边小船——朝"纳西索斯号"而来，大声嚷嚷着要人给钱。船楼上的新来者在一捆捆箱子和垫子中间时而站立时而摇摆，跟老水手们交起了朋友。老水手们在两层床铺上，一个坐在另一个上方，凝视着这些未来的同船船员，露出几瞥挑剔的目光但也还算友善。有一位外表粗陋的西印度群岛人，"镇定、冷静、身材挺拔、个头魁梧"，是最后一个上船的。他的装备满满当当，"岸上的衣服"换成了"干净的工作服"，坐在自己的储物箱上丈量着自己的新宿舍。

"这是什么船？嘿，真漂亮啊。"那人问道。

资格最老的船员倚靠在门口，后背吹着夜间的凉风，胸膛上的纹身犹如食人族酋长，还有那副眼镜和那把威严的白胡子，活像个饱学的蛮族族长。

长时间静默之后，老人答话说："船！船还不错，关键是里头的人！"[34]

康拉德1897年发表的中篇小说《"水仙号"的黑水手》（The Nigger of the "Narcissus"）的开场一幕就捕捉住了水手们的这一观念，即真正定义航海质量的是船员的素质。然而随着英国海运统治地位的增强，到底能够找谁来操作所有这些船只以及船员在何种条件下工作就成了公众视线下迫在眉睫的关注

1866-67.   DUC

No.	Ships.	Masters.	Tons.	DIMENSIONS.			BUILD.		Owners,	Port belonging to.	Port of Survey and Destined Voyage.	No. Years first assigned.	Classification. Character for Hull&Stores
				Length.	Breadth	Depth.	Where.	When.					
301	Duchess of Sutherland Bk	R Seaddan	349	105·0	26·5	17·0	Sndrl'd Drp.59Srprs61 &67	1851	Redway&	Exm'th	Lon.S Leone ply.	9	A 1
2	Dudbrook Bk F.&d.62F.&YM.	W.Deacon	572	137·1 Drp.	25·7	20·1	D'ndce w.ptT'Sdsr.&d.62	1848	W.Deacon	London	S.S.C7-6yts Lon.	C. 8 12	I A 1 1,64
✠3	Dudley Scw Sr (Iron) MC.	T.Robson 66 AP.90H.	696 538	198·5 Drp.66	28·0 C86	16·0	NShlds Smith	1865 10mo.	T.&W.Smith	Nwcstle 3Blk Hds	Rest.62-Shl London	8	4,63
4	Duke Sw I.B.	J.Bayley	150	77·4 ND.pt48pt63Drp.5	22·6	12·8	Lynn 44&55Srp	1841 r<63	Bayley&c	Lynn	Lyn.Coaster	9	Æ 1 Æ1
✠5	—of Argyll S (Iron)	G.M'Lean	960	199·7	33·2	20·9	Dmbtn	1865	Montgmerie	London 2Blk Hds	Lon. India (A.&C.P.)		10,66 A 1
✠6	—of Athole S (Iron)	Dlrymple	963 2D.	199·3	33·2	20·9	Dmbtn Rankin	1865	Montgmerie	London 2Blk Hds	Lon.India		11,05 A 1 2,06
✠7	—of Newcastle S ptF.&s.65F.&Y	M'Kenzie M.65ptI.B.	993	170·6 w.F.&s.62	34·9	22·2	Quebec Lee	1861 8mo.	Baines&C.	Liverp'l	Liv. Austral.	7	I A 1 12,06 6,65
8	—of Northumberland Bk F.&Y	J.Brunton M.62	463	125·0 Srprs53&56Drp.60	27·5	19·2	Sndrl'd	1851			Sws. W.Inds	10	
9	— (Iron)	S.E. Brown	558	130·3 Srprs58	29·0	18·9	Nwcstl	1852	Brooks&C	London	Lon.India Rest.52-	C. 3 6 4	2,62 A 1
310	—of Rothesay Bk ptv &s.62F.&Y	Pascml M.65ptI.B.	575	139·6 w.ptF.&s.62	30·1	18·7	St. Jhn Anderson	1861 1mo.	W H Owen	Liverp'l	Liv. India	7	8,62 A 1
✠1	—of Sutherlnd S F.&YM.65c.f.	T.Louttit	1047	201·6	34·2	21·8	Aberdn Smith	1865 6 mo.	Louttit&C	Wick	Abn.Austral. (A.&C.P.)	9	7,65 A 1 7,65

"萨瑟兰公爵号"登记列入劳埃德船级社的英国及外国船运账册（1867年）

"萨瑟兰公爵号"停泊于悉尼环形码头(Sydney's Circular Quay)(1871年)

焦点。

英国航海业的阴暗面在贸易委员会每年的《失事图表》里自我暴露，地图上所标识的海难发生处犹如一条绞索围绕着英伦三岛。在19世纪60年代，每年至少有500名水手在沿海海域遇难，某个年度里死亡人数竟最高达到了1333。[35] 这些数字令一位激进的报刊编辑大为震惊，于是他猛烈抨击航运业悲惨糟糕的安全标准。有一位愤慨的读者就这一问题对她丈夫提了个醒，而其夫就是德比市议会的自由党成员塞缪尔·普利姆索尔（Samuel Plimsoll）。于是他全力投入到一场改善海员条件的圣战之中。[36]

1873年普利姆索尔发表了一本宣传册，标题为《我们的海员：一份呼吁》(*Our Seamen: An Appeal*)。这本小册子强烈批评运货商超载、人员不足，以及对船只维护不当。普利姆索尔很有创意，运用插图来增强说服力。他在粗制滥造的船上拍下假冒劣质的螺栓和锈铁的照片，还复制了保险单据，其上记录的承运人姓名众多纷繁，以至于没有一人能够有效检举揭发这种可疑的不当行为。"噢！上帝啊！上帝啊！"普利姆索尔大声疾呼，"不管您是谁，阅读到了这个，就请看在上帝的份上帮帮这些可怜的水手。假如您袖手旁观……那么在又一年行将结束之前就会至少有500人——现在还活得好好的500人——将很快葬身海底！"[37]

批评家们抱怨普利姆索尔这种布道色彩的"呼吁"简直漏洞百出，但这并没有阻止成百上千的宣传册触动着英国人的心弦。在众议院里，普利姆索尔仍然对同僚们滔滔不绝大声训斥（曾有一次甚至因为指控每个国会议员都对害死水手负有个人责任而被驱逐出议事大厅），直至最后众议院终于通过了一项有意义的法案。[38]《1876年商船法》（The Merchant Shipping Act of 1876）要求船只必须具备固定荷载标准线——公众称之为"普利姆索尔线"，即一条漆在船体上的印记，表示一艘合理装载的船只在水中最大的吃水深度。[39]这场运动同时还取得了另外一些对海员而言同样重要的东西，即得到了一种公众承认，水手这支队伍跟那些在工厂、作坊和矿井里的劳动者们一样，也是应当得到劳动保护的一种劳动群体。

在普利姆索尔眼里，水手们是"善良、真诚并且勇敢的男子汉，被世人'如谋杀般'忽视了"。[40]然而其他人则对水手有着不同的印象。1869年，贸易委员会要求全球港口城市的执政官们汇报"那些在你们眼皮底下的英国船员的普遍状况"。[41]从士麦那（Smyrna）到莫比尔（Mobile），从蒙得维的亚（Montevideo）到里加（Riga），消息纷纷飞速反馈了回来。酗酒、文盲、体弱、梅毒、酗酒、不讲诚信、不称职、不听话、酗酒……英国海员被人普遍视为"只会喝酒和干活的牲口"。[42]有哪个人没听说过

"醉醺醺的水手"、"醉鬼"或"烂醉如泥的酒徒"？热心人士和政府机构设计了五花八门如老祖母般的规章制度来提高"杰克们"（英国海员被人唤作的诨名）的个人素质，比如在船上禁止喝酒，以及设立海员储蓄银行来鼓励更好的理财习惯。[43]

劣质海员所带来的风险是显而易见的。差的水手会危及安全和稳定，会危害依赖进口的国家粮食供应，会殃及国家安全[44]——因为商船水手实际上是国家海军的预备队，一旦发生战争就要被征召。此外，差的水手还会给英国抹上臭名声。"我们把船盛装打扮成和平、基督教和文明的先驱，"某位船主冷笑道，"然而广播四方的，却更多的是那些在当地原本闻所未闻的罪恶。"[45]

为什么水手会不合格以及我们能如何去做则是一个更为难解的谜题。有人将其归咎于日新月异的科技。世世代代以来，英国沿海的年轻人在沿岸的贸易船上学习航海的基础知识，就是康拉德于1878年在洛斯托夫特工作过的那种船。20年后康拉德还欣喜地记得"大海的漏勺"（*Skimmer of the Seas*）就好像是一所"海员的好学校"，拥有热情好客的船员，大家皆亲如兄弟。"每个人的模样似乎青春永驻，如圣诞卡片般光彩夺目，黝黑色和金粉红色的头发、碧蓝的眼珠，还有那坚定的北方眼神！"[46]可是到了那时，这一"英国海员的摇篮"却已经由于区域性蒸汽轮船的涌现而歇业了。[47] 政府采用建立特别训练船的办法来尽力弥补此一空缺：两艘船用来培养志向远大的干部船员，十五艘船定位在其他条件欠佳的年轻人身上。(后者起到了致命一击的效果，将航海这一职业贴上了"公认的赤贫避难所"的标签。[48])

一个更明显的问题是，做一名水手所赚取的收入实在是微薄。在1880年像康拉德那样合格能干的水手，搭乘帆船出发从伦敦到澳大利亚大概每月挣得50先令外加伙食。康拉德在横渡大西洋的线路上或许每月多赚5或10个先令，在跨越大洋的蒸汽船上能再多上5至15个先令，而且蒸汽船也更加舒适一些。[49] 然而假如他到格拉斯哥做煤矿工人，或在哈德斯菲尔德（Huddersfield）的纺织厂里做纺纱工，那么只消一部分工时就能抵上至少两倍的工资了——即便考虑到工厂和矿井那声名狼藉的难受环境，但总的来说他仍能有一个更好的工作条件。[50] 坦率地说，海军大臣也承认："开列如此低廉的报酬是不可能招到人的，除非小伙子们个个都憧憬远途旅行并对浪漫的海洋魅力很感兴趣。"[51]

那么究竟哪些人可以找来操作英国船只呢？答案就是像肯拉德·科尔泽尼奥夫斯基这样的外国人。海员的工资待遇按照英国的标准来看或许属于偏低的，但它仍高于欧洲大陆的薪酬，那些来自诸如斯堪的纳维亚这类相对贫穷之地的优秀水手是非常乐意签约登船的,而英国船长也同样十分喜欢聘用他们。无数个例子接连证明这些外国人更节制、更能干,而且还更听话。[52]在康拉德海上工作的几十年里,英国船上欧陆人士的数量从大约23000名爬升至3万多名。换句话说,在英国所有的大小船只上,外籍船员的数量大约占据了船员总数的20%。在工资最低、环境最糟的远洋帆船上,这一比例则要高得多,至1891年达到了40%的顶峰。[53]在印度洋上的平行操作里,人们看到英国船只在特别订立的《亚洲船员雇用合同》(Asiatic Articles of Agreement)之下,越来越多地被那些最低等级的亚洲水手所操控,就是所谓的"拉斯卡"(lascar)。[54]

到了世纪末,"在伦敦港或我们任何一座大港里似乎已找不到哪艘船没有相当比例'荷兰人'的了。'荷兰人'是海员的行话,即指外国人,不管是瑞典人、挪威人、芬兰人,还是丹麦人、法国人、西班牙人,总之随便什么国籍均可。他们对于'杰克'而言都叫'荷兰人'。"[55]欧洲其他航海国家均要求高比例的本国公民担当船员(典型的有三分之二或四分之三,外加百分之百的干部船员),相比之下英国并没有这样的限额规定。原则上一艘英国船——英国人所有,英国人注册登记,并在英国有一个母港的船只——"可以完全由非英国国籍的人来操控,并担任干部船员。"[56]自由市场的狂热信徒们拍手称赞说:"假如英国水手想要坚持待在英国船上的话,那么就必须意识到你们不能仅仅同等于外国人,而是要在各方面都更加优秀才行。说穿了就是一个适者生存的问题。"[57]

然而其他人却担心这个方案虽然解决了船只操作的问题却只会引发另一种麻烦。外国船员对英国船只来说或许是件好事,但对英国而言果真是有益的吗?工会主义者辩称外国人抢走了英国人的饭碗,同时给工资待遇带来了下行的压力。他们主张用定额来保护英国水手免遭老板削减工资。[58]他们的呼吁得到了那些关心国家安全的本土主义者的响应。受美国海事历史学家阿尔弗雷德·赛耶·马汉(Alfred Thayer Mahan)1890年《海权对历史的影响》(The Influence of Sea Power upon History)一书的启发,几个正在崛起的工业化国家——德国、美国、日本——均开始构建自己的船队,由此触发了英国对海战准备的新一轮自我反思。有些人扼腕叹息,"在欧洲人自己的游戏里,亚洲海上劳工替代了欧洲人,这真是悄无声息的隐患啊"。不过"拉斯卡"至少还是"大英子民",而且他们将会(大家都如此假定)在战争中继续效忠英国。[59]然而对于那些不算那么"荷兰"的人来说——尤其是德国人——海洋文学的人气作家弗兰克·布伦(Frank Bullen)曾说过:"我希望看到商船把外国人清理掉。不是因为我讨厌外国人……只是我们独特的海洋国家正面对着几乎每个欧陆人抱有的明显敌意,实在不能允许国民的生活要依赖于外国人的善意恩惠。"[60]

1894年国会特别委员会(Parliamentary Select Committee)召集起来细致考量如何最好地为英国船只配备操作人员。两年以来委员会寻访了全国各地的港口,采信了176名证人:工会组织者、船东、承运人和每个等级的水手。他们在劳工(他们大部分赞成限额)和管理层(大部分反对)的利益之间走出了一条理想的路线,将具体要有多少"英国籍"水手的问题摆到了一个更为广阔的质疑之下,即首先目前的船员数量是不是足够了。

其中颇具代表性的证人是一位拥有在英国服务16年经验的船长,他于1894年7月出现在白厅的委员会面前。委员会浏览了他所服务过的一连串船只名单,想知道"以你之见每艘船的人手是否充足"。他们邀请该位船长详细说明每条船上应有的合理人数,但没有必要问及其中多少是外国人,或问船长以他的眼光来看外籍海员跟本土英国人相比更胜几筹。也许这些全都是多余的,这位证人就是"J·康拉德·科尔泽尼奥夫斯基先生",而此时他自1878年登陆英国以来已经走过了很漫长的一条人生路了。[61]

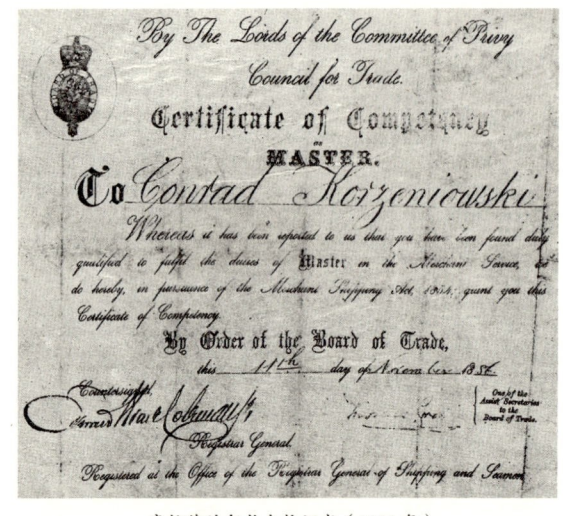

康拉德的船长合格证书（1886年）

在文案工作上，从普通船员肯拉德·科尔泽尼奥夫斯基到"英国海员"J·康拉德·科尔泽尼奥夫斯基船长的转换只通过区区几张证书就得以完成了。英国商船队跟皇家海军不同，在这里任何一名普通的水手都可以晋升为船长，你只需满足最低从业要求并通过由贸易委员会管理的资格考试就行。[62] 康拉德在1880年5月获得了二副的证书，而大副证书是在1884年12月取得的。至于船长证书，则于1886年11月——就在他归化成为英国公民后的几个月领到了手。不可否认，康拉德为了满足二副考试的资格，确实捏造了文件，伪装成似乎已在海上经历了那必不可少的四年时长,而事实上他只做了三年不到。[63] 同样无法辩驳的是,大副和船长的考试他均二度尝试才得以通过。但话说回来,对于一个在首度获得认证之前两年甚至还不会说半句英语的人来讲,这确实是一桩实实在在的成就。"英国商船队的普通船长万岁!"塔德乌什·波勃罗夫斯基从乌克兰送来祝贺。"万岁!祝你安康,无论在陆地还是海洋都事业有成!"[64]

按照康拉德的说法,他已经成为"英国水手包装下的波兰贵族"。[65]("tar"就跟"salt"一样,都是指代老水手的俚语。)图为干部船员的工作照。在19世纪90年代初,康拉德是"托伦斯号"(*Torrens*)的大副。这是一艘只有头等舱的客轮,往返于澳洲,以其快速和舒适的旅途而闻名。他签约时用的是 J·康拉德·科尔泽尼奥夫斯基这个姓名,当站在甲板上时,周围全都是这条船的学徒,有个高傲自大的家伙,散漫地像个体育明星,还有个笨手笨脚的家伙,全神贯注地听讲,另外还有那个小孩,穿着一件有闪亮纽扣的宽大外套。阳光洒在康拉德的双颊和灰黑斑驳的胡须上,他海航的年月比其中某些人的岁数都长。他脖子上戴着的哨子象征权威,一顶尖帽使他看起来比实际要更高一些。他身子微微朝一侧倾斜,看上去就好像正要往哪里走却中途暂停了似的。

一旦在作家这份副业上崭露头角之后,康拉德再回看航海事业时有理由感到自豪。"当年我尽心尽责,通过了所有必需的考核,赢得了人们的尊重(在我平庸的社会背景下)。他们能证明我是一名好水手,一个值得信赖的干部船员,而且他们绝不是出于纯粹的偏袒我。"康拉德写信给一位波兰朋友说。"你也知道,"他又补充道,"对于一个没有影响力的外国人而言,这种评价真的不赖,我自己可从来没主动

大副肯拉德·科尔泽尼奥夫斯基在"托伦斯号"上与学员们在一起
(约1893年)

要求过，而且这也不得不归功于英国人，他们从未让我感到自己是一名异乡客。"[66]

然而在这表面之下，更汹涌的暗流搅动着科尔泽尼奥夫斯基通往康拉德的通途。首先是与人的争斗。1878年肯拉德与带他去英国的那位船长闹矛盾，吵架后便气呼呼地甩手不干了。之后同年在"萨瑟兰公爵号"上，他抱怨说船员们都跟他过不去，因为他的英语说得蹩脚。此后他还批评船长是个"疯汉"。等他又到两条船上工作过之后，在"巴勒斯坦号"（*Palestine*）上埋怨这活儿真是卑贱。[67] "是因为待在三桅帆船上伤了你的自尊心？"塔德乌什好奇地问，"当然了，每个月4先令的报酬确实对不起你自个儿的口袋，况且那位船长在你眼里最终只不过是个'畜生'而已。"[68] 在"巴勒斯坦号"之后，肯拉德又上了一条船，跟难以相处的醉鬼船长吵得天翻地覆，以至于到1884年在马德拉斯（Madras）被开除了，连一封推荐信也没有。[69] 不管纷争的起因是什么，如此频繁地爆发说明肯拉德是个不安分且易怒的人，难以太太平平地融入环境。

随后迫在眉睫的首先是找工作的问题，根据吨位统计来判断，像肯拉德这样参加英国商船队的年轻人正在加入一门享受着历史性井喷的行业。然而从水手的视角来看，跟汽船的崛起相比，帆船的衰落却来得更为要命。因为汽船拥有的货物容量比帆船要多得多，所以驶向海外的船只总数其实在减少——精确地说，纵观康拉德当水手的那段岁月，航船总数缩减了30%，贸易委员会甚至还在每年培养1600名新的干部船员，他们都等着找饭碗。[70]康拉德回忆起那种沮丧心情，"拼命要得到一份干部海员的差事，身上却除了一张崭新的证书之外别无他物。你会惊奇地发现那张破纸有多没用，竟把自己陷入到如此的窘境之中"。[71]

即便有亲戚塔德乌什给的生活费相帮度过职业空窗期，但日渐吃紧的就业市场压力仍无法让康拉德潇洒地置身事外。[72]1881年夏天，他的生活费用又再次超支了。康拉德仿佛能听见塔德乌什的责骂。"自个儿找份工作，挣点钱，因为你不会再从我这里拿到半个子儿了。"这一回他没有举枪对准自己胸膛，而是拿起笔编了一个周密的谎。康拉德告诉塔德乌什，说自己加入了一艘名叫安妮·弗罗斯特（Annie Frost）的船，可是遭遇了海难，丧失了所有的行李财产。他住进医院，而船东却拒绝支付赔偿——于是乎，我需要钱。康拉德初次尝试踏入"小说界"就得到了回报。塔德乌什寄给他10英镑并警告要花在刀刃上。[73]然而世事就如同宇宙能量守恒一样，康拉德的下一条船——"巴勒斯坦号"竟然真的失事了。

那些令人梦寐以求的差事、最高的薪酬、最佳工作环境，统统都在汽船上而非帆船上，在客轮上而非货轮,在跨大西洋航线上而非耗时数周的太平洋或印度洋航线上。可这类工作往往都流向了那些跟船东、租船人和船长有私交的人。像康拉德这样"没有人脉、没有后台"的外国佬,就只能凭借运气和口碑,或倚仗诸如威廉·萨瑟兰(William Sutherland)那样略带"灰色"的经纪人,这家伙曾经多次因介绍无证学徒而被起诉。[74] 在找到下一份工作之前,你也许不得不在岸上苦等好几个月,没有薪资收入。你通常要无奈地接受低于你考核等级的职位,而康拉德几乎一直都是如此,只担任过一次船长。[75] 当你真的得到一份差事时,也通常是在那些远途的帆船上,而与你同船的水手们则跟你一样都是些人数比例失调的外国佬。在英国船上跟康拉德同行的水手中间总共有三分之一不是英国籍。[76] 只有在1894年康拉德才设法跻身于最炙手可热的那一类船,即跨大西洋的蒸汽轮船。可这并不是什么伟大的壮举,身为经考核的船长却不得不接受地位较低的二副职位,而且"阿杜瓦号"(Adowa)也远不是什么一流的英国班轮。这条船具备特许经营权,负责将移民从鲁昂运送到魁北克,待最后无人愿意搭乘时航班也就取消了。[77] 至此,康拉德将再也不会做一名水手了。

康拉德属于最后一代主要在帆船上工作的水手,当行走于日新月异的劳务市场上时,他和同行们都逐渐有了一种同感,似乎帆船和汽船之间所代表的不止是科技的差异，而标示着两种不同的生活方式。汽船所需的工程师替代了修帆工；甲板铲煤的锅炉工替代了登高作业、手脚敏捷的补绳水手。[78] 帆船上训练有素的人们担心自己或许（康拉德笔下某位人物所言）将永远放弃出海而钻进一条汽船里了——因为在汽船上工作算不上真正的出海。[79]

到20世纪早期，海洋文学作家们纷纷以追忆老祖母般的忧伤和敬爱之情来创作关于帆船隐退历史的作品。囊中羞涩的康拉德嗅到了商业机遇，于是他在1904年开始写作一连串关于帆船的反思回忆录，最终于1906年以《大海如镜》（*The Mirror of the Sea*）一书出版。他形容本书"记录了一段岛国国民心怀共鸣的消逝年代和一种特定的社会活动"。[80] 其挽歌般的文风语调令不少读者为之动容，怅然落泪。[81]

然而尽管康拉德拼命利用海洋文学这一市场，但他始终拒绝被人限制在类型小说的圈子里。对康拉德而言，设定在海上的故事其实是关于人生的故事。他坚持对经纪人说《大海如镜》"并不是"那些号称海洋文学作家会去创作的作品。"说不定公众也喜欢这样，因为书的志趣不局限于海事活动，而大部分是关于人性的。"[82] 康拉德将帆船形容为"船之贵族"，由技巧高超的工匠操控，即劳动者中间的"贵族"（以他为例，就是裹在英国"tar"里的波兰贵族）。[83] 帆船培养了一群以忠诚、坚毅、勇气和献身为共同价值观的群体,代表了一种与众不同的、英国特有的道德意识。它们的隐退标志了人性、社会和道义的关键时刻。

《大海如镜》里的许多文章均运用了比喻的手法来将海事活动的诸多方面跟人类社会的环境联系到一起。"登陆与启程"代表航海的开始和结束,代替了出生和死亡;船锚则与稳定和归家相联系,是"希望的象征"。一艘帆船是犹如"蜘蛛网"般精致优雅的构建,而驾驶它出海则是"美妙的艺术"。康拉德将帆船描绘为人类与超自然相遇的地方。风力推动的船只"似乎从大自然那里获得了力量,鬼使神差般遁入某种超自然的存在,与无形威力的魔法相比邻"。[84]

然而航海不能光靠什么"魔法",它需要人力的技巧。对康拉德而言帆船将"手艺"这两个字体现得淋漓尽致。驾驶一艘帆船需要具备观察自然、解读自然和利用自然的能力,要有经验、训练、勇气、洞察力、创造力、应变力和判断力。[85] "接管一艘现代蒸汽船巡游世界……则没有同等程度的与自然亲密接触的感官体验,"康拉德解释说,"驾驶蒸汽船的过程没什么意气风发或质疑人生、探寻内心的伟大时刻。""它不具备那种单枪匹马与强大得多的力量奋死搏击的艺术性,并不是那种结局非人力可控的、艰苦却有趣的艺术行为。"[86]

作为一位由水手转行的作家,康拉德将航海比拟成艺术的做法并非机缘巧合。或者说,这是他写过的最接近于文学宣言的东西，后来成了《"水仙号"的黑水手》一书的引言。那部作品是唯一一本关于那些"住在船首"的普通船员（不是待在船尾的干部海员）的书。康拉德在序言里说他的艺术宗旨就是要在读者中间努力唤醒"一种不可荒废的团结精神"。[87] 他在该部作品里将理想的帆船表现为"团结的熔炉"，即字面意义上的"兄弟情谊"。康拉德时常提及在风帆之下、于男人之间铸就的"同船之谊"。[88] 无须赘言，上船出海的几乎清一色都是男性。他将水手表现为一个妻子的多位丈夫，同时都疼爱着他们的船，由此与同性恋的暗示完全相反。船只总是被人们用"她"来称呼指代，尽管有着女性的属性且被不理性地宠爱着，但一条船终究跟女人是不同的，因此水手们对她的爱始终非常纯洁、朴素、可靠。[89]

"兄弟情谊"之下的船员们都是"熟知劳苦、贫困、暴力、放荡的普通人，但他们并非胆小鬼，而且心眼里也不怀多少野心或嫉恨。他们是难以管束却容易煽动的人；他们话语不多，但都像个男子汉，鄙视那些哀叹他们命运艰辛的伤感话语"。[90] 异议者均是那些如小说《"水仙号"的黑水手》当中某位煽动民心的不满现状者，都是"不会驾驶航船也不会打结缆绳的人，在漆黑的夜里逃避干活的人……那种多数事情做不来、其余事情又不愿做的家伙"。"这类人通晓这个权利那个诉求，却丝毫不懂得那种将全船兄弟们拧成一股绳的无言忠诚。"[91]康拉德一直讨厌工会人员和激进政治分子，始终看不起他们。"这人几时才能闭嘴不谈一连串的社会民主思想？"康拉德在1885年抱怨道。"英国是唯一一道藩篱，阻挡着这股由欧陆贫民催生的邪恶学说所带来的冲击和压力。然而事到如今，什么屏障都没有了！"[92]

没有哪个地方的水手能像英国水手那样完美体现了康拉德所指的"同船之谊"，他在短篇故事《青春》（*Youth*）里首创了这种表达。故事的开篇是，"这只有在英国才可能会发生，这里人们与海洋相互交融。可以这么说……海洋进入了大多数人的生活之中，而人们也对大海略知一二，有的甚至如数家珍"。[93]基于康拉德1881年至1883年在"巴勒斯坦号"担任二副的工作经历，他坚称《青春》甚至都不能算作是一部小说，而是"一场回忆往事的高超表演"、"经历的记录"。[94]值得注意的是，康拉德确实给"巴勒斯坦号"的虚构对应体"朱迪亚号"（*Judea*）做了些许改动，其中之一就是将"巴勒斯坦号"上典型的国际船员——康沃尔人、爱尔兰人、荷兰人、挪威人、西印度群岛民和澳大利亚人——都替换成了"难以对付"的利物浦船员。[95]"巴勒斯坦号"的二副是波兰人肯拉德·科尔泽尼奥夫斯基，而"朱迪亚号"的二副兼小说叙述者则由土生土长的英国人查尔斯·马洛（Charles Marlow）来扮演。此人后来在康拉德的小说中多次出现,而这一次即是首度登台亮相。

"在旁人眼里他们是一大批道德败坏的流氓无赖,完全无可救药。"马洛这样说他的船员,然而"在这些脾气倔犟的利物浦船员身上也有着某些闪光点"。当装满煤炭的船只在大海上发生自燃时,这些水手面临了考验。马洛命令船员爬上烧焦的桅杆去收卷起风帆。他们谁都知道桅杆随时会倒下来,"那么是什么驱使他们去做的?是什么让他们听从我的号令?"马洛自问。"这并不是什么责任感,那些船员非常懂得如何逃工、怎样怠工……那么难道是每月2镑10先令的工钱催促着他们冲上前去?可他们都觉得这点微薄工资差得远了。不,不是,是船员们内心具备的某种东西,某种与生俱来的、微妙而永恒的东西。我不敢肯定地说法国或德国的商船船员就一定不会那么干,但我怀疑他们是否会以同样的方式漂亮地处理好。"没错,就是那种随时预备牺牲小我来成就大我的精神,"这只能在英格兰发生,别地绝对没有"。马洛认定,这就是"区分种族间差异的隐秘要素,铸就了不同国家各自命运的轨迹"。[96]虽然康拉德用"族群"(如盎格鲁-撒克逊、斯拉夫等)来定义"种族差异"的做法跟他用肤色一样频繁,但康拉德没特意说明航海这项事业非要属于白人,至少在字面上没有必要——假如在比喻上无法保证的话。二十年后,康拉德为海军军部撰文表彰商船船员在第一次世界大战中的贡献，几乎一模一样的原话出现在那份宣传册里。[97]

在《"水仙号"的黑水手》一书最后结尾，康拉德牢牢地定性了英国与航海及"白人的种族性"的关系。（该书名在黑白种族处理上相当粗糙，在美国以《大海的孩子》(The Children of the Sea)的标题出版以避免冒犯他人。）这本书描绘了一伙从亚洲返航的船员，其中有一位来自西印度群岛的水手患上了疾病，影响了船员之间的团结。或者说，他们中间有许多人怀疑那个人是装病。然而正当"水仙号"抵达本国海域时，这位西印度群岛人死了。眼前的事实给那些认为他撒谎的家伙们一记响亮的耳光。"他的死亡犹如古老信仰的幻灭，撼动了我们社会的基石，撕断了人们共同的纽带。那条牢固、高效、可敬的纽带，情感所系的纽带。"在那万般脆弱的一刻，水手们的情义支离破碎，大家的耐性因长途归航而紧绷在心头。他们望着英国的大地从海涛中冉冉升起，犹如一艘灯光点缀的庞然巨舰。"她拔地而起、高大无比、威武雄壮，守护着无价的传统和数不清的难民，庇护着光辉的追忆和卑劣的过往，以及那并不光彩的品行和手段高超的犯罪。一艘伟大的船！舰队和民族的母船！同胞的雄伟旗舰，停泊在开阔的汪洋之上，比风暴都要强大！"[98] "她高高升起，如保卫'传统'的堡垒。而这艘母亲船——这个祖国——不是别的，正是帆船，她把子民们纳入抚育的胸怀之中。"

帆船意味着手艺，意味着情义，意味着"英国性"对欧洲，以及"白人种族性"对亚洲非洲的关联纽带。对康拉德而言帆船则代表了挑战这个世界的最佳方式，代表了人们常常寻求的理想——如果说永远无法真正重拾的话。这一切的联系解释了为什么康拉德要在《私人档案》里述说自己的水手职业来一再强调他对英国的归属感并以此反驳那些针对《间谍》的批评，同时也说明了他为什么要精心构筑一个"特意选择非英国海员不做"的故事，而事实上这支商船队伍却前所未有地极度缺乏"英国味"。此外，那些联系还揭示了为什么康拉德要在《私人档案》里强调自己在面对蒸汽轮船的明显魅力时却对帆船有着个人的情感眷恋。

此事说来话长，要从1886年他参加贸易委员会的船长资格考试说起，这场考核从书面文字上展示他对航海技术方面的掌握程度，而这一回是呈现给他的读者看。（他没有提及此前那两次失败）康拉德说他自己登上塔丘（Tower Hill）参加测试，做好接受最严格考问的思想准备。"房间里摆满了船只模型和索具，墙上有一面信号板，桌子边缘还安装了一根已被卸下索具的桅杆"。[99] 一位留有灰白胡须的胖船长向康拉德打了声招呼。

"嗯……让我想想……"考官开始了，"不如你把'租船契约'的一切都告诉我吧，知道多少就说多少。"[100] 康拉德回忆起书本上讲的内容。租船契约，

"是一种书面合同,据此获准雇佣船只进行一次或更多次数的航行。"[101]

"那你对应急舵有什么看法?"虽然康拉德在海上从来没有丢失过一个船舵,但他记得曾有一些案例。一开始先"把大帆收下来",好让她减速。然后拿出备用的圆材简单装配一个临时的船舵。"圆材的一端应该系着锁链,悬挂在舵杆筒下……而另一端则应有一个如桨般的木片;砝码附上去使其垂下,索具把它吊起来……然后大伙牵着一路通到船尾处的圆材上,从那里开始至轮盘的圆筒。"[102]

接着,康拉德和考官谈及了船务管理方面的各个知识点,然后考官回忆起当年他自己的冒险经历,"你那会儿还没出生。"

"你是波兰血统吧。"船长打量道。

"我生在那里,先生。"

"你们国家的人好像没有多少在我们这里服务……你好像是……内陆人,对吧?"

"嗯,一点不错。"[103]

"我不知道你是如何打算的,"考官总结道,"但你应该去蒸汽轮船,有了船长证书就算时机到了。假如我是你的话,我就去蒸汽轮船。"[104]

康拉德说离开房间之时他的成绩令自己的心胸豁然明朗。"我对自己说,毫无疑问我现在是一名英国船长了,这是事实……解答了某些直言不讳的怀疑论调,也是对恶意诽谤的一种回应。"康拉德用自己的成功为儿时梦想戴上了桂冠。那么下一步该怎么走下去呢?"你们必须明白,当时我并没有任何'闯荡事业'的想法。"康拉德向读者们保证。[105] 这是多么庸俗的观念,更别说是对地位低微的人而言了。假如成为认证船长就意味着欣然拥抱水手这门职业并走上蒸汽轮船的话,那么这必将是康拉德改换门庭的时候了。

康拉德解释说那便是我"从不上汽船的理由。假如我长命百岁,变成某种未开化的老妖怪的话,那我将是来自黑暗时代唯一一个没有登上过蒸汽轮船的水手"。[106] 正如康拉德自己所言,从帆船到汽船的过渡标志着他从青年走向成年的转变,并将康拉德从水手变成了作家。

这些话只是漂亮的修辞,却属于具有误导性的历史。康拉德"从不上汽船"的豪言壮语暗示了自己拒绝蒸汽轮船是有意而为之的。可事实上鉴于寻找差事之艰难,倒不如更确切地说是蒸汽轮船——至少是当前水平的英国班轮——无视了他。

故事的真相是,康拉德在通过船长考试后确实走上了汽船,首先在亚洲,后来又到非洲,而且他的所作所为也都是出于有意识的选择。然而假如说英国帆船代表了康拉德最仰慕的人性、社会和道德的载体,那么乘着蒸汽轮船的海浪他将在更加泥泞污浊的水域里苦苦地航行。

第五章　步入蒸汽轮船的世界

1887年2月，阿姆斯特丹正陷入严冬，各条运河水道均凝结成冰，船儿静静地等待着途中受困的货物，在一片白雪茫茫的世界里犹如一具具黑乎乎的尸体。"高地森林号"（*Highland Forest*）的船长还没有来，所以暂时由肯拉德负责。此时他就睡在船上，盖了一叠厚重的毯子。这些天里，肯拉德乘坐有轨电车到过市中心，渐渐习惯了某家豪华咖啡馆里的红色长绒座椅，还有那靓丽炫目的天花板和电灯。肯拉德给远在格拉斯哥的船东们寄信汇报进度，几乎每天都得到回信。"叫我向租船人提出要求，到那里去极力催促货物……品种多样的货物牢牢陷在遍地是雪和风车的内陆某地，应该立刻上路，并每天都按常规数量装运上船。"于是肯拉德忠实地履行指责，按部就班去拜访了租船人。那是一位名叫休迪格（Hudig）的先生，还没等肯拉德开始长篇大论，这位荷兰人就递上了一支上等的雪茄，还为肯拉德点了火。他操着一口流利的英语，三两句嘘寒问暖，便封堵住了肯拉德的嘴。[1]

冰雪渐消融，河水尚淤塞。驳船与荷兰平底帆船承载着东印度群岛所需的棉纺织品和供应物资纷纷沿河顺流而下。船上大副的主要职责之一就是监督这些装运工作。热带海域航程漫漫，所有货物尽皆需要严加保存。为了旅途既安全又迅捷，承载的货物作为一个整体也需要做均衡的取舍。若把货物垒得太高太重，船只就会"不稳当"，转舵沉重并有翻船的危险；若把货物垒得太低太轻，船只则"吃水太浅"、颠簸摇晃，给风帆、索具和桅杆带来巨大的压力。肯拉德虽然知道每条船都有各自的"怪脾气"，但对"高地森林号"却并不了解，因此他使用参考资料来进行装货作业，如罗伯特·怀特·史蒂文斯（Robert White Stevens）的《船只与货物装载》（*On the Stowage of Ships and Their Cargoes*）。"奶酪应该存放在内部具有分隔的箱子里，并且不能堆放超过两层。"瓶装啤酒应该保存在船的前部相对阴凉的地方，而桶装啤酒则应该远离一切可能发热的物品周围以免进一步发酵。一捆捆织物可以堆放在船中部的中央区域和船尾部的两侧边缘。燕麦应当采取密集堆积的办法，通常是用脚踩进去的，不然的话就会损耗大量运费。[2]

当约翰·麦沃（John McWhir）船长前来接管时

肯拉德刚好完成装货任务。船长是一位比肯拉德年长四岁的爱尔兰人，此前已经在"高地森林号"上担任过两任船长，了解这条船是"一匹极难驮货的老马"。船长在码头上前前后后地走动，研究着船在水里的吃水情况。"你把船前前后后打理得都挺整齐，"麦沃对他的新大副说，"现在装货重量怎么样？"肯拉德表示三分之一的货物已堆放在货舱顶部附近、"船梁上方"，而三分之二在其下位置——按照教科书上的建议。

"唷！"麦沃吹起口哨。"高地森林号"这条船比较容易"吃水太浅"，因而所需装载的货物量要远远超过肯拉德核准的程度，不过眼下再做任何改动也已经来不及了。"好吧，"船长得意扬扬地咯咯发笑，"我敢打包票，咱们这一趟可有的热闹了"。

大伙一路上东倒西歪地驶向爪哇，肯拉德从未经历过如此严重的颠簸。"她一旦开始摇晃就好像永不停止似的……好些天里，你站也不是坐也不是，总感觉全身肌肉都一直紧绷着。"船员们一边摇晃一边干着活。"这该死的臭娘们儿，索性把我脑浆砸出来算了。"有一位船员身体努力保持平衡，嘴里咒骂道；船员们一边摇晃一边吃着饭。"全都因为你在船梁上只堆了三分之一的货。"麦沃叹了口气说，同时紧紧抓住桌子不动。除此之外，船员们甚至还一边摇晃一边睡觉。后来桅杆开始裂开了缝，最终折断。"呵，这真是活该了。"只见一根圆材从高处绳索上飞了下来，狠狠地砸中了肯拉德的背脊，将他撞到甲板的另一头。[3] 臀部的刺伤麻痹了肯拉德的双腿，背部的肌肉变得瘫软。[4] 待大伙抵达爪哇海岸的三宝垄（Samarang）时，一位欧洲医生建议肯拉德辞职休养。于是肯拉德迅速穿过狭窄的马六甲海峡到了新加坡，随后住进了一家欧洲人的医院。

在天气糟糕的时候，肯拉德躺在床上感觉燥热潮湿，身上疼痛，心里难受。今年本该是个大吉大利的丰年，肯拉德不仅归化为了英国子民，而且还得到了商船队的认证船长资格，同时又有了一项新的消遣爱好。在海上的十二年间，他偷偷积攒下了一大堆典故逸事，当看到《花边新闻》（Tit-Bits）杂志正在开展一次关于水手的故事竞赛时，便提起笔来尝试写上

新加坡街头

一则。[5]

然而凡此种种又有何用？航海这门差事，没有几个钱入账，没有多少人关心，肯拉德对此已经十分厌倦了。[6]他守着这个饭碗如此长时间，超出了任何一位亲戚的想象，还获得了一切应有的资格证书。正当肯拉德看上去似乎找到了"正途"并能够"自食其力"的时候——"啪"地一下犹如当头一棒。"真不走运啊。"[7]贸易委员会的考官曾建议他去蒸汽轮船上干活，可是他找不到一份好职位。舅舅塔德乌什劝他从商做生意，但他攒不起任何钱财。肯拉德就是这样一位寻不到船长职位的持证船长，一位在自己的船上负了伤的老水手，一位丢了工作的伤残病人，被困于数千英里之外的地方，远离了他口口声声称之为家乡的地方。肯拉德仰天自问："下一步该怎么办？"[8]

天气较好的时候，肯拉德在医院的花园里一瘸一拐地散步。这座医院建在山上，他能径直朝下望见海港，那些船只散落在四周，犹如摆在结绳毛毯上的玩具。[9]一座座小岛屿被海水紧紧包围，它们是一连串群岛的始端，一路延伸几乎可以到达澳大利亚。"我热爱大海，"肯拉德此时此刻回想起来说，"我热爱大海，若能洗涤净化我的生活……我会感到相当幸福。"[10]

待肯拉德能够再次安然行走时，他就办理了出院手续，然后慢慢地朝山下走去。肯拉德此前曾两度来过新加坡,但每次造访都紧紧地局限于海员俱乐部(Sailors' Home)周边的区域。俱乐部犹如"郊外风情的花园"那般意趣盎然,一位假正经的禁酒推动者经营着园内的这座小别墅,办公室里摆满了马鬃填充的家具和饰物,宛如"伦敦东区人家一间庄重的会客厅"。[11] 若不是那些在客厅里漫不经心扇着蒲扇的中国仆人,你几乎浑然不知自己正身处于亚洲。[12]

市中心的店铺间间相邻,肯拉德正穿行于屋檐之下。紧闭的店面犹如他过去见识的伊斯灵顿(Islington)露台,只不过是热带地区的翻版。肯拉德路过一爿爿挂着中文招牌的铺子,其门楣上晃动着大红灯笼,有茶馆、钱庄、修补铺和裁缝店。从门面破烂的小酒馆"银白佳酿"或"马德拉斯老乡"里常常有跌跌撞撞的水手跑出来。肯拉德时而欣赏欣赏熏香

新加坡河畔的船码头

缭绕的道观前院，时而驻足一睹清真寺那一幢幢豆绿色的尖塔。中国人力车夫从他身旁慢跑而过，泰米尔挑夫左右调整着头巾上挂着的包裹，时不时地还能看见通身白衣、形如幽灵般的欧洲人，头戴遮阳帽，脚穿陶土鞋。[13] 与此同时大街上的榴梿臭味也一路尾随在肯拉德的身后。[14]

肯拉德来到河岸边，打量着大英帝国雄武的一面，看那港务大楼、邮政局和弗林特（Flint）大楼及其庞杂的办公场所。它们在堤岸边排成一列，在这炎热的环境下显得结实粗壮且过度装饰。一座铁索桥跨越运河两岸，犹如一名将双手置于臀部的警察。

肯拉德俯视河道内港，[15] 风帆破皱的中国船、双桅渔船、带篷的宽梁驳船、长牙形的马来帆船（perahus）随海波上下起伏，吃水线上方画着一对对凝视的眼睛。[16] 这些船只并非每一条肯拉德都认得，从何方而来也不全知晓，但他能看出海运世界的多样性及其独特的未来。

新加坡位于印度到中国的中点上，在马来半岛和群岛边缘，从地理上来看它命中注定是文化的交汇处。[17] 新加坡比香港更具马来味，比巴达维亚（Batavia）（即雅加达）更具印度味，比加尔各答更具中国味，比曼谷更具欧洲味，在西方人看来似乎是个十足的"东方"化身。"见不到任何地方是如此的种族融合。"钢铁巨头安德鲁·卡内基说。他于1879年在新加坡待了十天。"这里人口半数是中国人,余下来的有马来人、克林人、爪哇人、印度人和普天之下所有其他东方民族,此外我估计还有一些欧洲人。在这里,'适者生存'的法则在英国旗帜的保护下光明正大地用竞争来演绎。"(卡内基判断,"中国人把其他民族逼到墙角只是一个时间问题。"[18])康拉德始终记得"那一张张棕色、古铜色和黄色的脸庞,还有那黑色的眼珠,以及看起来五颜六色的东方人群"。[19]

不过新加坡的"东方"融合在很大程度上是欧洲科技力量和帝国强权的产物。这座城市由英国的东印度公司代表斯坦福·来福士(Stamford Raffles)于1819年建立起来,本意在于闯入荷兰人主宰的市场。为了跟竞争对手打价格战,来福士将新加坡设成自由港,没有关税和贸易限制。这令新加坡化作了一块磁石,吸引了作为商客和移民的流散人口,他们与印度洋沿岸地区渊源颇深,而且其中还包括从中国来的福建人、印度南部的泰米尔人、哈德拉毛(Hadramawt)(即今天的也门)的阿拉伯人,以及马来群岛的布吉人(Bugis)。

"苏伊士地峡的贯穿打通……"康拉德后来写道,"犹如决堤一般,让一大批新的船只、新的人员、新的贸易方式如洪水似的涌到了东方。"[20] 在19世纪

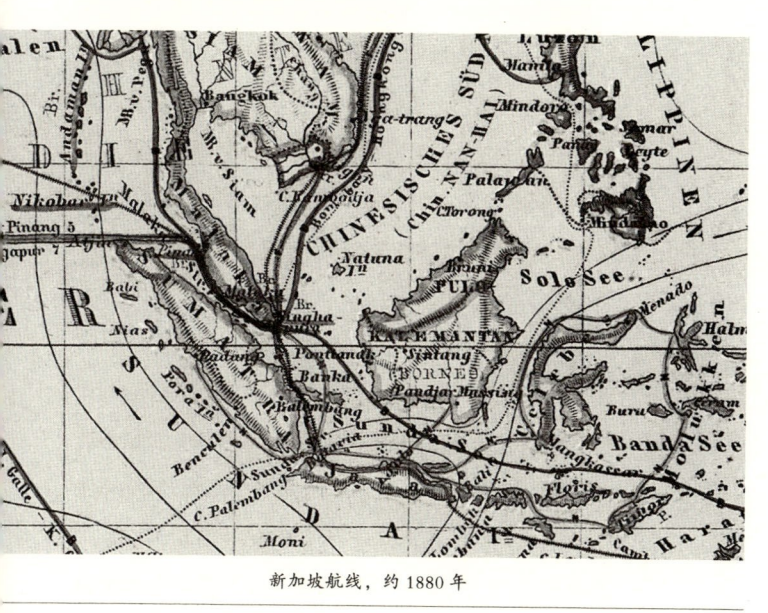

新加坡航线，约 1880 年

70年代至90年代间，途经新加坡的进出口贸易额几乎翻了三倍。[21] 英国、荷兰、法国、奥地利和西班牙的航运公司都在那里设立了办事处，其中目前最大的是英印轮船公司（British India Steam Navigation Company），它拥有57艘蒸汽轮船，运作在17条不同的航线上。[22] 正如一位美国来客在1885年说的："它们把新加坡变成了马来群岛及东南亚庞大的中枢神经，是远东地区的中心所在，其滚动的"辐条"就是那些几乎遍及每个方向的汽船航线，驶往曼谷、西贡、中国和日本、马尼拉、沙捞越（Sarawak）、坤甸（Pontianak）、巴达维亚、苏门答腊、锡兰、加尔各答、仰光和马六甲。"[23]

苏伊士以东地区很少有发展如此之快、变化如此之大的港口，而颇显反常的是，其原因竟然与一项科技瓶颈有关。唯有蒸汽轮船才能有效地利用那条运河，但燃煤成本意味着汽船还无法在超过3500英里的航线上与帆船进行竞争。（肯拉德·科尔泽尼奥夫斯基在19世纪70年代至80年代里之所以会如此频繁地前往澳大利亚，原因之一就在于终其海上行走二十年，用帆船航行那条线路始终还是比汽船来得更经济划算。[24]）从北欧出发意味着一条汽船可以穿越大西洋或在地中海绕一个圈；从新加坡出发，汽船的辐射半径包括中国、印度和整个东印度群岛，是几条世界上最赚钱的贸易线路。新加坡作为一个货栈蓬勃地发展了起来。抵达这座城市的货物有一半被卸下来再装上不同的船只进行地区性交付。[25]

欧洲公司主宰了这些长途贸易"辐条",而在其周围的则是运货商们拥有的小型汽船船队,他们都是新加坡当地的阿拉伯人和中国人。除了停靠在马来群岛诸多小型港口之外,这些汽船还服务于当地正在兴起的区域性客运市场。亚塞高夫(Al Sagoff)家族持有新加坡轮船公司(Singapore Steam Ship Company),在19世纪80年代是当地最大的企业,扮演着每年运送朝觐者去麦加的中间商角色。此外,有几位中国船东,以福建商人魏斌为首,从事着发展迅猛的中国"苦力贸易"。[26]

蒸汽轮船数量之多,使得新加坡成为一块炙手可热的宝地,大副们都希望为船长资格考试累积工作经验——而对肯拉德·科尔泽尼奥夫斯基而言则是前去觅得一条船。[27] 虽然求职者是本地市场上职位空缺的两倍,但这仍比在英国少了些竞争,更易求得一份干部船员的工作。肯拉德在英国时从来没有找到过与自己资历相匹配的职位。[28] 有一位机械师还曾记得新加坡整个社会都洋溢着一种"友好随和"的气氛,这让找工作变得更轻松了些。待在海员俱乐部里,或到河岸边大家常去的埃默森·蒂芬酒馆(Emmerson's Tiffin Rooms)喝酒,你或许就能打听到什么消息。要不然你也可以去港务大楼附近走走,往一些大门前一靠，或者去港口船运票据中央交易所，然后跟船长的随从、那个极度自负的爱尔兰人亨利·埃利斯（Henry Ellis）攀谈攀谈。

1887年8月22日，离开医院已有数周，肯拉德签到了一份大副职位，是在206吨蒸汽轮船"维达号"（SS Vidar）上的。他看到轮船就停泊在丹戎巴葛（Tanjong Pagar）码头上，那是一块方形的混合建筑群，有仓库、煤棚和工坊。小舢板和木帆船在港口周围轻快地掠过，运送着货物和客人。苦力们如流水般从货舱里进进出出；牛车上堆满了黄麻袋，笨重地朝镇上拉去。[29]

"维达号"是一艘在泰恩塞德（Tyneside）建造的英国船并悬挂着英国的商船旗，但在肯拉德眼里它也是"一艘东方船只"。船主是一位名叫赛义德·莫辛·撒勒·约弗里（Syed Mohsin bin Salleh al Jooffree）的哈德拉米阿拉伯人（Hadrami Arab），他在巅峰期时曾是新加坡最富有的人之一，在亚丁、吉达（Jeddah）和苏伊士均设有办事机构。[30] 尽管现已七旬且视力不佳，财产也大幅缩水了，但当这位杰出（且独特）的阿拉伯船东出现在码头周边时仍然令人肃然起敬。正如肯拉德后来描述的，"他一身白色长袍和黄色便鞋……被马来教徒群众疯狂地亲吻着手"。英国人求助于像约弗里这样的阿拉伯人作为与马来穆斯林社群的中间人，而肯拉德断定这位船东也转而成了"庞大繁杂的大英帝国在苏伊士运河以东地区所能找到的最忠实子民"。[31]

肯拉德同其他三位欧洲的干部船员一起用餐,他们是船长詹姆斯·克雷格(James Craig)、机械师詹姆斯·艾伦(James Allen)与约翰·尼文(John Niven)。艾伦和尼文大概是苏格兰人,这片海峡里的机械师几乎都是苏格兰人,而船上的13名普通船员则清一色是亚洲的"拉斯卡"。[32] 欧洲的干部船员常喜欢用族群把"拉斯卡"们分为三六九等。"我觉得最好的组合应该是,中国人到甲板上干活或担任厨师兼服务员,印度人在锅炉旁加煤,马来人或菲律宾做舵工。"有一位干部船员大大方方地如此说道,把这条船变成了一个分而治之的微观小世界。[33] 身在亚洲,肯拉德作为一名白人干部船员因种族和职位而属于享有特权的少数派。但在英国船上,作为一个外国人肯拉德也明白跟同船伙伴们语言不通的苦楚滋味。在"维达号"上他学会了一点马来语,以便与马来船员做最基本的交流。[34]

"维达号"围绕婆罗洲和苏拉威西岛(Sulawesi)上的诸多小港口进行为期四周的环游。此类航行路线几乎不考虑风向和水流,只有蒸汽轮船才能有效往返。[35] "维达号"吞吐着滚滚蒸汽,驶出了新加坡海港那温暖湿润的怀抱,进入南中国海。

对水手而言,这片水域隐约意味着某些东西——

海盗。那些人时而从婆罗洲北部海岸的小海岬出发,时而从苏拉威西岛的水湾出航,时而自苏禄(Sulu)群岛向南航行。英国人与荷兰人将这些海盗当作制衡苏丹们的手段,强迫他们签署条约来查禁海盗行为,当苏丹们不情愿时便直接出手干预。英国、荷兰与西班牙的海洋远征军和巡逻队已经降低了该水域的出行风险,但海盗仍是活跃存在的威胁,眼下还不可能成为人畜无害的故事素材。

"维达号"的第一停靠港是位于婆罗洲南部海岸的班贾尔马辛(Banjarmassin)。肯拉德头一次见识了这个只从书本和地图上得知的地方。婆罗洲的面积是英国和法国的总和,人口由几十个本土族群组成,统称"迪雅克人"(Dayaks),受马来穆斯林苏丹统治。("婆罗洲"是苏丹领地的变异称谓,其主权国家文莱至今存在。)英国与荷兰的鹰犬觊觎婆罗洲的经济,都渴望分得一杯羹,将该岛分割成各自的势力范围。[36]婆罗洲由此演化为反叛运动的温床、继承权战争和边界纠纷的热点地带,同时也成为海上贼寇和走私贩子寻求出人头地的理想王国。

无论肯拉德了解婆罗洲多少,都极有可能是从那些关于詹姆士·布鲁克(James Brooke)的作品当中阅读到的。此人是在这片岛屿上闯出一番名堂的最知名英国人。[37]在19世纪30年代,布鲁克购置了一艘纵帆船并航行至东南亚地区寻求如心中偶像斯坦福·来福士那样的致富成名机会。他在婆罗洲西北边缘的沙捞越地区发现了机会，那里有一个反叛组织正威胁要推翻文莱苏丹的宝座。布鲁克帮助苏丹重获了权柄并在1842年赢得了犒赏，被授予沙捞越的"拉贾"头衔（即"王侯"）。布鲁克身为沙捞越的"白人拉贾"，打算沿着英国船队的航线带动沙捞越"开化文明"，扑灭迪雅克人喜欢收集敌人头颅的传统，并镇压臭名昭著的海盗。布鲁克还招募中国移民来开采金矿，请英国传教士来陶冶心灵，并让自己的侄儿外甥来支撑他个人的权威统治。尽管布鲁克最终未能达成毕生的梦想，无法将沙捞越变为英国的保护属国，但他却建立了一个王朝，由他的侄子查尔斯在1868年继承了"拉贾"头衔。

"维达号"靠岸加煤，然后继续在婆罗洲和苏拉威西岛之间的望加锡海峡（Makassar Strait）里朝向栋加拉（Donggala）航行。在这片狭窄的水域里，海盗们在进行走私的同时还穿插了另一项违法活动：贩卖奴隶。荷兰人于1863年在其殖民地已禁止了奴隶制度，然而各种形式的强制劳动仍然在"维达号"航线周边地区普遍存在。[38]苏禄海盗打劫海岸的行为遍及新几内亚至菲律宾群岛的广大区域，他们把俘虏抓来，然后带到东印度群岛的其他地方出售。[39]新加坡的荷兰总领事汇报说："最活跃的贩奴分子肯定在栋加拉。"栋加拉即"维达号"的第一停靠港。大部分奴隶从那里被带到婆罗洲东北海岸,有些人被置于高强度劳作之下,如潜水拾珍珠、采矿或采集丛林作物(燕窝、蜂蜡和古塔胶)。而其他人则被卖到内陆迪雅克人的部落,面临更加凶险的命运。迪雅克人会将他们捆绑并用布裹好,然后用长矛刺死,以此作为葬礼活动的人祭。[40]

英国人与荷兰人为东印度群岛的精神和物质支配地位扭打成一团不可开交,英国人以抗击海盗和反对奴隶制的决心而引以为豪,并指控荷兰人在阻止贩奴活动上做得不够。然而荷兰人看待问题却有所不同。荷兰领事列举了十艘驶出栋加拉的蒸汽轮船,它们均挂着英国旗帜,却涉嫌非法贩卖枪支和奴隶——尤以其中一艘为甚。"此时此刻,贩卖运输几乎由挂着英国旗的'维达号'在独家运作。"[41]

于是目光便落到了肯拉德身上。作为大副,他要监督"维达号"的乘客上下船和货物装卸载,还需编制盖有公司红绿旗帜大印的提货单据,以具体说明托运手续和运输费用,并在交付时给收货人加签。10 包大枣从新加坡运往劳特岛(Pulau Laut),58 包松香从栋加拉送到新加坡;10 美元,40 美元;阿拉伯字母和汉字。[42]

在帆船上装载货物犹如在"高地森林号"上遇险那样是一项颇具风险的工作,需要密切的关注、细致的计算和娴熟的技巧。"现代蒸汽轮船,"他后来说,

"在叽叽喳喳的嘈杂声、匆匆忙忙的喧闹声和蒸汽云雾、乱煤渣的情景之下装填着各宗货物。"[43]这句话暗示了汽船的大副不会太清楚实际堆入船舱的是什么东西,而"这"也就意味着肯拉德身为"维达号"的大副可能并不知晓那些违禁的枪支和奴隶。然而肯拉德显然是耳聪目明的,他清楚"维达号"上装载了什么。他在1897年承认,"据我个人所知,最晚直到1888年,枪支弹药一直在那座岛(婆罗洲岛)上登陆"。[44]至于那些奴隶,"登记上船的时候……跟港务局长存在默契……就当作普通乘客或乘客的仆从"。肯拉德从未说过如此坦白明了的话,不过在小说中也有所透露,他描绘了一个充斥着奴隶制度的马来社会,而旁观的白人角色似乎在很大程度上漠不关心。[45]

枪支、弹药和奴隶隐藏在大米、藤条和乘客中间,"维达号"在婆罗洲和苏拉威西岛之间的望加锡海峡溯流而上,一英里又一英里,婆罗洲的海岸线如映画般在他们身旁摊卷而开,像一根划满伤痕的绿色大缆绳。水网密集,河流丛生,将原始的环境分割成"绚烂而洁净的碎片"。这些河流是婆罗洲高山密林的生命线,许多较大的城镇就藏在这些河口区域里,大约逆流而上30至40英里处。"维达号"从栋加拉出发已经多日,驶入了伯劳河(Berau River),前往丹戎勒德布(Tanjung Redeb)港停靠。轮船冒着蒸汽,

"维达号"的海运提单

"航行于棕色的液体之上,三分水来一分泥,在浅岸之间继续穿行……前进再前进……三分泥来一分淡咸水"。[46] 接着海水渐渐退潮,陆地开始接近,泥浆凝固了起来。河上仿佛升起一座由竹子搭建的小村落,一排排拥挤的房屋支撑在水面之上。水雾飘渺萦绕,如湿润的手臂环于双肩。昏暗潮湿的森林在其后部抓挠着它。"维达号"犹如喘着大气的样子,停靠在一座摇摇晃晃的码头边。[47]

河口是河流与大海的中间地带,肯拉德在婆罗洲的河口上巧遇了一些行走于不同文化之间的人物:在亚洲人里的一两名欧洲人、在马来人里的几伙阿拉伯人或中国人、来自其他岛屿的难民,以及混合血统下的半种姓人士。在伯劳河上,"维达号"追随着英国航海船长威廉·兰格伦(William Lingard)的脚步,而

康拉德时代婆罗洲的一条河

此人的影响力仍在这座殖民地上久久萦绕。兰格伦曾在这一区域做过多年生意,后来他跟沙捞越的詹姆士·布鲁克一样在某场海战中帮助当地苏丹打败了对手。于是在1862年这位苏丹犒赏给他"Rajah Laut"的头衔,即"大海之王",并在伯劳划拨了一块土地作为贸易站,还赐给兰格伦的"本地主妇"一个尊贵的名号,一项通常用于非白人媳妇的称谓。

兰格伦在公共场合以本地统治者的形象频繁活动,而且对苏丹具有强大的影响力,这让伯劳的荷兰助理代表忧心忡忡,他从兰格伦的身上"看到了第二个詹姆士·布鲁克"。[48]然而当荷兰人近距离审视他时便意识到英国人兰格伦并不是帝国利益的威胁,他只是想做自己的生意而已。兰格伦购置了两条船,用于新加坡与伯劳藏身处之间的贸易往来。作为一个因循守旧的老海员，兰格伦并不想染指那该死的蒸汽轮船，而更偏爱优质的老帆船。事实证明兰格伦的眼中钉肉中刺是"维达号"而非荷兰人。但兰格伦对蒸汽轮船的抵触却为"维达号"的船东赛义德·莫辛·约弗里奉送了一大缺口。于是"维达号"在19世纪70年代开始到伯劳停靠，而且它的航速和规律性都要优于兰格伦的帆船。到了1885年，兰格伦把那两条船都卖掉了。[49]

1887年在伯劳的防波堤上肯拉德遇见了一个人。在肯拉德面前此人本身就具体体现了在这一潭死水下出人意料的文化融合。他的名字叫查尔斯·奥梅耶（Charles Olmeijer），是出生在爪哇的荷兰人，近20年来一直在伯劳担任兰格伦的代理。1876年奥梅耶经由兰格伦的一位少年侄子吉姆的介绍而加入这个行业。奥梅耶曾一度飞黄腾达，是当地的大富豪，然而到了1887年公司的商业势力却大幅缩水并被"维达号"所取代。奥梅耶代表了一种日趋衰败的商业模式，被蒸汽轮船排挤出了市场，因而他对伯劳苏丹的影响力也随之弱化了。奥梅耶寻求荷兰政府的许可，希望转而进入采矿和采珍珠的行业里，因为作为一个荷兰公民他是有资格这么做的，不像他的英国老板兰格伦。可是荷兰殖民当局在未经当地苏丹点头的情况下是不会给予核准的，而苏丹们也并不愿意出手相助，对他们而言奥梅耶早已丧失了经济上的重要性。

因此，奥梅耶受困于政府之间的辖制，陷入了被人淘汰的境地。[50]

且不论肯拉德对过去回忆的真实性，更不去追究他对眼前生活的描述是否属实，他后来形容奥梅耶是欧洲人对"进步"二字肤浅理解的化身，让人悲喜交加，哭笑不得。肯拉德说，在"维达号"上航行时每到一个站点都会听说奥梅耶这个人，于是等他抵达伯劳时便兴致勃勃地想要见一见这位大人物。可他望着这位名士穿着单薄的睡衣，慢吞吞地拖着步子朝岸堤走来，其形象甚至都无法撑起那业已褪色的光辉门面，由此只给人留下了一种错觉。奥梅耶走上船来，从旁监督水手将一匹从巴厘岛（Bali）订购的矮马卸下轮船。在他过去每天指手画脚的这一整片殖民地里只有一条小径能让矮种马通行，所以肯拉德不明白他为什么要买这头牲口，而且看样子奥梅耶也肯定没有能力骑上去。肯拉德所能想到的就是，这种雄心勃勃、定位奢华的大手笔往往在东山再起的希望蓝图中扮演着某种角色。船员们为小马按上帆布悬带，用码头起重机把它晃晃悠悠地吊下了船。马儿刚一落地，就哧溜一下窜进了丛林。[51]

"维达号"吞吐着蒸汽，在婆罗洲的河道里调转返回，团团白雾飘散于船尾，一头扎进咸水海域，设定方位朝新加坡返航。回到城里，就如同回到井然有序的正常世界。"维达号"停泊于一长列队伍之

新加坡约翰斯顿码头

后，那些船装运着别的物资，承载着别的故事。"南山号"（Nanshan），一艘从汕头而来、载着中国苦力的蒸汽轮船；"王妃号"（Ranee），沙捞越轮船公司（Sarawak Steamship Company）旗下唯一的一条船，从古晋（Kuching）而来；"西西号"（Sissie），1883年在"巴勒斯坦号"出事后带着肯拉德第一次前来新加坡的那条蒸汽轮船；"提克赫斯号"（Tilkhurst），安装了高大蒸汽烟囱的快帆船，肯拉德在1885年第二次造访新加坡时乘坐的就是这艘船。[52] 最后，还有"天堂号"（SS Celestial）蒸汽轮船，它也在荷兰领事那份涉嫌走私的名单之上，肯拉德上个月还乘坐它从三宝垄到新加坡。他曾在埃默森·蒂芬酒馆里跟大副"住在一间房"，就是那个威廉·兰格伦的女婿。[53]

正当肯拉德·科尔泽尼奥夫斯基在"维达号"上担任大副的时候，他已经跨越了30岁的门槛，而1887年也转入了1888年。"维达号"从班贾尔马辛到劳特岛，从栋加拉到伯劳，从布鲁根（Bulungan）到新加坡，然后再回班贾尔马辛和布鲁根，最后返航。月复一月，圈复一圈，从"一回生"到"二回熟"，从"发现新大陆"到最终习以为常。后来康拉德描写过一位年迈的船长，他"曾在著名的公司里供职，驾驶过知名的船只，完成过享有盛誉的航行旅程，"然而如今却指挥着如此一条微不足道的旧汽船，在海峡里上上下下地兜圈子，犹如小贩叫卖般枯燥乏味。

单调的工作是那位虚构船长的救赎,因为暗地里他其实已渐渐失明了。老船长完全能够瞒天过海,因为他对这条航路实在是太熟悉了,而且必要时他还可以叫他的"水手长"(Serang)(即大副)帮忙描述说明,那是一位上了年纪却头脑机敏的矮个马来人。[54] 可是对肯拉德而言这种工作并没有此等慰藉,轮船兜了四圈之后,肯拉德在1888年1月从"维达号"上辞职,重新回到海员俱乐部。那些所见所闻,他已经看够了。

第六章　当船儿辜负了你

康拉德从"维达号"上卸任四十年之后，他的首位传记作者乔治斯·让·奥布里寻找到了那名前船长詹姆斯·克雷格。当时他已经七十多岁了，还记得"自己下到船舱里跟大副说话的时候，总是看到大副在写东西"。[1]康拉德在"维达号"上所写的书信没有一封幸存，更不用说日记了——假如他确实写过的话。然而不管哪种形式，肯拉德·科尔泽尼奥夫斯基仍搜集了各种美景、人物和故事，在接下来的几十年里约瑟夫·康拉德会将它们一一展开。总而言之，在"维达号"上的四个半月给予康拉德小说作品的灵感启发要多于他一生当中的其他任何阶段。

康拉德所发表的作品几乎有一半是发生在东南亚的，包括六部小说、十几篇短故事和中篇小说，以及一大堆回忆录。他的亚洲小说通常采用两种形式，一种是以处女作《奥迈耶的痴梦》(*Almayer's Folly*)

（1895年）为始端，反复延续至1915年的小说《胜利》(Victory)。此类作品的情节主要发生在陆地上，譬如在"维达号"上途经的那些河口区域，在他见到过的欧洲人中间，以及跟那些人一起生活的马来人和混血儿；另一种形式则是康拉德的成名作品《青春》、《秘密的分享者》(The Secret Sharer)和《台风》(Typhoon)。这些小说主要在亚洲水域的航船上面展开，描写那些面对挑战和考验的欧洲海员，比如怎样在海难当中生还，怎样对付偷渡者，以及如何穿越狂风暴雨。

乍看起来，康拉德对亚洲地区投入如此多的笔墨似乎是一种高明的商业操作。罗伯特·路易斯·史蒂文森（Robert Louis Stevenson）专门写南方海域，H·莱特·哈葛德（H. Rider Haggard）写非洲，而"异国情调"的"教主"鲁德亚德·吉卜林（Rudyard Kipling）则专注于印度，他们都通过描绘遥远国度而大获成功。康拉德以马来西亚为背景，向英国读者介绍了一块鲜有人读到过的地方。[关于东印度群岛的小说之中最著名的当属荷兰小说《麦克斯·哈弗拉尔》(Max Havelaar)，该作于1868年被翻译成英语。[2]]"婆罗洲是英语文学的一片新天地。"《奥迈耶的痴梦》的书评人洞察道。[3]"康拉德先生的读者们将以列强瓜分非洲的兴致和胃口来继续吞并婆罗洲。"另一位评论家补充道。[4]根据《旁观者杂志》(Spectator)的说法，假如康拉德再接再厉,继续推出佳作的话,他"或许会成为马来群岛的吉卜林"。[5]

康拉德煞费苦心,对他的马来译文力求精确。"当我发现自己已经忘了许多词的时候",为了用词贴切甚至还要求出版社寄送一本马英字典。[6]康拉德通常把地名做一些变通或隐匿(譬如用"东方港口"来指代新加坡)。除此之外他还运用那些自己见到过的真实船只和现实人物来为作品文本增光添彩,比如"高地森林号"的租船人和船长、"维达号"的船东和机械师们,以及新加坡的港务局长亨利·埃利斯。在一部设定于婆罗洲的三部曲小说里,威廉·兰格伦化名汤姆·兰格伦,并在一条鲜为人知的河流上跑生意;查尔斯·奥梅耶变成了卡什帕·奥迈耶(Kaspar Almayer),是兰格伦破产的代理人;而"维达号"上寄销货品的栋加拉商人巴巴拉切(Babalatchie)则以当地精明的献媚者形象出现。有一位长年供职于马来亚的英国行政官员名叫休·克利福德(Hugh Clifford),他认为这些作品"充其量只能算康拉德闭门造车的产物",当时康拉德对此感到极其不满和鄙夷。"没错,我从来就不是马来亚方面的权威,"康拉德回击说,"但行为和风俗的一切细节……我(为保险起见)都参考了切实可靠、毋庸置疑的资料来源,悉数从枯燥而渊博的书本中'搬运'而来"。[7]

其实克利福德另有图谋。他自己写作关于马来亚"棕黑色人群"的故事,着力描绘在英国殖民统治的影响下他目睹的本土文化消逝之势。康拉德只是在门口的边缘看亚洲,在欧洲人和亚洲人交汇的地方。[8] 相比马来主权、伊斯兰秉性或婆罗洲的迪雅克社会来说,克利福德更了解的是英国与荷兰之间的龙争虎斗,那些往来商客、海盗和"拉斯卡"们。他的小说很少会跳到欧洲人思维认识之外的领域。

不过康拉德也有自己的算盘。"史实的确可以支撑我的故事,"他说,"但我写的是小说而非什么秘史,所以史实并不重要。"[9] 康拉德用亲耳所听、亲眼所见的方式来描述马来群岛,从一艘蒸汽轮船的甲板上勾勒那些图景。他目睹欧洲人在淘金路上惨遭失败,创业蓝图化作泡影,宏伟目标搁浅停滞。英国帆船集成了一切康拉德最崇敬的事物,而亚洲成为他批判蒸汽轮船粗鄙野蛮的背景舞台。这就是为什么康拉德最伟大的小说《吉姆爷》(1900年)——同时也是一部关于水手的小说——会设定在亚洲,而这部最引人入胜的小说亦是欧洲人在亚洲拼命出人头地的故事。

《吉姆爷》开篇介绍了一位模样英俊、"身材健硕"的英国人,他的眼神无比坚毅,好似"笔直向你走来……自下而上的凝视,令你不由想起一头正要冲锋的公牛"。吉姆是乡间牧师的儿子,曾受假期的"文学浅说课程"启发,做梦都想去大海。他憧憬着一种

"浪迹天涯的激荡人生",想象自己抗击海盗、营救难民、镇压叛乱,"始终是忠于职守的模范,如书中的英雄那样毫不退缩"。[10]

可是一旦真的当了水手,"梦中熟悉千百遍的大海"看起来却似乎"出奇地波澜不惊"。"只有一次"他确实感受到了海上风暴如怒吼般的威力。吉姆顷刻间被一块飞落下来的圆材砸中导致伤残,不得不到"一个东方港口"上岸休养。待他刚刚能够重新走路时就下山去港口寻找归家的途径,可突然间又改变了主意,签约登上了一条名为"巴特那号"(Patna)的印度洋蒸汽轮船担任大副。

"巴特那号"航行于新加坡和吉达之间,运送穆斯林乘客去麦加朝觐。只需稍加观察,你就能看出这条船存在不少问题。"'巴特那号'是一艘本地的蒸汽轮船,又破又旧,岁数堪比那些大山,如灰狗般瘦骨嶙峋,锈蚀之严重胜过不可救药的烂水箱。她属于一位中国人所有,由阿拉伯人经营,受几个新南威尔士州的德裔逃兵指挥,是一条从头到脚都十分可疑的船。不过通体涂白的外表却使得"巴特那号"看起来还马马虎虎能够适航,"800名朝觐者(约莫这个数)被赶到船上"做向西的长途旅行。

"巴特那号"巡航于平静而潮热的大洋之上,驶入"海天一体的静态循环"里。烟囱冒着白雾,嘶嘶地作响,轮机破旧不堪、表面凹瘪,锈烂得像块废铁,制造出某种隆隆的轰鸣声。吉姆设定航线,在海图上画下一条隐隐约约的黑线。前去朝觐的家庭在箱子上、垫子上、毯子上露天生活,在赤道的烈日之下打着瞌睡。[11]

后来有一天晚上,大伙的这种日子被一声巨响突然打断,似乎雷电在深深的水底下咆哮似的。船底下蹭到了什么东西,就像一条蛇爬过了一根棍子似的。吉姆下到船舱里,看到海水喷涌而出,应该是有物体刺穿了船壳,然而到底是什么东西、以什么方式、在什么位置,却都一无所知,而眼下只剩一片锈迹斑斑的防水舱壁仍在阻挡海水的总攻了。吉姆的思绪也如翻船般倒向了两种可怕的图景。眼前这鼓起的舱壁,随时即将爆裂,"冲击水流"正准备从其身后袭来,如"扔一块小碎片般把他冲垮出去",这条船必将一切为二了。吉姆想象自己头顶之上的乘客们注定要走向死亡,犹如一大群堆积在一起的尸体。"八百人,七条救生艇;八百人,七条救生艇。"吉姆反复地低声念叨着。没有办法让他们全都活下来。[12]

吉姆冲上甲板帮忙,能救多少是多少。他找到了船长和机械师们,那些人正拼命解开一条救生艇的绳子。但这是为他们自己准备的,而不是给朝觐者所用。吉姆闭上眼睛又想到这些朝觐者在灾难的边缘无知地熟睡着。此时此刻就是他一直等待的机会,他可以做唯一一个守护在轮船上的欧洲人,他可以稳定全船,救护乘客,或者至少死也要死在恪尽职守的岗位上。他,可以做个英雄。

吉姆睁开双眼,看到干部船员们纷纷爬进了小艇。他们割断绳索,大声朝同事呼喊,叫吉姆加入进来。"跳啊!喂,快跳啊!"他们喊着。吉姆回想起那愈发变形的舱壁和冲击的海水,还有"八百人和七条救生艇"。[13] 然后,他纵身一跃。

从那受课本启发的对海洋的渴望,到住进医院滞留亚洲,吉姆紧跟着肯拉德·科尔泽尼奥夫斯基的步伐。"巴特那号"的航行旅程,则严重模仿肯拉德在新加坡听说的一则真实故事。

这是那种犹如红酒渍般粘在码头酒吧里的故事。1880年7月,一艘名为"吉达号"的蒸汽轮船驶离了新加坡,船上载着953名朝觐者,开往麦加。轮船在严酷的天气下已经出海一周,轮机房的锅炉从固定位置上松开了,船只随之开始漏水。乘客们加入到船员队伍之中发疯似的狂按水泵,可是船长在随波漂流的第二天即命令船员准备登救生艇。他们只占全船人数的四分之一,因此艇上的空间足够了。船长、他的妻子和两名机械师匆忙钻进了一艘。当乘客瞧见这一情况时,他们放下水泵,纷纷朝救生艇冲过去,歇斯底里般地把锅碗瓢盆和大小箱子都往小艇上扔,狗急跳墙似的阻止干部海员们抛弃轮船。乡间牧师的儿子、大副奥古斯丁·威廉（Augustine Williams）赶忙把救生艇放低到水面上，只见他跃过甲板跳入小艇，然后众人割断了绳索。"吉达号"不管是死是活都与他们无关了。[14]

干部船员们抛弃沉船之后，次日早晨一艘英国蒸汽轮船"辛迪亚号"（Scindia）发现了他们的救生艇并将漂流者吊上了船。干部船员们汇报说"吉达号"已经沉没，在最后几小时的混战里乘客们把二副和机械师都杀害了。于是"辛迪亚号"载着他们进入亚丁，从那里船长克拉克打电报给船东通知坏消息："'吉达号'沉没。我本人、妻子、赛义德·奥马尔（Syed Omar）及其他18人获救。"震惊的头条消息向英国公众报道了这一惨剧："海上可怕的大灾难，损失将近1000人。"[15]

然而第二天，"吉达号"也抵达了亚丁，船上有922名乘客和船员。

那些获救的干部船员并不知晓的是，在他们弃船而去之后的数小时里，乘客们集合了起来，疯狂般地打泵，最终设法战胜了漏水问题。"吉达号"借着风帆不知不觉地进入了平静的水域，并升起了求救信号。就在岸边的几英里处，"吉达号"被一艘英国定期客轮发现了，其上的大副觉得"船上的一切皆混乱不堪，所有人都惊恐万分。不过朝觐者当中有几个秩序井然的小团体组织打泵，使轮船转危为安，并拖着'吉达号'安全驶入了亚丁"。[16]

"吉达号"的干部船员弃船逃命的行径侵犯了英国海员荣誉准则的最基本操守，即船长应与舰船共存亡。他们为什么没有疏散更多的乘客？他们为什么没有叫"辛迪亚号"去营救"吉达号"？对此亚丁的港口当局立刻展开了调查。在法院眼里，唯有一方看起来似乎还说得过去，那就是这些朝觐者。他们表现出了"准备协助救援的意愿"，而后的慌乱无序也只是"本性使然，人人皆会如此，哪怕是欧洲人"置身于此等煎熬的境地也一样。[17]

除此之外的其他人等均受到了严厉的斥责。轮机长完全误判了轮机房的"危险程度"。至于船长克拉克，假如他能"尚且表现坚定"，同时"对那些并不算太陌生的本地人略施技巧的话，那么就能确保他们的合作积极性和感激之心，并可为船东挽回相当可观的损失"。然而克拉克却"显得极度缺乏刚强的胆色和最基本的判断力，让主观的情感左右了责任感，而这本是每位英国船长皆引以为豪的东西"。当局对船长克拉克暂扣执照三年，大副威廉"多管闲事、胡出主意"，影响船长的决断，因而受到格外的指责。法院认定他存在"僭越职责和不符海员规范的行为"，系这场可耻决策的同谋，并且（港务顾问补充裁定）"不应再获准登上商船工作了"。[18]

SECOND EDITION, 2 o'clock.

TERRIBLE DISASTER AT SEA.
LOSS OF OVER NINE HUNDRED LIVES.

(REUTER'S TELEGRAM.)

ADEN, August 10.—The steamer *Jeddah*, of Singapore, bound for Jeddah, with 953 pilgrims on board, foundered off Cape Guardafui, on the 8th inst. All on board perished excepting the captain, his wife, the chief engineer, the assistant-engineer, and sixteen natives. The survivors were picked up by the steamer *Scindia* and landed here.

(LLOYD'S TELEGRAM.)

ADEN, August 11, 3.15 A.M.—The *Jeddah*, steamer, from Singapore to Jeddah, with pilgrims, foundered at sea off Guardafui on the 8th of August. Upwards of 1,000 of the crew and passengers drowned.

[The *Jeddah* was a screw steamship, built of iron at Dumbarton in 1872, and was registered in Singapore in 1876 by her owners, the Singapore Steamship Company, Limited. Her dimensions were as follows :—280 feet in length 33 feet in breath, 23 feet depth of hold, her gross tonnage being 1,541, and net tonnage 992, and her engines of 200 horse power.]

《派尔-麦尔新闻》上一则"吉达号"沉没的报道,1880年8月11日

"吉达号"的丑闻从新加坡传到了伦敦。《每日新闻报》(The Daily News)、《每日纪事报》(The Daily Chronicle)和《环球报》(The Globe)对干部船员"近乎懦夫般的临阵脱逃行为"感到义愤填膺、惊骇万分。"这些毫无原则的胆小鬼玷辱了海员的传统",他们应该背负洗刷不掉的一世骂名。[19] 很多人认为克拉克船长太轻易地脱身了,"为什么只是暂扣执照?为什么不能给予更严厉的处罚?"众议院的某位议员质问道。贸易委员会负责人约瑟夫·张伯伦赞同对克拉克的惩罚"是完全不够的",但他认为刑事诉讼不太可行,"因为证人的缺失,而且事实上船长已经去了新加坡,也很可能早已投奔新西兰"。张伯伦只能默默地期望"这块留在他身上的烙印"能意味着"这位船长永远无法再次获得一船之长的工作职位"。[20]

　　克拉克的事业确实遭受了痛苦。尽管他令人吃惊地被暂时重新任命为"吉达号"的指挥,但在尚未出航之前就让位下台了。不过"吉达号"的大副威廉倒是真的成功觅得一份新差事,当上了某艘蒸汽轮船的大副,驶离了新加坡。那艘船的名字叫——"维达号"。[21]

　　"我就好像跳进了一口井里,一口永没有底的深井。"吉姆说。[22] 同"吉达号"一样,"巴特那号"也被带入安全水域,其可耻的干部船员在官方询证之前就被调离了。也许正是因为康拉德接替了威廉的位置,担任"维达号"的大副,所以当他在《吉姆爷》一书中重述"吉达号"事故时,朝觐船上发生的史实仅仅是四个短章的序曲,小说的主要部分深入描写吉姆的耻辱和他为东山再起所做的努力。

为了讲述这则故事,康拉德转而启用资深的英国船长查尔斯·马洛,那位他早在《青春》一书里就引入过的人物。马洛身处于那个开展调查的"东方港口",见到吉姆同"巴特那号"的其他干部船员站在法庭之外,那一刻他无法明白这位身姿挺拔、肩膀宽厚的年轻人怎么会沦落到深陷丑闻的境地。他不耐烦地听着检方无休止地盘问吉姆:"事实,事实!"他们要求从吉姆身上得到真相,就好像所谓的真相就能解释一切似的!然而马洛真正想弄清楚的却是隐藏于"肤浅的来龙去脉"之下的"最根本动机",他希望找寻到吉姆所作所为的"深层次原因和尚可补救的一面,某些容许宽大的解释"。于是马洛邀请吉姆吃饭,让其本人辩解。[23]

吉姆快速翻阅档案文稿,审判的最后一句话是"此系这等人所为"。"如果是你会怎么做?"马洛本能地感到吉姆是"不错的人,是自己人"。此处所指的"自己人",意思是海员群体。马洛将其尊为"同船之谊"(他在《青春》里如此描述过),是"无名之辈,一群卑贱的苦力,却坚持着某种操守。""巴特那号"一丁点儿都不像马洛心目中理想的船。没有人确切知道究竟是什么物体把船撞了,但吉姆曾经私底下听到船长气急败坏地提到过一种说法:"我只听说过几句解释,好像是'讨厌的蒸汽'、'该死的蒸汽',总之是跟蒸汽有关的某些东西。"[24]

"当船儿辜负了你时,就会感觉好像整个世界都嫌弃你。"马洛说。于是这就论及了蒸汽时代的职业道德。如果说吉姆无法在如此情形下忠于操守的话,那么谁又能够呢?那些视新加坡为母港的欧洲水手是不行的,那群不可信任的家伙,饭碗时有时无,总是在失业线上挣扎。他们为中国人、阿拉伯人和混血儿效力,若时机方便的话甚至还会亲自服侍魔鬼。"他们喜欢跑短途,喜欢乐乐呵呵地窝在舒适的帆布躺椅上,喜欢有大量土著船员围着,享受做白人的特殊荣誉。"至于"巴特那号"的那位德国船长,他同样也不行。一个走起路来东倒西歪的小丑,成天嘲笑英国的价值观:"你们英国人老是为了该死的一点小事大惊小怪,我可没生在你们倒霉的国家里。来,拿走我的执照好了。来拿呀,我不要了……去他妈的执照……老子要去做美国公民啦。"[25] 此外,"巴特那号"上的亚洲船员也不会遵守原则,要不是两位马来舵手的话他们简直如隐形般无人关注。[26] 看下来唯有一人相对比较靠谱,就是那个调查询证"巴特那号"的顾问,他在绝望中被迫自杀了。

起先马洛希望看到吉姆为职业荣誉而感到羞愧,但当他亲眼见到吉姆迫切地"抢救这场自我道德认同的'火灾'时,"马洛猛然灵光一现,似乎发现这可耻的案件中尚有可取的一面。[27] 于是他为吉姆在爪哇安排了一份工作,让他有一个全新的开始。

然而好事不出门,坏事传千里。那件丑闻很快就接踵而至,于是吉姆逃跑了,再后来传闻仍然阴魂不散,吉姆又逃之夭夭。"他有条不紊地朝旭日初升的那片天地而去,但丑闻总会跟着他,飘忽不定,但终究会来。""我告诉吉姆说,这个世界还不够大,隐瞒不了你的违法行为。"某位雇主说。最终在马洛的二度帮忙下吉姆接受了一份工作,"在一个由本地人统治的国度里","一块边远的地区"。那个地方远离常规的海上航路,处于海底电缆线的终端之外,丑闻"找不到"他。[28]

那个地方叫做"帕图森"(Patusan),跟某些你从书本里读到过的地方很相像。吉姆喜出望外,不过既然要走进政治阴谋的混战之中,那他把莎士比亚全集带在身边总是好的。吉姆刚一到达帕图森即被当地的马来苏丹当作犯人扣押了起来。"荷兰人要来强占我们的国家了?"苏丹想知道,"白人会不会回到河上去?你们来敝国究竟有何目的?"后来吉姆从栅栏上跳出去逃跑了——人生的第二次狗急跳墙——并在布吉人的社群里寻得了庇护。布吉人是苏拉威西岛内战的难民流亡群体,吉姆跟他们的头领多拉明(Doramin)及其儿子交上了朋友,后来当他们卷入一场冲突时吉姆出手相助打退了敌人。于是他们对吉姆毕恭毕敬地致以谢意,用"老爷"(Tuan)或"大人"这样的尊贵头衔称呼吉姆。[29]

每一个在"帕图森"的人都以为吉姆最终会返回白人的世界。多拉明很早就看清了这一切:"土地仍会留在上天赐予的原位,而那些白人,来到我们这里,过一阵子就会走。"然而没有人知道吉姆永远被"巴特那号"的丑闻沾污,再也无法回家。在那里他面对的是永恒的羞耻;而在此地,"他的机遇犹如一位东方新娘般端坐在他的身旁,盖着面纱正等着夫君伸手揭开"。吉姆老爷全身心地投入到新的生活中。"他曾有想法要盖一座咖啡种植园……还要去许多领域试一试身手。"[30] 除此之外,他还爱上了一位真正的东方新娘,一名半亚半欧的女子。他给姑娘取名"宝珠"(Jewel)。

后来有一天,又一个英国人出现在这条河上。他叫布朗,自称"绅士布朗",总是色眯眯地斜着眼睛看人。他到处抢劫偷袭,四方劫掠,用自己的方式在西太平洋横行霸道。为了给他那一船恶棍寻找补给,穷凶极恶的布朗"扬帆驶入了吉姆过去那段历史,如

'黑暗力量'盲目的帮凶"。[31] 多拉明欲将这海盗除之而后快，以防其祸害帕图森。但布朗宣称他并无恶意，而且吉姆也愿意相信他，还劝说多拉明把他安然无恙地放走。

可是当布朗开船返回河里，途经布吉人的定居点时，他竟然违背了誓言开枪动起武来。多拉明的亲儿子被杀，而吉姆的尊贵地位也就彻底坍塌了。"当初因冲动的一跳而被迫逃离了一个世界，而如今另一桩事……他亲手的'杰作'，已分崩离析砸到了自己头上。"眼前已毫无退路，吉姆亲自来到悲痛欲绝的多拉明面前，心里对即将发生的事一清二楚。多拉明一枪打中他的胸膛，直接毙命。"他们说这个白人左顾右盼……倒下时流露着高傲且无所畏惧的眼神"，犹如一位殉道者，为"玷污操守的行为"而牺牲，恰如书本里的英雄。[32]

海上的凶险、丛林的激战、无耻的海盗、迷人的少女、青年对荣誉的追求——《吉姆爷》似乎具备了帝国冒险畅销小说的所有要素。[33] 作为1899~1900年间的连载小说，到1900年出版了精装本，《吉姆爷》是到当时为止康拉德最重要的成名作，并长久以来一直是他人气最高的小说。二十年后，他埋怨批评家们总以这部作品为标尺来衡量他后续的新作。"我就是不明白，你们为什么每次都要把《吉姆爷》搬出来对付我，"康拉德对经纪人嘟囔着说，"我总不可能一辈子写《吉姆爷》吧，而且你也不会希望我这么做。"[34]

《吉姆爷》面世之时，欧洲和美国实际上已将非洲和亚洲的全部地区殖民化了（*作者原文如此。——译者注*）。小说使用帝国主义者们喜闻乐见的口吻和隐喻来叙述。白种或淡肤色即代表了正确。吉姆刚一登场亮相就头顶着白人的光环，"穿一身干净的白衣"，直至最后一刻，在亚洲人眼里仍是"一名白人"；"巴特那号"事故从天而降，"犹如白光下的一片黑影"；当马洛在帕图森拜访吉姆的时候，他把吉姆视作"从黑暗中浮现出的种族化身"，当他坐船驶离时，望着岸上的吉姆越来越小，变成"微小的白斑，好像在黑暗的世界里收集起了所有剩下的光明；"吉姆的仆人杜巴士"肤色很黑"，紧跟着他的"白人老爷"……如同一个阴郁的影子；吉姆的朋友达因·瓦利斯（Dain Waris）"知道如何像一个白人那样战斗"，而且"还有欧洲人的思维头脑"——但他"得不到吉姆那样的种族优待"……他仍然是"他们的人"，而吉姆则是"自己人"。在狄更斯式的光芒下，吉姆的心上人，"一位翩翩起舞的……'白人形象'，"有着闪亮的名字"宝珠"。而事实上那个白种海盗却长了一副晒黑的脸，唤作"布朗"。（Brown，意为棕色。——*译者注*）[35]

不过《吉姆爷》从来不是一部顶级畅销的小说。它所叙述的那些身处亚洲的欧洲人，既不躺在英国殖民老爷的别墅露台上，也不坐于伦敦某家俱乐部的沙发上，而是康拉德从蒸汽轮船的甲板上面目睹到的。吉姆远不像是H·莱特·哈葛德所著《她》(She)（1887年）里的那种完美无缺、轻易克敌的帝国主义英雄人物。"我所见过的最英俊的小伙子，人长得非常高，十分魁梧，而且眼神有力，举止优雅。这股魅力在他身上就如同在野鹿身上一样天生自然。"假如一定要说吉姆像谁的话，那就是内战小说《红色英勇勋章》(The Red Badge of Courage)（1895年）里的主人公，其作者斯蒂芬·克莱恩(Stephen Crane)（*美国19世纪诗人和小说家，一生著述颇丰，是自然主义和印象主义的早期先驱，其作品《红色英勇勋章》在美国文学史上占有极其重要的地位。——译者注*）是康拉德高度敬仰的人物。书中的主角"一辈子都梦想着征战沙场"，可是头一回打仗就临阵脱逃了。《吉姆爷》没有突出欧洲领导世界秩序巅峰期的那种自信，而是在危机中对人们的价值观做反复思考：在蒸汽时代里，海员的职业精神已逐渐寿终正寝。

同时《吉姆爷》也满足不了那些想看"假日轻文学"的读者，那种吉姆本人喜爱阅读的书。有一位评论家把小说的结构比喻成一张蜘蛛网，"横向的支线显然会引入死胡同，而纵向的斜线前后轮转又开始新的循环"。《吉姆爷》是枯燥沉闷的,文笔过于细致烦琐,而且难读得不止一点点。"另一位评价道。[36]

小说如漫谈式的叙述同样也很大程度要归因于康拉德的海上生活视角。当你乘船出海时,几乎跟一切在岸上日常发生的事切断了联系。在现代人类社会,大概找不到如此一小群人会这样长时间且有规律地与世隔绝。工作场所与家居空间没有什么区分隔离。遇不见新人攀谈,碰不到机缘邂逅,连个过路的人都没有。船上无报纸可读,无信件可阅。任何事物都不是新的,当然除了天气之外。不过即便是老天爷的脸色,也遵循着某种可预测的季节与气候模式。航行日志捕捉住了船只在运动中"静止"的奇怪特性,使用一连串数字来记录每一天,比如日期、温度、方位、吃水深度。哪怕是一群鸟儿、一丝陆地的迹象都足够稀奇,准能打开船员们的话匣。

这就给予了海上水手一种跟时间的特殊关系。每日时光消磨在一种以两小时和四小时来分块的模式之中,全然不顾昼夜地循环往复着。大家一整天都缄默无语,大部分谈话是在半夜交接班间歇时展开的。在几周的时间里,同船的水手们建立起了碎片化的熟悉感和亲密感。手头没有任何新鲜的事物可聊,于是过去和未来便成了特别丰富的想象天地。水手们常常谈论自己在将来的日子里会如何度过,上岸以后会干什么,家里有什么人或什么事等待着他们,将来若大伙都不再出海了，到那时候又会干些什么。众所周知，水手们轮流讲述过去的历险和偶遇故事，就好似他们平时缠绕和修补的缆绳一样冗长，且有迂回和转折。

康拉德在海上数着月份，人生中的好几年都耗费在几条定期往返的、最长途的帆船航线上，身边是一小群水手，并无乘客，沿途也没几个停靠港。康拉德就像吉姆一样，"了解海天之间单调却神奇的存在"。[37] 他学着观察多彩的颜色变化和天际线，这赐予他对于"环境"的某种敏感性，而他小说当中的这一点始终被评论家们赞不绝口。康拉德同时也明白水手们是怎样用过去的故事来充实这程序化的当前，以及他们如何藉由畅想绚烂未来的方式来填补每天几乎一成不变的日子。在每条船上康拉德均可以听到各色人等谈论五花八门的历险和愿望。他曾听同一个人述说跨度一生的各个冒险故事，也从不同的嘴里获悉同一桩知名的事件。

如此一来便促成了《吉姆爷》这部作品，它就是康拉德在担任水手期间编写而成的一段叙事。《吉姆爷》的行文前后跳跃，叙述者也轮换交替，充满了嵌入式的故事与文本。马洛这个人物来回穿插，有时候他是吉姆故事里的主人公；有时候是组织者，将道听途说的故事串连起来；有时候是解读者，梳理个中含义。[38] 故事里的一桩桩事件并不是当时发生的，均发生于整理过的层层历史之中，通过马洛乱翻老账的行为，把不同的账页抽出放到最前面。这些远远近近的过往之事贯穿并支撑了整部小说的氛围感，似乎吉姆总有着一个未来，一个充满希望和梦想的明天。

康拉德认为，"一部小说的总体效果必须如同生活作用在个体身上的那种效果"。[39] 当一个人在分析和处理信息的时候并不会将其当成"叙述和报告"，不可能像两排拉链似的把所见所闻和含义解读规规整整地排列好，而是会去吸收印象、体验情绪、领悟感觉。也许你有能力识别某种模式，也许你不能，也许你非得过了许久才分辨得清。既然如此，那么你所目睹的事物表面或许会、也或许不会告诉你多少真正的含义。同理，你可能因水池表面的光影演绎而心醉神迷，但毫不知晓这水可能有多冰冷或有多咸涩。

《吉姆爷》反映了康拉德对"东西方"这一观念的洞察与想法。他以西方人对"东方"长期的刻板印象，将亚洲描绘成一个充满信仰和迷信、永恒又神秘的王国。康拉德暗示说，"然而在其远方，在电报线和邮轮航线终点之外 300 英里的地方"，你会发现一种早已被西方所抛弃的纯真。[40] 康拉德附和了德国哲学家亚瑟·叔本华的观点，叔本华吸收利用印度经文来辩称"玛雅的面纱"——"幻想"一词的梵文表述——隐藏了外表看不出的真相、意义和现实。[41] "西方人的眼睛，总是太关注于纯粹的表面，"马洛说，"蒙昧时代的神话传说萦绕着那些种族和土地,而西方人都错过了与之相关的各种历史可能。"在帕图森,马洛看到我们文明那憔悴的功利主义谎言凋谢死亡了。这就是为什么吉姆能够在那个地方重新找回他的荣誉感,并细心培育他的梦想,不管那有多么的不现实,却保有着"艺术品最深层次的真相"。[42]在帕图森晦暗朦胧的表象之下,马洛也找到了他一直在寻觅的东西:在瞬间的幻想下被揭开的真实。吉姆的自我牺牲向马洛证明了他并没有看走眼,一直以来马洛对吉姆的看法都是正确的,吉姆"确实曾是""自己人"。而"帕图森",他补充道,"是'巴特纳'添加'我们'二字之后的变异词"。[43]

哪怕是批判《吉姆爷》的人也承认这部小说具有"杰出的原创性"。"假如(康拉德)继续写作这类小说的话,"有一位美国的评论家预测道,"那他或许将取得独一无二的殊荣,即不被同时代的读者青睐,但很有可能在下一代人当中收获共鸣。"[44]康拉德创新性的叙事方式启发了一批像福特·马多克斯·福特(此人曾见过康拉德本人,而且就在康拉德意欲动笔写作《吉姆爷》之前不久)那样的年轻作家。福特将自称为文学印象主义的手法应用到自己 1915 年发表的小说《好兵》(*The Good Soldier*)里头。

当然了,并不是每个人都买账的。E. M. 福斯特(E. M. Forster)说得好,他抱怨康拉德"总是信誓旦旦要做一些关于宇宙的哲学化庞大论述,然后用生硬粗暴的拒绝姿态来重新调整构建"。福斯特怀疑康拉德天赋的"秘密宝盒"里装的是"蒸汽"而非"珠宝"。然而对于康拉德而言,"蒸汽"就是"珠宝"。[45]从他自孩童时期即已吸收的波兰浪漫式民族主义到英国的帆船,再到想象中遥不可及的亚洲角落,他珍视着某种说不清道不明的思想观念,讲究个人荣誉和忠于职守的精神,崇尚那种甘愿舍小为大的人群集体。

《吉姆爷》的悲剧在于,代表"文明"的事物来到了帕图森。蒸汽轮船排挤掉了帆船,虚伪、自私和贪婪战胜了正直与勤劳。社群皆土崩瓦解,人们不再遵守诺言。可惜可叹的是,"我们肮脏的本性……埋藏于我们行为表象之下的距离并没有想象中的那么遥远。"[46]

第三部分 文明

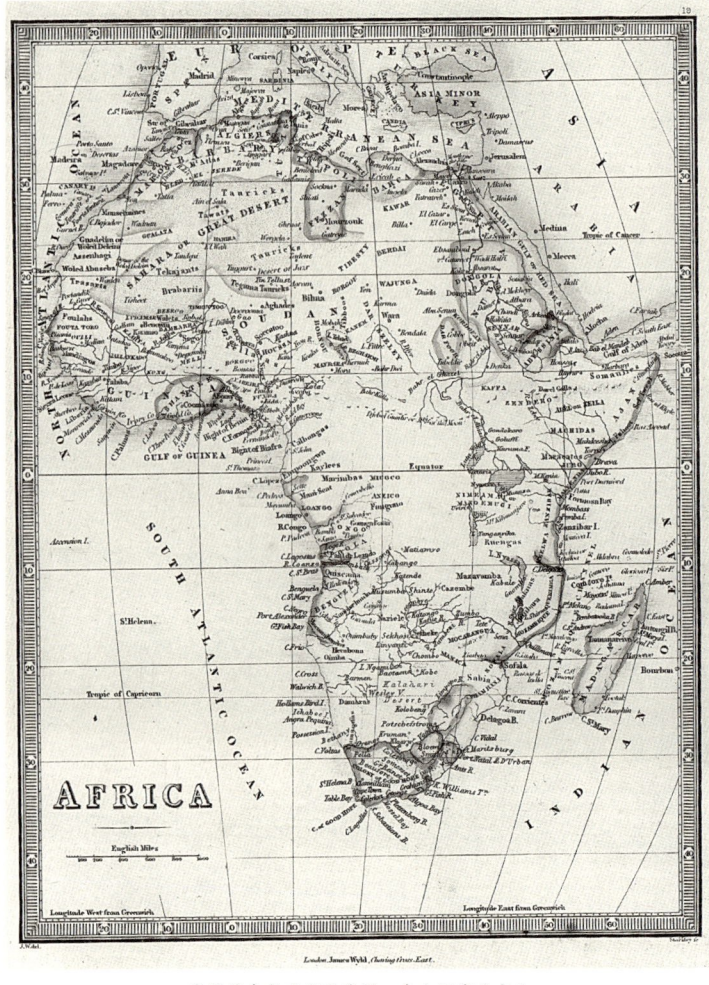

康拉德青年时代的非洲，中央区域为空白

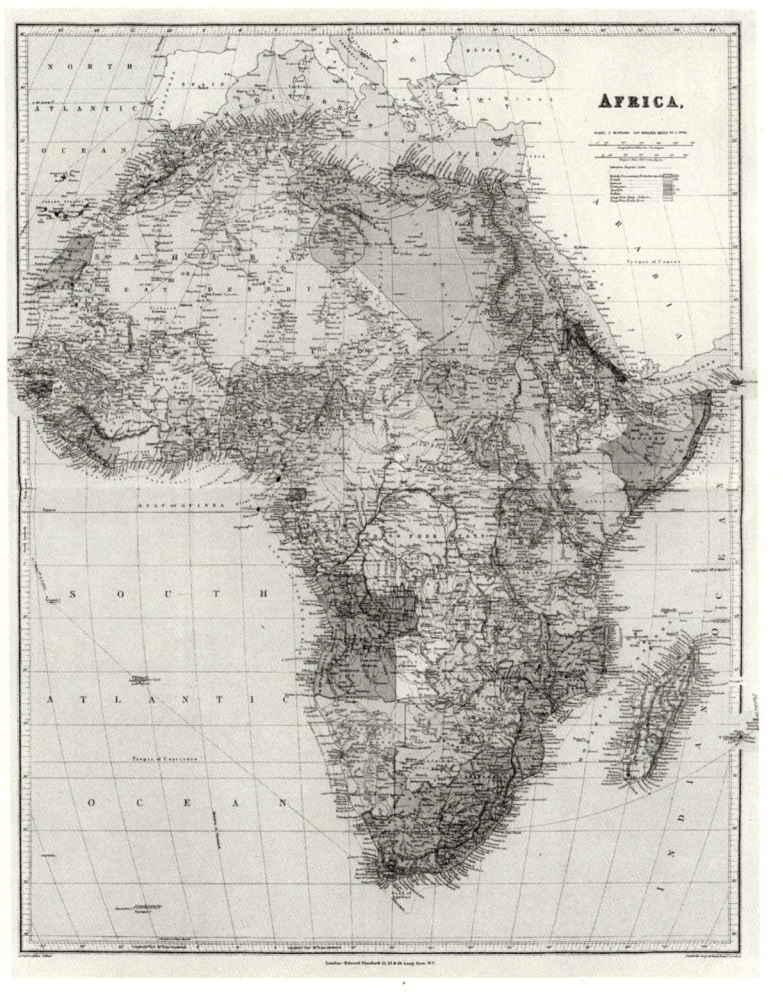

康拉德成年时代的非洲，分割成了一块块欧洲殖民地

第七章　心心相印

从墨尔本穿过托雷斯海峡（Torres Strait）之后54天，"奥塔哥号"（*Otago*）在1888年11月抵达毛里求斯卸下货物，有澳洲的肥皂、兽脂和化肥，还放了9名疲倦的水手到岸上享受享受生活。肯拉德·科尔泽尼奥夫斯基把他的船带到这里来购买糖，这一该岛主要的出口产品。

肯拉德从"维达号"上辞职两周后，新加坡港务局长亨利·埃利斯从曼谷的英国领事那里收到一份电报，有艘船的船长在海上死了，于是请求要一名船长。肯拉德成功抓住了这一时机，获得了这份差事，这是他第一次担任航船的指挥。当他后来在小说《阴影线》（*The Shadow-Line*）（1917年）里写到这件事时，他说别的船长没有一个想要这份工作的。"害怕帆船，害怕白人船员，麻烦太多，工作太重，出海时间太长。帆布躺椅和优哉游哉的小日子更像是他们

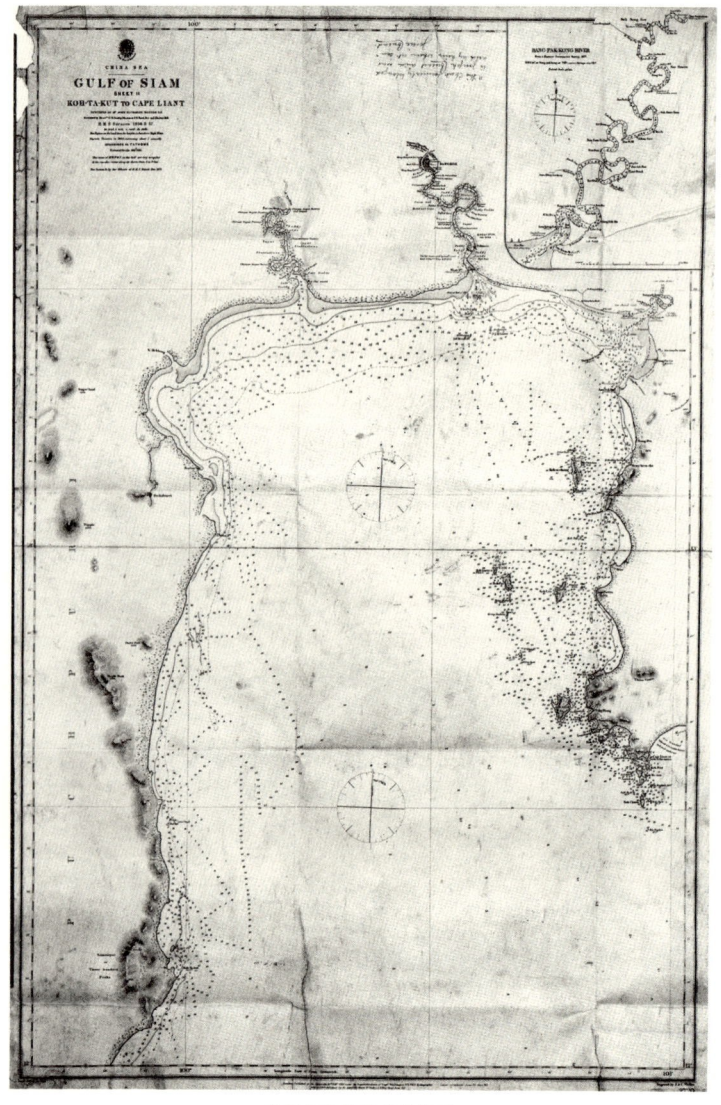

康拉德的暹罗湾航海图

的标志。"他虚构自己待"奥塔哥号"如同情人一般。"她的船体、她的索具入我的眼，让我得到极大的满足。前几个月生活空虚的感觉把我搞得焦躁不安……如今在一串愉悦的情绪中消融了。"[1] 肯拉德为了炫耀自己对海洋的掌握，故意把"奥塔哥号"按一条颇具挑战性的航路行驶到毛里求斯。

许多人管毛里求斯叫"大洋里的珍珠"。有些人说天堂本身就是从这个岛屿拷贝过去的。[2] 虽然是英国殖民地，但岛屿上的白人人口主要出身法国血统，祖辈在18世纪到这个岛上定居，这也就意味着肯拉德自从离开马赛之后第一次进入法语社会。通过一位在法国商船队的老相识加布里埃尔·勒努夫（Gabriel Renouf）船长，肯拉德得到了当地的接纳，而且船长还把他介绍给自己的兄弟姐妹认识。后来那些需要排在船舱里的黄麻袋在一场大火中被焚毁了，他将不得不比预想的日程再多待几个星期，而此时肯拉德实际上为这场滞留而感到高兴。

肯拉德每天都到镇子上去跟货运代理核对麻袋之事。他把圆顶高帽斜着戴，用金色圆头的手杖来加强自己大跨步走路的气势。其他船长在办公室里等着，戴着帽子穿着帆布工作服，脏兮兮的双手不戴手套，排斥肯拉德为"俄国伯爵"。他们眼光不错，肯拉德确实来自不同的社会阶层。[3] 勒努夫一家才与肯拉德更为接近：专业的男士和受过教育、举止文雅的女士。他带着勒努夫的姐妹们到庞波慕斯区雅尔丹的棕榈树大道上乘着马车兜风,并且做东邀请她们到"奥塔哥号"上喝茶。尤其是26岁的欧也妮(Eugénie),特别令他着迷。她让肯拉德感觉自己轻松、有魅力、简单,就像那种他想做的男子。

有一天女士们提议玩一种提20个问题的室内游戏。她们给肯拉德几张纸,上面印有用法语写的问题。而他则在另外单独分开的纸页上用英文来作答,还增添几分逗趣的成分。[4]

"你平时怎么娱乐的?"姐妹们问道。

"离开喧嚣尘世,悄悄躲起来。"

"哪个名字让你的心跳得最快?"

"我准备为任何名字激动。"他提出异议说。

"你梦想中的幸福是什么样的?"一个困难的问题。"从来就没有梦想过,我只要现实。"他回答说。

"那个让你牵肠挂肚的人……住在哪儿?"

这是一个非常容易让人上当的陷阱。于是肯拉德写道:"在西班牙的一座城堡里。"

你喜欢什么颜色的头发?什么颜色的眼珠?肯拉德对浅黑色和金发都喜欢,灰色的眼珠最佳。

"你想做一个什么样的人?"

"应该问我不想做什么样的人。"他打趣道。

"你想定居在哪个国家?"

"真的不知道。也许拉普兰(Lapland)吧。"

"你最大的消遣是什么?"

"追逐野鹅。"

"你希望有什么样的天赋?"

这问题戳中了肯拉德内心的许多角落,令他不知从何答来,彻底中断了打趣的兴致。"自信吧。"

"你觉得自己正被人喜爱吗?"

肯拉德暗自羞红。"无可奉告。"

大约六周之后黄麻袋到货了,肯拉德将其排在船舱里,接着装了500吨糖,是时候干正事了。他把勒努夫的某位兄弟叫到一边,请求他许可,让他向欧也妮求婚。这位兄弟惊愕地回望着他,满脸的尴尬。难道你不晓得她已经订婚了吗?

肯拉德不会忘记这颗"海上明珠",地球上的一小块碎屑,住的都是偏僻地方的人们,他们保持着优雅的外观,正处于"乏味却体面的衰退状态"。"女孩们一个个几乎皆貌美如花、不谙世事、心地善良、宜人可亲,并普遍会说双语。她们用法语和英语咿咿呀呀地天真无邪般聊天说话。她们人生之空泛简直令人难以置信。"肯拉德后来如此写道。[5]

勒努夫一家人也不会忘记这位与众不同的船长,富有教养的他曾一时间喜爱上了他们的世界。当他主动的时候会是一位非常理想的伙伴,但他又有一种突然坠入深深沉默的习惯,令人感到惴惴不安,就好像一下子离开了大家似的。[6]

· · ·

"幸运的是,"查尔斯·马洛船长沉思起来,"人们不管是成熟还是不成熟(其实又有谁真正成熟呢?),在大多数情况下都极无能力理解在自己身上发生的事。"[7]马洛——就像创造他的人一样——在1913年小说《机缘》(Chance)里说这番话的时候已经年长了许多岁了。他阅历丰富,足以知晓这一道理。他或许会这样想,为自己的人生轨迹做下决定,但其实就犹如一颗台球一样,命运被游戏所左右,唯有在事后才能感知发生了什么。这样也挺好,因为假如所有沉重打击在来临时就能感觉的话,那么你绝对无力再继续活下去了。

阔别两年半后,肯拉德于1889年返回到了伦敦。他在皮姆利科(Pimlico)搞了一间房子,距离泰晤士河非常近,以至于在温暖的早晨窗外景色会被河水湿气弄得模糊。他从没有说过他为什么会从亚洲回来,而且对下一步该怎么做也没有打算。

肯拉德的舅舅塔德乌什很高兴他返回欧洲,并催促来家做客。"我60岁的机体每况愈下,不是牙齿不行就是眼睛不灵,它们迄今为止都一直忠实地服务于我……此外,我对你的建议是尽量长推迟到达我这个年龄,"他写道,"不管怎么样,我向上帝祈愿,不管健康还是病痛，我至少会再看我可爱的船长一次——在家里还是在国外视情况而定。"[8] 作为一个英国公民，肯拉德终于可以不用惧怕服兵役（或逃避兵役所带来的迫害）而去乌克兰旅行了，不过他必须首先正式脱离俄国身份，然后还得搞到一张签证。从居住地到切舍姆广场的俄国使馆只有很短一段路，但随便办什么事都要花费极其漫长的时间。

在等候资料文书获得通过之际，肯拉德与两位在伦敦的老朋友重新取得了联系。阿道夫·"菲儿"·克里格（Adolf "Phil" Krieger）八年前在迪尼沃路上跟肯拉德同住而相识，如今他是一家名为巴尔莫林公司（Barr, Moering & Co.）的合伙人，这家企业从德国进口银器和餐具以及其他消费品。[9] 几年前肯拉德对他们投资过350英镑（在塔德乌什·波勃罗夫斯基的帮助之下），如今翻滚生成的收入足以帮他度过职业空窗期这段日子。当他在海外的时候便逐渐仰仗巴尔莫林公司为自己担当生意上的代理人，甚至以他们的名义写个人通信。[10]

另一位是乔治·福丹·韦尔·霍普（George Fountaine Weare Hope），肯拉德的第一位英国朋友，1879年在他航运代理的办公室里遇到的。霍普曾经一度也在"萨瑟兰公爵号"上航行，尽管他很早就放弃航海而结婚并有了办公室文书的工作，但他仍然经常顺便拜访代理公司"去看看有没有认识的人"。"这是一位年轻人,曾在你以前的那艘破船上。"代理人说,把霍普介绍给肯拉德。霍普打量了一下这位年轻外国人的鸭舌帽和哔叽西服,"一眼就看出这是一位'绅士'",于是邀请他共进午餐。"在他最终搞到船工作之前,我们碰过好几次面,我见他越是多,就越是喜欢他。"[11]

如今,霍普是城里的一位公司董事,拥有一艘名为"内莉号"(Nellie)的小帆船出海聊作消遣。某个夏日周末肯拉德跟他一起在肯特郡的梅德韦河(River Medway)里作短途旅游。他们打上包裹,带一只羊腿、一瓶薄荷酱、一箱啤酒,恰逢西南一股顺风在背后吹,于是解开绳索启航。这是航行的好天气,肯拉德觉得"内莉号"犹如一件"美轮美奂的"工艺品。头一天晚上他们到霍尔港(Hole Haven)的龙虾风味旅店(Lobster Smack Inn)里加入到一群海员中间喝酒并聊天讲故事,肯拉德凭借一则在西班牙海岸走私军火的(夸张)故事胜过了其他所有人。第二天,他们继续前往查塔姆(Chatham)。霍普兴致勃勃地指出这个地方之所以成为英国海军一大基地的诸多特点:威武雄壮的英国战舰、规模浩大的海军码头、镇守通路的山坡堡垒。不过对于肯拉德而言,这里首先是查尔斯·狄更斯的国度(狄更斯童年时曾在查塔姆生活过),而且肯拉德也非常乐意去参观那些在自己喜欢的小说里读到过的景点。他们的下一个停靠港是马尔盖特（Margate），在那儿他们偶遇到更多霍普的朋友，并混在东区一日游的人群中间逛街散步，相互交换着关于"萨瑟兰公爵号"的故事。坏天气尾随着"内莉号"一路返回伦敦，但这只是平添了几分冒险感并增进了友情罢了。"其实只有酷爱大海的人才真正会享受这趟旅行。"霍普说，而肯拉德完完全全地乐在其中。

不过这样的消遣只占据了几天时间，随着俄国签证月复一月悬而未决，肯拉德手头有许多时间要去充实填补。他回顾自己在"维达号"上的日子，很快又动笔写一点关于船上的事。他想象着"奥迈耶那个男人"——伯劳河上的查尔斯·奥梅耶——当"维达号"抵达时他站在码头上，"就穿着随风飘动的印花图案棉布睡衣……一种薄薄的短袖单衬衣"以及一双"稻草编织的拖鞋"。[12] 他记得在婆罗洲听说过的其他欧洲人名字，比如"大海之王"威廉·兰格伦，还猜测这些人前来有何贵干，他们怎样生活，同谁住在一起。这一幕延伸了两三个章节，讲述有关上游地区某位欧洲代理人及其马来妻子和女儿的故事。他用加利西亚地区的桑博尔为该地区命名，在从前那个地方肯拉德与父亲享受了生前最后一段健康快乐的美好时光。[13]

许多年以后，康拉德说皮姆利科早晨的白雾就让他想起婆罗洲。所有的写作都是一种翻译的行为，把你所见到的或感知到的东西表达出来。对康拉德而言写小说常常也是对过去经历的一种翻译。人生中会发生许多事，其重要性在当时可能未能被我们完全理解，而创作小说就是一种寻找其意义的途径，比如康拉德在1889年夏天开始编写的文字最终演变为他的首部面世小说《奥迈耶的痴梦》。

肯拉德一边写作一边等待那张迟迟未到的前往乌克兰的签证。手头的钞票日趋紧张了，他将不得不再去找一份工作。肯拉德在代理人和亲朋好友当中打听了一番，但没有什么船长的职位，这年头寻求船长职位的认证人员比过去更多了。肯拉德在伦敦陷入了迷茫，于是顺着菲尔·克里格提供的线索去找那些设在安特卫普、跟巴尔莫林公司存在生意往来的船运企业。

英国与比利时是两个不同的国家，但在水手或商人眼里，伦敦和安特卫普则是一衣带水的双胞胎城市。肯拉德于1889年11月抵达安特卫普，此时这座城市已经成为欧洲规模最大、发展最快的港口之一。外表迷人的跨大西洋班轮停靠在市中心附近的码头上，好奇的游客们会到船上去走走，瞪大眼睛观赏观赏那五光十色、精致奢华的内部装饰。城市北面延伸有八座庞大的码头，其间还设了超过10平方公里的周边配套区域。新的液压起重机能够无声无息地轻松抓起船舱的货物然后将它们直接装卸到火车车厢里。

传送带装置在新开放的"非洲港口"路面之下呼呼作响，装运着一袋袋的粮食。与之毗邻的"美国码头"则被一个个储油罐围绕着，里面装着汽油这种日益抢手的商品。

有些比利时人或许将这种航运力量解读为安特卫普命运的巅峰。当地有传说认为在古时候一位巨人堵住了流入该城的斯海尔德河（River Scheldt）河口，并向进城的船长索要通行费。假如有谁拒绝付钱，那么这位巨人就会斩断对方的手扔进河里。后来一位虚构

西尔维乌斯·布拉博喷泉，位于安特卫普，1887年建成

的、名为西尔维乌斯·布拉博（Silvius Brabo）的罗马战士杀死了这个巨人，剁下了他的手扔进海里，解放了斯海尔德河并建立了这座城市。"安特卫普"这个名字据说就是从"*hand werpen*"衍生而来的（"werpen"在荷兰语里是"扔"的意思）。肯拉德穿过中心广场（Grande Place）去看一处全新的铜制喷泉，塑像布拉博在巨人的尸体上，半空中举着被切断的手。水流从断臂和身体的伤口处喷出，在地面上蜿蜒着。[14]

在安特卫普，肯拉德跟一家航运公司见了面，他们有艘船要去西印度群岛和墨西哥，上面可能有职位空缺。[15] 接着肯拉德造访了布鲁塞尔，在那里他受到了另一家公司的接待，其名为刚果商业与工业公司（Compagnie du Congo pour le Commerce et l'Industrie）（CCCI）。[16] 这是一家新近成立的企业，组建起来的目的是要开发利用比利时最大新兴市场——刚果自由邦（Congo Free State）——的资源。这是一片中非地区的广袤领土，由比利时国王利奥波德二世（Leopold II）个人管理着。肯拉德去了CCCI的总部，就位于皇家宫殿铁门之后的一片象牙色粉刷的办公群里。[17] 在办公室墙面上肯拉德也许看到了一张公司在非洲业务范围的地图，就好像在大西洋海岸上掐住口子而大陆中心则鼓胀起来的一只气球那般。刚果河如大镰刀般横穿了这片土地，一头接触大西洋，另一头向内陆的东非大湖地区蜿蜒了超过一千公里。

公司董事长阿尔伯特·狄斯（Albert Thys）是一位军官，头上的发式扁平竖立，眼神坚毅，肯拉德跟他有一次面谈。[18] 狄斯监督管理着CCCI旗下两块附属业务，一项是建造一条铁路，从刚果的大西洋出海口马塔迪（Matadi）到这条河第一个适航点利奥波德城（Léopoldville）（即今天的金沙萨），方位大约逆流而上250英里；另一项业务是在利奥波德城与斯坦利瀑布（Stanley Falls）（即今天的基桑加尼）之间的1068英里上游区域经营蒸汽轮船，沿途停靠在CCCI的各个站点上收集贸易货物，尤其是象牙。这条渗透的臂膀叫做比利时驻刚果河上游地区商业有限公司（Société Anonyme Belge du Commerce du Haut-Congo）（SAB），它正在扩张其汽船队伍，寻找能够驾驶它们的船长。肯拉德告诉狄斯说，假如有职位空缺的话他会很高兴来应征。[19]

肯拉德带着狄斯的口头意向离开了，但全然不知何时工作才会真正落实。当他写信去跟进消息时，没有得到任何回复。不过与此同时前往俄国拜访舅舅的公文资料最终得以就位了。1890年2月4日，科尔泽尼奥夫斯基把手稿都装入包里，然后出发踏上这趟从皮姆利科到乌克兰的分段旅途。

肯拉德首先在比利时稍作停留，在那里他再次拜访了CCCI公司并催促他们给予一个开工日期，而他们告诉肯拉德到四月份再回来问问。接着,肯拉德拜访了一位远亲,此人是塔德乌什舅舅如今刚刚提起的。亚历山大·波拉多斯基(Aleksander Poradowski)在1863年起义之后就在西欧安身落脚下来。肯拉德的联系恰是时候,波拉多斯基已病入膏肓,估计活不长久了。

屋子里的气氛紧张凝重,似乎等待着死亡。肯拉德见到一位从未谋面的妇人,波拉多斯基42岁的太太玛格丽特(Marguerite)。她来自法国的书香门第[她的表兄弟就是保罗·费迪南·加歇(Paul-Ferdinand Gachet)医生,在那年春天不久后将给文森特·梵高看病],而她自己也是一位有名的小说作家。[20] 她的短篇小说《雅加:鲁塞尼亚礼仪小窥》基于她与波拉多斯基在乌克兰十年生活为背景,最近发表在巴黎享有盛誉的刊物《两个世界》上。她很有魅力,颇具修养,世情通达,知书明理,在肯拉德所仰慕的一种社会圈子里左右逢源。她内心也理解肯拉德从哪里来:乌克兰内陆封闭的村镇,波兰表亲在欧洲的离散者,是未竟爱国事业世袭的苦难人。而正当此时肯拉德本人也开始写作小说,玛格丽特就成为继父亲之后第一位相识的严肃读者。肯拉德离开布鲁塞尔的时候手里拿着华沙某位编辑的联系方式和波拉多斯卡的小说《雅加》,怀着对这位新"姑妈"强烈的个人感情。两天后,亚历山大·波拉多斯基去世了。

肯拉德继续东行。在华沙跟亲戚们待了三天，到卢布林（Lublin）又跟表亲们一起住了两天，然后乘火车到卡利尼夫卡（Kalynivka）车站，接着在雪地里坐了一天的雪橇才抵达塔德乌什的庄园卡兹米洛卡。[21] 多年以后康拉德在《私人档案》里形容此一刻是人生的三联画。"《奥迈耶的痴梦》的女主人公就好像正在我脚跟旁的旅行包里休憩，"他回忆，"我再度见到了这片平原上的落日夕阳，恰如在童年旅途中的一样。夕霞明澈火红，仿佛海上落日一般。"[22] 肯拉德把人生中的三种角色——水手、作家、土生土长的波兰人——一并凝聚到了同一幅画卷里。

但当1890年2月他真的在冰封的道路上慢跑而过时，心里却对下一份工作忐忑不安，对写作的构架也踌躇不决。他透过玛格丽特·波拉多斯卡的文学意象来远瞻愿景，大概在几天之内把《雅加》通读了两遍。肯拉德在途中每到一站就给"亲爱的姑妈"写一封信。"我用法语写信给你，是因为我想到你时正沉浸在这种语境里。我心底里迫切想要表达这些情感，不会写合乎文法的句子，也不会说故作同情的话语。"[23] 这些富含同情心的慰问函标志着两人之间某种吐露真情的"放电"通信的开始。这位新寡妇比肯拉德年长八岁，而且沾亲带故，是肯拉德倾述秘密的"安全"储藏室。在随后的多年时间里，肯拉德把自己的心里话统统倾泻到了每年那好几十封信里。玛格丽特成了第一位与成年肯拉德建立持久情感关系的女人。[24]

肯拉德在乌克兰待了两个月，渐渐融入这片随岁月而磨损的社会、语言和文化的窠槽里。他再度被大家庭纳入怀中，来到了熟悉的环境里，这让他意识到远离故土曾失去了什么。但望着大伙都在这里——塔德乌什的"什拉赫塔"朋友们，以及他们乡下的视野和飘渺的政治理想——就好像一切都没变一样，这也提醒了肯拉德，自己离开这里是多么地庆幸。见到肯拉德的亲密好友们都觉得他说的波兰语带有外国口音，而且已经变成了一个从伦敦来的假洋鬼子。[25]

在乌克兰期间肯拉德终于得到了从布鲁塞尔传来的消息：某艘蒸汽轮船的船长遇害了，他们需要立刻有人顶替。肯拉德许诺在四月份报到，并写信给玛格丽特表示感谢，是她代表肯拉德向公司询问消息的。"我焦急地等待着这一时刻，本该亲吻你的双手并当面致谢的。"肯拉德马不停蹄地前往布鲁塞尔，签下了合同到 SAB 服务三年，而后接到通知要在一周之内启航前往非洲。

多年之后康拉德经常宣称自己去非洲是缘于一种孩提时代的迷恋。"那是 1868 年的时候，"他说，"当时我九岁上下，看着一张非洲地图，把手指放在空白区域，然后讲述这块大陆上悬而未决的谜团，信誓旦且地对自己保证……'等将来长大了，我一定要去那里！'"[26] 马洛在《黑暗的心》里做过类似的宣告。可事实上，康拉德从未主动提出过要去非洲工作，得到这份差事纯属机缘巧合，因个人境遇而使然。之前他通过伦敦的移民朋友跟比利时运货商取得了联系，而且康拉德会说法语，以此来跟他们进行交流。后来他又从那位人脉丰富的"姑妈"玛格丽特·波拉多斯卡那里新发现了某些布鲁塞尔的代理商。因此，在他所干过的岗位当中这差事独此一份，完全基于他的诸多独特属性：生在波兰、操着法语、持有英国认证的船长资格。

肯拉德"全力冲刺"，快速往返于伦敦和布鲁塞尔之间为旅行做准备。他筹备好各种补给品，还跟亲朋好友告了别。1890年5月初，他把《奥迈耶的痴梦：再度归来》(*Almayer's Folly once more*)的手稿整理打包，去布鲁塞尔跟玛格丽特·波拉多斯卡做了最后道别，接着赶往波尔多，在那里他搭乘法国螺旋桨蒸汽船"马赛约镇号"(*Ville de Maceio*)向南作长途的旅行。

肯拉德身体驶向非洲，而心绪却在别处：在婆罗洲跟他新小说里的人物待在一起，跟布鲁塞尔的玛格丽特在一块儿。"螺旋桨转动了，带着我前往未知的地方。"他在旅途的第一站特内里费(Tenerife)就写信给她，"庆幸的是，世上有另一个我，正潜行于欧洲，来去自如，此刻陪伴着你。我可以分身两处，请您千万不要耻笑我！我坚信这已经发生，所以请不要笑！"[27] "您给我的人生赋予新的志趣、新的感情，"肯拉德几周之后又写道，"现在我低头朝两条道望去，看它们穿越茂密喧杂、布满毒草的丛林……长久以来我已经不再对前方道路指向何方而感兴趣了，我垂着脑袋随波逐流，嘴里咒骂着那些路边的石头。但如今我对另一位旅行者兴致盎然，这令我忘却了自己路上那些微不足道的坎坷。"[28]

肯拉德只知道自己在刚果发现"指挥汽船是我命中注定，这艘船属于 M·德孔缪（M. Delcommune）的探险队……我非常喜欢此次勘探活动，但我也知道一切都不是确定的，按理说这都应该保密"。他听说"公司雇员里有 60% 的人甚至连 6 个月也未做满就返回欧洲了，都发高烧，还犯痢疾"！此外肯拉德推测还有思乡病的因素。[29] 虽然并未有意识地去关注，但肯拉德在数次访问比利时过程中目睹了许多冥冥中的预兆——"断掌喷泉"、皇家宫殿门口的公司总部、死去的船长——它们指向了一片更加野蛮、更令人不安的天地，远远超出了他的想象。

肯拉德·科尔泽尼奥夫斯基是如何会在 19 世纪 90 年代的时候到一条行驶于刚果河的蒸汽轮船上干

活的，这仰赖于一系列历史事件的连锁作用。在短于一代人的时间里，这些历史事件把广阔的赤道带非洲从一块外人罕至的地区变为了地球上最残酷剥削的殖民地之一。从刚果河上游村民的眼神里观察，哪怕算不上什么天启预警性的话，那也至少是某种超自然的特质。

玛库鲁（Makulo）是图鲁布（Turumbu）部落阿哈洛（Ahalo）和波西西里（Boheheli）的儿子，出生在阿诺维米河（Aruwimi）与刚果河岔口附近的热带雨林里。当他五六岁的时候，第一条传言来了。住在河上的村民们告诉玛库鲁的父母，说他们看见水上漂浮着某种幽灵。有条船看上去不靠人力而自己驱动，在里头还有个人肤色煞白如白化病患者，而且全身都覆盖了衣物，唯独露出头颅和双手。大概五六年以后，玛库鲁又听到了另一组传闻。如今整整一支大军沿河而来，要求象牙和奴隶。[30] 他们从东面过来，都穿着白色衣服，身上没有护身符之类的东西，而且说着另一种语言。他们所携带的东西，据邻居们说，是"某种空心的管子，一打就砰砰地作响，射出来的物体会把人打伤或打死"。于是这些武器便赋予了入侵者一个名字，"砰楞砰楞砰"（Batambatamba）。当那些家伙杀将过来时，唯有一事可做，那就是赶快逃跑躲避他们。[31]

玛库鲁和他的亲戚们都逃到了另一个村子里，可有一天当他们游泳的时候,那些"砰楞砰楞砰"包围了他们。"砰楞砰楞砰"将一个婴孩——玛库鲁的表亲——从其母亲怀里夺走,扔进红蚂蚁堆里,然后押送所有人前往他们首领"突突"(Tippu Tib)(另一种对枪声的拟音词)的营地。人质们的亲属纷纷背着象牙来赎买家人的自由。玛库鲁的叔叔舅舅、姑姑婶婶均得到释放,但像玛库鲁这样年轻健康的小男孩,奴隶主则要求多加两根象牙。可是当玛库鲁的父亲带着"酬金"返回时,"砰楞砰楞砰"早已将人质赶上了船并开往另一个基地。路途很远,玛库鲁的家人是找不到他的。奴隶们"在一片哭号中流着泪水"离开了故乡。不过话说回来,当玛库鲁抵达新的营地时就意识到自己还算是相对幸运的。他和其他孩子得到了另外的安排,由一位"*mwalimu*"(即穆斯林教师)来教授《古兰经》,而此时周围那些挤成一团的成人奴隶则二十人一组,脖子上戴着铁链,身上沾满了粪便和汗水,"砰楞砰楞砰"随心所欲地对他们拳打脚踢,甚至殴打至伤残。[32]"突突"有时候会视察这些小孩,确保他们身体健康,并给他们都取上新的名字。玛库鲁被重新命名为"迪沙斯",意思是"弹筒"。[33]

后来有一天,玛库鲁在上课的时候又看到了那个曾经预示灾祸的幽灵。一艘大船在河上悄悄航行,看上去自己会移动。船里头站着一个白人,当地的克莱（Kele）人都叫他"柏森贡"（Bosongo）或白化病鬼。[34] 只见他走出船跟"突突"长谈起来。过了一会儿后，玛库鲁看到有人从船上带来两捆布和几袋盐，接着柏森贡把布匹切成一段一段，每一段可以买一个儿童。四米一个小男孩，八米则可以买个年纪更大点的。那个白人买下了玛库鲁和其他22个孩子，把他们带上了自己的船。[35]

在船上，玛库鲁觉得气氛活跃了起来，每个人都感觉轻松和自由。他们有说有笑，互相讲着故事，眼前看不到一根铁链。更好的是，这几条船正朝向他们原本前来的那个河岔口驶去。熟悉的景致渐渐映入眼帘，岸上的人们说着熟悉的语言。这时孩子们开始大声呼喊，我们要回家啦！可是这几条船居然继续前进。为什么不靠岸？航船依旧赶路，而孩子们的精气神跌落了下来，犹如石头沉入船尾的浪花里。他们，依旧是笼中的囚徒。

柏森贡把孩子们聚到一起，通过一名翻译向他们讲话。"我把你们买下来并不是要伤害你们，"他坚称，"而是给你们真正的幸福和前途。你们都看见了阿拉伯人是怎样对待你们的亲人甚至你们这些小孩子的。我不能让你们回到家人身边，因为我不想让你们变成他们那样粗蛮的野人，连仁慈的上帝都不知晓的野人。"这一番保证至少抚慰了玛库鲁的情绪。待数周之后于金沙萨登陆时，他已经逐渐把这位白人当成是"救世主"了。也可能就是那个时候他得知这位"柏森贡"的真名叫做"亨利·莫顿·斯坦利"（Henry Morton Stanley）。[36]欧洲在中非地区的殖民，这位人物是最主要的推动者之一，而玛库鲁真真切切地被他所征服。

欧洲人早在1808年就已停止到非洲搜捕奴隶了，比玛库鲁出生那会儿要早得多。如今他们是以终结奴隶制的名义前来的。在非洲东部地区，阿拉伯后裔桑给巴尔人（Zanzibaris）——玛库鲁记忆中的"砰楞砰楞砰"——运营着一张从印度洋一路深入刚果盆地的贩奴网络。桑给巴尔人在这里引入了枪支和伊斯兰教，建立起新的城镇和贸易路线，并沿途掠夺当地的人口。新的一波欧洲探险者则跟随在他们后头，借用著名的传教士兼探险家戴维·利文斯通（David Livingstone）的话，[37]这些欧洲人正在搜寻一条条通往"文明、商业和基督教"的康庄大道。他们致力于消灭奴隶贸易，引进一种自由市场经济。可是像桑给巴尔人这样的族群，他们携带着枪支——更好的枪支，最终变本加厉地蹂躏这一地区。

玛库鲁的"救世主"斯坦利定下了基调。当利文斯通在一次寻找尼罗河源头的探险活动中与欧洲方面失去联系时，《纽约先驱报》（The New York Herald）派遣斯坦利作为通讯记者去寻找他。斯坦利跟着利文斯通的踪迹到了坦噶尼喀（Tanganyika）湖岸边一

亨利·莫顿·斯坦利于伦敦,在他"发现"
戴维·利文斯通之后所摄

座大型的贩奴据点,并把自己的冒险经历详细记录下来,写成了一部畅销书。这次行动对斯坦利而言是非比寻常的,他本人原是一名私生子,在威尔士的一家济贫院里长大——尽管他的读者并不知晓此情——整个成年生涯都在力图洗刷掉自己的出身污名,而那本书"册封"给了他一个由赞誉和口碑巩固起来的全新身份。斯坦利于1874年决定以独立探险家的角色返回非洲。他不明白这套从坦噶尼喀湖发源的河道系统究竟最终流向哪里,难道正如利文斯通所认为

刚果的"突突"(右)

的那样，这就是尼罗河的源头？还是尼日尔河（the Niger）的？或者刚果河？

斯坦利踏上一次寻找答案的旅程，耗时一年半绘制了大湖地区，而后继续西行抵达卢瓦拉巴河（Lualaba River）。这是地图所至的最深处，也是"突突"领地的老巢。斯坦利受到这位"杰出人物"的接待，此人身上富有"阿拉伯儒雅之士的气场，谈吐举止简直犹如朝中重臣一般"。斯坦利是一位废奴主义者，而此时正面对着这位可能是世上最大的奴隶贩子。斯坦利心里明白，若没有当地协助的话他是无法进一步旅行的，于是便与他们做了一场交易。他付钱给"突突"，让他派一支武装大部队在接下来的60天旅途里一路护送他。[38] 至此安全问题有了保障，于是斯坦利率领着一队约220名男女及儿童组成的队伍进入那片"未知的黑暗"里，发誓要沿着卢瓦拉巴河前进，"要么找到大洋，要么下地狱"。[39]

对于斯坦利队伍当中超过一百名的同行者而言，这趟旅途就是去送死：天花、痢疾、坏血病、溃疡症、疟疾、肺炎和伤寒。而幸存者还要对付毒蛇、河马、鳄鱼、红蚁、令人窒息的湿气、绞杀人的植物和持续的饥饿，以及时常还会遇到的人类的袭击。斯坦利报告说他们遭受卢瓦拉巴河沿岸村民的袭击次数不下32次。"野人在你身前，在你背后，在你两侧。"斯坦利用枪抵御这一连串的用弓箭长矛武装起来的"食人族暴袭"，练就了一手好枪法，酿成"可怕的屠杀"。"这是一个杀气腾腾的世界。"斯坦利在阿诺维米河上同玛库鲁的邻居发生一场恶战之后如此说道，"我们第一次感到那些居于此地的家伙相当讨厌，都是些肮脏贪婪的食尸鬼"。[40] 然而刚果人民对这些白人侵略者厌恶起来则要更理直气壮得多。

1877年8月，斯坦利率领着一队"心力憔悴、愁眉苦脸的残兵败将"跌跌撞撞地进入欧洲人在大西洋沿岸的定居点博马（Boma）。在两年半的时间里他已经走了7000英里，有数百人死亡、被杀或精神崩溃。然而正如他许下的誓言那样，他沿着河流行走，终于抵达了汇入大海的开阔河口，来到了这片代表文明世界的蓝色海洋！斯坦利已证实卢瓦拉巴河汇入刚果河，并从大湖地区奔流而下，一路冲入大西洋。博马的商人们为他接风洗尘，"以盛情的款待"来向他表示祝贺。斯坦利对此"深感激动"，郑重其事地跟他们热情握手，用英语和"非常蹩脚的法语"向客商们表示感谢。[41]

斯坦利成功穿越中非的消息令西方读报公众为之振奋，而记录他旅途的两卷本《穿越黑色大陆》（Through the Dark Continent）——80天内写成1092页——成为又一部畅销书籍。这部作品在西方人的脑海里树立起了一个中非形象，即一块"黑暗"地带，住满了野蛮人和食人族，用武力方能压制的"人形食肉猛兽"。[42]

斯坦利希望英国政府能紧紧抓住他这些探险发现的良好时机，去刚果盆地推进商业开发。可是斯坦利在几份报告中坦率直陈了自己在非洲残酷消灭反对力量的事情，这震惊了自由派人士的神经，更不用说他居然还和奴隶贩子"突突"你来我往谈判接洽。英国设在桑给巴尔的副领事主持了一场正式调查，对斯坦利的"暴行"定了罪，而且还终止了英国政府所给予的任何形式的帮助支持。因此，当受到比利时国王利奥波德二世之邀前去皇宫赴宴并商讨开发刚果事宜时，斯坦利欣然接受了。[43]

多年以来国王利奥波德一直在寻找像斯坦利这样的人。国王是一位特大号体形的男人，在室内通常数他个子最高,鼻子犹如山坡,胡子像瀑布水泡般卷在胸前,而他本人也决心在世界上扮演一个特大号的角色。[44] 可是他的国家却是全欧洲最狭小、最局促的地方之一。1830年为了协调法国与荷兰的利益,经由委员会的核准,才形成了比利时这个国家。在其建国的条约里确定了君主立宪制度来约束国王的权力,并规定比利时为永久中立的国家,以此来维持欧洲列强的平衡。

作为小国比利时的王位继承人,利奥波德醉心于开疆拓土。举头北望,荷兰人经营着远在天边的东印度群岛;俯首南顾,法兰西帝国正将魔爪伸向非洲大地;侧目西观,其表亲维多利亚女王(嫁给了他另一位表亲,萨克森-科堡的阿尔伯特亲王)掌管着一个遍及全球的大帝国。利奥波德欲为比利时也分得一杯羹,于是到埃及、印度、中国等地旅行,考察寻觅殖民地。在19世纪60年代期间,他尤其青睐东南亚的机会。他深入调查东京地区(**东京原是越南城市河内的古地名,西方殖民者到来之后又将其周边的越南北部地区统称为东京。——译者注**)的可选方案,对西班牙女王施加压力,欲让其应许他菲律宾群岛。此外,利奥波德还去接近英国冒险家詹姆士·布鲁克,想将婆罗洲的沙捞越省变为一块比利时殖民地。[45] 假如当初某些交易最终另有变故的话,肯拉德·科尔泽尼奥夫斯基就有可能会跟比利时人一起在东南亚航行了，根本就不会造访非洲。

19世纪70年代，国王利奥波德二世将注意力转移到了非洲。高度宣传的欧洲探险活动使之成为殖民投资者下一处大目标。1876年国王在布鲁塞尔召集了一群学者、外交官、企业家和探险者，举办一次非洲"地理大会"。利奥波德告诉代表们，大会的宗旨是要搞清"如何为文明世界打开地球上唯一一块尚未'刺透'的土地，怎样才能进入那片囊括了其全部人口的黑暗区域"。[46]利奥波德与其同人们使用"文明"这个词语作为工业化的基督教白人主体社会的代名词。当他们谈到给非洲带去"文明"时，其通常的意思是指三项内容：引入市场经济，终结奴隶制即贩奴活动，扩展基督教世界。利奥波德运用"黑暗"这个词——同以前的斯坦利如出一辙——作为一个包罗万象的容器，涵盖了一切他认为非洲社会不文明的事物，譬如食人习俗、奴隶制、一夫多妻、万物有灵论、赤身露体。此外，当然还包括非洲人的黑皮肤。利奥波德及其追随者们越是引用"文明"来作为"黑暗"的对立面，其含义就越带有种族主义色彩。

这次大会产生了一个组织，叫做"非洲国际协会"（African International Association），负责在热带非洲建立据点，致力于从事研究活动，进行经济贸易，以及"在当地人中间散播文明之光"。[47]主席由利奥波德来担任，在其领导下该组织在欧洲和美国均设有分支机构,由诸多王公、贵族和将军出任要职。万事俱备,只欠东风,下一步只需选择一个大展宏图的地点。当利奥波德得知斯坦利已成功沿刚果河抵达大西洋时,他便思忖着将那片河流盆地作为首选的位置。如此一块广袤的土地,你打着灯笼也找不到的。

1878年6月的某个晚上,斯坦利到达布鲁塞尔的皇宫,发现"英国、德国、法国、比利时、荷兰的商界与金融界或多或少有些名气的人物"皆云集于此,"共同商议最佳的方案……研讨刚果河及其盆地的未来愿景"。[48] 为此目的,他们又构建起了另一个组织,名曰"刚果河上游地区调查委员会"(Committee for the Study of the Upper Congo)。斯坦利同意返回非洲为这一事业效力,并由国王利奥波德来支付酬劳。

斯坦利于1879年重返刚果河口。按照他自己的说法,他怀揣着"在河流两岸播种文明并建立定居点"的命令,"和平地征服这片土地",在现代理念的协调之下将其重新塑造成一个个民族国家。在其国境范围之内,欧洲商人应该同黑皮肤的非洲商人密切合作,公正、法律和秩序将大行其道,而对奴隶的血腥屠杀、违法行径及残忍买卖都会永远停止。[49]

这句话里包含了此项工程的每一个关键词,即用"文明"、"现代"、"和睦相处"来对抗"黑暗"、"残暴"、"无法无天"。同时这句话也排除了其他一些明显的条件。沿刚果河两岸构想的政体将不会是一个"帝国",而是许多个民族国家。也就是说并非一块"殖民地"供压榨,而是一个市场待开放;并非一项促进比利时利益的国家项目,而显然是一种推动文明的国际化努力。国王利奥波德二世的点金术就是巧妙运用比利时在欧洲的中立地位,以此作为殖民主义全新视野的基础。他在刚果自由邦里推动"文明"的概念成为一种国际理念,能够超越局部地区性和贸易保护性的民族主义。[50]

斯坦利开始着手建立站点。迄今为止刚果河上最难穿越的部分是大西洋附近的马塔迪到利奥波德城

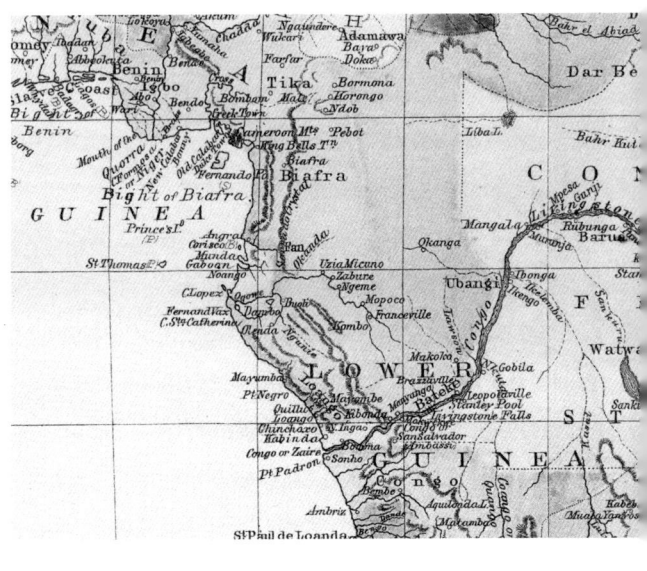

之间绵延250英里长的这段急湍流域。斯坦利耗费三年时间监督这些站点之间的筑路工程,赚得了一个"Bula Matari"的诨名,即"开山劈石者",这一绰号进而又成为殖民政府的大众标签。在国王的命令下,斯坦利接着逆流而上1000英里,回到奴隶贩子的地盘之内,在斯坦利瀑布区域建立起一个站点。(很可能就是在此次旅途中他从"突突"手里买下了玛库鲁和其他孩子。)斯坦利和组织代表们无论走到哪里,都跟当地的酋长攀谈一番(谈判)并把协议书递交给他们,让对方写一个"X"来表示"签字"。依照这

刚果自由邦地图

些文件所示，酋长们同意"他们本人和继承者均自愿放弃……所有领土的主权和统治权"。他们同时还"保证协助上述组织来管理和教化国家……以劳动力或其他任何工作、推进或探险的形式来提供帮助"。总之，这些代表们在4年时间里总共收集到了约400份这样的协议。

与此同时，在欧洲利奥波德二世国王及其代理人们同各大列强的代表交换了意见，寻求各国对这个萌芽国家的外交承认。利奥波德为了抚慰法国，决定该组织万一财政破产时法国拥有对那片领土的"优先购买权"。同时为了确保英国的利益利奥波德保证这种情况不会发生。利奥波德还雇来了一名美国前外交官去美国国会游说，于是在1884年4月份美国成为第一个承认该组织主权的国家。国王的外交议程表在那年的11月于柏林到达了顶峰，当时德国首相奥托·冯·俾斯麦邀请各大列强的代表来商议对非洲的领土主张。斯坦利怀揣着许多份协议，恰好从刚果返回，于是便作为美国代表团的"技术顾问"出席了这次"柏林会议"（Berlin Conference）（1884年11月在德国首都柏林召开，是欧洲列强讨论如何瓜分非洲的国际会议。——译者注）。大会认可了利奥波德对刚果的主张，并同时认同其开化使命为一项国际性的准则。1885年5月，利奥波德将这片领土——比本国比利时大75倍——命名为"刚果自由邦"，并宣布自己为"最高君主"。至此,他终于在世界地图上留下了自己的印记。[51]

刚果自由邦如同比利时本身也是一个经由委员会批准的领土,以协议的方式和平取得,对自由贸易和投资开放,致力于推动后世所谓的"人权"最高标准,同时又背靠新兴的国际社会和国际法惯例的支持。在书面上这个国家看起来合规无比,要多理想有多理想。

然而那些为国王利奥波德出面背书的人没有一个对自己批准的项目有一个精确明晰的了解。对于国王在欧洲和美国的听众而言,对刚果河的开拓精神被当作一项仁慈博爱的善举,超越了那种带有民族色彩的帝国主义,而是在支持广阔的人道主义目标。利奥波德表示,之所以将项目总部设在布鲁塞尔恰恰正是因为比利时所具有的中立地位。[52]然而事实上,他借用该组织做障眼法,掩盖了一场为了个人权力的豪取强夺。从"非洲国际协会"到"刚果河上游地区调查委员会",而后又演变成"刚果河国际协会"(International Association of the Congo),最后定型为刚果自由邦。经此一番蜕变,原本是由欧洲达官显贵三三两两签署承包的慈善项目演化成了一个私人管理的国家,没有来自比利时的法制监督,甚至也不存在一个董事会或对投资人的责任制度。[53]其结果正如当时某位批评家指出的那样,"以国际观点来看是一个反常而可怕的畸形物"。[54] 在这个刚果自由邦里唯有一样东西是"自由的",那就是赋予利奥波德二世随心所欲经营这个国家的权力。

在非洲,挂羊头卖狗肉的做法是可以预见的,而且情况要严重得多。那些在组织协议里签字画押的酋长们没有一个识文断字理解协议。就算他们能读懂,也不可能在"主权"或"统治权"方面同白人达成共识。[55] 他们对经济价值的衡量也绝对与白人不一样,这便是为什么欧洲人只需送上几罐杜松子酒、几匹布和"*mitakos*"(作为货币而少量发放的黄铜丝或紫铜丝)就能换得土地和资源的出让,他们心里明白这些东西摆到国际市场上将会值钱得多。

至于那些"自愿"签字的酋长们,组织有很多办法确保他们顺从。身处于赤道非洲的欧洲人其实是很脆弱的,他们是一个完全依赖当地人供应食物的小型群体,而且还非常容易得病,是技术优势的运用才让他们得以取得成功。有一位在博马附近的比利时商人,当他面对某个做生意讨价还价的酋长时就说:"看见那边瓶子了吗,这就是你脑袋的下场。"话毕便举起枪将瓶子一击粉碎。[56] 此外,组织的代理人还可能在手掌心里藏一颗电池,然后跟非洲人握手时就施放电击,以此"施展'惊人绝技',显示白人具有'倒拔杨柳'之功"。他们还可能拿来一块放大镜点燃雪茄,然后对周围看客们说自己与天上的太阳沾亲带故,兴起之时就能把整个村子烧掉。那些代表还会假装给一把枪上膛,然后叫一个非洲人用枪打他,而暗地里早已把子弹藏于衣袖,最后宣称自己是超人。[57]

时至1885年,有一位组织雇员兼手艺高超的业余艺术家爱德华·蒙度(Édouard Manduau)彻底明白了刚果所谓的"文明"究竟是何等面目。他制作了一幅画,描绘了在利奥波德城河滩上一位白人在一本账簿上轻描淡写地记录着什么,而与此同时一位非洲代理人用一根"chicotte"——某种强劲结实的犀牛皮鞭往另一个非洲人赤裸的背脊抽打上去。蒙度将他的画作取名为《刚果的文明》(La Civilisation au Congo)。[58]

1887年5月底肯拉德·科尔泽尼奥夫斯基搭乘"维达号"在婆罗洲,当时有另一艘船停泊于博马,承载着他未来的结果。"法兰德斯号"(Vlaanderen)上有位31岁的比利时裔法国人,名叫亚历山大·德孔缪(Alexandre Delcommune)。他受组织委任,前往刚果河上游区域建立CCCI站点。德孔缪说自己跟同时代的肯拉德一样,青少年时曾被各种冒险所吸引,受小说故事的蛊惑,在1874年第一次造访非洲,只不过他读的是詹姆斯·费尼莫尔·库柏(James Fenimore Cooper)和沃尔特·司各特(Walter

爱德华·蒙度作品《刚果的文明》(1884年至1885年间)

Scott)的小说。待他刚满21岁时，就已经成为博马当地法国贸易站的经理了，而且从那以后他就一直留驻在原地。

为了执行使命，德孔缪需要一艘能够在强劲的水流中驱驰推进的船只。CCCI委派了一艘21米长、艉外轮式样的明轮船，就是那种在密西西比河里使用的类型。船的名字叫"比利时国王号"(*Roi des Belges*)，大卸八块安放在"法兰德斯号"上，就在德孔缪脚下的船舱里。做船壳用的钢板，做船舱用的木材，做棚顶用的板条，以及螺母、螺栓、垫圈、铆钉、皮管——大部分零部件都打成了一捆捆的包裹，一个壮汉就能提起。4000公斤的锅炉被分解成六个部分，冷凝器和明轮靠绳子捆在特制的推车上。工程公司派来的一支机械师团队就这样带着"比利时国王号"旅行，等他们一抵达斯坦利湖（Stanley Pool）就把所有部件都装配起来。不过首先第一步，这些货物每一样都必须上船出港，借着湍流运往利奥波德城。[59]

德孔缪喜欢吹嘘自己的力量和手段，并十分积极地投身于工作中，琢磨出了运输这条船的办法。首先他派出250名非洲搬运工组成的队伍将"比利时国王号"所有重量较轻的打包部件送上专供马车货运的道路，即那条由斯坦利建成的从马塔迪到利奥波德城的路。每天早晨德孔缪都会派出一位代表和一队仆从，让他们去搭建当晚的宿营地。接着一长队的搬运工们缓慢地前进，在一片"酷热的环境"里一寸一寸地挪动，就好像铁壳下有了许多枚螺丝一样。德孔缪骑着一匹高头西班牙骡子，处在殿后的位置，网罗擅自逃离者。他们如此行进了整整23天，小心翼翼地上山，跌跌撞撞地下坡，就这样举着沉重的步子，艰难地穿过沼泽，蹚过河流。

这还是容易的一部分工作，而搬运轮机、明轮和其他重型机械就展现了完全另一种高度的挑战。五辆巨大的车厢装载着这些钢铁部件，用缆绳和铁链捆绑就位，每一样都重达4500公斤，而这些大家伙也同样需要弄到利奥波德城去。德孔缪为每个部件安排几支300人的队伍。结实粗壮的缆绳绑在车厢侧面，人群就在其旁边一字排开，只听一声号令，他们便紧紧抓住绳子往前牵拉。车子在前进时显然发出嘎吱嘎吱的响声。大伙往前拉一点，车子就滑行几英寸。吹拉弹唱的乐手们在队伍旁边跳着舞蹈，哼着调子。苦工们齐声回应，步调一致地牵拉，轮机则再往前继续挪动一丁点。这幅场景简直令人叹为观止，德孔缪也为之感慨不已——竟然用肌肉来拉动蒸汽机械。

正常情况下原本1天就能走完的距离，如今大部队需要耗费17天的时间，而每一天都会迎来各种新的考验，要么是轮轴断了，要么是滚轮卡住了，以及苦力们持续的逃离。他们受够了这种扛在背脊上的牵

"比利时国王号"

拉苦活。在第 18 天的时候,车队不得不越过一段陡峭的下坡山路。德孔缪把搬运工们重新排列组队了一番,让他们站在车子的后方,用力往回拖拉以减慢下行的速度。可是有一个车厢的刹车失灵了,在失控状态下开始朝底下猛冲,一头栽进了山下的河床里。有一个人被压死了,其余两个受了重伤。于是乎,仅仅数小时内,几乎整支劳动大军都抛开了工作岗位,纷纷作鸟兽散,消失于灌木丛中。

整整一周,德孔缪走遍一个又一个村子,肩负着招募更多人手的任务。他一边慢慢地精挑细选，一边等待来自利奥波德城的增援部队。有了一支新的劳动大军就位，他变卖了大轿厢，以便用木杆挂载更为少量的货物轮流运输。过了四周以后车队抵达了利奥波德城，搬运工们兴高采烈地唱起歌谣，机械师们受气氛的鼓舞，开始着手把所有的零部件统统装配到一起。1888年3月，"比利时国王号"终于吞吐着蒸汽驶入了刚果河，而在其背后是不可估量的伤病、死亡和辛勤汗水。德孔缪邀请站点上的欧洲官员上船在斯坦利湖里享受一次开幕式的巡航，接着他们就正式启航驶离了，前去绘制河流盆地其他的分支区域，并在地图上安置新的贸易站点。

刚果自由邦或许早已在国王利奥波德二世的想象中萌芽起步，但德孔缪的壮举却显示了欲将国王的宏图变为实实在在、运作正常的国家是多么仰赖于像他这样尽忠尽责的实战人员。从1890年到1898年，在自由邦里的欧洲人数量翻了三倍，达到约1700人，而其中越来越多的（约三分之二）是比利时人。[60] 在博爱理想的面纱背后，这些人（而且全都是男人）每天都干着暴力的工作，他们强加秩序，追逐利润。崇高的理想并不能帮助他们把事业推进到多远，一旦涉及搜寻、组织和管理劳动力以及补给、运作和保护站点设施这些方面时，那些理念道德根本起不了多少作用，而最终让刚果自由邦付出代价。因此，他们需要巧言劝诱、贸易商品和强制武力。

构建国家所需的纯粹劳动任务就落在了那些被迫服劳役的非洲人身上。欧洲人起先进口桑给巴尔人和西非工人，但随着工程的广度和强度的扩展，对人力的需要也随之增加。原先在斯坦利那份协议上签字的酋长们当初是同意"以劳动力或其他方式来协助"组织的，但到头来却发现这些条款实际上跟奴隶制并没有什么两样。代理人们游走于一个又一个村子，四处网罗工人。德孔缪曾坦率地谈论他是用什么办法确保那些非洲人服从命令的：用"大板子"来抽打劳工的双手，用"chicotte"来鞭打他们，或用铁链将那些家伙锁到一块儿。[61]1888年政府正式组建了一支属于自己的军事武装，名叫"公共安全部队"（Force Publique）。该组织扮演了主要的执法者角色，不久后便开始基本上以征募的方式吸收人员。[62]"公共安全部队"把一种稀奇古怪的清算形式引入到治安措施里：士兵必须提供从对手尸体上砍下的手，以此来证明子弹没有白费。这简直是对安特卫普建城传奇不可思议的效仿。

沧海桑田，自玛库鲁的童年时代19世纪70年代以来世事已变迁许多，当年在水上若有一条自我驱动的船只，那看上去就如同超自然般的奇怪。然而到了1890年时，刚果河上有29艘蒸汽轮船，其中19艘属于CCCI或自由邦。[63]它们往返于利奥波德城和斯坦利瀑布之间，从一连串贸易站点上搜集象牙，还时常停靠于其他地方以获取食物和柴火。玛库鲁自己也跟其欧洲主人一样逐渐成为这项开化工程的模范。当初斯坦利从"突突"那里买下玛库鲁之后便将其送给了在利奥波德城里的一位代理人好友，待后来该代理人去世之后玛库鲁成为浸信会传教士乔治·格伦费尔（George Grenfell）的学生。他本人也皈依了基督教，热情拥抱由宗教教义和资本主义框定的生活。玛库鲁是相对幸运的人。在他被"开化"的同时，国家开始设立"儿童殖民地"，旨在为"公共安全部队"训练更多像玛库鲁这样的"解放"儿童。[64] 刚果盆地的原住民大概比以往任何时候都更有理由忌惮这些蒸汽轮船和白人长官，同时也更顺理成章地反抗他们。

1890年1月，SAB的"佛罗里达号"（Florida）停靠在塔苏比日（Tshumbiri），在这座大村庄的位置上刚果河变窄成为一条100英里长的河道，顺流而下直通金沙萨。当船员为了补给品和伐林砍柴的事跟村民讨价还价时，一场械斗爆发了，其中一名船员受了伤。该船的船长是一位名叫约翰内斯·弗里勒班的丹麦人，他上岸调查详情并索要赔偿。"我不许任何人来我的村子，"酋长宣布，"你们来这里很可能是为了抢劫的，滚回你们的船上去，不然我就宰了你们所有人。"[65] 接着弗里勒班就把酋长当人质抓了起来，却立刻被一个村民用火枪击中了腹部。于是船上的机械师赶忙生起锅炉,开着"佛罗里达号"火速逃离,而弗里勒班就在倒下去的地方死了。数周之后,有目击者告诉传教士格伦费尔,说船长的尸首仍没有被埋。他的双手和双脚都被砍了下来。那位目击者还看见村民们穿着死者的外套和拖鞋,还戴着他的手表。"为白人的安全起见,要求对此等暴行进行严厉的镇压。"自由邦的官方公告宣称。[66] 七个星期之后,两艘汽船载着370名士兵朝塔苏比日进发,部队枪杀了抵抗分子,夺回了尸首,并把这座讨厌的村镇付之一炬。

过了不久之后,弗里勒班的继任者肯拉德·科尔泽尼奥夫斯基收到了登船的命令。

第八章　黑暗角落

刚果河的滚滚激浪从金沙萨一路奔流下来，以磅礴之势冲出非洲直入大西洋，岸边数百英里的海域里也能望见大河的沉积物，它们将蓝色的海洋染成棕黄。待肯拉德于1890年6月在"马赛约镇号"上前来刚果自由邦时，这是他目睹的第一幕大自然的蛮力。一位比利时公司代表去年得了一场痢疾，正好与他们同船返回刚果，此人名字叫普罗斯珀·阿鲁（Prosper Harou），想必他会在船靠岸之前就告诉肯拉德诸多欧洲人害怕的危险，譬如五花八门的疾病、恶劣难忍的气候、形形色色的野人、各种各样的毒蛇。[1]

"马赛约镇号"停靠在博马，就在河口边缘。这座旧时的欧洲奴隶贸易站如今已颇具一国之都的风貌，到处飘扬着刚果自由邦的旗帜，图案为蓝底加一颗黄星。企事业单位和政府机构的办公场所均朝向大河，由一根根铁桩支撑起来以预防蚂蚁侵袭和湿气腐蚀。在这里有一家邮局,肯拉德就从那儿寄信给欧洲,还有一座小型的天主礼拜堂,由预制铁皮板搭建起来,但风格却犹如大教堂般的壮美。政府官员和公司董事们居住在码头上方略凉爽些的高地上,由一条窄轨的蒸汽机车轨道相连。[2] 鉴于整个刚果自由邦仅有不足 800 个欧洲人,此一番开发的景象确实令人刮目相看。[3]

"这里的温度完全可以接受,而且很利于健康。"肯拉德兴致勃勃地从马塔迪写信给玛格丽特·波拉多斯卡,在这里他同阿鲁继续又一天的行程。此地是水路所及的最后一站,之后将是不可逾越的湍流,因此下一段的旅程将会是从陆路步行去利奥波德城。肯拉德开始在一本日记中记录他的感官印象,而那本日记将是他唯一始终保留的物件。[4] 尽管在刚果他跟同事们用法语交流,但他却用英语来做书面记录——这同时也是他随身携带的其他文稿所使用的语言,比如小说《奥迈耶的痴梦》亦是如此。也许肯拉德已经有了某些预感,说不定能够设法将此段旅途转化为小说故事。然而让他始料未及的是,这趟旅途将是他所经历过的最艰难的一次,而且几乎每一个记录下来的细节都将鬼使神差地变为他对整个自由邦事业的文学控诉,即作品《黑暗的心》。

在肯拉德和阿鲁沿着刚果河激流逆向前进期间,比利时有限公司(Société Anonyme Belge)站点的负责人接待了他们两个。这位代理人出于"自身的某种打算"挽留他们在马塔迪待上一周,后来又延续了一周,这给肯拉德充裕的时间来打量这座村镇及其局面。他发现这块地方几乎谈不上是什么镇子,只有"四五幢房屋和为铁路配套的几处小车间",而且还都是刚刚开始兴建的样子。[5] 撇开不谈那一小撮像亚历山大·德孔缪那样的理想主义传教士兼顽强的探险家,这里的其他所有居民都给人一种初来乍到的感觉。至于德孔缪,他正在筹备一次向加丹加(Katanga)的探险(肯拉德原以为会安排他去的),随从大部分是象牙贩子、政府代理、铁路机械师和"公共安全部队"长官,全都是可堪重任的顽强角色,他们雄心勃勃、争强好胜、要求甚高。"此刻想来若在这群人(白人)中间过日子肯定不会太舒坦的,"肯拉德记录道,"我打算尽可能避开熟人……这块地方社会生活的突出特点就是,人们喜欢烂嚼舌头说别人坏话。"

不过有一位瘦长的爱尔兰年轻人却与众不同,他的名字叫罗杰·凯塞门(Roger Casement),在马塔迪至利奥波德城的铁路段上担任监工。肯拉德说:"有幸与他相识无论如何都是一种莫大的喜悦,可谓时来运转的一点好兆头。此人思维敏捷、口齿伶俐、天资聪慧,而且极富同情心。"凯塞门带肯拉德去参观了棚屋和兵营,都是刚刚由1000名从西非和桑给

在马塔迪附近建设铁路

巴尔带来的苦力搭建起来的。肯拉德听说他们在距离马塔迪不远的地方正在炸山,这项工程预期要花费四年时间。6

在马塔迪,肯拉德也是头一次接触象牙生意。一根根獠牙从国内装到汽船上,人们将其称重然后标价,再装入桶里送到博马,继而运往欧洲。肯拉德觉得这是一份"愚蠢的工作",7 然而要不是因为这活儿他也不可能来到这里。象牙显然是刚果最具价值的出口商品,而且对其的需求似乎是无止境的。1890年安特卫普的象牙交易所以略多于75000公斤的数量超越了利物浦的交易所。5年之后,其交易量几乎翻了4倍,成为世界之最。8 这意味着数千头大象的獠牙,而且象牙贩子的数量也翻了一番,以寻求获得更多的象牙。

1890年6月28日,肯拉德开始跟阿鲁一同朝利奥波德城艰苦跋涉。这场为期三周的旅行有时沿着刚果河的湍流而下,有时又迂回环绕,简直令人筋疲力尽。"所谓的商队大道不过是一条几英寸宽的骑马专用小径,"在一座座山坡上绕来绕去,时而陡升时而骤降,时而又再度爬坡,还需穿越两人高的草地。[9] 斯坦利曾经夸张地宣称这片河谷的延伸带是世界上最美的绝景,犹如"大自然舞姿"的激情展现。[10] 不过阿尔伯特·狄斯(Albert Thys)却很可能捕捉到大多数欧洲人艰苦翻山的场景:"人们以为自己身处于一块诅咒之地,一道名副其实的藩篱,似乎是大自然创造出来阻隔前方去路的。"[11] 不过至少肯拉德比其他同行的31位非洲搬运工队伍要来得轻松。欧洲人招募来的巴刚果族(Bakongo)犹如茫然的驮物牲口,其中有成年男子也有小男孩,有些才八九岁的样子,简直像人形的"牛马畜类"。搬运工们每个人总共要背多达100磅的东西,每天差不多要走20英里,在马塔迪和利奥波德城之间来来回回,每年背负的物品超过5万捆。[12]

肯拉德在陆地上长途旅行时都只坐火车,从未像在海上那样缓慢平稳地行进过。根据日记条目显示,他当时以一位水手的眼光在记录那些热带的风景,关注周边的空气和气象:"白雾生成在半山腰上……今

马塔迪至利奥波德城之间道路上的搬运工们

天早晨的水雾效应非常美丽……雾气抬升而后天空渐明。"[13]肯拉德写下山区的坐标方位,记录风向,就好像出于习惯一样。无论是上山还是下山,无论是穿越愈见浓密的森林还是开阔明朗的谷地,他都将其记录下来,就好像正顺着水流或在浅滩海域驾船一样。

仅两天后就出现了筋疲力尽的状况,"阿鲁放弃了……他心烦意乱……露营条件很差……水源很远……到处都很脏"。肯拉德心头窝火,不耐烦起来。非洲人为他们弄来了食物,并为他们做饭、扎营、背行李——有时候甚至还背他们——然而肯拉德对这些非洲人却只是发泄怒气。"就像掉进泥潭里,"某天他喃喃地抱怨说,"真可恶,全都是那个驮我的家伙不好……我恨透这毒太阳了。"

他和阿鲁两人都病得很重,在大约半程的位置有一个名为马尼安加(Manianga)的村庄,他们不得不在此稍作停留,可最终一歇就歇了两个星期。阿鲁的身体依然十分虚弱,只得躺在吊床上由人背着度过这趟苦旅中的最后几个阶段,由此"使得搬运工们一路上怨声载道"。"估计明天跟这些搬运工们还有很多麻烦事,"于是肯拉德"把所有人都召集起来训话,可他们都听不太懂,但保证会规规矩矩的"。[14] 在途中肯拉德最客气的话语是对一位浸信会代表说的,此人的举止"相当文明儒雅,目睹了那么多国家和公司代表乐意居住的、摇摇欲坠的简陋棚屋,看到他令人精神一振"。他们受到了"库莫太太(Mrs. Comber)非常热情的款待",她是肯拉德在非洲见到的唯一一位白人女性。无论他在非洲看到什么,除了那些搬运工之外,其余的一切皆是模糊的印迹。"村庄简直是无形的,只能从棕榈树上挂着的用来酿造'malafu'(棕榈酒)的葫芦来判断村庄的存在。"某天晚上远处几座村子传来呼喊声和击鼓声,让肯拉德彻夜未眠。[15]

在肯拉德的日记里除了这些身体劳损之外还捕捉到了某些更加险恶的事情,在当时他完全未经历过的事情。在第六天,"我在某个宿营地里看到一具巴刚果人的尸体。他是被射杀的?这股臭气太可怕了"。到了第二天,"我又看到另一具尸首以深思熟睡的姿势躺在路边"。再后来,"我路过一具绑在木桩上的骷髅。又是一处白人的墓地，没有姓名。一堆石头排列成十字架的形状"。[16] 肯拉德言到此处为止，但这一组景象之可怕是不言自明的。每一个都将一种暴力的标志——一股恶臭、一具尸体、一副骷髅——对应到文明的象征上去，即一座营地、一种良知、一尊十字架。

到了艰苦旅程的最后一天，大家住在金沙萨附近一个由政府机构开办的休息站里，而肯拉德的日记里除了暴力和憎恶之外就别无其他了。肯拉德看到"搬运工们和某位自称是政府雇员的男子就一张垫席的琐事争吵了起来，他们大打出手，棍棒乱舞。于是肯拉德上前插手来制止这场恶斗"。同一天里，"有一位酋长前来，带着一个约莫 13 岁的少年，而且那孩子头上有枪伤"。肯拉德检查了伤口并给孩子"一些丙三醇，用来涂抹于子弹穿出的伤口上"。这趟旅途将结束，这本日记简练地总结道，"蚊子多。青蛙多。环境可恶。很高兴看到这趟愚蠢的旅行到此结束了"。[17]

在马尼安加的滞留意味着肯拉德实际报到的时间比预想的要晚了许多。SAB 的副总裁卡米尔·德孔缪（Camille Delcommune）（亚历山大的弟弟）为此一耽误责骂了肯拉德一顿。由此肯拉德立刻对德孔缪心生厌恶，他在利奥波德城写了一封言辞尖刻、愤愤不平的信给塔德乌什。鉴于他的心理状态，他很庆幸好几个月里都不会收到舅舅那种"不听老人言"的回信了。"我明白了……你对那个比利时人那么凶狠剥削你而感到苦大仇深……那你不妨对自己说'这都是我自讨苦吃……'而且,假如早先跟我商量时你能稍微注意一点我的想法和态度的话,那你就肯定看得出来我对你这点破事毫无兴趣。"[18]

肯拉德曾被人雇来顶替"佛罗里达号"的船长,但后来他发现这条船正瘫痪待修,于是他们叫肯拉德去公司旗下另一艘蒸汽轮船"比利时国王号"上服务,这样一来肯拉德就能熟悉一下前往斯坦利瀑布的路线了。尽管千辛万苦地运输并搭建完毕,但"比利时国王号"同肯拉德之前航行过的任何一艘船相比都只能算是个"袖珍的小铁盒"。它的重量仅有15吨,直角矩形的船壳,薄薄的遮雨棚,四面都是敞开的,其适航程度看上去就跟一个装橙子的箱子差不多。肯拉德跟三名公司代表共同分享一个最狭小的船舱空间,令他懊恼的是,船上的人还包括副总裁德孔缪,外加约25名非洲船员,一名比利时机械师和年轻的丹麦船长路德维希·科赫(Ludvig Koch)。[19]

1890年8月3日,船只冒着蒸汽,启航驶出了利奥波德城。此次旅程将沿着河道逆流而上,迎着高山峡谷的急流奋力前进。在上游方向约100英里处的塔苏比日,刚果河的水面变得开阔起来,还冒出了几个小岛,整条河流被郁郁葱葱的河岸所包围。前方的河水犹如水银般流淌,待到近处一看,波浪卷起滚滚泥沙,就像给洗衣桶的底部敷上一层沙砾做的薄膜。有

在"比利时国王号"旁边的独木舟

时候黑蒙蒙的大雨前锋朝向汽船而来,蹂躏着船只简直如万双长靴来回践踏,但很快就像迈着大步一般地过去了。实际上你能够根据赤道落日来设置手表,它每天下午六点便"落下了百叶窗"。肯拉德就在这片青蛙和虫子的叽喳声和咯咯声当中坠入了梦乡。

肯拉德注意到在起先的500英里行程里仅有6座村子,都是用茅草和木杆搭建起来的群落,可能还有些小船(独木舟)。至于究竟有没有小船靠近他们——就像18个月前亚历山大·德孔缪在"比利时国王号"上时的情形,或者说原住民们是不是在汽船来时纷纷逃离,肯拉德对此问题没有表述;关于他本人有没有跟岸上的人做过什么交流……甚至说是否同船上的非洲水手有任何互动,肯拉德对此也没有透露一个字。后来他在小说里表达了欧洲人的妄想症,他们总以为随便一小片丛林里就可能埋伏着一伙偷袭者,甚至还觉得那些船员搞不好就是食人族。

然而在现实层面上,河道航行的生活节奏每天都需要在船只与河岸之间、白人与黑人之间交流互动。行船经常会停下来让船员们上岸砍柴来"填饱那口贪吃的锅炉"。水手们还要为自己四处寻找食物,因为这只"铁皮罐"只能把他们带到这么远。他们拿到过香蕉,也许还有鱼,但肯拉德看不懂非洲船员正在吃的那种木薯主食"*chikwangue*",这东西形似"半生不熟的面团,有脏兮兮的淡紫色……包裹在树叶里"。[20]

你或许会觉得对于一名水手而言在河道里航行是最为容易的——沿着一条线从甲地到乙地——然而每一条河都有它的花招和陷阱。同肯拉德在婆罗洲所熟知的河流相比,刚果河的力度、宽度以及水文的变化多端则要更上一层楼。(事实上,"比利时国王号"本来就是加速驰援另一艘被障碍物困住的轮船的。)肯拉德整天都站在驾驶室里跟科赫待在一起,观测并熟悉这条河道。他打开一本新的日记本,其首页上印着硕大的"上游日志"几个字。航船一边前进,肯拉德一边写下航海的记录。日记的条目对于那些不明就里的人来说似乎犹如天书,但对那些看得明白的人而言这些记录却是航行此河的关键所在。

肯拉德识别地标,记录方位、距离和深度,观察去何处为轮机砍柴,并大致勾勒了几条河道来表明形状和水深点。"朝白色小方块处航行,坚持贴紧,在沙滩附近通过,千万小心!""根据图上说这里有一大片森林,浅滩上还有许多棕榈树。""左岸的群山呈现一番淡红的景色,右岸全都是森林地带。""沿途清除障碍,但适可而止。待经过两座小岛之后会看见一根枯死的大木桩,接着渐渐就有一座座村子映入眼帘了。"只有在利于航行的情况下肯拉德才运用描写的手法,在河湾处的几座小岛当中,有一座上面长着一棵又细又高的枯树,树上有一根青绿的枝梢,看起来就像是旗杆,以恰当的角度绑在树干上。[21]

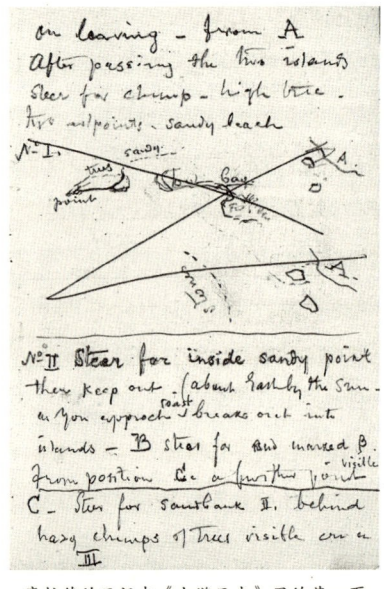

康拉德的日记本《上游日志》里的某一页

时光翻过一个春秋之后,肯拉德将在大气磅礴的描绘性散文里把自己的所见所闻挥墨渲染出来:"我们逆流而上,仿佛驶回了世界的最早始端,植被蔓延于地表之上,参天的大树才是万物的君王。"[22] 他的日记里没有记录任何当时对此情此景的感受,而是把自己的观察无声无息地融入另一本随身携带的手稿《奥迈耶的痴梦》里。在这套文本里也有一条大河流淌而过。当肯拉德抵达非洲时这部小说已有四个章节长,而第五章则与《上游日志》交相呼应。"行至水生棕榈植物绝迹处,一棵斜树垂下些许小枝条,"肯拉德描写小说里的婆罗洲河流,"驶向粗壮的青绿树枝处,前方搁浅着一根巨木……与河岸方向垂直,形成某种类似码头状的形态,在此处加速前进。"待到一根下垂的大枝条处,从"密密麻麻的爬行动物覆盖下的低矮'拱门'下通过,到达一片微型的小河湾"。他注意到一轮红日冲破"那白雾覆盖的天穹……掀开那波光粼粼的河水表面,"观察到"乌云和暴雨"从远方翻滚而来,"怒涛在暴风雨的拍打下朝大海浩浩荡荡地奔腾而去"。[23]

明轮拍起浪花,落下水滴,烟囱喷吐出的烟雾如同丝带般飘于空中,河水从船的两侧徐徐剥离。跟利奥波德城附近的河段相比,上游更宽阔,某些地方简直犹如一片湖泊。但越往上游而去,周围的树木则越是繁盛高大,到处是空心的竹子和多芒的棕榈树,而黑檀木和桃花心木长着的壮美华盖足以为一座教堂搭起穹顶。肯拉德永远都不会忘记"几百万棵树,浩浩荡荡,瞭望无边,一直延伸至高山处",其威风凛凛的身姿和瑰丽优雅的气质令这艘气喘吁吁、一摇一晃的小"比利时国王号"相形见绌。[24]

这条汽船行驶得一帆风顺,4周内走了1000英里的路程抵达斯坦利瀑布,[25]这是所能到达的最远距离,再后方就是又一段激流了,这里同时也是欧洲"文明"播撒到"黑暗大陆"的最深处。肯拉德花费一周内的大部分时间在驻地病房里,但即便如此,要了解

斯坦利瀑布的渔夫们

这块地方及其贸易模式也不会耗费太长时间。就在较近的1886年,该站点被桑给巴尔阿拉伯人洗劫过。[26]为求和平,斯坦利为该地区任命了一位新的负责人,他不是别人正是"突突",条件是只要他保证在紧邻的周边地区不搞奴隶制就行。[27]"突突"居住在一座豪华的泥房子里,"与真正的东方风情完美契合……由高大的栅栏包围,还附带一座华美别致的花园"。作为对这种东方华彩建筑的反对(肯定还包括一座清真寺,是肯拉德在亚洲之外见到的第一座),某一支新的比利时管理团队忙于建造一批展现西方力量的建筑:企业的办公大楼、欧洲人及非洲"侍从"的住房、一座监狱、一座火药库和几处兵营。[28]

斯坦利瀑布是象牙贸易的中心,尽管从某个角度上看这项买卖是"自由贸易"——它对任何想要加入的人都敞开大门，但就在最近刚刚被自由邦政府强加了重税。[29] 这就给了欧洲人前所未有的更大动机去以最低廉的成本价格来捕猎象牙。鉴于深入森林旅行的难度，欧洲象牙贩子们转而从中间人"突突"手上收购，把生意做得红红火火。这样的安排对双方而言都是极好的，只要没有人插手过问太多关于象牙实际上是如何取得的问题就行。[30]

欧洲人以刚果人为代价同桑给巴尔人勾结交易，无论肯拉德对此知道多少，斯坦利瀑布总有一件事令他难以忘怀。那就是遍及全镇都能听到的汹涌水浪背景声，就好像远处有一支军队正在击鼓，提醒着你这条大河才是主宰。[31]

待"比利时国王号"再次启航时肯拉德也许还未完全康复，但是本该跟他们一起返回利奥波德城的那位当地 SAB 代表却病得更重了，情况与科赫船长一样。事实上船长的病情已经相当糟糕，以至于卡米尔·德孔缪让肯拉德在这段时间里代理指挥"比利时国王号"，还写了一封正式的聘书："致船长先生，我很荣幸地请您接管指挥'比利时国王号'蒸汽轮船，从即日起直至科赫船长身体康复为止。"[32]

肯拉德接掌了航舵，让"比利时国王号"掉头顺流而下。船只借着土黄色的激流在高大的树林"栏栅"之间以相当于逆流而上时的双倍速度加快返回利奥波德城。后来科赫船长及时恢复了健康，足以重新继续他的指挥工作,但那位 SAB 代表还依然抱恙,在驶离斯坦利瀑布约十天之后他就死在了船上,年仅 27 岁。大家把他埋在了塔苏比日,就是同年早些时候弗里勒班被杀的那个地方。[33]

肯拉德在 1890 年 9 月 24 日回到利奥波德城,看见一捆信件便眼前一亮,其中有三封来自玛格丽特·波拉多斯卡。"可怜的康拉德,"她写道,"希望你不要觉得必须回复我不可,也不用苛求长篇大论。我知道你是个水手,你那里肯定很热,而且写信会很无聊。而对于我来说呢……首先写作是我的职业,而且我也很想让你高兴起来,兴起之时把心里话写在小本子里的感觉给我莫大的满足。在你善良的心想说话的时候再回复我吧,等你想跟姑妈聊天的时候再写。"[34]肯拉德当然很想立刻就回信过去,而且还会滔滔不绝。"当我读到你亲爱的来信时,我顿时忘却了非洲和刚果河,以及住在那里的黑皮肤野人和白皮肤奴隶(我就是奴隶中的一个),"肯拉德告诉她说,"唯有在你面前我才感觉心灵上得到了安宁,除你之外还能有谁呢?!"他把这三个月在刚果自由邦里压制的怒火和忍受的痛苦一股脑地倾倒了出来。

"毫无疑问我后悔来这儿,"肯拉德开始倾诉,"甚至是怨恨万分……这里的每一样东西都令人生厌。每一个人,每一桩事,不过主要是人。"他怒气冲冲地说,"我讨厌他们,而且……那个经理德孔缪是一个寻常的象牙贩子,可本能地以为自己是个正经商客,但不过是个非洲小贩而已"。更为糟糕的是,肯拉德已经明白自己将不会得到他们曾许诺过的船长职位——其实根本就没有足够的空缺,这就等于把他重新置于那种大材小用的熟悉处境,只不过这一回他被绑上了三年合同不得自由。肯拉德埋怨那个德孔缪,他"讨厌英国人,而在此处我自然而然被认作是英国佬。只要有他在,我就不能奢望什么提拔或加薪"。最后雪上加霜的是,肯拉德在非洲的日子里自始至终都受到痢疾和抑郁的折磨。"我的健康远不算好……感觉仍有几分虚弱,意志相当消沉。我真心思念海洋,那一望无际的咸水,在 12 月的黑暗夜空下被大风吹起白色泡沫旋涡,此景时常能令我心情平静。""我们什么时候能再见面?"肯拉德哀怨求怜地问道。"唉,可惜见面之后便是分离,见的次数越多,分开时就变得越是痛苦。"[35]

身体越是虚弱,病情越是严重,心态越是沮丧,则肯拉德寻找出路的决心也就越大。在利奥波德城逗留仅数周后他便决意要违反合同,在为期三年的条款里只服务了五个月的时间。这是很重大的一步,塔德乌什舅舅必定会第一个跳出来指出:"你会把自己陷于相当大的经济损失之下,还必然会招致他人指控你不负责任,这对你未来的事业或许有害。"[36] 可是这一选择对肯拉德而言已经几乎演变为生死存亡的问题了。

1890年10月初,他写信给塔德乌什说自己要离开了。他的手因病痛和扭伤而颤颤发抖。他重新踏上此前艰难走过的商队路线返回马塔迪,"继续发着高烧并身患痢疾,"在某些路段上很可能是用吊床架着走的——大家都说这是一种甚至比步行更痛苦的旅行方式。[37] 在1890年12月或1891年1月,肯拉德在博马找到了一艘开往欧洲的蒸汽轮船,于是启航北上。

肯拉德收到塔德乌什寄来的一封信,接收地点可能是在博马。信件是在肯拉德出海航行期间写的,当时他还怀揣着或多或少有些天真的期许,盼望前去刚果。"你很可能到处见识人和事,以及那'开化'任务(瞎胡闹),但在这部机器里你只是一颗齿轮,然后你才能形成并表达自己的看法。不必等待……不用等到思路清晰言之成句的地步,"塔德乌什鼓励他,"不过先告诉我你的身体怎么样了,还有你对那里各种东西的第一印象。"[38]

然而最终还需再来八年的非洲经历才能在肯拉德的思想里拼合出一条清晰连贯的叙述。可到那时无论是肯拉德也好,还是刚果自由邦也罢,都已经岁月催人老,沧海变桑田了。不过正待那时肯拉德赋予了一个标题,恰到好处地捕捉住了他在刚果最后几周的心理状态。

河流是大自然的"故事线",它承载着你从此地去往彼岸。当康拉德开始创作一个基于刚果旅行的故事时,《黑暗的心》就自然而然地水到渠成了。该作品着笔于1898年12月,耗费了七周不到的时间完成——接近康拉德最短的写作记录——与在河上来回旅行本身的时长相同。

在故事的基本大纲上,《黑暗的心》几乎与康拉德的个人经历步步贴合,然而创作这部短篇小说却绝不是什么很"基本"的活儿。康拉德借查尔斯·马洛之口来讲述那段非洲沿河旅行,马洛刚从六个月长的故事《青春》里"脱身",在伦敦讲给一群无名的朋友听,而其中一人再转述给读者。原本康拉德逆流而上的旅行只是去援救另一艘在斯坦利瀑布搁浅的船,并无其他什么目的,然而在《黑暗的心》里康拉德赋予马洛一项激动人心的目标:把一位隐居的公司代表库尔兹(Kurtz)带回来。结果生成的这个文本在解开其主旨含义的同时还产生了一种紧迫的目的感,叙事的技巧性就如同在刚果河里行船本身一样。

故事开篇起始于泰晤士河口"一艘巡航小帆船'内莉号'的甲板上",这一船名属于康拉德的好友G.F.W.霍普的船。在虚构的"内莉号"上每个人都曾是水手,但只有马洛"依然'追随着大海'"。当暮色黄昏笼罩在泰晤士河上时,他们中间一人遥想着这条河流的伟大和壮丽，以及船只和船员出海的光荣传统。而后马洛打破了沉寂的气氛。"这里同时也是……"马洛突然说道，"地球上最黑暗的角落之一。"他绘声绘色地述说当初罗马人是如何沿着这条河入侵古英国这片"彻底荒蛮的土地"的，这也提醒了他几年前短暂的"河道水手"经历。

马洛在伦敦四处打听"去印度洋、太平洋、中国海域等地方的工作"，却无法找到一份好差事，于是决定追随儿时的梦想去造访非洲。地图上显示一条形如"一条巨蟒"的大河，"它头部浸在海里，躯体舒展伸开，弯弯曲曲地静止休眠于远方广袤的国土之上，尾部则消失在深深的陆地之中。"有一家欧洲大陆的公司最近刚开始在那条河上开展贸易活动，于是马洛"催促他亲爱的姑妈、居于欧陆的善心人"——正如玛格丽特·波拉多斯卡那样——帮助他打听打听，争取到其中一艘船上做船长职务。"公司已接到消息说有一位名叫弗里勒文（即弗里勒班）的丹麦船长在与原住民的械斗当中被杀了。"于是马洛"发疯似的"立刻做起了准备，跟公司的董事见了面，"那人给人的印象是个白白胖胖、穿男式大衣的家伙"。马洛还签下了协议，"众多条款中还包括同意保守一切商业秘密绝不泄露"。[39]

"大河河口"边有一座废弃的公司站点，"废铜烂铁被随意丢弃"，马洛就在这个地方下船上岸。他听见远处的工人们正在炸山修铁路。走近一看原来是一群苦工用生命在干活。"很显然,他们正在慢慢地死去……只有疾病和饥饿的影子伏于这片青绿色昏暗的荫庇之中。"就像康拉德一样,马洛也在一座仓库里发现那家公司存在的目的,"一条由制成品、碎棉花、玻璃粉和铜丝汇聚而成的'小河'引入深深的黑暗地带,而其回报就是珍贵象牙的涓涓细流"。马洛开始厌恶身边的白人,他们"前来撕开这片土地的肚囊,从中掏出财富来……其行为背后的目的不会比窃贼闯入保险库高尚多少"。[40]

马洛就跟康拉德一样,与一位胖乎乎的、如病态般苍白的同事一起逆流而上开始艰苦的跋涉旅程。他们艰难地"穿越高草地、枯草地、灌木丛,于寒冷的山涧之间下坡上坡,翻越一座座热光照射下的多石山丘"。"我跟搬运工们吵过无数次架。"他回忆道。而且还有很多可怕的往事记录,几乎就是从康拉德的日记里逐字逐句照搬过来的:"一个搬运工在工作中死了,长眠于高草地靠近路边的地方。""中年黑人的尸体,额头上一处子弹洞。"等马洛抵达中央站点时却发现他的轮船已经在浅滩上失事了,于是不得不在那些"诽谤中伤和阴谋串通的"白人群体里苦等了好几个月,他们就在那里住了下来直到送来铆钉把船修好为止。[41]

马洛在等候之余听说了更多关于"了不起"的库

尔兹先生的事,就是那位他本该找回来的内陆站点代表。此人的血统一半英国一半法国,"集全欧洲的精华才诞生这么一个库尔兹"。他是一位做生意的绝顶高手,"运出的象牙跟其他所有人的总和一样多"。此外,库尔兹"更是一位富有同情心,满怀科学和进步精神的使者,一位全能的天才",是西方开化使命的化身。不过马洛同时也听闻一些别的传言,有些人说"库尔兹的所作所为其实是在坑害公司而不是帮助公司,此人已经采用了某种'不靠谱的做法'"。然而无论他是否变恶了、发疯了、得病了,或三者全占,下游地区的官僚们总是想调离他。于是马洛动身前往上游地区,兴致勃勃地要去见他。

在这条河里航行要求马洛作为一名水手使出浑身的解数,正如康拉德当年那样。在他日记里搜索前方路途的内容记录在《黑暗的心》的复述里就演变成了追寻人生意义的心路历程。"在这条河上迷失方向,就仿佛在沙漠里迷路那般,一整天都撞到各种浅滩上,拼命要找到一条河道,最终变得晕头转向……所以我不得不始终在猜测,在辨识隐藏河岸的迹象,而多数情况下依靠的是灵感。此外我还要小心留意沉没的石礁。"[42] 更雪上加霜的是,这远不是什么海上享受的"同船之谊",与马洛作伴的只是些粗鲁的白人乘客和几乎不被他认作是人类的黑人船员。

尽管康拉德亲眼看见沿着刚果河一路而上至斯坦

利瀑布的区域水面会变得相当宽阔，但马洛却形容他的旅途就好像丛林的高墙渐渐聚拢一般，像漏斗似的把旅行者们带回时空的过去。轮船吞吐着蒸汽，载着全体船员"朝黑暗的中心越驶越深"，"犹如史前地球的流浪者"。[43] 在抵达内陆站点之前 50 英里处，轮船开到岸边"一座芦苇小屋"，迎面一根东倒西歪的旗杆。马洛能够看出屋子里不久前有个白人居住过，线索是一本书。"这是一项了不起的发现，书的题目叫《航海技术要点调查》（An Inquiry into some Points of Seamanship）署名为'陶森·托尔'（Tower, Towson）——这类名字像是皇家海军的船长。"这东西有 60 年历史了，使之成为来自帆船时代的老古董。[44] 马洛从中发现了"牢固传统友谊的庇护所"，"让我忘却了丛林……沉浸在一种美妙的感觉之中，就好像邂逅了某种真真切切的东西"。[45] 在这疯狂野蛮的汽船世界里它说出了帆船时代的语言。

在内陆站点下游数英里处，大雾笼罩了船只，仿佛被困于一颗珍珠里似的。他们听到在模糊不清的河流两岸上传来"人们抱怨的吵闹声"，而后则遭遇了一轮袭击。一支支箭矢扑向轮船，一根长矛刺穿某个舵手的胸膛。马洛看见岸上"黑乎乎杂乱一片"，满眼尽是赤裸的胸部、手臂、大腿和瞪视的双目。[46] 于是他立刻拉响汽笛加速驶离，库尔兹的据点就在前方。

马洛通过望远镜发现了这幢房子,它坐落于一座山的某片空地上,被一排木桩所包围,"顶部由雕刻花纹的球体来装饰"。马洛希望与库尔兹"这位不同凡响的人物"会面能够让自己不虚此行——如果说欧洲人在非洲的整项事业未必物有所值的话。库尔兹已经为一个欧洲人权组织撰写了一篇名为《压迫野蛮人习俗的社会》(Society for the Suppression of Savage Customs)的报告,阐明了自己的开化使命观。这是一部雄辩的旷世杰作,是对"庄严善举"的一曲赞美诗,是"对每一抹无私情感的动人呼唤"。然而马洛越是深入其中,就越辨析出真相来。

岸边有个白人朝马洛打招呼,他穿着一套"打满补丁的衣服,蓝的、红的、黄的,东一块西一块",就好像把非洲殖民地图穿在身上似的。[47]这位年轻人是库尔兹的俄国门徒,马洛之前发现的那本海员手册原来是他的,而在上面的旁注马洛原以为是什么"密码暗号",但实际上只是斯拉夫字母而已。待马洛走到更近处观察库尔兹住所周围那些"装饰性"球状物时,他发现这些东西其实是一颗颗萎缩的头颅,"黑漆漆的,干瘪凹陷,眼皮都闭着"。[48]

至于库尔兹本人,马洛发现这位文明的先知如今已成为野人的首领,被一群形如魔鬼、"体有纹身"、头上"戴角"的"腥红肉体"包围簇拥着,此外还有一位充满野性和鬼魅的女子相伴。她显然是库尔兹的情妇,模样"既狂野又靓丽",手上和脚上所戴的金属丝链饰"价值相当于好几根象牙",身上还挂着"各种珍奇玩物、护身符和巫师的贡品"。甚至连库尔兹的白皮肤也已变得跟土著们别无二致,看上去"仿佛从某根旧象牙里凿刻出来一样"。在他天马行空的宣传册底部位置,库尔兹胡乱地写了一条近乎癫狂的训令:"灭绝所有野蛮人!"[49]

伟大的库尔兹将自己的梦想庇护于"伟业的开端"部分,可是他日渐消瘦,明显快要死了。马洛劝他登上汽船离开此地,用空洞的马屁来迎合他的虚荣心:"您到欧洲无论如何都准保旗开得胜。"于是他们一起飞速顺流而下,但库尔兹的生命也渐渐随之褪去了。他已神志不清,回想起自己的成就,想象衣锦还乡的盛况。可是就在最后的时刻,他的脸因恐惧和绝望而僵住了。库尔兹在弥留之际用最后一口气奋力疾呼,可也仅仅如同一次普通的呼气而已……

"太可怕了!太可怕了!"[50]

这句话犹如墓志铭般萦绕在库尔兹这个矛盾体上,这位一流的代理商曾信誓旦旦要带来文明,而他同时又大肆掠夺象牙;他遵循"野人的习俗",追逐那些女色,却又极力呼吁要"灭绝所有野蛮人!"

马洛离开非洲时跟康拉德一样病魔缠身,疲惫不堪。等回到欧洲"那座阴森森的城市"之后他销毁了库尔兹留下的书面资料,包括给一名公司代表写的公文，给一位表亲写的家信，还有库尔兹为一个满怀好奇的记者而写的"著名报告"。另外还有最后一项，即一捆信札和一张未婚妻的相片。

未婚妻身着丧服接待了马洛，她的那间公寓简直犹如"一口阴森却优雅的石棺"。她逼迫马洛开口，告诉她库尔兹临终时留下什么话。马洛记得库尔兹从黑暗中发出声音，轻轻地说："太可怕了！太可怕了！"马洛无法把库尔兹本人带来解开谜底。

"他吐出的最后几个字——就是你的名字。"[51]

马洛陷入了沉默，立于"内莉号"甲板之上，潮水已然退去。那座巨大而恐怖的城市隐藏在上游地区，沉浸于"挥之不去的晦暗"之中。河水顺流而下，进入"无穷黑暗的核心"。在不刮大风、没有潮信的情况下"内莉号"进退不得，哪儿也去不了。[52]

1899年《黑暗的心》在文学期刊《布莱克伍德杂志》（*Blackwood's Magazine*）（1817年创刊，是英国最早的优秀文学期刊。——译者注）上刊登发表，并于1902年合订成书。从表面上看它是一部关于河流的典型小说，描写从甲地到乙地的经历，是一趟从欧洲到非洲的旅行，同时层层加叠上了诸多象征意义的"旅途"，比如从现在到过去，从光明到黑暗，从文明到野蛮，从理智到疯癫。站在某种角度上看，《黑暗的心》就像是一条从现实到虚构小说的清晰路径。从类似纪传体作品的史实来讲,康拉德的其他小说没有一部能够像《黑暗的心》这样与当时的经历记录如此紧密挂钩的,而且对于他早期的读者而言,本书将刚果描绘成驱使白人疯狂的"黑暗核心",此一说法似乎也是在讲真话。在康拉德造访欧洲至《黑暗的心》出版面世的几年时间里,刚果自由邦已演变为帝国主义剥削的"恐怖所在",这暴虐的殖民政权是世界上最赤裸裸的,而理想主义信条这块覆于其上的遮羞布早已破败不堪了。

国王利奥波德二世自始至终一直在给刚果自由邦注入资金——建造殖民站点、创立"公共安全部队",承揽马塔迪至利奥波德城的铁路——然而所得的回报却寥寥无几。1890年康拉德到了刚果,该年当地的收入仅仅抵消了15%也不到的支出。[53] 在1891年晚些时候,对于债务的问题国王大人脑门一拍,想到了一个标新立异的解决方案:他宣布刚果大片土地都将变为"私人领地",由政府垄断经营进出口产品。只此一招,国王就把刚果的自由贸易精神替换成了一种近乎于君主王权下的封建采邑制度。康拉德的雇主阿尔伯特·狄斯跟其他人一样对这条"彻底违背自由邦建国之本"的政策气愤不已。[54] 可是国王有一伙律师为其张目,为他精心构筑的主张提供司法辩护(基于"*terra nullius*",亦称"闲置土地"的概念),

而且还以垄断权益为条件,找来了全新的一批金融家来投资。[55]

国王和他的代理人们开始用多种手段从他们的特许领地里拧出利润。那些人首先大肆攫取更多的土地。亚历山大·德孔缪于1890年发起了一场前往加丹加的探险,结果导致这一地区最终被吞并,而此时康拉德本人就正在刚果。"公共安全部队"数次入侵南苏丹,还在刚果东部地区发动过一场旨在推翻桑给巴尔阿拉伯人的战役。1893年他们占领了阿拉伯人的首都尼扬圭(Nyangwé),此举被比利时的文宣喉舌们称为胜利的祥兆,预示着欧洲的许诺将会实现,"文明的福祉将取代奴隶制和食人习俗的恐怖统治"。[56]然而对于军队所到之处的人们来说,战争所带来的"恐怖却堪称世间罕有,开创了自西班牙人在中美洲或英荷两国在南亚那段最暗无天日的岁月以来的最新记录"。[57]像迪萨斯·玛库鲁(Disasi Makulo)这样的刚果人原本可能有一种更接近家乡的平行人生,"公共安全部队"虽已取代了四处劫掠的"砰楞砰楞砰",却看起来就像是继任的第二波匪徒。[58]

国王的拥趸们所采用的第二种强取豪夺之法是向百姓头上增加苛税。刚果人无法用金钱来支付税收,因为在自由邦之内仍蓄意不施行基于现金的国家经济。欧洲人用布匹、"mitakos"、枪支和酒来换取食物、象牙和橡胶。然而在"私人领地"的政策下一切

"土地收成"都已归属国家，因此刚果本地的财产所有者也早就被剥夺了商品财富，那么既然如此刚果人又如何缴纳税金呢？于是政府提出了一项解决方案，刚果人可以转而通过劳动来偿付税款。[59]

就这样，一套广泛的强制劳动系统逐渐形成了。国家派遣的代表游走于一座座村庄，征用百姓去干活，同时配以多项针对壮劳力、牛皮鞭和枪支的普查。从马塔迪一直到利奥波德城，人们纷纷逃进了丛林里，免得被抓去充当搬运工。于是国家采取一种新手段来逼迫刚果人服从，他们抓走刚果妇女和儿童作为人质，直到男人们现身返回为止。[60] 在某些地区，代表们还鼓励本地人去袭击毗邻的村庄，给政府带来俘虏。[61] "公共安全部队"原本由西非征募兵组成，如今也用抓壮丁的办法来扩充队伍。许多"志愿兵"是从阿拉伯人的魔爪中获得"解放"的，比如迪萨斯·玛库鲁就是这样，但他们实质上是被转入了另一种形式的"囚禁"。[62]

至于玛库鲁这边，他在白人殖民者那里倒有一番少见的、积极的经历。白人给他书读，给他衣穿，并使他皈依了基督教。玛库鲁在1894年受洗，而且自十来年前被掳走后首次返回家乡，他的亲生父亲简直不敢相信这位外表奇异、穿着长裤的男人真的是他的儿子。玛库鲁背诵了列祖列宗的姓名，还展示了他身上的伤疤，以此方法来证明自己的身份。最后全村顿时欢庆起来,如烈火烹油般热闹。人们杀狗宰羊为玛库鲁接风洗尘,还提议要杀掉两个奴隶烤着吃。此时玛库鲁吓坏了,千万别这样!他坚决反对并对这种"奴隶制和食人的野蛮风俗"深感惊骇。玛库鲁试图对大伙布道福音,但同胞们对此不感兴趣。"我们不希望白人来这里,不愿他们待在这儿,"大伙说,"他们都是坏人,你别告诉他们来这里的路,否则那些家伙会把我们变成奴隶最后杀死我们。瞧瞧'砰楞砰楞砰'好了,他到处作孽,屠杀男人、女人和儿童,还抓走了其他人,就比如你!"[63]面对阿拉伯侵略者已经够糟糕的了,然后又来了白鬼子,他们比阿拉伯人有过之无不及。如今这里又出现一个说话像白鬼子的黑人,暴力的箍子包围了刚果,如同一条巨蟒正待束紧。

利奥波德和代理人们还发现了第三种从刚果压榨利润的方法。他们找到了一种新的可供榨取的自然资源。假如你是19世纪晚期欧洲有闲阶级的淑女或绅士,双手不是抚摸琴键就是轻叩台球的话,那么你也许触碰过一两件刚果的象牙制品;假如你是19世纪90年代"自行车热"里全球数百万"首吃螃蟹者"的话,那么你或许曾坐在刚果橡胶垫上骑行过。自行车气胎这样东西在1888年由约翰·博伊德·邓禄普(John Boyd Dunlop)取得专利,此事促成了全世界对橡胶的大规模需求,而满足需求的最佳之处就深深地藏于亚马逊河流域以及非洲的热带雨林里,那里的橡胶树及藤蔓疯狂生长,极为茂密。几乎一夜之间,橡胶成了刚果最热门的出口商品。1890 年,也就是康拉德在刚果旅行的那一年,该国出口了 133666 公斤橡胶。这个数字并不多,等到了 1896 年该国出口的数量是其十倍（1317346 公斤）,稳稳当当地居于非洲最大橡胶生产国的位置。在安特卫普交易所里橡胶销售所带来的利润超越了象牙,净额高达 690 万法郎。[64]

对于国王利奥波德而言橡胶的繁荣来得恰是时候。在 1895 年他仍处于破产的边缘,还曾一度催促比利时政府完全吞并那个国家,最后用政府给自由邦的又一笔贷款实现自我解救,悄悄躲在阴暗的幕后交易里,而与此同时象牙的供应量在日益减少。[65] 但如今,只过了一年,橡胶的收入为刚果铺上了金光大道,让这个国家转亏为盈。[66] 要让国王放弃自由邦,简直就跟劝他退位一样不可理喻,国王及其代理人们想要尽可能快、尽可能多地从中获取利益。

橡胶生长在丛林里任你取拿,但提取它却是一件粗活累活。你不得不踏入热带雨林,双脚嘎吱嘎吱地深陷于泥巴里,身子站在水塘中,祈祷不要踩上蛇,两耳听见举步之遥有几头豹子的沙沙声,心里惴惴不安;你不得不在缠绕起来的杂乱植物当中挑出一根橡胶藤,然后摇动其茎干,使其达到足够松软的程度以便你切进去放出树液来。直接了当把藤蔓一刀两断的做法会更快捷省力些,但这样会杀死这根藤蔓,所以国家禁止你这么做。你只能等待乳脂状的液体慢慢滴到你的罐子里,然后待其变稠凝结,胶液变成乳胶。最简便的方法是把树液涂抹到你身上,一旦干结之后再从皮肤上剥离(必要时会带走你的毛发,甚至撕下皮肤),然后团成一个个球体。像这样颜色灰暗、质地强韧的小球,你需要许多天的时间才能获得足够的数量来装满篮筐,以满足国家或公司代理人的需求。[67]

这种工作进度缓慢,过程痛苦,还伴随着危险,没有人主动请缨去干。因此欧洲代理商们发展出了一套强制性质的组合方案。从今往后,国家要求非洲人去收割橡胶以代替缴税。区域的负责人为每个区块编制指标定额,并派出"公共安全部队"到各个村子里搜捕劳动力来干活。在特许出让的领土里,欧洲代理商们每隔大约一百公里就安插岗哨,对区块内各个村庄里的男性劳动力全部列出名单,还调用一批批武装哨兵端着枪驱赶他们进入森林。这些士兵兼收税员(通常是非洲人)根据他们带给白人老板的橡胶来获取酬劳,所以在他们身上有激励的诱因,促使他们不择手段地逼迫百姓去采集橡胶。假如你拒绝劳动,就会受到惩罚;假如你无法完成定额指标(哪怕全天候出工也未必能收集完满),就会受到惩罚;[68]假如你砍断藤蔓且被当场抓住的话,就会受到惩罚;假如你试图逃跑,就会受到惩罚。"刚果自由邦的所作所为,我到处都有所耳闻,"某位斯坦利从前的同伴说,"采胶和杀人,是天下最糟的奴隶制形式。"[69]

从刚果中部的赤道区块传来一些报道,发生了一场耸人听闻的报复清算行动。当时一位瑞典传教士正准备开始他周日的布道,突然一名卫兵闯了进来要抓某个没去采胶的人。卫兵近距离直接朝那人开了一枪,随后命令"一个小男孩过去砍掉那个中枪之人的右手。那时此人还未彻底咽气,当感觉到刀子时他拼命缩回自己的手。小孩费了一番功夫才把那只手剁了下来。卫兵们在那片区域里到处搜集被害人的断手,以便他们当作战利品带回去给(欧洲)代表。这些断手——男人的、女人的和小孩的手——被他们一排一排摆列在代表面前,而代表通过清点断手来判断士兵有没有浪费子弹"。为了防止断手腐烂,代理商"把这些手放置在一个小炉窖上,待被烟熏之后再放到橡胶篮筐的顶部"。剁下来的断手成了巡逻兵们解释自己收成不佳的合理借口。于是乎,一旦他们征收不到足够的橡胶,就会仅仅为了砍手而去屠杀那些原住民。有时候为了节省子弹,他们干脆从活人身上直接剁下手来。[70]

这种令人不齿的行径在当时的欧洲人听起来似乎就像是食人族士兵会干出来的勾当。然而这并不是非洲人想出来的主意。近期比利时民族主义者为安特卫普的建城传说张目还魂，而非洲剁手的习俗又令人不安地与之相呼应，只不过在刚果河上收税的恐怖巨怪是比利时人自己运作的政府本身而已。

1899年《黑暗的心》首次亮相于《布莱克伍德杂志》，当时几乎没有几个欧洲人听说过这种在中非地区蔓延开来的"恐怖"。他们只看到过国王利奥波德向他们展示的东西，而国王正忙着把利润投在大兴土木上。他要建造一处宫殿，要胜过凡尔赛宫；他要得到一座凯旋门，要超越勃兰登堡门；他要拥有一片海滨跑马场，欲把奥斯坦德（Ostend）变成北方的戛纳。至于1897年的布鲁塞尔世博会，国王在特尔菲伦（Tervuren）的一家非洲展馆里豪掷了30万英镑。在场馆的内部，比利时最匠心独具的设计师用木料打造出了一片新艺术流派的原始丛林，令人联想起橡胶藤、象牙和树干互为交织的关系。他们把这一新的场景称为"鞭绳风格"，天真地忘掉了牛皮鞭所产生的肌肤撕裂般的恐怖。[71]

然而等到《黑暗的心》于1902年在《青春——及另两篇故事》（*Youth— and Two Other Stories*）里再版时，有一位年纪轻轻、名叫埃德蒙·迪恩·莫雷尔（Edmund Dene Morel）的英裔法国运务员几乎凭借一己之力唤起了公众对刚果自由邦境内事态的关注意识。莫雷尔对公司的账本困惑不解，上面显示了许多吨从刚果进口的商品却几乎没有出口，由此无意中发现了强制劳动的范围之广和程度之深，他猛然意识到这个国度简直应该叫"刚果奴隶邦"。这个"血腥橡胶"政权沾满了非洲人的鲜血，莫雷尔全力投身到一项终结它的活动中。1903年5月，在那卷含有《黑暗的心》的书在各大书店面世了6个月后，众议院通过了一项议案，同意力争"减少在刚果的恶行"。外交部委派刚果公使去收集证据。

那位公使不是别人，正是罗杰·凯塞门，即康拉德于1890年在马塔迪遇见过的铁路监察员。[72]凯塞门完成任务后返回伦敦述职，怀揣的几本本子里"闪耀着"铁证如山的依据。他准备撰写（欧洲人）对野人风俗的压迫，并联系众人以寻求对其事业的支持，而其中一个就是老熟人约瑟夫·康拉德。

难道这是因为《黑暗的心》观察得还不够丰富，表述得还不甚详尽吗？正如一位评论家不久前指出的，"在小说中文明人变得'狂野'的事例一再出现……但从来没有哪位作家像康拉德先生那样予以重视并探究一个'为什么'……而且至今也从来没有哪位作家成功地将这个问题带回到……国内受庇护的人们面前"。[73]康拉德的大声疾呼，揭露"征服地球"这项伟业的真实面目，即"从不同肤色的人们或鼻梁略塌的人们手上抢夺过来"。[74]他看穿了"非洲美好愿景"教化者们的伪善，但唯独只对英国的领地表示了认可的态

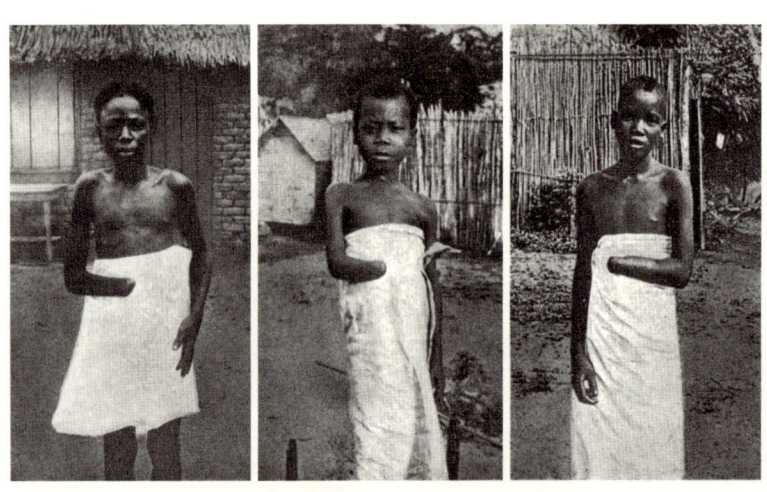

E.D. 莫雷尔记录的刚果暴行,国王利奥波德统治非洲期间(1904年)

度,"因为我知道在那些地方他们真正做出了一些成绩"。康拉德甚至捕捉到了欧洲人具体的、带有虐待癖的"不齿行径",矛头直指库尔兹住所周围木桩上的头颅。此一情节可能是基于一份关于斯坦利瀑布站长的报告,那位比利时人将"21颗非洲受害者的脑袋摆在自家门前的花坛周围当作装饰"![75]

凯塞门送给康拉德一份莫雷尔的宣传手册,上面详细记述了最近发生的暴行。"这就好像'道德的时钟'被回拨了许多个小时,"康拉德倍感震惊地说,"现实依然是……废除奴隶贸易(因为这很残忍)大约75年之后,在非洲刚果这个由欧洲列强插手创造的国度里,针对黑人的系统化残酷暴行竟然是其行政管理的基础"。[76]

不过尽管康拉德目睹过也书写过刚果的这些"恐怖",但他从未加入过由凯塞门和莫雷尔创立的"刚果改革协会"(Congo Reform Association)。"我不是这块料,"他承认,"我只是一个不幸的小说家,创作不幸的故事,甚至不配加入那令人痛苦的博弈斗争。"[77]毕竟康拉德从小就成长在一个反对野蛮暴行的理想主义圣战阴影里,他的父母为反对沙皇俄国而斗争,但这项运动毫无所获,结果只是早早地进了坟墓。[78]凯塞门看错了他的朋友。

此外,凯塞门也可能误读了康拉德的书。《黑暗的心》是一部对刚果所发生事件的精确描绘,从这一层意义上说，它呈现的是1890年康拉德造访之时的刚果，而非1898年的刚果。在1890年的时候尚不存在政府垄断，也没有征税这档子事，更没有"公共安全部队"、橡胶和断手。（"我在内陆逗留期间，眼观四路耳听八方，却从未听说过原住民当中有所谓的砍手习俗，"康拉德告诉凯塞门说，"据个人经历所知，我确信整条主河道流域地区以前并不存在这种风俗。"[79]）凯塞门及其他人相信总有办法来净化刚果，让文明教化的事业走上正途。然而康拉德却早在1890年的自由邦里就已经察觉到了"这种恐怖"，其部分原因是，在他看来问题的症结并不是文明被伪善背叛了，而是欧洲人迷信文明即是好事的这一观念本身。

在回绝凯塞门一番好意的同时，康拉德还重申了一遍他作品的想象指针，《黑暗的心》并不只是一份抗议性的宣传书。他指出，对马洛而言"一个篇章的含义不似内部的核心点，而像外部的茫茫迷雾"，在"内莉号"上马洛的听众曾提醒读者不要望文生义。[80]康拉德运用亲身旅行的各种细节作为踏脚石，步入他所称的"《黑暗的心》之迷雾"。在书中他回避了几乎一切专有名词（河流、国家，甚至非洲本身），将自己的寓意隐含在模模糊糊的描述性词汇当中，譬如"神秘莫测"、"难以置信"、"令人费解"，并且把河道旅行的平直叙述扭曲成没有人能够言明的"漩涡"。[81]马洛向来疑神疑鬼，但总在最后才发现到底是什么名堂。[82] 那种"恐怖"是故作神秘的,似乎可以合理地解读为一种对"文明"的批判,同时也能诠释为对人类普遍拥有的原始"野蛮"能力的一次清算。要寻找《黑暗的心》一书的中心思想,我们必须不仅从刚果的特定现实与康拉德的旅行里探究,也要往促成这种现实的历史和思想里去求索。

第九章　白种野人

肯拉德·科尔泽尼奥夫斯基于1891年初带着身上的伤病和心中的阴霾从刚果返回到了伦敦。他的双腿严重肿胀——很可能伴有痛风症,这种病痛从此开始伴随一生,于是老友菲尔·克里格送他去一家设在达尔斯顿区(Dalston)的德国医院治疗。雪上加霜的是,肯拉德的精神状况沉浸在绝望之中。"我已经在床上躺了一个月了,"他从医院里写信给玛格丽特·波拉多斯卡,"觉得这是平生最漫长的一个月。""我看待所有事物都心灰意冷,一切都是黑暗的。"两周后他又写道:"事实上我的神经正处于紊乱状态,导致心悸和呼吸急促。"又过了十天,他写道:"我仍陷入极度的黑夜里,我所做的梦只有噩梦。"[1] 在肯拉德的精神世界里,抑郁与黑暗同义。他说这是自从1878年在马赛那场危机以来最严重的一次发作。

塔德乌什·波勃罗夫斯基对肯拉德的自杀企图依

然记忆犹新，读到外甥的书信时不禁莞尔一笑。"从你故作幽默的叙述来看，你仍然十分虚弱，身体精疲力竭……想必你在非洲逗留的那段日子已过度透支了身体（你自己也间接暗示了）。"[2] 肯拉德这份"意志消沉且满纸荒唐言"的书信让塔德乌什感到心里难受，于是主动提议寄送一点钱来，叫肯拉德去瑞士的疗养院待上一个月，接受一种水疗法治疗，费用由他承担。[3] "你知道我不算一个太大方的人，但假如事出所需的话，为了你的健康，要多少我就出多少。"[4]

在瑞士温泉疗养地的三周确实对肯拉德有所帮助，可是当他刚返回伦敦就染上了疟疾，而且沮丧的心情再一次把他俘获了过去。身体抱恙导致他无法找到下一份差事，只能在巴尔莫林公司为他朋友担任仓库保管员。肯拉德觉得这份工作枯燥无比，简直如同"拘禁劳役"，"甚至还没有回味作案时所带来的刺激，连这一丁点慰藉都没有"。"在晚上的时候，我回到家中倍感慵懒，看到笔就觉得害怕。"因此，肯拉德就在"仓库空荡荡的（且积灰的）幽寂环境中争分夺秒地动笔写作"。[5]

"多年以来似乎一直在坠入深渊，"肯拉德写道，"日复一日，月复一月，年复一年，一直在坠落、坠落、再坠落。那是一条平滑圆润的黑暗通道，一面面黑色的墙壁以一成不变的速度向上冲来。"[6] 文本的韵律和重复，捕捉住了这股令人沮丧、反反复复的绝望之情。肯拉德没有明确写自己，而是描绘奥迈耶。肯拉德往返非洲随身携带了一部小说，此人就是书名上的主人公。在仓库空洞乏味的时光里，他修改自己这部写作文稿，并增添了两三个章节。

肯拉德曾顺着刚果河逆流而上，而脑海里却想着婆罗洲。如今他带着新鲜的刚果记忆返回到《奥迈耶的痴梦》的创作手稿里。他把奥迈耶的欲望写成要开发利用内陆秘密的财宝源，即"一座金山"。[7] 内陆神秘财富的愿景在刚果自由邦的经济市场上久久回荡着，象牙这一最高贵的资源供应就位于最遥远的上游地区。欧洲人在刚果准备让利润先行，把原则放到一边，竟然跟臭名昭著的奴隶主"突突"做起了买卖。同样地，肯拉德也让奥迈耶与婆罗洲的一位老对手——马来当地的"拉贾"达成了协议。

肯拉德同时还深化了小说对奴隶制的描写，这种制度虽然被官方禁止，但仍是刚果和婆罗洲根深蒂固的顽疾。在《奥迈耶的痴梦》中，每一位有钱的人物角色都拥有奴隶。其中有一章是肯拉德刚从非洲回来不久后创作的，在那里他试图闯入奴隶自己的思想中，进入那"半成熟的野人思维里。她的思想是其躯体的奴隶，正如她的躯体是服从于他人意志的奴隶一样。"肯拉德透过女奴的一双眼睛勾勒了一种宿命论的人生观，呼应了他自己对未来沮丧的展望。"这名奴隶不报什么愿望，也不知什么改变。他不明白世上

还有另一片天空,另一块水域,另一处森林,另一方世界,另一种人生。"⁸

肯拉德从刚果回来后对"文明"和"野蛮"之间的紧张关系感到前所未有的痛苦。他把自己对这种隔阂的思考注入到《奥迈耶的痴梦》一书里,远远要早于他在《黑暗的心》里阐述这一点。"在有些情形下野蛮人和所谓的文明人会在同一个地方相遇。"肯拉德写道。尽管奥迈耶出生在爪哇,从没有亲自造访过欧洲,但他活着的愿望就是等退休之后带着"混血的女儿"妮娜(Nina)到欧洲去,然后把她嫁给一个白人。可是妮娜却爱上了一位英姿飒爽的马来王子,而且在她母亲的祝福下打算跟他到巴厘岛去安家。奥迈耶咒骂多年来在婆罗洲那帮野人中间一边干活一边深感失望和羞辱,⁹他的文明美梦就此破灭了。

至于肯拉德,他继续从生活的某处汲取力量,即他同玛格丽特·波拉多斯卡的往来关系。肯拉德经常写信给玛格丽特,语气和态度均十分亲昵:"假如世上有谁能安抚破碎的心灵,那非你莫属……我越来越仰慕你,爱慕你。"¹⁰ 肯拉德还定期给舅舅塔德乌什写信。塔德乌什得知外甥的精神状态似乎有所改观,心里也倍感宽心了,于是继续开始长期抱怨肯拉德缺乏人生目标,并指出外甥性格里存在"某些缺陷"。肯拉德鄙视这种拐弯抹角的冷嘲热讽,坚持要塔德乌什有话直说。

"好吧,"塔德乌什抓住这个坦率开口的机会,"我觉得你在做抉择的时候总是缺乏耐心,不能持之以恒,而这也是因为你对目标和愿望总是三心二意的结果。我的'Panie Bracie'(字面意思是'兄台或老弟',是;'szlachta'之间的一种称谓),你对事对物缺乏耐心,我想……对人也一样吧?"塔德乌什,这位娘家的舅舅,责怪肯拉德像他的父亲,也更倾向于是个"理想主义的梦想家"。科尔泽尼奥夫斯基家的男人"事事参与,样样沾边,本性就是朝三暮四、花样百出的"。塔德乌什抱怨说,"他们活在自己的想象世界里,有人批评时甚至会感到被冒犯,觉得反对者们一个个都是'傻瓜',可事实上,在多数情况下是为他们自己的痴梦圆谎而已"。

尤其是某个妄想,塔德乌什劝外甥肯拉德打消念头,即他对心爱的"玛格丽特姑妈"的痴迷。原来塔德乌什跟玛格丽特也有书信往来,收到对方的信时塔德乌什愣了一愣。"在我看来你们俩都执迷不悟,其实只是相互调笑而已……作为跟你俩关系都不错的'老江湖',我奉劝你们断了这场游戏,闹剧到头来不会有好结果的。"他把这位孀寡贬低为"一只老旧的破鞋",倒不如接受那位追求她的布鲁塞尔老市长查尔斯·布尔斯(Charles Buls)更好,"此人还能给她名分和爱"。对肯拉德来说,娶玛格丽特"就是往脖子上挂一块石头——对玛格丽特而言也亦然。如果你们还算聪明，就请放下这场嬉闹，干脆分手做朋友。否则的话——反正我已经警告过你们了！——将来没资格怪我没提醒过！"[11]

肯拉德立即回信给塔德乌什，希望转移掉他的顾虑，可是彻底失败了。"假如上天赐予我们言辞（在此例中是书面语）是为了掩盖想法的话，那么我的'小老弟'，你处理问题的效率实在是太高了，"塔德乌什回复道，"洋洋洒洒五页纸，说的尽是些你搭讪的各类英国女人，有年轻的有年长的，有漂亮的有丑陋的，她们似乎不管成不成功都上赶着要你哄她们……可是在所有这些话里你却漏了'唯一一个'我真正怀疑会跟你那么去干的人，她不是什么傻啦吧叽的英国娘们，而是跟我相当熟的玛格丽特！""老江湖"塔德乌什没有被肯拉德糊弄住。"我有眼睛在看（这次是读信），有耳朵在听，我清楚信里讲的是什么，它就摆在那儿。"[12]

肯拉德更深思熟虑的回应也会于多年之后在《黑暗的心》里通过马洛之口表达出来。当时马洛因完全无法对未亲历者解释往事而深感沮丧，于是心灰意冷，只得相信"人生在世有如梦幻中独行，皆形单影只"。[13] 尽管肯拉德继续跟玛格丽特调情，"今晚我就像在角落里，腰杆断了，鼻子埋于尘土里。劳驾你拼凑起这可怜的人好吗？请轻柔地把他放进你的围裙里，把他介绍给你的洋娃娃们，让他跟其他人一起参加晚宴"。[14] 不过舅舅的话还是起到了一些作用的。肯拉德向玛格丽特承认他缺乏"耐心、责任心和恒心,"而且也回避见她。[15] 肯拉德开始寻找另一份出海的工作。

1891 年 11 月,肯拉德在"托伦斯号"上找到了大副的职位,这是一艘外形相当漂亮的高速帆船,载着头等舱的旅客前往澳洲。这份工作低于他船长的认证资格,但这是一艘闻名遐迩的船,而且船长是肯拉德好友 G.F.W. 霍普的朋友。于是肯拉德火速给玛格丽特写信,清点他下一次再有机会给她写信的天数。"在这一次出海的日子里,请你牢记我。请在心中留出一片天空,等待我回来(9 个月或 10 个月之后),假如你还愿意的话不妨见个面吧。可是计划又有什么用呢?命运才是主宰!"[16] 随后他以如今经常使用的"J·康拉德"这个名字写下了落款。

康拉德在"托伦斯号"上去澳洲往返了两圈,这是他工作过的最好的一艘船,而且作为大副他能跟受过良好教育、经济富裕的乘客交流。其中有一位刚刚从剑桥大学毕业,成了第一个阅读康拉德小说的人。作品仍处于手稿阶段,他鼓励康拉德继续写下去。除此之外还有两位,他们后来成了康拉德终生的朋友:预科学校校长爱德华·("特德")·桑德森[Edward

("Ted") Sanderson]以及年轻律师约翰·高尔斯华绥（John Galsworthy）。"船上的大副是一位名叫'康拉德'的波兰人，很棒的家伙，尽管他看起来有点怪怪的。"高尔斯华绥写信给他的父母说，"此人到过世界上许多地方，是个经历丰富的旅行家，肚子里装着一大堆故事可以让我自由吸收。他曾经沿着刚果河逆流而上，去过马六甲和婆罗洲那片地区，还到访过其他一些偏僻的地方，更别提青春年少时还做过一点走私的买卖"。[17] 无论是这位乘客还是那个大副，两人都没有想到对方将来会成为知名的小说家。

然而只要船长没有流露出退休的意思，那么"托伦斯号"的大副就是个没有出路的岗位。1893年7月，康拉德从船上辞了职，花了四个星期拜访身在乌克兰的舅舅塔德乌什，回到了他所熟知的那片文明与野蛮之间的前线地带。待他返回伦敦后，所能找到的最好工作是在一艘做移民生意的旧轮船上担任二副。这艘船本来特许经营移民运输业务，把乘客从鲁昂送往魁北克，但租船人跟船东之间有所争执，因此没有一名乘客得以成行。[18] 康拉德就在鲁昂港口的海面上无所事事地度过了1893年的圣诞节和新年。他一边对《奥迈耶的痴梦》修修补补，一边等待着何时能开船返回英国然后就辞职走人。平心而论在他回顾往事的诗歌里，这艘哪儿也去不了的船只将为他的航海生涯收官，康拉德将再也不会做水手了。

康拉德刚回伦敦数周就收到了一份从乌克兰打来的电报。他打开阅读起来："遗憾地告知您……一条悲伤痛苦的消息,您的舅舅……塔德乌什·波勃罗夫斯基与世长辞了。"[19]

康拉德的"锚链"顿时"啪地一下"断掉了。他平生关系最为亲密的人就这样走了,如今已没有人能帮助他,劝告他,责骂他,叮嘱他,视如己出般地疼爱他。没有人再称呼他"肯拉德迪克"、"小老弟"、"我亲爱的小鬼"。"我心里的一切似乎都已枯死,他好像带着我的灵魂一起走了。"[20]

塔德乌什·波勃罗夫斯基留给康拉德一笔约1600英镑的遗产,足以支撑他许多年的开销,但康拉德所能感到的只是内心的空虚,而他所能找到的最好慰藉也就是再次投入到那部曾决意要完成的《奥迈耶的痴梦》手稿里去。"这是一场奋战到底的殊死决斗!"他告诉玛格丽特·波拉多斯卡,"假如我放弃,那我就迷失了自己!"[21] 死亡的主题在最后几个章节里形影不离。妮娜·奥迈耶准备跟随她的心上人前往迷人却致命的大洋,"海的表面永远在变化……而其下方的深邃却始终如一,它冰冷而严酷,充满了失意人生的经验教训……它用迷惑的魅力困住了男性奴仆的一生,最后不顾他们的奉献而将他们吞噬"。奥迈耶望着女儿离去,随后把脚踩进泥沙里,"在水面之下画了一座微缩坟墓的轮廓。"[22] 全书的最后几页文本描写了奥迈耶不顾一切想忘掉女儿的努力，他烧了自己的房子，沉沦于鸦片之中，最后死去。

"很遗憾地通知您，卡什帕·奥迈耶先生于今天凌晨3点去世了。"康拉德在1894年4月一本正经地写信给玛格丽特说，"稿子完成了！那些在我耳边小声私语、在我眼前手舞足蹈的人物，那些跟我生活了多年的角色，统统变成了一群幽灵……我感觉似乎自己也部分地融入进了这些摆在我面前的文本里，不过我的心情是……有一点点……喜悦的。"[23] 康拉德把手稿打印出来，神气活现地带着它去好友霍普的办公室，然后打包寄送给出版商T·费希尔·尤恩（T. Fisher Unwin），不加任何说明和保单。康拉德之所以选择尤恩，是因为尤恩以作者化名形式出版的一套丛书他很喜欢。就他自己的作品而言，他选择了"Kamudi"这个名字。这是马来语词汇，意为"橡胶"。[24]

可是康拉德很少像现在这样无所适从，没有方向。书稿完成了，工作眼下没有，而心里还怀念着舅舅。"神经紊乱的毛病折磨着我，使我苦恼不堪，还瘫痪了我的行动、思想和一切！我自问为什么活着。这是一种可怕的精神状态。"[25] 康拉德出去寻找差事，却一无所获。他到瑞士又试了一次治疗疗程，状况略有改善，仅仅能够自嘲："我明显还死不了，只能赖活着，无趣地活着。"从疗伤的角度，他开始创作一部新的小说，是《奥迈耶的痴梦》的前传，使用相同的角色，围绕描写"两位浪迹天涯者，一位白人和一位马来人"。"你们知道我对马来的感情！我的心思都在婆罗洲。"[26]

沮丧的阴霾仍然萦绕在康拉德的生活里。"工作进展十分缓慢，总垂头丧气，灵感也不来。"他写信给玛格丽特说，"我好想把东西都烧掉，环境太糟糕了！"不过几天后他又补充道："人家只是说说而已，转身就没了勇气，像这样口头自杀的人挺多的。""上帝啊！一切都是这么黑暗、黑暗、黑暗！"[27]

康拉德依赖于她给予的亲昵与慰藉。"我亲爱的姑妈，""我最亲爱最迷人的姑妈，""亲爱的、善良的玛格丽特，"他如此写道，"你根本不知道你的情感对我来说有多么的宝贵！""你的来信……让我很想到你身边……能够被人如此彻底地理解，真是一种福气，而你自始至终都一直懂得我。""你是世界上唯一一个让我可以倾述一切的人，也正因如此，你的同情心就更加弥足珍贵了。""我时常牵挂着你！每天都想你。""我要亲吻……你的双颊……每天都盼着你的信。""我全心全意心属于你，"康拉德如是签名，"永志不渝，""你的宝贝，J·康拉德。"[28]

一串消息打破了康拉德的绝望心境。1894年10月，尤恩提议出版《奥迈耶的痴梦》并支付20英镑作为一笔微不足道的预付款（比在"托伦斯号"上三个星期的工资都要少），但"光是出版这件事就已经有十足的分量了"。"如今我只需一条船就基本上能高兴起来了。"[29] 康拉德前去跟新的出版社见面，审稿的读者们给予了相当热情的接待，以至于让他觉得这些人恐怕在寻他开心。可其实不然，他们中间有一位名叫爱德华·加尼特（Edward Garnett）的人立马成了康拉德的亲密朋友。众人领着康拉德来见"伟人"尤恩本尊，此人以和风细雨的权威态度向这位新作者打了招呼。"我们非常看好你，给你出6先令的厚厚一大卷，"尤恩许诺说，"为我们'笔名作家书库'写点篇幅略短的东西，同样类型就好。"他补充道，"假如我们觉得作品合适的话，会很乐意开给你一张丰厚得多的支票"。[30] 不过其实"约瑟夫·康拉德"已经是某种化名了，它将船长肯拉德·科尔泽尼奥夫斯基转换成了一位英国小说家。

《奥迈耶的痴梦：东方河流之上的故事》在1895年4月面市销售。此一作品献给"T·B"（*即舅舅塔德乌什·波勃罗夫斯基。——译者注*）作为纪念——他把波兰名"波勃罗夫斯基"隐藏在首写字母里，就像"约瑟夫·康拉德"掩护了"肯拉德·科尔泽尼奥夫斯基"一样。除此之外，小说的题目或许也掩盖了某些东西。尽管康拉德将这本书设定在一条"东方河流"上，但他煞费了一番苦心将其与特定的真实原型拉开距离。没错，他告诉出版商们这部小说发生在婆罗洲，但"河流和人物都不是真实的，从通俗的角度说，只有姓名是真的而已"。毕竟说到底，小说究竟是什么？不过是一种想象力的杰作吧。"在那个虚构的世界里除了我自己之外别无旁人、别无旁物，对于那个宇宙的一颗微粒而言，任何探寻作品真实原型的批评都将是灾难性的。"[31] 此外康拉德还指出，他正在创作更为广阔的作品。"你们能否不要再说诸如'野蛮环境里的文明故事'这样的话了？就算没提这几个字，但差不多这个意思的话也请回避好吗？"[32]

康拉德在本书的一条"作者按"里阐述他对文明和野蛮的看法。[33] 这其实是对近期某一篇文章的回应，该文将一切设定于"异域"的书刊以及"奇怪土著和遥远国度"统统攻评为"去文明化"。[34] "这些批评家……似乎以为在遥远的土地上人们胡乱喊叫和跳起战舞就是全部的娱乐，"康拉德反驳说，"所有的苦恼就变为呼天抢地的哀嚎和可怕狰狞的露齿咧笑，所有问题的解决方案均付诸左轮手枪的枪管或土著长矛的矛尖。"土著的长矛是非洲南部使用的长矛，而且"可怕狰狞的露齿咧笑"立刻会令人想起那些针对非洲人的种族主义讽刺漫画，尤其是以削尖牙齿为风俗的刚果人。[35] 鉴于康拉德的书是设定在亚洲的，所以这些图景看起来令人吃惊。康拉德最后的总结为这一全人类的亲缘种族做了辩护。"我们与遥远地区的人们存在一种纽带关系，"他宣称，"能够与天下各方的普通人产生共鸣让我感到很欣慰，无论他们是住在房子里还是帐篷内,不管是在浓雾缭绕的街道上还是在环绕远方大海的昏暗红树林里。"

康拉德后来在书里写到了刚果,把部分在刚果所写的那本书里的观点付诸一试。马洛以粗鄙的种族主义刻板印象来形容一群非洲人,"拍手跺脚的人群,左右摇摆的躯体,上下滚动的眼珠,许许多多黑色的四肢如漩涡一般。"他们当中若出现一个像迪萨斯·玛库鲁那样的人物在马洛看来是不可思议的,无法相信非洲人居然可能有自我意识,更不消说什么历史、社会或信仰了。(马洛承认亚洲人拥有这一切,不过也同样抱有刻板俗套的话语。)尽管如此,一种认知识别感让马洛顿时警醒。"不,他们不是没有人性的,"马洛意识到,"这些充满野性骚动的'远亲',他们身上的人性其实跟你的别无二致,一想到这一点就令人心潮澎湃。"[36] 后来当马洛发现某些船员原来是食人族时,他又获得了类似的顿悟。令他惊讶的倒并非人吃人的现象,而是那些人竟然没有吃他。[37] "马洛看待他们的眼神就如同看寻常人一样,只是带着某种好奇,诧异于他们的冲劲、动力、能力和弱点。"马洛意识到这些人拥有一种约束意识和道德感,而这正是"文明"本该渲染的东西,而库尔兹似乎在隐约中缺乏这一点。

康拉德游走在婆罗洲和刚果之间,徜徉于造访过的国度与想象中的国度之间。在俄国初次亲身经历了跨越野蛮的人性,这种认知对其种族歧视语言和潜在激进思想相结合起到了推波助澜的作用。康拉德表示,让文明区别于野蛮的,并不在于人们的肤色,更超越所处的地域。对他而言问题并非什么"野蛮的就是非人性的",而是谁都有可能变成野蛮人。

马洛觉得"原始野蛮、活力四射"的非洲人有着"令人兴奋的……亲密关系"。这种认知里还有另一股少为人知的交流,与野蛮和文明植根于完全不同且各自分离的国度之中这一理念同样令人不安。那是性欲的驱使。在康拉德"异域风情"的小说里,性诱惑出现于"文明"所涵盖的范畴之外。它在女性化的帆船魅力里,与单调枯燥的蒸汽机械形成对比;它在"帕图森",在电报线和蒸汽轮船触角之外的地方,在吉姆爱上"宝珠"的地方;它在《奥迈耶的痴梦》的中心情节线里,在奥迈耶为了女儿的婚事——他们再生的未来——而跟他亚洲妻子的争吵里。除此之外,性诱惑还在《黑暗的心》一书中有生动的呈现,在库尔兹那位"野性而鬼魅"、令人兽欲喷张的情妇身上,即那个衣着打扮均出自象牙贸易利润的黑人女性,而与之形成鲜明对照的是库尔兹那冷若冰霜的未婚妻,一位在"鬼都"里穿着丧服的白种女性。康拉德别出心裁地把"你的名字"这几个字替换成"太可怕了",

由此便藉由小说里人性欲望的秘道将两个女人联系在了一起。为解释这句谎言，马洛告诉听众们"那些女人……应该靠边站。我们必须帮助她们留在自己的那片美丽世界里，以免把我们的世界越搞越坏了"。[38] 这话本身听起来似乎涉嫌性别歧视，但正如马洛对非洲人的种族主义描绘一样，在其所嵌入的故事里，颠覆的偏见同强化的偏见一样多。

这股渴望野性、追求彼岸、偏好禁忌的滚滚暗流存在于那层挑动着康拉德本人情感生活的关系里。至于他有没有跟欧洲或欧洲以外的女性有过性关系这个问题，当时没有一丁点的线索。不过把这种缄默解读为一种对隐私和丑行、或个人审慎态度的反映，则要比将其视为个人经历事实要引人入胜得多。然而有充足的证据证明康拉德对那位身在布鲁塞尔的孀寡"姑妈"有着柏拉图式的强烈依恋。这份情感在奔赴刚果的前夜酝酿形成，待他成为出道作家之后便立刻翻开了出人意料的新篇章。[39]

《奥迈耶的痴梦》正式发表第二天，康拉德决定返回瑞士的温泉，"用温凉的清水和纯净的空气来恢复我可怜的神经"。[40] 他的精气神在大山里得到了改善，以至于很快就跟另一位客人打情骂俏起来，一个名叫埃米莉·布里克（Emilie Briquel）的法国妞。康拉德对布里克的家人说自己是英国人，用法语跟他们交流以便掩盖其波兰出身。埃米莉被这位船长迷倒了，文雅端庄的举止似乎被热带冒险的光辉照得铮亮，而反观康拉德，他亦从对方身上发现迷人之处。这位姑娘的魅力之大，足以使康拉德不对玛格丽特·波拉多斯卡提及此人，而他之前还曾经向玛格丽特许诺过要在回家途中前往巴黎拜访她的。

可是一直等到康拉德离开瑞士的时候他都没有对埃米莉展开任何爱情攻势。他在1895年6月返回伦敦，坦然地公开思考男女爱情，这显然是不同寻常的。爱情给了他一个迫切得多的理由继续活下去，于是他写信给新朋友爱德华·加尼特。"话说回来，人嘛，总是得有个心爱的挂念，而我却没有。"[41]

那么玛格丽特·波拉多斯卡呢？数天之后康拉德写了一份简短的便条给她。"我带走了关于你如此美好而迷人的回忆，想起你在自己的安乐窝里靓丽而宁静，跟其他鸟儿在一起。"他的话明显是指最近的一场会面，并依照惯例签上一个温暖的"拥抱"。[42] 信上所言并不是关键，而话外之意才重要得多。玛格丽特自1890年开始收到来自康拉德的信札有好几十封，其内容真情流露，倾吐衷肠，那种精神恋爱着实激动人心。然而在接下来的五年时间里，那封信是玛格丽特保存的最后一封，或许也是收到过的最后一封。究竟发生了什么事？康拉德在巴黎见到她了没有？他是不是在回避她？他们两人当中是不是有一方做得太越界了？抑或是说哪一方不够越界？鉴于此后发生的事,这些谜团似乎愈发扑朔迷离。

1896年3月,康拉德得知埃米莉·布里克已经正在忙于婚事,于是写信给她母亲表示祝贺。"祝愿她的生活如阳光普照下的大地,如小径上阴凉静谧的树荫,似四季如春的微风。"接着,他自己也扔下了一颗重磅炸弹。"我也要结婚了,"他在结语中写道,"不过这件事说来话长,如果您允许的话,我会在下一封信里说明清楚的。"[43]

这条消息把周围认识他的人都吓了一大跳。他对某位身在波兰的表亲解释了更多的详情。"我郑重宣布……我要结婚了。没有人会比我自己更吃惊。不过我根本不害怕,你是知道的,我习惯于冒险的人生,对可怕的危险司空见惯。"更令人震惊的是康拉德选择结婚的对象。"杰西是她的名,乔治是她的姓。她

左图:与约瑟夫·康拉德结婚当天的杰西·乔治(Jessie George)

右图:与杰西·乔治结婚当天的约瑟夫·康拉德

身材矮小，绝不是什么惊艳的人物（说实话，唉，简直其貌不扬！）。尽管如此，但她对我而言也弥足珍贵。当我在一年半以前遇见她时，她正在城里挣钱养活自己，在美国加里格拉夫公司的办公室里担任一名'打字员'。"他们婚礼的假期预定为两周，康拉德打算在此之后就搬到布列塔尼去，"并开始动笔写作自己的第三部作品，因为他必须靠写书来谋生。几天前我还接到过一个掌舵某条帆船的工作，这个主意让我的杰西高兴不已（她喜欢大海），但开出的条件实在无法令人满意，因此最终被我拒绝了。于是乎，耍笔杆子的职业就成了我唯一的谋生手段"。[44]

1896年3月24日，约瑟夫·康拉德和杰西·乔治前往设在圣乔治·汉诺威广场的登记处，"两人卑微的命运交织到一起，共同面对人生路上的冷暖蹉跎"。[45] 他是天主教徒，而她是新教徒，所以举办一场世俗化的婚礼就把差异一扫而清了。康拉德没有亲戚，只来了老朋友菲尔·克里格和G.F.W.霍普。杰西的大家族全体出席了这场婚礼，她有八个堂表兄弟姐妹。新婚的康拉德太太一整天都搞不懂丈夫奇怪的行为举止，他对她的家里人不太友好，而且当晚春宵一刻时他竟然坐着写信写到很晚，而且在凌晨两点的时候还坚持出门寄信。第二天，新婚夫妇"遁逸了"（他的原话）"文明世界的喧嚣，进入布列塔尼的户外天地里"。[46] 当火车猛地穿过一条隧道时，杰西被一道刺眼的强光惊吓着了,在恐惧中以为是自己的古怪新郎扔了一颗炸弹——就像那些可怕的、从欧陆而来的无政府主义者一样。[47]

杰西·乔治闪婚嫁给了这个男人,但他究竟是什么样的人?康拉德(她如此称呼他)完全不像任何一位她所见过的人,不仅是第一位她熟悉的外国人,而且"好像还是第一个对我特别感兴趣的成年人"。康拉德"很复杂",他"过度敏感",而且总是"缄默沉思"。杰西并不指望能够真正理解他,但他的陌生感还是会令人忐忑不安,比如说之前求婚的时候。当时他们在英国伦敦国家美术馆(National Gallery)游玩了整个上午,离开时康拉德转过身来对杰西说:"我不会活得太长久,也没打算要孩子,但不管怎样……"他耸了耸肩,"我觉得咱们两个可以一起过上几年幸福快乐的日子,你说对吧?"她同意了,他们订婚了,就是这样。随后康拉德和杰西共进午餐以示庆贺。他们几近无声地吃着饭,尴尬的心情蒙住了彼此的嘴。康拉德说他"突然感觉难受",随即飞奔了出去,然后好几天都没有音讯,这令未婚妻不知所措,生怕"他已后悔这场求婚了"。[48]

陌生感可以是富有诱惑力的,康拉德长着一对杏仁状的眼睛,间距很宽。他讲述的故事皆精彩纷呈、引人入胜,而且每一次都略有不同,千变万化。杰西"被他身上某些不安分的东西所吸引,某种内心的火焰,几乎夺走了我一切说话的力气"。无须言语,杰西也能读懂他内心的需求。她立刻作出反应,对这位几乎不了解母爱、也无任何形式家庭生活的孤单男子产生了一种母性般的情意。[49] 她很早就觉得康拉德同样也会悉心照顾她的。杰西猜得不错,当她在蜜月头一周里生病时,康拉德非常贴心地在她身边忙前忙后。两人的世界就好像是一种生病与照料的循环——你生病时我照顾,我生病时你关心,这种状态将构成他们未来共同的生活。

康拉德闪婚迎娶了这个女人,但她究竟是什么样的人?康拉德在1894年与她相遇,很可能就是为出版《奥迈耶的痴梦》而送去打印的时候。在1896年求婚之前康拉德大概又见过她总共五次。康拉德平生所见的女人都是富有教养的上流人士,尽是些操习法语的有闲阶级女性,而杰西却是一个来自佩卡姆(Peckham)的工人阶级女孩。她年方十八,父亲是一位仓库保管员,但英年早逝,所以杰西通过做打字员的工作来帮助支撑一群年幼的兄弟姐妹。[50] 她从来没有出过国,也不会什么法语。他们两人的求爱过程没有那种眉来眼去的室内游戏,或台球桌边的风骚调情,也没有懒洋洋地坐着四轮马车到繁茂的花园里到处兜风。那些当初康拉德在瑞士往来的信件,假如里面含有任何吐露心声或热情表白的话语,他都希望一扫而光。在婚礼之前他叫杰西把所有信件都烧掉,并看着杰西遵照去做了。[51]

康拉德的朋友们全都不敢相信他居然会跟如此一位未受过教育的平庸之人结婚,假如舅舅塔德乌什还活着的话肯定会被吓到。可是康拉德显然在杰西身上察觉到了他所需要并渴求的某些特质:脾气温和、心态乐观、耐心、照顾欲强,而且会心甘情愿地一辈子照顾他,对这样的人生甘之如饴。康拉德在蜜月期间就兴高采烈地写信给爱德华·加尼特,说杰西是"一位非常理想的伴侣,丝毫不添麻烦,挺喜欢跟她在一起的"。[52] 杰西尊重康拉德的沉默和情绪,照顾他的日常所需。若塔德乌什在世的话应该会祝贺外甥终于放弃了浪漫主义幻想,渐渐融入到一种实实在在的姻缘里。"人生在世犹如梦幻中独行,皆形单影只。"马洛会在《黑暗的心》里如是说。康拉德在多年的孤独幻想之后,终于选择与他人共同生活了。

新婚夫妇在格兰德半岛租了一栋石砌的乡间小舍,"真真正正的一整座房子!"这是康拉德自孩提时代之后拥有的第一座房子。从它的一侧望去,海岸线朝大海那头延伸,"多石、多沙,一派令人哀伤的荒蛮景象"。在另一侧外头,远眺地平线,"满眼郁郁葱葱,如阳光灿烂般微笑"。楼下是一间石板搭建的大厨房,"单单一个壁炉就足以让(杰西)住在里面"。楼上是两间卧室,杰西对那张盖在带篷四柱床上的粗糙亚麻床单非常不满,中间到底下还有几条草草的缝合线，不过康拉德对此一句话也没说。[53]

婚姻的节奏一步一个脚印，康拉德夫妇雇来了一艘重量4吨，名为"*La Pervenche*"（即"长春花"）的单桅纵帆船。康拉德教授妻子如何掌舵，然后他们在尖石礁周围巡游，杰西轮换着担当舵手和瞭望员。在有些天里，他们两人散步到很远，在金黄野花的草地里，杰西蹲下采集成一团花束。康拉德掏出他崭新的香烟盒——特德·桑德森赠送的新婚礼物，抽起刺鼻的法国烟来。然后他们返回乡舍，把帽子和文明棍搁在厨房里，杰西去准备晚饭，康拉德则开始继续创作第三部小说《拯救者》（*The Rescuer*）。这是兰格伦船长在马来亚进行冒险的又一篇章，写完后就把稿子递给杰西打了出来。

"那是一段幸福的时光，"杰西在自己的回忆录里回想起来，"在我脑子里，那毫无疑问是快乐的日子。"[54] 可是康拉德的"魔鬼们"悄然降临了。在他们住下的两个月后康拉德向爱德华·加尼特坦言，"我长期犯有抑郁症，就是那种在精神病院里会被人称作是疯子的疾病……它无缘无故地就会发作。这种情绪很可怕的，会持续一小时或一整天，待平息后又感到一种恐惧。"[55] 风湿病让康拉德的手变得肿胀僵硬，使写字的过程很痛苦。于是他手头正在创作的这部小说就搁浅了。"就好像我思维里的某种东西主动让了路，任凭一股灰暗的冷雾吹进了我的脑子。我就在里头盲目地东游西荡,直到身体真的病倒……我问自己,是不是精神崩溃了,对此我很害怕。"[56]

他找到一处逃生的舱口,不再写小说,转而创作短故事。[57]"这是一则关于刚果河的故事,"他说,"我在那些天里经受的所有苦楚,我对目睹之物所具意义的困惑,我对一切伪善的义愤,凡此种种在我拿起笔写作时就又都回到我身上了。"康拉德称其为《进步前哨》(*An Outpost of Progress*),其诸多细节显示他已读过亨利·莫顿·斯坦利对开化使命的颂歌《刚果与其自由邦的建立》(*The Congo and the Founding of Its Free State*)。[58]作品描绘了一座设立于遥远非洲的贸易站,由两位名叫卡利尔(Carlier)和凯尔茨(Kayerts)(该名字属于某位在刚果与康拉德同行的人)的欧洲人管理经营,还有一位名为马科拉(Makola)的"塞拉利昂黑鬼"担任会计。他们从当地酋长那里购买食物和象牙,酋长是"一位白发苍苍的野蛮人",他们总喜欢这样朝他打招呼:"老人家,今天可好?"[59]

数月之后贸易站里来了一些外来者,武装着"击发式毛瑟枪"。"他们都是'坏人',"马科拉向他的雇主们解释道,"他们烧杀抢掠,还掳走妇女儿童,都是穷凶极恶的人,手里还有枪。"然而他们也有象牙。在凯尔茨的授意下,马科拉把10名在站内干活的非洲人贱卖了,以换取"六根质地上乘的獠牙"。

可是奴隶主们还抓走了一些村民,于是酋长切断了他对贸易站的粮食供给以示报复。这下子凯尔茨和卡利尔陷入了绝境,如无根的浮萍"漂于这片纯粹的原始环境里",沦落到挨饿和发疯的地步。他们"谈到只有把黑鬼统统灭绝掉这个国度才会变得宜居"。他们还"诅咒公司,痛骂非洲人及其生日"。后来他们渐渐开始把矛头指向对方,有一次为了几块方糖而大打出手,其间凯尔茨开枪打死了卡利尔。当"伟大的开化公司总经理"最终现身视察时,他发现凯尔茨的尸体正悬挂于一座白人坟墓的十字架上。塌瘪的黑紫色脸庞,伸出"肿胀的舌头","不敬"地对着老板。[60]

　　这部作品是康拉德所写过的最愤世嫉俗、最令人绝望的故事。杰西回忆说,有些天早上"他心情恰好不错",用故事里的台词向她问候,"老人家,今天可好?"不过杰西知道,康拉德写作《进步前哨》时"多少有几分怒气在心头"。这是唯一一篇康拉德非要等到全部写完才给杰西看的故事。他把最终定稿递给杰西打印,命令道:"动作快点,我要这东西滚出我的房子!"[61]

　　为什么康拉德会在自己的蜜月当中将思绪回溯到刚果?答案之一或许就躺在康拉德带到法国的那个金属旅行箱里。杰西在那里头翻来翻去,找到了"两本价值六便士的亮黑色封面小日记本",其内包含着康拉德在刚果的日记。"康拉德本想立刻烧掉它们,"杰西说,"但在还未行动之前就因其他事情而分神了。"[62]

另一个答案也许就在他对未来沮丧的展望上,有一种无望的感觉,一种虚无主义意识迫使他写作一块同样令他有此感受的地方。《进步前哨》发自内心的情感世界,这片天地里唯有痛苦才是真理。"我们谈论压迫、暴行、罪恶、奉献、自我牺牲和美德,而我们除字面意义之外对真相一无所知。没有人知道受苦或牺牲究竟意味着什么——也许受害者本身是个例外。[63]

1898年7月1日,从马塔迪到利奥波德城的铁路正式宣布"对文明世界的人道主义机构和商业企业"开放,康拉德在1890年见证过该工程最初的几个阶段。[64]VIP代表们都来非洲参观,其中就有布鲁塞尔市长查尔斯·布尔斯,这位仁兄还是玛格丽特·波拉多斯卡的长期追求者。[65]这条铁路先期计划四年完成,预算2500万法郎,可是最终建造了长达八年时间,耗资8200万,成为地狱中的地狱。在最初的两年时间里,每五个工人当中就有一人死于过劳或疾病,"逃亡事件成倍增加,还发生了多次暴动,除此之外建筑队伍当中还普遍道德败坏"。于是铁路公司引进了巴贝多人和中国苦力来填补劳动队伍,然而到头来这些人的死亡数字更大,逃离状况也更严重。在深入灌木丛1000公里处，人们偶然发现一具具中国劳工的尸体，他们都倒在一场"奔向旭日"的大逃亡途中，倒在东行回家的路上。[66]

通车典礼之后，布尔斯乘坐汽船去了斯坦利瀑布，沿着"这条蜿蜒4000公里的流动巨蟒"做了一次来回旅行，恰如康拉德在1890年所做的一样。[67]布尔斯把自己的感观印象写在一本名为《刚果概述》（*Congo Sketches*）的小书里，成了一部著名的康拉德游记同步指南。之所以成为姐妹篇作品，是因为它不仅展现了刚果自由邦从1890年以来在物质上所经历的变化，而且布尔斯从某种角度说还是第一位通过康拉德的眼睛来观察刚果河的局外之人，而其后继者则连绵不绝。玛格丽特·波拉多斯卡鼓励他们两个互通有无，于是康拉德寄送给布尔斯一本《奥迈耶的痴梦》。这位市长"坐下来一口气"就将其读完了，并回信祝贺作者。"现在我完全能够想象一幅婆罗洲的图景了，也明白了'黄种人'的内心世界……有了你的介绍，读者会渐渐了解那些人的性格，从而把握他们和我们之间就思索人生理想方面所存在的深刻差异。"[68]当布尔斯描绘刚果森林时，他呼应了在《奥迈耶的痴梦》中他最赞不绝口的文本之一，即康拉德在刚果旅行及刚刚返回期间所写的文本。[69]

在斯坦利瀑布的边缘地带，在一排"悲惨不堪"的劳工宿营地中间，布尔斯的内心突然被几处外表略好些的房子触动到了。他走近观察，看到在露台上的女人们身上戴着项链，穿着整洁的罩衫，一边慢摇着自己的婴孩。接着布尔斯发现宝宝们都长着"黄皮肤"，这是"种族间亲善"的迹象。然而在布尔斯的道德字典里，此为文明误入歧途的警示。

布尔斯还惊恐地发现宝宝的白人父亲们居然还以他们的孩子为豪！布尔斯坦率地断定，要想在这块地方抵御"心理和生理的挫败感"是需要强大的内心力量的。很不幸"刚果有如此多的柔弱之人正在跟纯粹原始的野蛮人打交道"，他们屈从了"野蛮的本性，不再受文明社会的影响约束"。对于这种社会、心理甚至生物学层面的侵蚀污染，如欲了解更多情况的话，布尔斯指引他的读者去参考汽船船长约瑟夫·康拉德的《进步前哨》，那则故事针对丛林里的白人群体做了"精彩的心理学分析"。[70]

1898年1月康拉德略带诙谐地宣布了他第一个孩子的出生，一个跨国的"混血儿"降临人世。他们给男孩起了一个阿尔弗雷德·博雷斯（Alfred Borys）的名字，"取名遵循的原则是两个民族（英国人和波兰人）的权益都必须受到尊重，因此代表盎格鲁－撒克逊人的爱妻选择了撒克逊人名阿尔弗雷德，而康拉德则希望有个纯粹的斯拉夫名字，但同时也是操英语者能够发音的，于是就拍案敲定为'博雷斯'"。[71] 从今往后，宝宝博雷斯犹如又一个背负的重担出现在父亲的信里，扛着度过特别黑暗且富有挑战的年月。

康拉德在1898年里深受经济压力和催稿日期的困扰，这对某些作家而言是一种激励，但康拉德觉得这让人身心疲惫。他在一次糟糕的投资活动（投入南非的一家采矿企业）当中损失了大部分遗产，因此只能完全依靠由写作赚来的小笔收入，这里挣20英镑，那里赚35英镑，虽然足以支付房租（每年28英镑），但余下来的闲钱就不多了。[72] 尽管康拉德想方设法在1898年的夏天写了《青春》，但他本应该完成小说《拯救》（The Rescue）的（曾重命名为《拯救者》），看样子似乎遥遥无期，可能性前所未有地飘渺。[73] 康拉德渴望一种逃脱，甚至去格拉斯哥找一艘船做事，丝毫不顾自己已经有五年没当水手了。"到海上去将会是一种救赎。如今我精神上真的处于极其悲惨的状态，感觉自己可怜透顶，没有勇气来应对工作了。"[74]

《拯救》的连载版权协议价值250英磅，肯定能帮助康拉德摆脱经济窘境，可是这本书的截稿日期把他吓住了。"唉！当初写《奥迈耶的痴梦》的那些好日子一去不复返了！那时候我悠然自得、毫无顾忌地描写一个不谙世事的傻瓜蛋。"[75] 康拉德无法在小说上取得进展，于是在1898年12月开辟一篇全新的故事，以满足来自知名杂志社《布莱克伍德杂志》的委托。[76] 康拉德转而创作在蜜月时期忙碌过的那种相同题材。"这则故事跟我的《进步前哨》非常相像,"康拉德向出版商解释说,"但可以这么说,它内容更多、视角更广,不那么专注于个别人物。""我想把它取名为'《黑暗的心》',不过里面的叙述并不晦暗。我要写当人们开展'开化'工作时所表现出来的低效和纯粹自私,这些罪行将是很理想的主题。"[77]

"凯尔茨"只是由"库尔兹"衍生而来的复合元音词。许多人会以布尔斯诠释《进步前哨》的同样方式来解读《黑暗的心》。康拉德在作品里称赞爱德华·加尼特是"坐在飞毯上的先知",此人把《黑暗的心》描述成一则"对白人'斗志'退化的尖锐分析",而当时他正从欧洲的俗事束缚中解放出来,以全副武装的"光明使者"身份一头扎进热带地区,从"臣服民族"那里获取贸易利润。[78] 两人似乎都没有把非洲当成白人精神衰败的媒介,而是其发生的背景。

然而作为文学创作,这两篇非洲故事实际上都对康拉德起到了帮助作用,将他从标题极其糟糕的《拯救》一书所诱发的心理崩溃当中解救了出来。康拉德的航海生涯绝大部分是在帆船上做长途旅行,而 1890 年代前往刚果的那一次其实是短暂的特例。同样地,多年以来他一直写作关于海洋和东南亚的故事,而《黑暗的心》亦属一部反常的异类。康拉德在刚完成《青春》之后立刻马不停蹄地撰写《黑暗的心》,而且仍在一边创作《拯救》的时候就开始同时动笔了。不仅如此，等他写完《黑暗的心》时，仍然无法面对《拯救》（"收官结尾似乎遥遥无期，而且所谓的开端部分我也已忘记……相比较看来，我在《黑暗的心》里曾设法注入的非洲噩梦简直微不足道、不值一提。"）。在外婆的一本旧诗歌集的空白页里，康拉德继续写作一则在该年早些时候开始动笔的故事，他将其取名为《吉姆：一张素描图》，[79]并把《黑暗的心》里马洛这个人物"热气腾腾"地拿出来引入进去，把《吉姆：一张素描图》变成小说《吉姆爷》。

在康拉德的想象世界里婆罗洲究竟是从哪里终结，而刚果又是自何处发端的？康拉德曾读到过斯坦利瀑布的站长把剁下来的人头放置在花圃周围，也许就是在他描写库尔兹房屋周围木桩上人头的那时候；或者是他通过刚果仅有的一些英语书读到在上游地区某座"被栅栏围住"的村子里"每棵树顶部都冠有一颗人头"；[80]再有就是老生常谈了，康拉德说不定一直在想念那片具有"猎头"这一"野蛮人"风俗的地方——婆罗洲，[81]欧洲人最想杜绝这种习俗；也许康拉德还记得 1881 年首次向东航行时舅舅塔德乌什转达了克拉科夫著名人类学家提出的一项请求，"在航行期间收集土著的头骨，并在每颗头骨上写明其所属人及所属地"。[82]库尔兹的栅栏触发了"猎头"这一婆罗洲的原始"野蛮人"行径，康拉德后来又写作过一则关于"食人习俗"这一刚果原始"野蛮人"行径的故事《福克》(*Falk*)，并把场景设定在亚洲，而在这两个故事里，野蛮人全都是白人。

不识庐山真面目，只缘身在此山中。你在河流中央是无法识别其源头的，不过倒可以估测它的流量。康拉德天马行空的想象就如同他丰富的经历一样跑遍了各个大洲。也许正是那种相互影响的作用和他全球范围的阅历才使得康拉德为本书做了一次关键性的掉头转向，从非洲移到了欧洲。就好像婆罗洲的大小河川汇入了刚果河，而刚果河又与泰晤士河相互交织、流入流出似的。康拉德把马洛的河道旅行叙述转变为了一种时空的循环。

当泰晤士河让马洛想起刚果河的时候，他并没有简简单单地说，"瞧，非洲比英国更原始，"而是说"历史犹如一条河。你能逆流而上，亦可顺流而下；时而乘风破浪弄潮之巅，时而浪拍沙滩甩于最后"。康拉德把马洛在非洲的经历套入到其在英国所讲的故事里，以此来提醒读者此岸之事同彼岸之事在根本上是相互联系的。任何人都可能变成野蛮人，任何地方都会走向黑暗。

第四部分 帝国

"美洲帝国"的版图,1904年

第十章　一个新世界

1903年节礼日（圣诞节次日或是圣诞节后的第一个星期日，源于中世纪圣诞节教堂前开箱救济贫民的活动，后演变为互赠礼物的节日。——译者注），在肯特州的"斜顶农庄"（Pent Farm）上大家打开礼物，品尝家禽，女佣内莉·莱昂斯（Nellie Lyons）繁忙地打扫整理，力图"蓬荜生辉"。[1] 杰西在楼上休息，今冬的严寒令她大伤元气。五岁的博雷斯胡乱地摆弄着他的机械玩具。狗狗艾斯卡密罗（Escamillo）在地板上躺着，成了一团白白的蓬松物体。康拉德正在写圣诞贺信。"感谢您送给博雷斯的铅笔盒。""感谢您给他的书。""博雷斯说'这把手枪一级棒'。"[2]

"斜顶农庄"这个词可谓名副其实，是古老的肯特方言，意为"斜坡"，一面斜屋顶就像一顶垂在老人脸上的油布帽。[3] 从房子后面康拉德可以望见倾斜的"唐斯"（英格兰南部和西南部的草丘陵地。——译

肯特州的"斜顶农庄",康拉德一家自1898年至1907年居住过的房子

者注）呈"之字形"延伸至大海。他在房子前部工作，面向着农田一侧。寒冷的冬季使得附属建筑物——比如停满白嘴鸦的什一税谷仓、粮仓、小货棚——的一扇扇黑框窗户需要芬恩兄弟照看守护大半辈子。小博雷斯根据他们长须的颜色来区分，一个叫"棕黄芬恩"，另一个叫"灰白芬恩"。[4]

"斜顶农庄"这块地方是康拉德在1898年的时候从另一位作家福特·马多克斯·福特那里转租来的。福特来自一户人才辈出的书香门第——他是画家福特·马多克斯·布朗（Ford Madox Brown）的第三代，同时也是拉斐尔前派画家但丁·加布里尔·罗赛蒂（Dante Gabriel Rossetti）和诗人克里斯蒂娜·罗赛蒂（Christina Rossetti）的外甥，而且他们也曾在"斜顶农庄"租住过。"整幢老屋里放满了布朗家和罗赛蒂家的废旧遗物。"康拉德说。而他自己就在"克里斯蒂娜·罗赛蒂的写字台"上伏案工作。[5]

搬入"斜顶农庄"就如同搬入了作家这份职业里。就在数年之前康拉德还是个单身汉，一名想当船长的临时水手，而在1898年的时候他却已跟杰西和宝宝博雷斯在一起了，又以广受赞誉的作家身份来到"斜顶农庄"，加入到作家同行的圈子里，因为所有人都住在便于往来的路程范围之内。亨利·詹姆斯是一个支点，被年轻的作家们尊称为"大师"，詹姆斯收到康拉德亲笔签名的《海隅逐客》（*An Outcast of the*

Islands），深受感激之余向康拉德回赠了自己的作品，以示对他的赞许；同样住在附近的还有英国最受欢迎的作家之一 H.G. 威尔斯（H. G. Wells），在他善意点评了《海隅逐客》之后康拉德与他也成为熟人；[6] 路途更近的是那位创作了《红色英勇勋章》的、少年老成的美国作家斯蒂芬·克莱恩。他曾将《"水仙号"的黑水手》评价为一部"绝佳之作"，并在出版商安排的午餐上同康拉德结交为朋友；不过在所有人当中距离最近的——无论在身体方位上还是心理精神上——还是要数福特了。他比康拉德年轻，大概有半代人的差距，是康拉德的门徒兼抄写员，并且在康拉德的提议下成了合著者。1903 年他们共同出版了第二本合著小说《罗曼斯》（*Romance*），尽管从此前首部合著作品——一次用力过度的科幻小说尝试——的经验得出，两位天才加起来会等于零，而不是二。[7]

正是在"斜顶农庄"这块地方，康拉德在物质的角度上也真正成了一名职业作家。他圈内的每个人都由同一位文稿经纪人来代理，这位詹姆斯·布兰德·平克（James Brand Pinker），会把他们的作品以最丰厚的价格给最优秀的出版社。到 1901 年完成《吉姆爷》之后康拉德也跟平克签了合约，而没过多久平克就不仅是康拉德的经纪人，而且还成了他的理财师、指导人、监工和挚友。康拉德从此再也没有去找过出海的差事了。

1898年12月康拉德在"斜顶农庄"写作的第一部作品是《黑暗的心》。如今五载隆冬之后，罗杰·凯塞门前来走进了讨论的圈子。整整一天一夜，康拉德聆听着凯塞门绘声绘色地讲述刚果自由邦新近发生的恐怖事件。一副副涂满橡胶的身体，一筐筐盛满断掌的篮子。虽然康拉德无法亲自投身于某种有组织的社会改良运动中去，但他确实清楚有一种方法可以尽绵薄之力，也许能帮到凯塞门。康拉德抽出一张崭新的便条纸，写信给作家兼社会活动家罗伯特·邦廷·坎宁安·格雷厄姆（Robert Bontine Cunninghame Graham）。

"我把手头上的这两封信寄给你，均来自一位名叫凯塞门的朋友。"他写信给格雷厄姆说。"烦请一阅，"康拉德敦促道，"看看在非洲那块地方释放出了怎样的恐怖。一群'现代的征服者'正在肆意掠夺这块大陆。""利奥波德就是他们当代的皮萨罗（Pizarro）（*弗朗西斯科·皮萨罗，西班牙冒险家和印加帝国的征服者。——译者注*），而狄斯就是科尔特斯（Cortez）（*埃尔南·科尔特斯，西班牙军事家，曾入侵墨西哥，征服阿兹特克人。——译者注*）。"康拉德怀疑凯塞门本人就"带有一点儿征服者的味道"，"因为我看他逐渐坠入某种难以名状的野性，把曲柄挂棍当作武器挥舞甩弄着，在其脚跟边上……还带着两只斗牛犬，另外还有一个罗安达（Loanda）小男孩驮着一捆行李从旁作陪"。不过凯塞门尚有良知,还具圣人的勇气。"我始终认为拉斯·加萨斯的七魂落魄已经在他不屈不挠的身体上寻找到了庇护。"康拉德如此总结道,将凯塞门同那位痛骂征服者的人相提并论。[8]

康拉德知道格雷厄姆立刻就能领会这种拉美与非洲之间的类比。他们两人在1897年结成了好友,当时格雷厄姆刚拜读完《进步前哨》并对康拉德坚定不移地批判"开化使命"感到印象深刻,还将这种感受写信告诉了他。康拉德坐在壁炉旁的单人沙发上看完了格雷厄姆最新的书,一本关于征服者埃尔南多·德·索托(Hernando de Soto)的传记。英国人阅读这样一本书会很自然联想起"黑色传说",即妖魔化那些入侵新世界的西班牙人。然而格雷厄姆一开篇就给读者们提了一个醒,"在你谴责征服者之前,"他说,"先朝四周围看看再说,西班牙征服者在南美洲爆发出来的贪婪和暴虐与我们今天能够同日而语?就拿科尔特斯最丑恶的行径来说,德属非洲地区的屡次大屠杀也许足以令其望尘莫及。此外,在比利时人统治的刚果土地上,他们收集一筐筐断掌的反人道行为比南美洲任何一个西班牙人的暴行都要更加恶劣。[9]

康拉德之所以一听说非洲就立刻想起拉丁美洲,其中还有另外一个原因。在他手边的一摞小说稿里,他花了整整一年的时间探索那块地方,故事的篇幅也与日俱增。

康拉德从自己书桌上就几乎能"遥望"到苏拉科（Sulaco），南美海岸的弯曲处，若在一对岩石小岛间航行，穿过一片平静且隐蔽的海湾就能直达这座港口城市了。在帆船时代，没有几条船能够穿越无风的普拉西多海湾（Golfo Placido），但如今苏拉科是西方轮船航运公司（Occidental Steam Navigation Company）大小班轮的常规停靠港。乘客们可以望见科斯塔瓦那共和国（Republic of Costaguana）在他们眼前铺陈开来，一片向东延伸的大平原经受着太阳的炙烤，而西边的科迪勒拉山脉（Cordillera）高高耸入云霄。山阴背面有一座银矿，是科斯塔瓦那的经济驱动所在，而银矿的背后则躺着一张政治和经济利益的大网，决定着科斯塔瓦那的国运。

在现实生活中没有人见过科斯塔瓦那这块地方，因为整个国家都是康拉德虚构出来的，而且从多个角度来看科斯塔瓦那都是一个"新世界"的产物。迄今为止康拉德一直运用自己的个人经历编织出一部又一部小说，其内容均基于他本人经历过的那些航行，看过的那些地方，遇到过的那些人物。"然而南美洲……"康拉德告诉格雷厄姆说，"我只在25年之前瞥过一眼，仅仅一次短暂的扫视……1875年或1876年的时候我的船曾在委内瑞拉逗留过一两天。"[10]这是康拉德头一回描写一个他从未真正亲访过的世界角落。

科斯塔瓦那的创造是康拉德作为一名作家的独立宣言。此时的康拉德已经有经纪人为其打理收入,也得到了专业的褒扬以增强信心,还有一个作家朋友圈子让他时刻意识到自己已成为名副其实的专业小说家。他就是那些人中的一位,这令康拉德的想象力得到了解放。"我以前从未如此发愤地工作过,同时带着那么多的挂念,"他把新作品的消息告诉平克,"但最终结果是好的。""这是非常真实的康拉德,同时比《奥迈耶的痴梦》以来的任何作品都要更加出奇地纯粹和简单。"[11]康拉德选定的第一样东西几乎就是书的题目,"我想应该叫做——《诺斯特罗莫》。"[12]

书本就像婴儿一样,取名之时我们往往未知其内在秉性。康拉德起初把《诺斯特罗莫》想象成一则关于南美洲意大利移民的故事,他自己原先也不知道这部小说怎么会鬼使神差般穿过层层原始材料,竟然如螺旋般上升为他有史以来写过的最长篇幅小说。他同样也不晓得这部关于新世界的小说竟然会记录下一种全新世界秩序的降临。

但他确实清楚的是,要创作《诺斯特罗莫》这样一部作品,他需要严重依赖于其他资源和人士,而且其程度是前所未有的。在初始创作阶段,他需仰赖于自己的好友兼包打听坎宁安·格雷厄姆来告诉他一切关于拉丁美洲的事。[13]

R.B. 坎宁安·格雷厄姆骑在他的爱马
"马拉卡丽塔"(Malacarita)上

无论格雷厄姆何时来访,他总是一副风风火火的样子,穿着打扮吓人一跳,微红金黄色的毛发树立着,印花大手帕围在脖子上如火焰般亮丽。他大摇大摆地闯进"斜顶农庄"时总让每个人都兴奋起来,他的教子博雷斯很崇拜他,因为这家伙实在太有意思了。小博雷斯常常拉着他进花园,然后朝空中扔苹果和李子,让格雷厄姆用他的手枪来射击。[14] 杰西很欢迎格雷厄姆,因为他(不像福特)总能让康拉德有个好心情。他和康拉德两人会坐着聊天至深夜,有说有笑,抽着巴西烟,直到康拉德感觉喉咙"像被锈刀刮一样"。[15]

格雷厄姆身强体壮、魅力非凡、举止高雅,与女性相处自如,对马术驾轻就熟,就像是康拉德从未有过的兄长(年长五岁)——或者说像康拉德也许可能认可的修正版的自己。格雷厄姆自称一边有罗伯特·布鲁斯(Robert the Bruce)(1274年7月11日至1329年6月7日,史称罗伯特一世,曾经领导苏格兰王国击退英格兰王国的入侵,取得民族独立。——译者注)血统,而另一边则是西班牙的外祖母,这立刻给予他一种世袭的特权感和局外人的敏锐感。他二十多岁的时光大部分是在拉丁美洲度过的,三十多岁时基本上待在众议院里,而四十多岁则大体上在国会之外为各种激进的理想事业而奋斗。格雷厄姆的许多朋友都称呼他为"罗伯托阁下(Don Roberto)",恰如其分地抓住了他对西班牙语世界那番热烈似火的钟爱之情。可是其他人却认为他是堂吉诃德式的人物,嘲笑他迷恋于那些宏大磅礴却不切实际的理念。艺术家威廉·斯特朗(William Strang)以格雷厄姆为原型塑造了一位来自拉曼查(La Mancha)的人,堪称对他的360度全方位模仿。[16]

不过格雷厄姆身上真正吸引康拉德的地方其实隐藏在这一切锋芒毕露的棱角之后。丧失祖先的感觉将格雷厄姆纳入某种康拉德再熟悉不过的人群。波兰之于康拉德,即爱尔兰之于格雷厄姆。为恢复爱尔兰的独立,格雷厄姆摇旗呐喊着,而且格雷厄姆也早年失去了父亲,但在他的例子中不是去世而是精神错乱的心理疾病。格雷厄姆老先生被人强行带走,生活在医疗监护的隔离状态之下,而剩下尚存以偿付高额债务的家族产业也已置于某位托管人的掌控之中。同康拉德一样,格雷厄姆从小就在一种丧失亲人和颠沛流离的空洞生活中长大。康拉德在格雷厄姆身上体会到了一种亲密感,这使格雷厄姆成为康拉德的灵魂笔友,恰似从前的玛格丽特·波拉多斯卡那样,是某一位可以让他吐露最阴暗想法的人。

青春期的康拉德渴望大海,而格雷厄姆则憧憬着南美洲,心怀着对马匹的热爱以及半生不熟的西班牙语。[17]1870年,格雷厄姆还差几个月才到18岁就航行至阿根廷当上了一名牛仔。在那片土地上的经历深远地影响了他看待政治和社会事务的视角——也因而塑造了康拉德在《诺斯特罗莫》当中所描绘的南美图景。

对英语使用者而言,拉普拉塔河冲积平原(Rio de la Plata)以"大河平原"(the River Plate)这个俗气的名字而闻名。有一位英国外交官劝人们应该用其字面翻译来称呼它,即"白银之河"(Silver River),对阿根廷而言"白银之地"(由拉丁语"argentum"演化而来)的名称跟"全球最有希望的国家之一"的地位非常般配。[18] 阿根廷的财富就静静地躺在内陆那片适合放牧的广袤草原上。在安第斯语言盖丘亚语（Quechua）里这块地方就被人简单地称为"空地"，即 pampas。"放眼望去，只有草地和天空，天空和草地。"坎宁安·格雷厄姆如此写道。这片大草原向大陆深处延伸进去，犹如一大片内陆的"汪洋"，风吹草低，似翻滚起一波波顶部呈棕色的巨浪。[19]

草原纵马驰骋的感觉就如同海上掌舵驾船，格雷厄姆 18 岁的年纪就骑上了草原马，它们个头如英国小马驹那样矮小，但性烈且精力充沛。[20] 马鞍上放一张羊皮垫，双脚舒缓地挂在金属马镫上，格雷厄姆在一天之内就能骑上 100 英里甚至更远，远眺地平线上的一群群蹦蹦跳跳的鹿儿，恰似大洋上的海豚一般。好奇心强的"ñandús"是鸵鸟在新世界的远亲，它们伸出光秃秃的脑袋来，活像是一根根冒出草原地平线的潜望镜。[21] 在乌拉圭边缘的（Entre Ríos）省内有一座"estancia"（即农场），格雷厄姆在那里训练成为一名高卓人（gaucho）（又译高乔人，分布在阿根廷潘帕斯草原和乌拉圭草原，是印第安人和西班牙人的混血人种。他们惯于马上生活，民风彪悍。——译者注），即从事放牧、骑马、育种、烙印的草原牛仔。格雷厄姆还学会了甩套牛绳一样的"流星锤"（bolas），一根长皮带上挂三颗重球体，先在头顶上挥舞打圈，然后朝某只正在奔跑跳跃的动物投掷过去，扔到它们腿上将其放倒。[22] 在比村口集市大一倍的"pulperías"（杂货店）里，格雷厄姆畅饮一种质地清澈、名叫"卡纳"（caña）的巴西朗姆酒，同赤脚的牛仔硬汉在一起，对他们既欣赏又警惕。他从来不会坐到高卓人的左侧，因为这样会让他占据有利姿势，便于拿刀捅你。[23] 假如你跟高卓人玩"蒙特"（monte）（*一种起源于西班牙的纸牌赌博游戏。——译者注*）的话，要留心注意那些做过记号的桌子。妓院阴暗的后门口，几个招揽生意的"中国"女孩朝格雷厄姆喊道："嗨，想找乐子，咱这儿价格公道。"格雷厄姆应声上前"光顾"。[24]

正是在此地，早在19世纪40年代伟大的意大利民族主义者朱塞佩·加里波第（Giuseppe Garibaldi）赢得了一批拥护他的自由战士，在内战中保卫乌拉圭国内的"红派"（Colorados），抵抗阿根廷支持的"白派"（Blancos）。加里波第带着一些高卓人回到欧洲，双肩披着一身南美款式的披风挥斥方遒，领导着意大利复兴运动。同时他也把许多意大利的追随者留在南美，让这些人悉心培育着他的浪漫主义理想。[25]

然而正如格雷厄姆所发现的那样，"大河平原"地区的政治现实早已远非加里波第的理想。就在格雷厄姆抵达恩特雷里奥斯省（Entre Ríos）之前的几个月，一位高卓人的"caudillo"（*即领袖之意。——译者注*）攫取了权力，阿根廷总统多明戈·萨米恩托（Domingo Sarmiento）派遣了一支军队去制服他。"在南美洲这些共和国里，革命爆发得简直太频繁了。"牧场上格雷厄姆的苏格兰合伙人哀叹道，他心里明白像这样接连不断地发生内战将意味着什么。[26] 那些人不管是红派还是白派，只要你的牧场挡了他们的路，就几乎没有什么分别。一伙伙相互敌对的队伍到乡下来搜刮劫掠，把大平原毁得不成样子，连马匹都饿得瘦骨嶙峋，河边杂草丛里漂浮着肿胀的牛群尸体。

格雷厄姆决定从牛仔国度的废墟出发进入巴拉圭，评估从事巴拉圭玛黛茶（yerba maté）生意的可行性，玛黛茶是当地对普通茶叶的一种等价物。然而在巴拉圭他又再次发现了一片被暴政掐住脖子的土地。巴拉圭总统弗朗西斯科·索拉诺·洛佩斯（Francisco Solano López）试图推翻几十年以来的孤立姿态，招募外国工程师、技术员、顾问和医生来进行国家基础建设。[27] 可是待格雷厄姆越往内地深处旅行，一切就似乎越光怪陆离。树上布满了咯咯乱叫的金刚鹦鹉，陌生的瓜拉尼语（Guaraní）小调取代了西班牙语，每个人甚至包括小孩都在吸食着那种粗个头的绿色雪茄，不仅如此，更奇怪的是满眼所见的成年人几乎都是女性。索拉诺·洛佩斯发动战争反对巴西、阿根廷和乌拉圭的三国联盟，是世界上迄今为止伤亡率最高的战争之一，巴拉圭的男性人口几乎灭绝了。有些欧洲人描绘索拉诺·洛佩斯治下的巴拉圭犹如西方小国波兰,却胆大无比,敢于挺起腰杆直面帝国霸权(巴西)。[28] 但在格雷厄姆眼里索拉诺·洛佩斯只是"一个虐待狂,一位适得其反的爱国者,对外部世界极度自负无知,其自命不凡的程度已到了几近疯癫的地步,对人命和尊严完全无视,(而且)其可悲的懦弱本质"在野蛮的历史上亦是前所未有的。这个国家满目疮痍的记忆在他有生之年一直挥之不去。[29]

格雷厄姆返回阿根廷,却发现自己第三次误闯进了一场对心中自由理念的全面冲击,其表现的形式为多明戈·萨米恩托总统野心勃勃的阿根廷现代化方案。他在1845年发表的作品《法昆多:文明与野蛮》(*Facundo: Civilization and Barbarism*)曾受到欧美自由主义者的广泛好评,在书里萨米恩托将阿根廷描绘成一个被两种人割裂的社会,一方是"西班牙人、欧洲人和有教养的人",而另一方则是"野蛮人、美洲人和几乎所有的……原住民"。[30] 在萨米恩托看来,未开化的野蛮状态由马背上而来,既在那些"如土狼群般"掠食任何入侵者的"印第安蛮族部落"里头,又在那些"不容于社会并被法律剥夺权利"的"白皮肤蛮族"高卓人当中。[31] 它高举起一面面火红的旗帜,飘扬起红色的绸带,"因为红色是暴力、鲜血和野蛮的象征"。[32] 然而文明却正相反,它由蒸汽轮船而来,人们居住在城市里,去学校念书,在办公室或商店里工作。文明，是披着双排扣长大衣的。当萨米恩托及其继任者认为必要时，文明就举起最先进的武器把妨碍他们的印第安人或高卓人斩尽杀绝。[33]

假如当年肯拉德·科尔泽尼奥夫斯基仍海航时在某条运送移民去"大河平原"的跨大西洋豪华汽轮上供职过的话，那么他原本会亲眼看到萨米恩托梦想中的阿根廷逐步地形成。欧洲，尤其是意大利，向这个国度大量倾注人口。阿根廷自1869年初次普查到1895年的第二次，人口翻了一倍还不止，达到了400万人。各国中特别是英国，对阿根廷不仅注入了资本和金融国债，而且还铺设铁路，建造工厂和公用设施。[34] 电报线将一座座城市串联在了一起，铁路线把广袤的大草原包围了起来。布宜诺斯艾利斯开始看上去像是新世界的巴黎，有庄严雄伟的公共建筑，优质的有轨电车网，以及热闹的酒馆，"其内如一盘种族融汇的完美水果沙拉"。[35]

结果，康拉德透过格雷厄姆的滤镜来看待西班牙语美洲，而格雷厄姆在观察拉丁美洲时，对打着"进步"旗号营私的任何事物都怀有与日俱增的厌恶感。康拉德与格雷厄姆都从世界远端的旅行归来，目睹了太多惨剧，思考了太多不公，变得更浪漫主义，更愤世嫉俗。格雷厄姆从19世纪80年代初开始以英国为基地，将自己的信仰汇入到正在迅速发展的社会主义运动中去。他担任国会议员六年时间，是议院里首位社会主义者。他习惯骑着一匹名叫"潘帕"(Pampa)的黑色阿根廷马进入威斯敏斯特,这种作派令人印象深刻,而他在议会里的激烈陈词更是有过之无不及。1887年特拉法尔加广场上爆发了一次声援工人和爱尔兰人的示威活动,因为抗议者和警察之间的冲突而被人称为"血色星期天",格雷厄姆作为罪魁祸首之一在举国范围内名誉扫地。等到他跟康拉德相识那会儿,格雷厄姆已经协助成立了苏格兰工党(Scottish Labour Party)和苏格兰民族党(Scottish National Party)的前身(他后来成了该党党魁),成了资本主义及帝国主义之流的死敌。[36]

自1895年起,格雷厄姆有一连串的书籍和图本出版面世,他将南美洲描绘成一块被贪欲所毁灭的土地。他悼念在耶稣信徒会使命之下的"消失的世外桃源",就在殖民地巴拉圭。在那里神父们保护瓜拉尼(Guaraní)印第安人免遭来自西班牙拓殖者"志在必得"的抓捕奴役,还构筑起"一座半共产主义式的定居点",共享牧场和农田里的收成作物。[37]格雷厄姆为"正在消亡的高卓种族"扼腕叹息,这些雄武粗犷的个人主义者正被"笨拙的巴斯克人(Basque)、平庸的卡纳里岛人(Canary Islander)和穿着油腻平绒套衫的意大利人"排挤到一边。在格雷厄姆青年时代那片自由空旷的大草原上,如今已看到一列列火车在曾是"鸵鸟奔跑"的地方"吞吐着白烟",资本家们在账房里豪取强夺,账项往来,而非在乡野大道上仗剑走天涯。格雷厄姆眼睁睁地看着"文明……在地球的表面上种下空空的'沙丁罐头'作为标记……通常还伴随着阴暗伪善、令人可憎的门面文章,把草原变得荒芜"。[38]

在格雷厄姆人生最光辉的岁月里,他希望总有一天"常识"能被世界所理解,而人们也能够认可"最好还是让他人顺其自然,随他们去追寻最令自己满意的命运轨迹"。"把进步发展——对他们而言意味着有轨电车和电灯——强加到他人身上,"格雷厄姆断言道,"这种做法是违反人道的犯罪。"每一位文明的支持者到头来都可能沦为又一个帝国主义者,而每一个帝国主义者也许都会成为征服者。资本主义是一种攫取,而攫取即是掠夺。终有一天"子孙后代……将会……憎恶我们,正如我们今天戴着虚假的面具道貌岸然地咒骂着皮萨罗和科尔特斯那个时代的往事"。[39]

"我想告诉你我眼下在忙些什么,几乎不敢公开大言不惭地说出来……我正把故事设定在南美一个叫科斯塔瓦那(Costaguana)的共和国里。"康拉德在1903年春天向格雷厄姆坦陈道。"不过这故事主要跟意大利人有关。"[40] 一开始的时候,康拉德运用这种色彩斑斓的新设定来为其作品中一再出现的主题——

徒劳无功的民族主义理想——充当故事背景。

康拉德为读者引荐了一位白发苍苍的客栈老板,名叫乔吉奥·维奥拉(Giorgio Viola),"常被人简单地称作'加里波第信徒'。"维奥拉早年曾跟随加里波第并肩战斗,敬仰他"对宏伟的人道主义理想所付出的朴实奉献和秉承的忘我精神"。维奥拉受够了"旧世界"的君主国家,决心同妻子和女儿们定居美洲,因为他想生活在一个共和国里。维奥拉选择了科斯塔瓦那,理由是这个国度有强大的英国经济存在。维奥拉"对英国人抱有很大的好感……因为他们也喜欢加里波第"。[41]

接下来康拉德介绍另一位热那亚人,他曾为蒸汽轮船公司工作,担任码头工人领班(搬运工工头),管理着"一群血统庞杂、以黑人为主的流浪汉"。此人的名字叫吉安·巴蒂斯塔·费丹查(Gian' Battista Fidanza)——"费丹查"的意思是"信任",不过几乎所有人都叫他"诺斯特罗莫",即英国雇主们给他起的那个绰号。"好奇怪的名字啊!是什么意思?诺斯特罗莫?"维奥拉的妻子嘲笑道。这里头有些华而不实的东西。"他所在乎的只是在某个领域……以某种方式争得第一,"她嘴里嘟囔着说道,"在英语当中做个首创……取一个前所未有、凭空想象的名字。"也许妻子那副意大利的耳朵依稀听到了介于"诺斯特罗莫"和"*nemo*"(或者说"没有人")之间的回声,然而事实上"诺斯特罗莫"是英国人在"牙牙学语",笨拙地模仿意大利单词"*nostro uomo*",即"我们的人"而已。[42]

康拉德一边描绘着这些图景,一边在心中假定"这将以某种可笑且畅销的结局收场"。他原本预想这是一篇35000字的短故事,围绕着浪漫主义的维奥拉和实用主义的诺斯特罗莫之间紧张的关系来组织情节。[43]格雷厄姆所讲的奇闻逸事里头有一个人物,一位拥护加里波第的客栈老板,其店铺就开在巴拉圭边境上。此人喜欢往吵架的人群扔空酒瓶来制止酒吧内的斗殴,而康拉德就从他身上借鉴了一些灵感用于塑造维奥拉这个形象。为了有利于填补意大利的文化背景,使其丰满起来,康拉德请福特·马多克斯·福特寄给他一本加里波第的传记,以及"一些能教我独特生动的方言惯用语和脏话的书籍,还包括那些隐晦表述意大利的用语"。[44]

然而随着康拉德书稿的页数成倍增加,故事的情节线也加倍延长了。康拉德无疑是接受了格雷厄姆的指导,阅读了萨米恩托之流的作品,这些人忙于打造一个蒸汽动力下的"新欧洲"。康拉德重新阅读了格雷厄姆的《消失的世外桃源》及其一曲纪念欧洲人与印第安人之间和谐盛世的挽歌。康拉德还探究了另一位朋友——阿根廷籍英国作家W. H. 哈德逊(W. H. Hudson)的作品,此人赞颂了乌拉圭平原上的自由,它比"英国文明"或其拉美"表亲代理人"所提供的要更加真诚、友善和自然。[45]此外，康拉德还埋头钻研进关于"大河平原"的书海里，从而对科斯塔瓦那的关键资产——一座银矿的历史沿革及其重要性加深了描绘的笔墨。在某份阅读资料当中，康拉德的目光驻足于一位水手的故事，他驾驶了一艘载满白银的驳船（某种小船只）逃跑了——康拉德后来将此一事件作为情节纳入到了《诺斯特罗莫》里。[46]

他阅读的材料越庞杂，所写的内容就越多，而这则浪漫民族主义的故事也就越来越演化成一个关于"进步"及其弊端和不满的传奇。康拉德把概念放在引号里推到前台，在第五章当中呈现给读者，那个章节描绘了一场铁路开工典礼，工程由英国人修建，线路在苏拉科和首都之间。科斯塔瓦那自封的总统兼独裁者宣称此项工程是"进步的爱国事业"，并表扬"那些挖土、炸石，（并且）开动引擎的外国人，赞许他们四肢粗壮的强健体格"。铁路公司的主席许诺将这片"穷乡僻壤"转变为一处全球性的中心。"您应该拥有更多台蒸汽机车、一条铁路、一条电报线，在这片庞大的世界里您将享受一个美好的未来。"[47]

仅仅五个章节，康拉德就把人物的队伍和主题规模翻了一倍，原本计划的短故事迅速拉长，此时他对这部作品的预期是80000字的短篇小说。[48]而随着《诺斯特罗莫》篇幅的增长，其所需的想象功夫也相应繁重起来。"我要死在这见鬼的《诺斯特罗莫》上了。"康拉德于1903年7月向格雷厄姆抱怨说。"我对中美洲的一切记忆似乎都悄悄溜走了。"[49]格雷厄姆指导康拉德继续阅读更多有帮助的资料。[50]于是康拉德开始找那些关于巴拉圭发生的那场战争方面的书籍来看。曾有一位英国的药剂师卷入了那场战争,他写过一本题为《巴拉圭风云七载》(*Seven Eventful Years in Paraguay*)的回忆录,康拉德从中注意到了独裁者索拉诺·洛佩斯刺激的施虐癖故事,许多图片记录了他如何残忍杀害敌人,对嫌疑犯施酷刑,以及行军时喜欢用铁链拖着身后的犯人。康拉德记录下这些人的名字,设法将其悉数纳入《诺斯特罗莫》里:费丹查船长,一位变节的意大利水手;迪科德(Decoud),一位深受折磨的年轻情种;查尔斯·古尔德(Charles Gould),一位正直的英国使节。

康拉德起先之所以把目光投入南美洲是相中了那里的乡土特色。但在格雷厄姆的指导下,从那些资料里他逐渐发现远比一方民俗更多的东西。他慢慢接受了一种感觉,似乎南美诸多共和国都受害于一条独特的政治运动轨迹。他看到这些国家就如一辆小车,却配备了由独裁者和革命驱动的轮子,在漫漫历史长路上横冲直撞。一小部分以英国投资者为主的善意之士试图为它们安上刹车装置,而其他人等,比如那些对权力欲壑难填的政治强人或支持他们的胆小外国人,只是将这些国家朝下坡路的方向越推越快。

《诺斯特罗莫》的第六章转而变成一堂拉丁美洲的历史课,其篇幅相当于之前五章加起来的总和。康拉德为科斯塔瓦那发明了一段政治往昔,其内容广泛地取自他阅读过的巴拉圭历史。他写道,在小说设定的年代之前约一代人的时候,科斯塔瓦那曾遭受过一段残酷无情的独裁统治。有一位爱尔兰医生每天拖着残体在苏拉科的街道上步履蹒跚,他的身体残缺不堪,精神备受折磨,还在痛苦中承认那些栽赃陷害的谎言。这,便是残暴统治的"纪念之物"。[51] 在那个年代还有一个老兵,是一位白发苍苍的贵族,名叫赫塞·阿韦亚内达先生(Don José Avellanos)。此人同时也是"政治家和诗人",还担任外交官,在暴君的时代里也同样"以国家囚犯的身份遭受了不可言说的羞辱"。自从那时以后,赫塞先生在科斯塔瓦那见证了太多太多形形色色的政权,简直数也数不清,大多数都撑不过18个月,届时"不知从哪儿又会冒出来个草头上校,率领一群绿林草莽一路打打杀杀登上权力顶峰"。他把自己的绝望之情记录在一部讲述科斯塔瓦那历史的书籍里,他将其取名为《戡乱五十载》(*Fifty Years of Misrule*)。[52]

就在同一个章节里,康拉德又引入了一位小说中心人物。科斯塔瓦那籍英国人查尔斯·古尔德(Charles Gould)(此名取自《巴拉圭风云七载》)跟坎宁安·格雷厄姆的英文名字开头缩写一模一样。"此人长着一抹火红色的胡须,整洁的下巴,清澈的蓝眼珠,赤褐色的头发,还有一张消瘦却非常精神的红脸庞,看上去像是个越洋而来的新客。"康拉德写道:"跟上次来的那批年轻的铁路机械师相比,这人看上去更像是英国人,而且之后表现出来的形象也英国味十足,哪怕是骑在马背上的样子。"然而,"没有人能够比卡洛斯·古尔德先生更像是个科斯塔瓦那汉子"。他的外祖父曾与西蒙·玻利瓦尔(Simón Bolívar)并肩战斗,叔叔舅舅都曾担任过总统,而他本人也是出生在科斯塔瓦那的。"他骑马的样子活像个半人马,"头戴一顶墨西哥宽边帽,身穿一件诺福克上衣,操着西班牙语和"印第安乡间土话",完全没有一丁点英国口音的痕迹。古尔德将"持续不断的政治变迁和'救国救民'"视为平常,这让英国出生的妻子伊米莉亚(Emilia)深感惊讶,在她眼里这是"一场受'堕落的大小孩们'操控的……残忍且幼稚的杀人抢劫游戏"。"我亲爱的宝贝儿,"古尔德心平气和地提醒妻子,"你好像忘了我就是在这里土生土长的。"[53]

古尔德(像格雷厄姆一样)被一笔麻烦棘手的遗产所困扰。政府曾经授权他的父亲经营圣托梅(San Tomé)的矿场,然而当他们要求古尔德支付大量提成时——竟然比这座矿的产出还要多,这价格令人实在无法接受。这座银矿犹如一副银制的手铐把老古尔德拘束住了。"他身边的每个人都被形形色色的团体盘剥,他们个个穷凶极恶,玩弄着建政和革命的游戏……可是在老古尔德的眼里,在合法的商业操作模式下堂而皇之地盘剥他人是超出想象并不可接受的。""上帝正怒气冲冲地看待这些国家,"他喃喃地抱怨说,"不然的话'他'应该会播下几抹希望之光的,让光明在可怕的黑暗中撕开一道口子,刺穿这充满阴谋、血腥和罪恶的世界。"[54] 这句宣言呼应了坎宁安·格雷厄姆对帝国主义的尖刻讽刺。"该死的黑鬼,"一位白人挖苦地嘲弄说,"上帝在创造(非洲)的时候……想必正好心情不佳,因为谁也不会相信万知万能的神居然会……创造一片土地并附上一伙将来注定会被大洋彼岸的外来种族取而代之的人群的。[55]

就书中的这一点而言,康拉德知道,这篇故事一开始写的是意大利民族主义者(第一章至第四章),但也深刻反思了那种所谓的"进步"(第五章),而这篇关于所谓"进步"的故事同时揭露了"原始资源被人们从地球上剥离"(第六章)。[56] 康拉德在《诺斯特罗莫》里投入的主要角色和情节线比其他任何一部作品都要多。尽管《诺斯特罗莫》在结构上同康拉德此前的作品相比存在如此多的差异,但"在主题方面"这本书倒也的确是他"每一件作品"的自然延续。青少年时期他在民族主义者中间目睹了理想的脆弱,后来在大海上他观察到现代化的种种弊端，在非洲又见证了贪欲的毒瘤——所有这一切均降临在科斯塔瓦那这个国度里。波兰人换成了意大利人，蒸汽轮船变成火车、电报线和数量更庞大的汽船，象牙化作了白银。

康拉德把从欧洲、亚洲和非洲的人生经历都一股脑儿地倾注到了拉丁美洲，把曾经的过往变成了故事的前篇序幕。《诺斯特罗莫》的情节主线只是刚刚开始。它牵涉到英国人和美国人在世界上相互争霸的未来格局，而这种形势甚至在康拉德写作之时就已初见端倪并逐步展开了。

立于山峰之巅，唯一可去之处便是下坡。在20世纪的历史拐点上，"瓜分非洲运动"（Scramble for Africa）业已完成，大英帝国的疆域覆盖了全球面积的四分之一，相当于位居次席的帝国主义对手法兰西帝国的三倍，是从前罗马帝国的五倍。[57] 因此，我们不消多少想象便能预测它未来将走向衰败。1897年帝国民间的桂冠诗人鲁德亚德·吉卜林为维多利亚女王钻石大庆创作了诗篇《曲终人散》，其中警示了大英帝国最终的衰退。"终有一日，"他吟咏道，"大英帝国亦将化作尘土，恰似那'尼尼微和提尔'。""天道轮回，饶得了谁，吾辈切记，吾辈切记！"[58]

康拉德开始提笔写作《诺斯特罗莫》之时，恰逢英国刚刚结束了针对南非布尔共和国的战争。这场鏖战耗资巨大,艰难无比,而且还在政治上导致了两极分化。坎宁安·格雷厄姆是反对布尔战争的众多批评者之一,他认为资本家们同政府沆瀣一气,推动这场草草掩饰的领土侵占行为。[格雷厄姆将那些人冠以"罗得西亚"(Rhodesia)的标签,此名取自腰缠万贯的扩张主义富豪塞西尔·罗兹(Cecil Rhodes),即"弗劳西亚"。[59]]经济学家 J.A. 霍布森(J. A. Hobson)在他 1902 年出版的《帝国主义》一书中将这场战争援引为该主义的最初之战,而这一术语也是由这部作品而得到普及的。在霍布森眼里,帝国主义就是带有种族主义色彩的,它具有"侵略性",而且"凶狠残酷"、"阴险狡诈"、"贪婪无度"、"唯利是图",受实业家和金融家的怂恿,并被他们伪装在一套"开化使命"的说辞里。[60] 除了社会主义者对战争的批判之外,与其并肩的还有许多旁人,他们纷纷谴责英国军队所采用的野蛮的镇压战术,包括把平民驱赶到一个个所谓的集中营里。康拉德调查了南非的情况之后,就上帝对英国的看法嘲讽性地对格雷厄姆打趣起来。"'他'亲自(在五花八门的派别中间)选定的人民被欺负得好惨,这不是某种天启,而是一场大雪和凶猛的严寒,"他写道,"也许是吉卜林的赞美诗冒犯了'他'?(不知道'他'能否听懂,我对此深表怀疑)。"[61]

与此同时，英国帝国主义的卫道士们则带着对英国军事能力的深深忧虑撤离了战场。布尔战争的英雄罗伯特·贝登堡（Robert Baden-Powell）就是一例，他通过建立童子军的办法力图解决感同身受的兵源不足问题。鉴于德国已成为一个冉冉升起的新对手，人们对自己国家实力的担忧则表现得尤其敏感尖锐。阿尔弗雷德·塞耶·马汉（Alfred Thayer Mahan）在1890年出版的《海权对历史的影响》（*The Influence of Sea Power upon History*）所产生的影响十分深远，由于这部著作的助力，德皇威廉二世出资赞助打造一支庞大的德国舰队，以挑战英国的海上霸主地位。在康拉德默默耕耘《诺斯特罗莫》的同时，一位名叫厄斯金·柴尔德斯（Erskine Childers）的游艇运动迷出版了一部名为《沙岸之谜》（*The Riddle of the Sands*）（1903年）的谍战小说。书中两位英国好友在一艘帆船上遭遇到一支正在集结的德国舰队，他们正准备入侵英国。于是乎，整套类型小说便横空出世了。人气作家们如法炮制出大量惊险小说，描绘德国军事力量打败了"在躺卧之中"措手不及的英国。在幽默作家 P. G. 伍德豪斯（P. G. Wodehouse）看来，德国入侵的概念似乎可笑至极，以至于他在《冲！或者克拉伦斯如何救英国》（*The Swoop! Or How Clarence Saved England*）（1909年）里对其揶揄了一番。那里头的德国人被童子军们用弹弓和曲棍球棒赶跑了。[62] 然而这一问题的确非常严重，足以令英国政府着手开展一次对国防系统的彻底检修，并重新规划了国家的外交结盟策略。[63]

当同行们都在对德国疯狂般乱涂乱写时，康拉德却把目光投向了另一方向，看到西方正崛起一个新对手，那就是美国。1898年，美国发动了针对西班牙的战争，并几乎把西班牙所有的殖民地统统房为己有。在大洋彼岸，一个新兴的帝国已经诞生。吉卜林为此创作了又一曲诗篇，敦促美国人加入英国无私且必要的"开化"工作中来："扛起你们作为白人的责任，派出你们麾下最棒的子孙……送你们的儿子出国……服务于那些手下败将的需要。"[64]

许多英国人祝贺美国以一个帝国列强的身份登上历史舞台。像塞西尔·罗兹这样的英国帝国主义支持者环顾所谓的"泛英语"白人种族，视美国为其中的理想伙伴。[65] 这就是为什么罗兹会捐助奖学金给在牛津大学学习的美国白人。英国帝国主义的批评者，诸如颇具影响力的新闻报人W.T.斯特德（W.T. Stead），也欢迎一个更强大的美国，虽然他出于另一个不同的原因。斯特德认为美国是一个更理想的、更民主的替代国，希望它将来能够取代英国霸权。在一本标题颇具预言性的书《世界的美国化：20世纪大趋势》（*The Americanization of the World: Or, the Trend of the Twentieth Century*）（1902年）里，斯特德给英国人摆出了一个选择。要么坐以待毙静等被取代并降格为"操英语的比利时",要么就致力于跟美国坦率合并(其中英国会是弱小的一方),然后"永远做世界列强霸主的不可分割部分"。[66]

然而也有许多人反击这些对美国霸权乐观美好的描绘。"建筑在穷苦人的肩膀上,"一位美国劳工活动家反驳道,"你们垄断性的枷锁……将压榨农奴和清洁工……就像是国王的苛政一样。"[67] "建筑在黑人的肩膀上,"一位非洲裔美国教士控诉道,"你们歧视黑人的法律和习俗……总有一天会坑害子孙后代。"[68] 坎宁安·格雷厄姆写到自己坐在一家巴黎的旅馆里,周围尽是一群举止粗鄙却穿着过分考究的"美国佬",他们正在庆祝针对西班牙的胜利。"下一回就轮到英国了,"他们冷笑着说,"我们要把维多利亚关在笼子里展示,一个子儿看一次,教教英国人对他们的米字旗如何是好。"[69]

创作之时恰逢公众热切关心英国的衰退,又是以拉丁美洲为其背景的,还有格雷厄姆这样的主要"线人",《诺斯特罗莫》俨然成为一部关于美帝国主义的小说,反映了其新兴却不可动摇的事实,同时还融合了青年查尔斯·古尔德不幸的遗产——那座圣托梅银矿的故事。

古尔德钻研采矿和工程技术,为这份工作做准备,并总结出避免重蹈父亲覆辙的最好办法是大力投资矿场的现代化改良。他意识到取得投资的最优来源就是美国。"我把自己的信仰紧紧地钉在物质利益上。"古尔德信誓旦旦地说。于是他动身前往旧金山去会见一位名叫霍尔罗伊德（Holroyd）的矿业大亨。

这位霍尔罗伊德先生身上流着德国、苏格兰、英格兰、法国和丹麦的血，堪称是全欧洲的血统融汇而成的，是"浓缩版"的美国精华，"有清教徒的气质和对征服事业永无止境的向往。"霍尔罗伊德认为科斯塔瓦那是个具有风险的方案，任意哪一次革命都可能让你血本无归。不过他对古尔德的印象非常好，愿意冒一冒风险。只要古尔德能够保证白银持续产出并确保平稳经营，那么霍尔罗伊德就同意支持他。但霍尔罗伊德也把丑话说在前头，一旦发生任何变故，"我们转身就甩了你"。"无论如何我们都不会拿钱去填无底洞。"[70]

对霍尔罗伊德而言圣托梅银矿只不过是信手一挥的"玩玩"而已，属于"伟大人物偶尔的古怪想法"。可是对于科斯塔瓦那而言来自美国的投资却就是一根救命稻草。在古尔德的经营管理下，矿场成为"*imperium in imperio*"，即国中之国。他购置机器，聘用人员，雇用人数相当于三个印第安村子的劳动力。为了获取合作，古尔德还专门开立了一本政府官员花名册，从圣托梅的账上拨钱出来支付他们工资。人们开始称呼古尔德为无冕的"苏拉科国王"（非常像坎宁安·格雷厄姆曾被人戏谑为无冕的"苏格兰国王")。传言说古尔德出资赞助科斯塔瓦那总统上台,"一位绝对清白的人,被授以一套改革方案"。每隔三个月,"一条不断增加的资金流"从圣托梅到苏拉科护送而来,然后装运到汽船上(在诺斯特罗莫机警的监督下)往北运送。当古尔德的妻子伊米莉亚手拿矿里出产的第一块温热的银锭时,她知道自己触摸到的不仅仅是金钱,而是"某种意义深远的无形之物,犹如真情的流露或对信仰的挽救"。她触摸到的是安稳和平的日子。[71]

接着康拉德的笔锋转回到铁路开工之时,为《诺斯特罗莫》的第一部分画上句号。以古尔德家为首的苏拉科社会名流们云集于西方轮船航运公司一艘汽船的甲板上共享欢庆午餐,总统还致了辞。铁路公司的那位英国人主席调研考察了他的投资项目,譬如修建铁路、"贷款给该国"以及对"西方人省份"(Occidental Province)的系统化殖民工程,为科斯塔瓦那的未来绘制了一幅充满"美德、秩序、真诚、和平"的美景。可是伊米莉亚·古尔德却不禁感觉有些后悔,因为"未来就意味着改变",意味着传统生活方式的丧失。然而即便是伊米莉亚自己,也不得不承认"所有这一切把我们对这个国家的憧憬越带越近了"。伊米莉亚成功地劝说了铁路公司不去拆除那座横在施工路径上的乔吉奥·维奥拉小客栈。此时此刻的英国权势正处于最佳的状态,懂得保护善意的自由人士以及他们的理想。

至少这是解读此情此景的方式之一。而从另外一种角度看,由英国支持的科斯塔瓦那愿景也许跟老"加里波第信徒"的梦想一样过时。古尔德一家人致力于科斯塔瓦那的稳定和公正,然而美国投资者霍尔罗伊德的看法却与古尔德一家人的愿景大相径庭,对于未来的世界他送来了一套完全不同的理论。他告诉古尔德说:"科斯塔瓦那是个无底洞,10%的贷款,加上其他愚蠢的投资。多年以来欧洲资本一直全力倾注到里面。"美国人正在'静观其变',等待其他人一一破产。"我们不着急,就算是时间本身,它也得等待世上最伟大的国家。""不过当然了,将来有一天我们也会插手干预的。我们一定会……而且也应该对一切事务都拥有发号施令的权力,无论是工业还是贸易,抑或是法律、新闻业、艺术、政治和宗教……"霍尔罗伊德总结道。"不管这世上的人喜不喜欢,我们都将主导世界事务。"而科斯塔瓦那,则会付出代价。[72]

第十一章　物质利益

1903年8月，康拉德把《诺斯特罗莫》的第一部分寄给了他的经纪人。此时这部小说的篇幅已逐步扩大，而且比康拉德以前思索民族主义、帝国主义和资本主义的作品还要更加富有深层次的内涵。《诺斯特罗莫》已超出了康拉德亲身体验的旅行和观察，跨越了某些他当初选择写作南美时的思想认知。小说后来又引入美国这一参与者，涉足到了他曾读过的阿根廷、乌拉圭、巴拉圭和委内瑞拉等国家之外。康拉德的好友坎宁安·格雷厄姆曾猛烈抨击所谓的"进步"，而《诺斯特罗莫》这部作品甚至还跳出了康拉德从格雷厄姆那里取材的南美图景。

康拉德原本肯定没有打算把故事搞得如此纷繁复杂，可是六个章节过去了，圣托梅银矿的故事以及"投入其中的'物质利益'"似乎才刚刚开始。康拉德被羁绊于他自己编织的情节网里，若不把它们理顺的话就无法摆脱出来。所幸的是,那年来自拉美的消息似乎给康拉德送来了一个真实世界的案例,恰好属于他当前所要讲述的那类故事。这是美国为了某处"贵重的资产"而进行干预的故事:他们长期梦想在巴拿马进行一项开凿运河的工程。[1]

开启了这一切的是黄金而非白银。50年前,即1849年的时候加利福尼亚淘金热把几百万冒险者从大西洋一侧带到了太平洋一侧。为了抵达加利福尼亚,这些人花费了好几个星期艰苦跋涉,从陆路横跨美国国土,或同样耗费好几周时间乘船绕过整个南美洲。此外,多亏了运输大亨康内留斯·范德比尔特(Cornelius Vanderbilt)所搞的"一揽子旅行套餐",把他们送到蒸汽轮船上开往尼加拉瓜,上岸后迅速穿过地峡,再登上另一艘蒸汽轮船,最后在几天之内抵达旧金山。不久之后,范德比尔特和其他一些企业家们共同策划了一条穿越中美洲的永久性运河航道,以此将大西洋和太平洋圆满地连接到一起。

凡是与此项工程利害相关的国家都对此倾注了各自的野心,这条运河具备重塑国际事务的潜能。美国在1823年的门罗主义(Monroe Doctrine)当中宣称,美洲"从今往后不应再被视作任何欧洲列强未来殖民的对象"。[2] 不过英国仍然是活跃在美洲的主要力量,它的殖民地从加拿大一直到加勒比海,还有中美洲和南美洲[伯利兹(Belize)、圭亚那、福克兰群岛]。作为一个发展迅猛的运河项目，英国同美国签署了一项享有优先购买权的协议，同意任何一方对中美洲运河都不具有独家控制权，而且也不得以非正当的影响力来试图取得这种霸权。[3]

这也就部分解释了为什么这家公司既不来自英国也不来自美国而是属于法国的。他们实际上在1881年就开始挖掘运河了，所使用的规划出自那位苏伊士运河（于1876年通航）的设计师之手。法国财团选择在巴拿马这一地峡最窄处开挖，这块地方是哥伦比亚的一个省。然而法国工程师并没有充分考虑到原本为埃及沙漠设计的规划或许不得不为中美洲的热带环境而进行调整修正。他们投入了几十亿法郎，挪动了几百万立方米泥土，损失了数万名死于疾病的劳工——远近各处均无可用之水，可最后在1888年法国巴拿马运河公司宣告破产了，带着几百万法国公民的财富一起泡汤。

与此同时，该地区的力量平衡正在此消彼长，哥伦比亚陷入了一场痛苦的内战之中。1901年美国继任的新总统西奥多·罗斯福胸中怀揣着各项雄心勃勃的计划，把中美洲的运河摆到了美国外交"心愿单"的首要位置。而反观英国，他们对南美洲的宏图已显捉襟见肘，正在担心崛起中的德国，于是同意撤销先前的协议，把中美洲的统治权出让给了美国。

任何一位阅读英国报纸的人都会积极跟进，看看

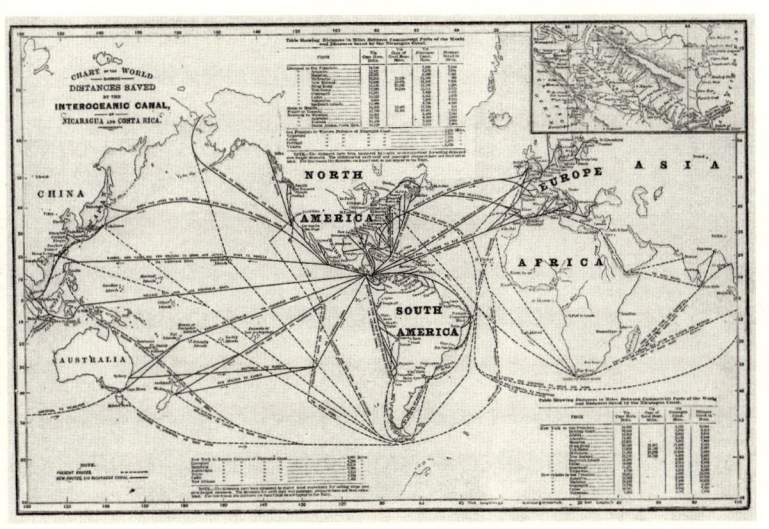

中美洲运河所节省的航海里程地图,1901年

接下来会发生何等大事。1903年1月,正当康拉德开始动笔写作《诺斯特罗莫》之时,美国与哥伦比亚各自派遣国务卿签署了一项协议,准予美国在运河两侧六英里地带拥有一百年可续期的租约,哥伦比亚将一次性获得1000万美元,外加每年250万美元的回报。"美国否认一切侵害哥伦比亚主权的图谋……"协议中坚称,"或以哥伦比亚为代价的领土扩张意向。"[4]伦敦《泰晤士报》祝贺"与我们同文同种的伟大共和国表亲……为实现他们梦寐以求的工程而迈出了决定性的一步"。[5]

1903年春,当康拉德正在概略地叙述科斯塔瓦那的背景故事时,罗斯福总统启动了一场全国的巡回演讲,鼓吹一种20世纪升级版的门罗主义。"在要不要扮演世界重要角色这一问题上,我们没有选择,"罗斯福告诉他的听众们,[6]"俗话说得好,'手持大棒口如蜜,走遍天涯不着急',"他继续说道,"假如美国外交辞令和风细雨,但同时建造并保有一支训练精熟、行动高效的海军,那么门罗主义便可大行其道,前途光明。"[7]这种干涉主义者的姿态逐渐被人称作是门罗主义的"罗斯福推论",而其本质与《诺斯特罗莫》当中霍尔罗伊德的断言如出一辙:"不管这世上的人喜不喜欢,我们都将主导世界事务。"

欧洲帝国主义列强对美国干涉主义的感受无论是热切欢迎还是保守机警,对任何一位接收方的听众而言"罗斯福推论"终究不会让人感觉太好。1903年夏天康拉德将银矿及美国投资者的故事逐步地铺开陈述,此时哥伦比亚参议院投票驳回了运河协议。该份协议是哥伦比亚内战时期由一个如今已不再掌权的政府迫于压力而签订的,参议员们将其视为彻头彻尾的违反宪法行为,没有一个政府有权像这样出卖领土,更不用说是以如此低廉的价格了。[8] "巴拿马是哥伦比亚血肉般不可分割的一部分……是未来一代代哥伦比亚人的遗产。"反对协议的人士这样宣称,"就算没有丝毫回报,也要比杀死一只下金蛋的鹅要好,前者更像爱国主义。"[9] 于是这场交易就告吹了,巴拿马不会有运河——至少根据波哥大(Bogotá)方面的说法是这样。

1903年9月,消息传到了《泰晤士报》的版面上,"地峡地区的人民对哥伦比亚政府就《运河协议》一事所持的态度深感厌恶,很可能会发动一场起义,希望塑造一个独立的巴拿马国家"。假如巴拿马可以获得解放并成为独立国家,那么就能同美国做成一笔全新的买卖,可以准予美国在运河地区的权益,而且还让巴拿马人得以把这笔款子纳入自己的口袋里,堪称一场双赢的局面。华盛顿的权威人士预测巴拿马"将从哥伦比亚分离",认为此事"或迟或早,无可逃避"。[10]

当各大报纸关于哥伦比亚革命的传言沸沸扬扬

时,康拉德也暗示了科斯塔瓦那当地的民愤情绪,由此开启了《诺斯特罗莫》全新的一部分。在表面上乍看起来,美国投资者霍尔罗伊德在背后支持查尔斯·古尔德经营矿场;而查尔斯·古尔德呢,"这位在革命风云变幻的背景下也能实现稳定祥兆的人物",则充当了现任科斯塔瓦那总统的后台支柱;而那位总统则维护着文明开发和社会稳定。可是他们均无法阻止独裁和革命这副飞驰的车轮。有一位名叫佩德罗·蒙特罗(Pedro Montero)的将军心怀叛意,形似哑剧里的恶棍,下垂弯曲的胡须染了黑色,金制的肩章戴在他肥胖的肩膀两端,愤怒地咒骂"国家荣誉都出卖给了外国佬"。蒙特罗和他的兄弟在科斯塔瓦那首都领导了一场成功的政变,"'北方某个姐妹共和国曾暗中许诺提供支持,反对欧洲列强对土地的掠夺图谋"。[11]然后下一步,他们便把目光投到了苏拉科和圣托梅的宝藏上。

与此同时在巴拿马,一场阴谋正在紧锣密鼓地筹备之中。在炎炎夏日的某个星期天,巴拿马城里一群由美国总领事赞助的商人和民间领袖一起共进午餐并密谋此事。"大家都毫无顾忌地讨论革命计划。"领事说。这些分裂分子派遣了一名代表去纽约,以确保资金和武器的来源,以及美国联邦政府的支持。罗斯福总统已经告诉国务卿"不能让波哥大那些'长腿大野兔'永远阻挠'未来文明的大道'"。可是他们始料未及的是,在这些同谋者当中竟然有人会转身就向哥伦比亚大使透露这场密谋。[12] 于是乎,美国政府与哥伦比亚政府双方都知道在巴拿马有一场革命运动正在酝酿之中。

我们再把视线转回到科斯塔瓦那,康拉德也为虚构的苏拉科设置了一场革命情节,如镜像般对应现实中在巴拿马酝酿的分离主义运动。其策划者是一位年轻的科斯塔瓦那人,刚从巴黎归国,名叫马丁·迪科德(Martin Decoud)。此人面容饱满,金发飘飘,皮鞋锃光瓦亮,形象打扮非常的"法国化"。他从事记者职业,内心是个"平庸的泛泛之辈",洒脱自如地参加沙龙,其驾轻就熟的程度就有如科斯塔瓦那籍英国人查尔斯·古尔德骑上大马一样。上流社会流行着慵懒倦怠、玩世不恭的气氛,迪科德过去也常常在法国朋友面前把科斯塔瓦那形容为"一出滑稽歌剧","充斥着引人发笑的偷窃、私通和背后捅刀情节",而且"人物角色都极其热衷于此"。"我们以这场独立行动震撼了这块大陆,但到头来却是一次对民主政治的拙劣模仿,反倒成了牺牲品……我们的政治体系就是个笑柄,法律法规犹如闹剧。"他叹着气说,满怀悔恨地重复着一曲向伟大解放者西蒙·玻利瓦尔致敬的哀歌:"美洲难以驾驭,为其独立而奋斗的人们,如在海中耕田,颗粒无收,尽皆枉然。"迪科德看到只有一种办法可以确保国家的未来免遭蒙特罗的魔爪侵袭。"分裂,当然只有分裂……没错。把整个属于'西方人的省份'从永不安宁的躯体里分离出去。""'西方人的领土'足够大了,完全可供任何人立国。看看那些大山!大自然好像也在朝我们呼喊,'分开!快分开!'"[13]

对苏拉科的争夺仍然继续进行着。铁路机械师和航运公司的搬运工们架设起路障来阻挡蒙特罗及其手下的前进。诺斯特罗莫帮助老总统成功逃脱并将其安全地护送出国。迪科德起草了一份"分离主义者宣言",待秩序重新恢复时对外传达宣告。他将宣言书折起来塞进口袋里,然后朝路障走去。[14]

国家最大的资产会是何物?圣托梅矿场便是科斯塔瓦那"会下金蛋的鹅"。谁占据了这座矿场,谁就拥有了科斯塔瓦那。当分离主义者们得知蒙特罗在该地区附近取得一场决定性胜利时,他们立刻决定派查尔斯·古尔德去旧金山,"将事态进展向霍尔罗伊德(钢铁和白银大亨)陈情,以此来确保他所提供的资金支持"。假如蒙特罗掌控了苏拉科,那么这些人的处境就极其不妙了;假如他得到了白银资源,那分离主义分子便在劫难逃。迪科德同诺斯特罗莫一起计划将白银偷运出仓库,并将其藏匿在海湾里一座名为大伊莎贝尔岛(Great Isabel)的岛屿上。[15]

康拉德为第二部分收官的一幕场景是受到了拉美阅读材料的启发。迪科德和诺斯特罗莫驾着一艘满载白银的小驳船悄悄驶离海岸边。白银被安全地卸在大伊莎贝尔岛上,由迪科德从旁留守,而诺斯特罗莫则把船凿沉然后游回了岸。在苏拉科没有人知道发生了什么,都以为白银已沉入海湾水底,而那两个人也都淹死了。

待康拉德在《诺斯特罗莫》里刚刚完成这些桥段的描绘时,现实世界里的巴拿马付诸了行动。[16]1903年11月3日,巴拿马城刚从午睡中醒来时,一支分离主义者组成的哥伦比亚国民卫队调转枪口对准一批军事将领,将他们押送进了监狱。人们聚拢在广场上呼喊,"地峡自由万岁!"此时有一艘哥伦比亚战舰朝城里打了几枚炮弹试图恢复秩序,但立刻就遭遇一阵密集的火力还击,只得悻悻而退。与此同时,一艘美国军舰抵达加勒比海岸的科隆(Colón),一支真正的美国舰队火速在近海集结,受命阻止任何哥伦比亚军队登陆。[17]接下来的工作则都由贿赂来搞定了(通过美国金融家们来汇集钱款)。最后,科隆的哥伦比亚常驻军被驱散,四百名美国海军陆战队员以占领者的身份在他们的地盘上登陆。

1903年11月6日,新巴拿马政府向华盛顿发去一封电报宣布其独立。美国即刻回复予以承认。"今天我们自由了。"巴拿马总统在本国自制的第一面国旗下庄严宣布。"罗斯福总统信守诺言……罗斯福总统万岁!"[18]

国家最大的资产会是何物？十二天后，一位巴拿马特使同美国国务卿签署了一份关于运河开发的协议，其条款比哥伦比亚提供给美国的还要优厚。新生的巴拿马国家准予美国"永久使用、占有和控制"运河两侧10英里的地带（而非此前的5英里），另外还附带了一大堆相应的特权。[19]罗斯福总统在向国会的年终报告里为这项交易致贺。"在过去的57年里巴拿马经历了53次'动乱'"，他说，"哥伦比亚没有能力维持正常秩序。""巴拿马人民团结一心，齐心协力地站起来反抗远方的统治者。在这些前提背景下，美国应当肩负的责任是明晰的。""通过帮助这些分离主义者，美国进一步赢得了'荣誉'，促进了我国人民同巴拿马地峡人民乃至全世界文明国度人民的经济贸易和交通往来。"[20]

伦敦的《泰晤士报》向罗斯福政府致敬，称赞其"坚定、清晰、令人信服"的立场姿态。"这场起义行动也许是由巴拿马运河地区美洲游击队发起的单个集体行为，"编辑们断言，"然而无论如何我们都没有丝毫的理由来推定罗斯福政府在这场推翻哥伦比亚在地峡区域统治的行动当中扮演过哪怕一丁点的角色。"[21]可是《曼彻斯特卫报》(Manchester Guardian)却更多疑一些，他们指控美国在合法外交途径受阻的情况下就使用武力来实现抢夺。[22]

旁观者纷纷猜测美国在这场革命中充当了同谋，

而这种说法得到了当局者的证明。哥伦比亚情报人员兼外交官员圣地亚哥·佩雷斯·特里亚纳（Santiago Pérez Triana）就是这样一位当局者。他是哥伦比亚某位自由派领导人的儿子，在1893年一场革命后逃到了欧洲，从那时起便生活于伦敦。[23] 当初波哥大的联络人员告诉他美国在巴拿马所耍的把戏时，佩雷斯·特里亚纳就与英国自由主义者们分享了自己的所知所闻，其中有他的好友R.B.坎宁安·格雷厄姆。后来坎宁安·格雷厄姆把佩雷斯·特里亚纳介绍给其他人，也包括约瑟夫·康拉德。此时的康拉德正在草拟《诺斯特罗莫》的最后一部分，而巴拿马事变的讽刺真相就这样进入了康拉德的视线里。

拜读佩雷斯·特里亚纳从波哥大出逃后的旅行见闻录《奥里诺科河上的孤舟》（Down the Orinoco in a Canoe）（于1902年以英文形式出版，格雷厄姆为其作序），康拉德也许会惊叹于佩雷斯·特里亚纳引领读者进入哥伦比亚的手法，就好像追踪着西班牙征服者的脚步一样，与《黑暗的心》里马洛想象罗马人抵达英格兰的方式一样。"波哥大的土地真是'传说中的黄金国'（El Dorado）。"康拉德读到。它诱着外国勘探者一再深入，沉迷于一项"徒劳的索求"之中，找寻那谣传中的隐秘宝藏。[24] 康拉德以点金术般的文学技法妙笔一挥，将黄金变成白银，把哥伦比亚化作科斯塔瓦那。

从佩雷斯·特里亚纳那里,康拉德将会打听到那些导致巴拿马独立的现实因素,以及对此事件的有趣解读。佩雷斯·特里亚纳对祖国政局动荡的局面感到难以忍受,可是取而代之的美国人似乎更加不堪,他们"在门罗主义的伪装之下涌入过来,犹如披着羊皮的狼"。[25] "一般来说……"佩雷斯·特里亚纳认为,"美国公民……同拉美人做生意的时候,不是以恩人自居就是态度高傲怠慢。"当他们说"美洲应该属于美洲人"这句话时,其实他们的意思是"美洲应该属于美国人"。[26]

每一位哥伦比亚人都知道巴拿马的脱离应该归咎于谁。在海滨城市巴兰基亚(Baranquilla),愤怒的群众向美国副领事的房子乱扔石块并大声叫喊着:"美国人去死!"美国驻波哥大的公使馆不得不被保护起来以免遭抗议者的袭击。哥伦比亚总统呼吁其他拉美共和国支持他扑灭这场巴拿马叛乱,还发誓要向美国支持的政权开战,就像布尔人抗击英国人那样猛烈顽强。[27] 驻加迪夫(Cardiff)的哥伦比亚领事义愤填膺地说:"如此卑劣的行径,远远超过了历史上最凶残的掠夺,让那些肆无忌惮的征服者也望尘莫及。"[28]

至于佩雷斯·特里亚纳,他透过一层绝望的幕帘来观察评价着所发生的一切。哥伦比亚不得不遭受美国的毒手,原本这已经够糟的了,但雪上加霜的是美国的干涉作派预示着未来怎样的国家事务格局。回想起当年，佩雷斯·特里亚纳望眼欲穿，伟大的美洲共和国"腹中孕育着全人类的希望"，人人都知道美国曾许诺给大家"一个祖国、一处家乡和一种公正"。在那些岁月里，他感到作为拉美自由主义者也许有理由认为美利坚合众国是一个比英国更理想的朋友，因为从自由的角度看美国是抵制旧世界帝国主义的。然而他们在巴拿马的所作所为，完全暴露了美国自己也被"帝国主义的病毒所感染，患上了军国主义这种麻风病"，而且因浮夸的优越感而扭曲。"以真正的民族之伟大来评判，合众国第二个百年无法与第一个百年相提并论。"佩雷斯·特里亚纳哀叹道，而受害的输家却是整个世界。[29]

聆听这位哥伦比亚熟人的讲述，约瑟夫·康拉德心中明白有一点是肯定的，那就是未来将属于美国人。对此，他一丁点儿都不喜欢。

1903年"斜顶农庄"的节礼日，康拉德正在书桌旁写信。他为跟前的《诺斯特罗莫》手稿努力工作着，一年来的艰苦劳作让他的背脊变得弯曲。康拉德在感谢信中情不自禁流露出倦意。"就工作而言这一年来我感觉很糟。""我的思绪奇怪地迟钝了不少，备受煎熬。时间之沙静静地流走，我拼命地与之挣扎。""每一页文字都倾注了心血而写成，年关将至之时感到身心俱疲。"[30]康拉德渴望一场休整和调息。"佩雷斯·特里亚纳听说我一直很想去南方,所以寄来一封热情洋溢的信,"他告诉坎宁安·格雷厄姆说,"你觉得在巴拿马的美国征服者怎么样?很棒吧?"[31]

《诺斯特罗莫》得到左翼杂志《T.P周报》(*T. P.'s Weekly*)的支持,从1904年1月开始进行连载。这就意味着康拉德不得不在非常紧张的期限里完成余下的章节。他本以为只剩下没多少内容可写了,然而故事仍在不停地展开。于是本书的末尾部分"灯塔"(The Lighthouse)最终将是全书最长的章节。

诺斯特罗莫藏好了白银然后游回海岸,"睡了14个小时才苏醒",就像"一个刚刚降临世间的人"。他徒步进入苏拉科境内,发现整座城市闹了个底朝天。一位叛变的上校夺取了权力,正在搜罗港口,要找到那批失踪的白银。上校遇上了西方轮船航运公司旗下某艘船的英国船长。"你们这些狂妄的英国人!"他吐一口口水说,"你们外国人来这里掠夺我们国家的财富。你们总也拿不够!"[32]旧政权的拥护者集中到广场上,趁着整座城市尚未完全落入叛军魔爪之前经由护送逃离了该城。

查尔斯·古尔德眼睁睁地看着难民纷纷逃离,目睹"一张日益收紧的罪恶与腐败大网"笼罩住了苏拉科。"自由、民主、爱国主义、政府,这些耳熟能详的词汇在这个国度里却有着可怕的含义,"他怒骂道,

"所有这一切都热衷于胡闹和杀戮。"蒙特罗将军梦想以"皇帝"("为什么不能是皇帝?")的身份来统治科斯塔瓦那,并"要求深入到每个企业里分一杯羹,从铁路、矿场、蔗糖园、棉纺厂、地产公司里收取保护费"。古尔德意识到,"在无法无天的国家面前",他自己同外面的流氓恶棍也许并没有太大区别,同样也紧紧抓住白银来确保自己的地位。古尔德打算写信给霍尔罗伊德,请求他"大大方方地实施行省革命计划,唯有此法才能确保苏拉科庞大的物质利益置于永久安全的境地"。如果失败了,或敌人抢先得到了矿场,那么古尔德就启动最后一招。他会叫自己的副手引爆雷管炸毁整个矿区,"把著名的'古尔德租界'炸得粉碎,一炮轰上天,离开这可怕的世界"。[33]

至此,康拉德的手稿也到达了极限。他艰苦地推进这部小说,已熬过了写作生涯中最困难的几个月,而后过新年时去伦敦游玩一次又把康拉德的家庭生活全打乱了。杰西在大街上不慎摔倒,双膝严重受伤,看情势也许永远都无法正常走路了。除此之外医生们还发现杰西患有心脏疾病,需要进行非常危险而且昂贵的手术。此时谁知屋漏偏逢连夜雨,康拉德存款的银行也破产了。"二百五十(英镑)一下子就没了。焦虑和过劳几乎把我逼疯。"[34]

除却《诺斯特罗莫》的稿酬,康拉德眼下还急需更多的钱。为挣些现金,他又启动了一项新的写作计划,这些随笔和散文在未来将会构筑成作品《大海如镜》。康拉德整天写作《诺斯特罗莫》,直到双手都疼得无法握笔。每天从半夜11点到凌晨1点,康拉德都会坐起来向福特·马多克斯·福特口述《大海如镜》,就好比是长了胡须的谢赫拉莎德(Scheherazade)(《天方夜谭》里的苏丹新娘。——译者注),用讲故事的办法来逃避毁灭的命运。[35] "有一半时候我感觉自己就处于发疯的边缘。"他说。而其他时候唯有身上的伤痛才是意识到自己还活着的唯一证据。

随后翻过一个章节,革命就宣告结束了。康拉德雇来一位打字员帮忙。"一个脾气非常好、很有用的姑娘,"名叫莉莲·哈罗斯(Lillian Hallowes)。康拉德对她口述剩余的章节。[36]

叙述的时间线如梭飞逝。蒸汽轮船船长约瑟夫·米切尔(Joseph Mitchell)载着游客到战后的苏拉科巡游,他满怀着自豪之情,因为马上就要当爷爷了。米切尔面对着那些用法国平板玻璃装饰的店铺咯咯地发笑,炫耀着自己的社交俱乐部,朝港内的新码头挥舞着手臂。望着眼前一幕幕景色,米切尔想起那场革命,回忆起蒙特罗的爪牙是怎样逮捕了古尔德,并准备将其处决;在城市居民纷纷逃离期间,赫塞·阿韦亚内达先生最后死在了森林里;诺斯特罗莫骑马到政府驻扎的营地成功说服了他们重新攻占苏拉科,及时挽救了城市;政府军杀进城,古尔德因此得救,蒙特罗将军被刺杀,港口里"多国的海军战舰齐亮相"并支持苏拉科作为分离国家而独立。"美国巡洋舰波瓦坦号(Powhattan)是第一个向"西方人省份"旗帜致意的",旗帜的图案是绿色月桂花环包围着一朵金黄色花朵,其绿色即是美元货币的颜色。"《时代杂志》称苏拉科为'世界金库',对文明而言它安然无恙地获得了拯救。"米切尔笑着说道,他喜欢"世界金库"这一称谓,其本人在圣托梅合资银矿(Consolidated San Tomé Mines)里拥有17份面值1000美元的股权。[37]

"完成了!"康拉德于1904年9月1日写道。[38] 他把苏拉科停留在巴拿马的境况之下。巴拿马获得了"她的"独立,即刻受到美国承认,其经济也因美国在运河的投资而得到了支撑。同样地,苏拉科的独立也旋即取得了美国的承认,其经济也是由美国在圣托梅矿场的投资来埋单的。苏拉科的最终结局原本也许会糟糕得多,暴君可能在科斯塔瓦那巩固了权势,洗劫了整个国家,而独裁和革命的车轮将再次转动。

不过康拉德也为《诺斯特罗莫》的结局播撒下不安的种子。毕竟康拉德所获的信息均来自于一位反对独立的哥伦比亚人之口,而不是欢迎解放的巴拿马人。在苏拉科和平与繁荣的光鲜表面之下,《诺斯特罗莫》收尾的几章似乎鸣响了不祥的丧钟,体现了令人沮丧的现实。

"分离主义的年轻信徒"迪科德,即那位跟诺斯特罗莫一起将白银从革命者手中藏匿起来的人,在苏拉科没有人再看见过他。很多人猜测他当初在海湾里抢救财宝时淹死了,"为理想奋斗而死",然而"事实上他是死于孤独……死于对自己和他人的迫切渴望"。他独自一人在大伊莎贝尔岛上,已被极度的空虚感击垮。"坚持信念"的行动破产了,希望、爱、目标,皆已沉没。他划着小舟进入普拉西多海湾水域,然后对准胸膛就是一枪,倒在海水里,"被这片一望无际、几无差别的自然环境吞噬了下去"。[39] 之前他往口袋里塞了四块银锭,好让身子快点沉下去。

对矿场的"占有和消耗"如恶魔般折磨着查尔斯·古尔德,其严重程度如同当年坑害他父亲一样。古尔德把大部分时间都扑到了矿上,供养着那张"物质利益的大嘴,而他曾经把自己对秩序和公正的信仰依托在这血盆大口上"。"在发展物质利益的路上根本就没有什么和平和安宁可言。"残废的爱尔兰医生对古尔德的妻子伊米莉亚警告说。"等将来时机一到,'古尔德租界'所苦心捍卫的一切都会让人民不堪重负,就如同多年前的野蛮混乱、血腥屠杀和残酷暴政一样。"这座银矿曾经是璀璨的国家希望,"但它已让这块土地喘不过气来,比任何暴君都更可怕、更遭人嫉恨。它富有,却没有灵魂,比最糟糕的政府还要冷酷无情和独裁专制"。伊米莉亚仿佛看见了过去的人生在眼前一闪而过。"年轻时满怀着对生命、爱和工作的理想，但皆已消退，"就好像在噩梦中自言自语，"漫无目的、磕磕巴巴地说着，'物质利益'。"[40]

诺斯特罗莫如今更喜欢人们直呼他的名字"费丹查船长"，即"靠得住船长"。他"步步为营地打理事业，逐渐阔绰了起来"。他每次去大伊莎贝尔岛拿取窝藏的白银时都只拿一锭出来，而且在远离苏拉科的外地做生意用掉。[41] 这些白银使他感觉自己就像是个贼。为了掩护自己前往藏匿地点的行为，诺斯特罗莫开始对乔吉奥·维奥拉的女儿展开求爱攻势，因为这位'加里波第信徒'兼客栈老板如今已是个鳏夫，早就去大伊莎贝尔岛看守一座新的灯塔。可是诺斯特罗莫的障眼法终将导致他自己的毁灭。一天夜晚，维奥拉误将诺斯特罗莫认作是另一位追求者，一个无名小卒，就开枪把诺斯特罗莫打死了。

"白银害了我。"诺斯特罗莫在临终病榻上对伊米莉亚·古尔德说。他主动想告诉她白银藏匿的地点。"害得世间人痛苦不堪的财富难道还不够多吗？"伊米莉亚哭着说，"不，头儿……现在没人惦记它，就让这些银子永远消失吧。"凡是接近这些白银的人和物都被沾上了晦气。康拉德运用扬帆驶离苏拉科的回眸一瞥来完结这部小说，"天上的白云犹如一大块固体的白银",压在这片一马平川的土地上。42

　　杂志连载文写完了,接着康拉德迅速做了一些修正,然后以书本的形式于1904年10月出版了《诺斯特罗莫》。小说的副标题为"海滨的故事",而一则讲述岸边传奇的故事对康拉德来说就预示着一种撤离。海岸是康拉德作品当中新的元素,作为陆地与海洋的边界,海岸既可以是障碍,也能成为交汇之处。它是航海者的出发地,亦是入侵者的登陆点。在《诺斯特罗莫》里,康拉德设定在陆地上关于外来者、阴谋和家族恩怨的故事,邂逅了他设定在海洋上关于荣誉、社群和与世隔绝的主题。

　　坎宁安·格雷厄姆感觉这是一部"绝妙"的小说,可是题目完全错了。43"这本书应该叫做《科斯塔瓦那》",而且应当以米切尔船长巡游新的苏拉科独立国家为结尾。格雷厄姆认为诺斯特罗莫这个人物只是对"科斯塔瓦那情节"的一种分散和转移,而且"最后两章是败笔"。爱德华·加尼特和书评家们对此也表示同意。这部小说看起来似乎"颠三倒四",结构"松散不定",语言"啰里啰唆",掺杂其中的次要情节令人感到不满。"'西方人共和国'再生、革命和创立的故事是本书引人注目的兴趣焦点所在,"他们判断,"而诺斯特罗莫的进入只是作为顺带的'天

外救星'而已。"⁴⁴

　　康拉德知道这些评论家们意欲何为。《诺斯特罗莫》痛苦的写作过程和材料的堆砌形成一段艰难的攀登跋涉，它是格雷厄姆对"大河平原"的回忆，讲述了载满白银的驳船以及美国支持的巴拿马革命这一段偶得的逸事。康拉德回溯起往事来，"我通常不为诺斯特罗莫辩解。其实我自己也不是特别喜欢。"他告诉格雷厄姆说，"对于一部体现水手群体空洞人生的小说而言诺氏确实无足轻重，他是'那些人'（我的意思是'人民'）当中的浪漫主义代言人，那些人经常会体验到他所表达的那种经历体验"。⁴⁵

　　尽管存在这些瑕疵，但大家都认为《诺斯特罗莫》是一部天才作品。"这本书值得大家予以关注，而且阅读的收获会很大。"最有见地的评论者总结道。他是年轻的外交官约翰·巴肯（John Buchan），他本人通过撰写政治惊险小说而成名。《诺斯特罗莫》让巴肯确信康拉德"具备更广阔的知识面……比同时代的任何一位作家都更了解世界运行的古怪模式。"⁴⁶ "康拉德已成功创造了'微型世界'，"另一位评论家说，⁴⁷ "在《诺斯特罗莫》的一张张书页里，其叙述的往事简直如同真实经历那般惊心动魄、历历在目。"⁴⁸

　　康拉德完全凭空编造出来的一方天地却让读者感觉惊人的真实，这即便算不上特别意外的话也至少是不同寻常的。康拉德之所以能形成拉丁美洲概念，其来源正是他的受众也会阅读到的那类书籍和报纸。《诺斯特罗莫》就这样夯实了那些固有的印象,尤其是美国的那些评论者,他们把《诺斯特罗莫》当作一种资料论据来阅读,为自己对拉丁美洲所持偏见予以辩护。"康拉德知道这是一块文明事业未竟的大陆,生活如同繁茂的植物那般自由生长着。"批评家詹姆斯·胡内克(James Huneker)写道。[49] H. L. 门肯(H. L. Mencken)赞叹其"对拉美气质超凡而深刻的研究……那种异乎寻常的激情和令人费解的思想……可能会激发那些心智健全的人也如狼似虎般相互追逐"。[50]

然而对康拉德在英国的读者来说,《诺斯特罗莫》却呈现出一幅更加令人担忧的世界图景。小说预言了美国霸权,"不管这世上的人喜不喜欢,我们都将主导世界事务,"而这便引出了人们对英国衰落的持续焦虑。

就在《诺斯特罗莫》面世之前,具有影响力的地理学家哈尔福德·麦金德(Halford Mackinder)发表了一项国际事务的预言,宣布从地缘政治学角度一个崭新的时代正如黎明破晓般横空出世。几个世纪以来欧洲列强在世界其他部分施展雄图,可如今地球突然饱和了。非洲被瓜分完毕,亚洲的中心也被渗透了势力,北美由数条连接东西海岸的铁路串联了起来,"需要划定边界来确定主权的地区几乎所剩无几了"。

《万邦来朝美利坚》(The Great American Durbar),W.A. 罗杰斯(W. A. Rogers),约作于 1905 年。这幅漫画描绘了穿着印度总督浮夸装束的西奥多·罗斯福,两边护拥着"物质利益"的代表们,一个举着铁铲的巴拿马人走在队伍的最前面

国际关系在一夜之间似乎变成了零和游戏：此国之得，即彼国之失。麦金德预测将会爆发更凶残、更广泛的战争，列强之间将重新排定座次。[51]"从前的诸多帝国都曾有过其黄金时代，因此大英帝国或许也就此谢幕了……欧洲称霸世界的历史阶段逐渐淡去……一种新的力量平衡正在酝酿形成。"[52]

麦金德的远见似乎已经逐渐成真。英国对正在崛起的德国忧心忡忡，处心积虑地想要抑制它的发展，于是收缩了它在西半球的期许和投入，而此举则正合美国之意。在远东，日本在太平洋上跟俄国人干了一仗，把对方打得落花流水。沙皇不得不将权力让步给新组建的一届议会。[康拉德对此幸灾乐祸，童年时代的这具妖魔尸体，是"半食尸鬼、半阿拉伯灯怪、半'海中老者'（《天方夜谭》里描绘的海上神怪。——译者注），长着鸟嘴兽爪和两颗脑袋。"[53]] 1905年艾略特·埃文斯·米尔斯（Elliott Evans Mills）创作了一本名为《大英帝国衰亡史》（*The Decline and Fall of the British Empire*）的小册子，据说是专供2005年的东京各大院校使用而编写的，书中想象日本成了下一个英国。"英国人把时间都花在做生意和倒腾货物上，热衷于搞职业运动员和比赛用马，以至于没有空闲去研究过去的历史以及回天乏术的国运。"[54]

在一般读者眼里，《诺斯特罗莫》为正在变化的权力平衡提供了另一种佐证。但康拉德扯下了这地缘政治的帘幕，揭示出从中起作用的更深刻逻辑。"欧洲已亡。"他大声疾呼，而这句话早在凯塞门对他讲述刚果暴行时他就已暗暗发过牢骚。55 世上不再有欧洲了，"只是一块举着枪炮、做着买卖的大陆。在这里，关系着生死存亡的商业竞赛正缓慢地形成中，是大声宣告世界霸权的策源地。"更愚蠢的是，这些自由贸易者们个个都希望能与生意伙伴和平共处。"工业主义和商业主义……正准备就绪，摩拳擦掌，几乎热切地渴望付诸武力。"56 "从今往后，"康拉德预测道，"再也没有为了理想而发起的战争了。"钱就是一切。57

科斯塔瓦那的问题倒并不是美国让英国黯然失色，而是美国人和英国人都加入到了为"物质利益"服务的队伍里。通过像米切尔船长这样的人物，康拉德传达了资本主义者自以为理直气壮的观念，他们坚信西方金融和工业的全球性扩张对每个人都是有益的。他们注视着世界的版图，上面标识的轮船航线、铁路线和电报线如烟火般绚丽地爆发，沐浴在"进步"的光芒之下。从《诺斯特罗莫》的故事里愉快地活着走出来的人只有轮船船长、铁路企业家和金融家——全球化的命运三女神，编织并修正着科斯塔瓦那的国运走向。"白银……"康拉德解释道，"是道德与物质事件所围绕的中心点，影响着故事中的每一个人。"58

康拉德将读者的同情心引向伊米莉亚·古尔德，那位冷静窥视社会阴暗面并评估利害损失的人。她心里明白，那些旨在让科斯塔瓦那更繁荣稳定、更"文明"的东西均带有着道德代价和社会成本。它们消灭了本土的生活方式，使自由的信仰变得空洞起来，把良知排在贪欲之后。《诺斯特罗莫》对"物质利益"的犬儒主义拾起了《黑暗的心》和《吉姆爷》留下未竟的东西。吉姆逃遁进了亚洲最后一个隐秘角落，"在电报线和邮轮航线的触角之外"，在那里"我们文明世界那种苍白的功利主义谎言凋零死亡"。而《诺斯特罗莫》却展现了当电报线、航线及那些谎言逐渐侵蚀过来时，这个世界将会发生什么。[59]

在对"物质利益"的批判上康拉德远非孤掌难鸣。《诺斯特罗莫》恰好与霍布森提出的"帝国主义"概念相互对应，并驾齐驱。事实上，尽管康拉德对这种对比感到不寒而栗，但它的确生动地阐明了"帝国主义"，而这一概念后来由霍布森的追随者 V. I. 列宁（V. I. Lenin）在 1917 年他的宣传册《帝国主义：资本主义的最高阶段》（*Imperialism: The Highest Stage of Capitalism*）里下了定义，即"一小撮最富有或最强大的国家对越来越多的小国和弱国的剥削"。[60]

康拉德跟坎宁安·格雷厄姆在理念上志同道合，格雷厄姆想恢复那消失的"阿卡狄亚"（Arcadias），在这片世外桃源里正义感和公德心要高于贪婪的物质主义。坎宁安·格雷厄姆运用政治活动来确保有政治权柄可以依仗，而康拉德却对任何有组织的行动素来缺乏信心，他对任何运动都予以回避，拒绝签名参加。

这或许解释了康拉德为什么坚持书名为《诺斯特罗莫》，而非格雷厄姆喜欢的《科斯塔瓦那》。诺斯特罗莫是个外表冷漠却从不让人失望的角色。像吉姆爷一样，他"颦眉蹙额、目无旁骛地走近这个世界"。他是"我们的人"，或像查尔斯·马洛所称呼的"自己人"，但当他藏匿白银并撒谎的那一刻就已背弃了英国雇主；像吉姆一样，他从一艘正在下沉的驳船上纵身一跃，扎进普拉西多海湾里，由此封定了自己的命运。可是当诺斯特罗莫成功返回时，他并不是像吉姆那样白衣飘飘的大英雄，而是隐藏在"庞大却无意识的野兽"的兽皮之下。[61] 把诺斯特罗莫称作"自己人"，是在最一般的意义下，即每个人都被自身利益所驱驰。

《诺斯特罗莫》并不是康拉德唯一一部有关于他本人未至之地的小说。其实这部作品同他去过的"每一块地方"都密切相关。它流露出身为一个波兰人的政治犬儒主义，目睹自己的双亲因遥不可及的民族主义理想而毁灭；它投射出身为一位驾船人的怀旧之情，眼睁睁地看着自己钟情的帆船被工业技术所替代；它因震惊和厌恶而瑟瑟发抖，这位白种欧洲人看到"文明"和"进步"的价值观在非洲及其他地区已变成了大规模杀伤性武器。

《诺斯特罗莫》这部作品具有非凡的先知性,其秘诀在于康拉德把自己"对未来世界的假设理论"融入到了小说全篇文字里。在即将到来的世界里,那些被康拉德同英国霸权联系在一起的理想价值观会变得跟加里波第的浪漫梦想一样的过时。取而代之的是,康拉德预测将会兴起一个以美国为主导的"物质利益"联盟。新生国家的命运将会仰赖于他们的支持。通过物质利益,帝国主义会延续下去,无论其中是否还带有"帝国"这样的字眼。在康拉德的理论里,世界未来的真正问题并不在于会发生"什么",而是什么时候发生,以何种方式发生。

第十二章　不管这世上的人喜不喜欢

"这是历史长河中人类进程的关键时期。"美国知识分子 W. E. B·杜波依斯（W. E. B. Du Bois）于 1910 年在一本由"全美有色人种协进会"（the National Association for the Advancement of Colored People）推出的《危机》（The Crisis）杂志创刊号里如此警示道。"全人类将会统而合一。"假如人类朝一条正确的方向前进，那么如今"宽容、理性和克制就能实现'四海之内皆兄弟'的旧世界梦想"。然而假如人们不能团结一致朝那个方向努力的话，他们就会发现"偏执和歧见……会重蹈过去那些国家和团体相互冲撞的可怕历史"。[1]

自当初约瑟夫·康拉德走出利物浦街车站已经超过三十载了，他在 19 世纪晚期作为移民和水手所踏过的一条条小巷如今已拓宽成大道。几千万移民搭乘廉价的汽船和火车前去机遇更多的北美和南美，以及北亚和东南亚。那所谓的"物质利益",正在东印度群岛开采石油,以满足德国设计的柴油发动机;它还在刚果种植油棕榈树以生产英国的洗衣粉,从南美提炼橡胶用来制造美国的汽车轮胎。海上的轮船在一大张伏于水底的电报网上方航行,同时用无线电设备向岸边发射信号。更多的伦敦、更多的新加坡纷纷涌现出来,在这些国际化的都市里,通晓多国语言的人们穿着相似款式的服装从事相似种类的工作,并以相似形式的娱乐活动来消遣闲暇时光。

历史上从未有过如此规模的全球性联动——以及如此明显的彼此隔阂。[2] 大规模人口迁移的时代亦是流动管制的时代,同步引入了护照管控和排他性的限制移民法。史无前例的自由贸易时代也是保护主义的利益日趋上升的时代。有些人认为世界的和平由于全球性的经济整合而得到了保证,但其他人却看到暗潮汹涌的军事民族主义正在异军突起(摩洛哥和巴尔干地区的危机),并担心会爆发战争。在中国、俄国、波斯和奥斯曼帝国境内,自由分子的革命运动风起云涌,挑战着专制制度,而民主政体的数量也随之与日俱增。女性争取选举权的运动在世界范围内开展。可是一小部分西方列强却加固了它们对全球大部分地区的殖民控制,帝国主义的浪潮由此变得愈演愈烈。新兴的繁荣局面同时也伴随着越发严重的不公现象。不同文化间对话的增加引来了更多的详细阐述种族差异的理论。在杜波依斯发表《危机》的同一年,美国知识界创建了世界上第一份关于国际关系的杂志,还取了一个自认为道出其精髓的题目:《种族发展期刊》(*Journal of Race Development*)。这份杂志后来的第二个名字《外交事务》(*Foreign Affairs*)更加为人所熟知。³

如今比康拉德更年轻的人们跨越重洋,在相互纠葛的世界里挑战世道的不公。一位来自越南的轮船乘务员胡志明往返于马赛和旧金山,在那些地方他领略到了社会主义的革命潜力;一位名叫莫罕达斯·甘地的印度律师躲藏在从伦敦到南非的船舱里,写作了一篇关于印度如何摆脱英国统治获得自由的论著;一位在夏威夷长大、名叫孙逸仙的中国医生旅行到欧洲、日本和新加坡,秘密筹划着怎样推翻中国的皇帝。一位英裔爱尔兰籍的外交官为反对非洲和亚马逊河的地区对劳工的暴行而多方奔走,辞去公职加入到为爱尔兰独立的斗争中。他就是罗杰·凯塞门。

然而康拉德行走世界的经历使他怀疑人们能否改变体制或命运。他把关注点聚焦到那些困于社会体制内的个体身上,把自己对世界的希望永远寄托在人类团结的观念上,正是这种理念鼓舞个体保持公正和诚信。康拉德无精打采地走进20世纪10年代,拖着身心俱疲的中年躯体,即将步入老年人的行列。"幻想变得有些生锈,想象的能力也逐渐略显迟钝。'这部机器'仍能工作,但咯吱咯吱地勉强运转着——这令人好生烦恼。"[4]

1906年康拉德的家庭添了丁,约翰降生了。可康拉德的债务也在增加,尽管他为了削减开支已从"斜顶农庄"搬到肯特郡一座拥挤的四室农舍里,但到1910年的时候他已拖欠经纪人2700英镑,这一数字是难以想象(且必定无法偿清)的,相当于他平均每篇故事收费的100倍。[5]平克依然催促他完成稿件,而康拉德则用一封封自我辩护的书信忿忿不平地予以回复,简直就如同几十年前寄给舅舅塔德乌什的。农舍背靠着一个屠宰场,康拉德就在奄奄一息的死猪惨叫声中耕作他的小说《在西方目光下》(*Under Western Eyes*)。作品以"日内瓦的语言教师"为旁观者,讲述了一位俄国学生检举揭发某个闹革命的朋友。以东欧一场阴谋为背景,康拉德从亲身经历当中某些最黑暗的角落出发来描绘这部作品,涉及了背叛、忏悔和错位等主题。他感觉仿佛"在黑夜里'挖掘'自己的英语,如同在矿井里的工人那样干活"。[6]

1910年1月康拉德最终完成了《在西方目光下》,随后前往伦敦找平克当面递交最后一部分稿件。康拉德返回农舍时,慢步走进自己的狭小房间,在沙发上蜷缩成球状一动不动。[7]杰西发现他身子在颤颤发抖,口中胡言乱语,脖子和舌头骇人地肿胀了起来。没有人能理解康拉德在说什么——因为那是波兰语。他一连几个星期神志不清,在他的那些小说里"转换角色",只有在咒骂平克的时候或重复念叨当年"埋于"海上的活计时才转入到英语。[8] 四岁的约翰多次看见过父亲生病,曾经常常玩"生病了"的游戏,用毯子把自己包裹起来假装呻吟,可是如今连他也害怕以后再也不能玩这种游戏了。[9] 杰西最终明白了到底是何事引发丈夫崩溃,原来康拉德跟平克在钱的问题上吵了一架,愤怒的经纪人说了一些让作者无法忘却的狠话。后来康拉德写信给他说:"你曾说我'跟你讲的根本不是英语'。"[10]

康拉德此后再也没有怀着同样的激情以同等的洞察力来创作小说了。他"心理上的伤残甚于生理上的",蹑手蹑脚"爬回"案台工作,继续写一部始于1907年、名叫《机缘》的小说。[11] 然而即便在动笔之时他就已心知肚明,这部书并非他最佳之作。虽然本书再次用马洛这个人物出场,但康拉德故意将其简化,不像《吉姆爷》那么"复杂","主要人物和地点都在英国,剧情上也更易于理解跟进"。[12] 马洛上了年纪,人变得疲倦,脾气也坏了不少,而且荒谬地厌恶女人。康拉德将马洛气败坏的谩骂同他笔下唯一一名角色丰满的女主角弗洛拉·巴拉尔(Flora de Barral)形成对比,而此人是一位破产银行家的女儿,意气风发的女性。完稿的小说于1914年1月出版,书皮上有她一张经过修饰的照片。

然而就是这样,56岁的作家终于有了他第一部畅销作。几个月里《机缘》一书竟然五度重印。爱德华·加尼特把这本书的成功归功于封面设计,而其他人则认为是由于那位吸引人的女主角,以及在叙述上相对朴实简单。想象力渐入暮年,却洒进了阳光。这场时来运转真是讽刺,让康拉德感到哭笑不得。"若在十年八年以前,我会是怎样的感觉还真说不好,但如今我连强颜欢笑都难以做到。"他对约翰·高尔斯华绥坦言道,"假如桌上摆的是《诺斯特罗莫》、《"水仙号"的黑水手》或《吉姆爷》,哪怕只是心里想到它们,我也肯定会感觉完全不同。"[13]《机缘》旗开得胜之后,康拉德立即把下一本书的连载版权以6000美元的价格(约合1225英镑)卖给了美国的《蒙西杂志》(Munsey's Magazine),这比他之前挣过的任何一单都要高得多。[14]康拉德在伦敦跟新结识的美国出版商弗兰克·道布尔戴(Frank Doubleday)有了一次融洽的会晤,此人正准备出版一套康拉德全集,如暴风般提振美国市场。

康拉德一家新近得到了物质补偿和精神宽慰,在这波好运的光环下,在波兰的后辈至交约瑟夫·瑞廷格(József)和奥托莉亚·瑞廷格(Otolia Retinger)邀请康拉德全家到克拉科夫附近的乡间别墅来做客。这个主意让杰西很高兴,尽管1903年那次受伤事故使她走起路来感到疼痛,"但仍非常想去开开眼界,头一次拜访他丈夫的祖国"。时机对康拉德而言也

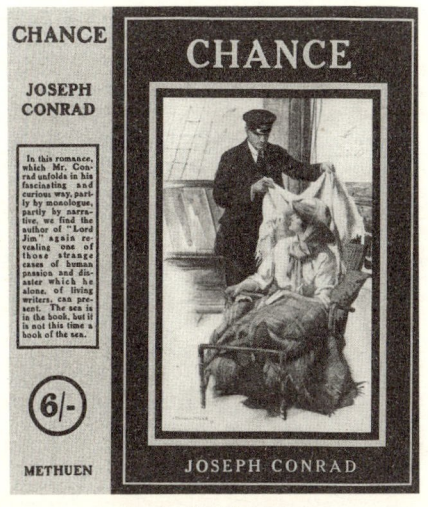

第一版《机缘》的封面

恰到好处，他刚刚完成了又一部小说，似乎是跟儿子们一起出游的好时候。七岁的约翰是酷爱麦卡诺（Meccano）（模型玩具的商标品牌。——译者注）的发烧"工友"，也很喜欢操纵电动小车，驾驶模型小船。在父亲的帮助下约翰在花园池塘里搭建了一个微缩版的马来群岛和"帕图森'原住民村庄'"。[15]快满十六岁的博雷斯则在军官训练船"伍斯特号"（Worcester）上刚刚完成军校学员资格，如果通过入学考试的话，就很快要启程前往谢菲尔德大学学习一门工程课程。[16]

前去波兰旅行的愿望"引起全家人如此一股热

情，如果不马上接受邀请的话恐怕要被老婆孩子撕成碎片了"。康拉德在启程离开的那天早上给高尔斯华绥写信说。约翰"从早喊到晚"，而博雷斯则"在车里忙前忙后做着自己的小把戏"。杰西一如往常，保持一切都井井有条，此时的康拉德也同样很典型地把东西弄得一团糟，他在护照申请表里没有填上全名"科尔泽尼奥夫斯基"，而更正的资料刚刚一天前才拿到手。[17]

"至于这趟波兰旅行本身，我是怀着复杂的心情而出发的。"康拉德坦言道。他欢迎家里人去领略和分享自己年少时待过的地方，可又担心这些对他而言曾经再熟悉不过的场所如今可能会感觉陌生。"1874年我在克拉科夫坐上一列火车（维也纳快车）前往大海之滨，当时就好像一个人进入梦境一般。现在这个梦依然在进行，只不过驻满了幽灵，而苏醒的一刻也正在逼近。"[18]

页面顶部标识的日期是 1914 年 7 月 25 日，康拉德对即将到来的觉醒一无所知。

他们在北海上经历了一段颠簸的航程，又在柏林住了一晚，在三个昼夜之后抵达了克拉科夫。杰西不得不歇一歇她的病腿，约翰正在发烧，但康拉德实在太过激动根本无法上床。

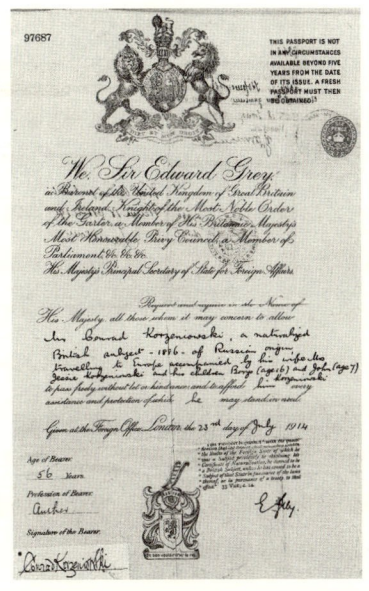

1914年去波兰旅行时康拉德一家所使用的护照

"我出去兜一圈。"他对博雷斯说。"你来吗?"父子俩从酒店出来踏上狭窄的街道,步入那片月色朦胧的集市广场。圣玛丽教堂倾斜的尖顶在他们头顶上方若隐若现,未完成的铺路石和树木从前在康拉德眼里总显得是多余的装饰,而如今看上去简直跟离开时仍一模一样。幽灵们在月光里闪烁,康拉德时而瞥见一个小男孩的身影,他快步穿过广场去学校,时而又望见一位身着黑衣的孩子,正跟在其父的灵车后面。

那个世界一去不复返了。现在康拉德只是一个

"白发苍苍的外国人,操着一口异邦口音对身旁的儿子滔滔不绝"。

"咱们回去吧,"他对博雷斯说,"时候不早了。"

这就是康拉德在几个月后所描述的波兰第一晚——但在那时另一层过往的情怀盖过了曾经的经历。[19]

在克拉科夫观光几天之后,康拉德一家于7月31日前往老同学康斯坦丁·布兹恩斯基(Konstantin Buszczyn'ski)位于乡间的家。正当喝茶之际突然门外响起了铃声,"一支奥地利骑兵队伍"来了,"他们在各家各户里接连征用所有的马匹和车辆"。士兵们原本要把康拉德一家租来的车子开走,是杰西拄着两根拐杖走出房子的凄惨一幕才阻止了他们的行动。[20] 康拉德一家驾车返回克拉科夫,途经的田野看上去就好像被播撒了龙牙似的。随处可见士兵,他们在路上叫停手推车和四轮马车,然后把马匹牵走。克拉科夫的大酒店当天早上就变成了一座静谧的神庙,充斥着"全副武装的官兵,个个身背大捆装备摇摇晃晃地走动着"。[21] 原来,当康拉德一家出门时,有人发动了一场战争。

康拉德说,7月份早些时候朋友曾问过他对于哈布斯堡皇储弗朗茨·斐迪南大公(Franz Ferdinand)在萨拉热窝遇刺一事有何看法,可当时他并未予以关注。多年以来康拉德曾读到过形形色色的各种政治暗杀——美国总统、法国总统、两位西班牙首相、奥匈帝国皇后、意大利国王和希腊国王，大多数都是无政府主义者所为，此次刺杀事件看起来似乎也并没有多少区别。然而这一回确实是大有不同的：这是塞尔维亚民族主义者实施的行动，它触发了奥匈帝国的强烈反应，他们非常希望能把此类反对帝国的异见活动镇压下去。奥匈帝国下定决心要予以报复，还收到一张德国开出的"空头支票"为其撑腰。反观塞尔维亚，它拥有俄国的保护，而俄国又是同英法缔结"三国协约"的一方。这就意味着假如奥地利向塞尔维亚宣战的话，那么俄国就会向奥地利宣战；而俄国对奥地利动武的话，那么德国就将对俄国动起刀兵；假如德国进攻俄国的话，那法国就会去袭击德国；假如德国途经比利时进攻法国的话，那英国就将对德国开战。

在一周时间内，每一个"假如"都变成了"何时"。就在康拉德一家跨越北海的那一天，奥匈帝国驳回了塞尔维亚对最后通牒的回复；[22] 就在康拉德一家途经柏林的那一天，奥地利向塞尔维亚宣战了（现在康拉德他们才明白为什么周遭的一切看起来都紧张兮兮、令人不快。[23]）；就在康拉德一家拜访克拉科夫时，俄国挑起了战争；奥地利、德国和法国都动员了起来。8月3日德国向法国宣战；8月4日英国向德国宣战。康拉德全家人都是英国公民，此刻却在奥地利的领土上，站错了方向，处于敌军的战线之后。

现在的情势，康拉德和家人突然就好像都变成了他某部书中的人物，被命运硬生生地逼到了墙角。康拉德说克拉科夫似乎猛然被置于"戒严状态"之下，电报线和电话线都被切断，新闻报纸受到审查，遍地都是军人，尽管"所见到的士兵都举止规矩"。[24] 他知道自己的波兰名字能够带来些许保护，免于被认作是敌方外国人而被突然拘禁，可如今穿越奥匈帝国需要特别的通行证，更不消说相当麻烦的旅行安排了。康拉德听从一位表亲的建议，避开军队行进的路线，朝南方的方向坐四小时火车去扎科帕内（Zakopane）的塔特拉山（Tatra Mountains）疗养地，待在这位亲戚的客房里。

约翰就在火车上度过了八岁生日。火车环绕着山路而行，约翰在一个个窗户之间跑来跑去，抢着看一眼火车头的样子。扎科帕内犹如森林里萌芽出来的一座小镇，尖尖的木屋，木质的房顶，沉睡在森林的黑暗中，沉浸在松林的芳香里。尽管风景宜人，但康拉德一家加入了一群"不同国籍的难民队伍里……与任何时闻消息隔绝，而且很快就将极度渴望外界的讯息"，旅游胜地的环境给了他们些许夏日度假的享受。博雷斯法语流利，能够与许多在扎科帕内游玩的波兰人交流，他加入了一支徒步旅行的社团并同客房里的一位姑娘眉来眼去。杰西跟康拉德的表亲安妮拉（Aniela）去镇上买东西，还带着约翰在风光秀美的乡间驾车兜风。康拉德向安妮拉借来了波兰新生代的小说作品，趁机"恶补"了一回。在酒馆里，酒桌上的新朋友们给康拉德讲述了整整一代波兰人的政治风云。[25]

按康拉德的话说，这场战争让波兰陷入了困境，夹在"俄国的原始野蛮"和"德国肤浅且难以忍受的所谓文明"之间。[26]波兰民族主义者已遭受过国家的四分五裂，而如今又眼睁睁地看着祖国沦为三股瓜分强权的杀伐战场。有些民族主义者希望与胜券在握的一方结盟，如此一来会得到波兰独立的回报。而其他人则将这场战争视为强权大搏杀的血腥舞台，还将继续蹂躏这个国家。"这些人彻底绝望了，满眼尽是断壁残垣和终极毁灭。"康拉德告诉坎宁安·格雷厄姆说，"这太难承受了。"[27]一个星期下来，涌来了更多的难民，他们从马车轿厢里慌乱走出，几乎只带了随身衣物。在一家商店的橱窗里杰西看到"几百枚结婚戒指正标价公开出售着"，皆来自那些缺钱的流民。[28]康拉德使尽浑身解数，想办法组织家人出逃。他写信给高尔斯华绥和平克，让他们汇一点钱过来。他还请美国出版商去咨询驻维也纳的美国大使，请求他签发过境文件。康拉德在地图上筹划全家人西行的路线：维也纳、瑞士、波尔多；维也纳、意大利、马赛。

弥漫着松林香气的夏日渐渐转入阴湿寒冷的秋天。俄国人在9月份的时候占领了加利西亚东部，并朝扎科帕内的方向继续向西推进。康拉德的手和膝盖

康拉德及其表亲安妮拉·扎戈斯卡

因痛风病而变得僵硬，全家人最终在 10 月初收到了离行的官方批准。可是即便他们逃离了这边的战场，却跳不出整个战争。大雪纷飞之下，全家人离开扎科帕内，他们坐在铺着虫蛀的羊皮的两轮小车里前往附近的一座火车站，尽管捂着热水袋，穿着借来的毛皮衣服，却还是瑟瑟发抖。前往克拉科夫的旅程原本少于 4 小时，而实际上"在消毒水的弥漫气味和伤兵呻吟的回响中"持续了 18 个钟头。接着他们在克拉科夫中央车站为一列开往维也纳的列车又守候了 12 个小时。杰西带着约翰去走廊尽头的洗手间，两旁尽是负伤的士兵。当路过一间急救站时，杰西伸手挡在小男孩的眼前挥动，不让他看见"一大桶人体残肢"的惨景。去维也纳的旅途本该花费 7 个小时不到的时间，却延续了 26 个钟头，火车一次又一次地停靠，放下同时又载上患病和受伤的军人。[29]

杰西记得一次颇具英雄色彩的失物找寻，穿过城市的各大车站去找一个遗失的行李箱。他们坐火车从维也纳去意大利（约翰记得大伙去车站时坐着亮红色的大车子），穿越德军士兵把守的边界（博雷斯记得父亲似乎突然振作起来，以"极其流利"的德语在一路上"披荆斩棘"），接着继续赶路前往热那亚。[30] 平克的汇款来得恰是时候，让他们得以买上一张船票，登上一艘从爪哇返航回国的荷兰邮船，最后在 11 月初回到了英国，前后共离开了超过 4 个月的时间。

康拉德在波兰的整个旅程……几乎都在想办法怎样回家。

就算找到了断层线,也无从得知地震会在何时何地爆发。康拉德在1914年夏天的经历以生动的形式阐明了这场世界大战的主要特点:几乎没有人预料到它的爆发,至少意想不到其规模会如此之大。于是各种讲述主人公受困于战争的故事就成为欧洲大陆的一种文学类型。康拉德感到讽刺,苦涩地回想起当初某些人向他保证那场战争"从物质角度看是不可能爆发的……因为那将意味着所有物质利益的彻底毁灭",此为英国和平主义活动家诺曼·安吉尔(Norman Angell)的一套说辞。[31] 待战争真的打响时,大多数欧洲人还以为它会在圣诞节之前就宣告结束。可是到了1915年冬天,当康拉德撰写家庭游记时,整场战事已演变为吃人的消耗战,看不到明显的停火迹象。

康拉德的随笔《重回波兰》(*Poland Revisited*)利用了人们一种普遍接受的看法,即这场战争改变了一切。他形容那次旅行犹如一场"梦中之梦",在重组遥远青春回忆的同时却对战争的乌云懵懵懂懂全然不知。"我开启的是一段时光的旅途,帮我回到过去",所迈出的每一步均带来了往昔的故事。当他们在利物浦街车站登上港口接驳列车时,康拉德回想起

1878年抵达这座车站的那一天,"在'光荣的和平'那一年"(1877年俄土战争再次爆发,英国派遣军队介入,1878年在柏林会议上由德国首相俾斯麦调停英国与俄国的矛盾,让英国收获颇丰,首相本杰明·迪斯雷利回国后提到了"光荣的和平"这一说法。——译者注)。当时他正穿行于一条条狄更斯风格的街巷里寻找船舶代理人。[32]"这就像是36年周期的收尾。"当他们跨越北海时,康拉德回忆起在这片水域里他最初的几次航行,认出这景致还是过去的"老样子",天穹犹如沾湿的吸墨纸,"污浊的海水呈灰绿色,一望无际"。[33]此后他又带着儿子在克拉科夫游玩,思念起他已故的父亲。

战争掀掉了蒙在记忆脸庞上的薄纱。"战前的伦敦"霓虹闪烁,战时的伦敦却一片漆黑。和平时期的北海还是"老样子",战争岁月的北海成了"一片浩瀚的雷区,密集播撒着仇恨的种子"。从前的泛欧战争(拿破仑时代的战争),即便在死敌之间尚有一种荣誉感,双方懂得互相尊重。然而对比之下今天的战争充斥着"鬼鬼祟祟却杀气腾腾的装置和发明",以变态畸形的"进步"科技武装起来。在文章的最后一幕场景里,康拉德描绘在归家的途中"唐斯"的景色渐渐映入眼帘,"充满了我海上生活的回忆",却被大陆上响起的一发炮弹轰鸣声"硬拽"出了遐想的幻境。他捕捉到杰西的眼神,看出"她也同样深刻感受到……弗兰德斯（Flanders）海岸上正在工作的一门门大炮所发出的阵阵闷响……正改变着未来世界的面貌"。[34]

与康拉德那部拥有书本厚度篇幅的回忆录《私人档案》一样，《重回波兰》也以大量自传体色彩的内容虚构和事实隐略为作品特色。康拉德并没有只带博雷斯去克拉科夫的集市广场逛街，也没有感到自己是个"白发苍苍的外国人"，他的波兰朋友瑞廷格一家始终陪同在康拉德身边。他们说大伙怀着爱国之情在圣玛丽教堂外庄严肃穆地挽着康拉德的手聆听喇叭手吹奏《军号》。康拉德写到他曾想逃离父母那代人的"阴影"，"坟地黏湿的空气带着尘土味，尝起来像苦涩而空虚的旧梦"。可是康拉德没有写过自己其实探望了阿波罗·科尔泽尼奥夫斯基的墓地，在那里博雷斯记得他第一次也是仅有一次看到康拉德双膝跪地祈祷。[35] 在《私人档案》里康拉德也没有提到他在雅盖隆图书馆（Jagiellonian library）注视着阿波罗的手稿，而是说自己看着父亲把稿子烧掉了。

妙笔生花的技艺所产生的一个明显效果就是令《重回波兰》变成了他对英国性的一种主张——每当有波兰人跟英国盟友俄国斗争时，他就会突出这一点。康拉德说在英国旗帜无形笼罩的小径上，他们离开时回望着自己的房子，"它依偎在也许是肯特郡最为安宁的角落里"，"这一小块英国，几片田野，几处树木茂密的高地……星星点点的红墙屋瓦，闪烁着微光……沉浸在柔和的朦胧和静谧中。这一幕风景映在康拉德的脑海里随他而去，感觉所有的一切紧紧地抱住了我……这在我眼里弥足珍贵，而且不像被动接收的遗产，而是主动争取的东西。"——就好似爱上了一样。[36] 康拉德前所未有地被牵扯进波兰的事务，而此刻做出如此坦露心迹的描述就不是巧合了。在约瑟夫·瑞廷格的鼓励下，康拉德打破自己回避政治的常规，在1917年创作了一篇《波兰问题备忘录》（Note on the Polish Problem）致外交部，声称西欧在保卫波兰免于德国和俄国伤害方面肩负有"道德义务"，并倡导成立"一个英法保护国"作为"道德和物质支持的理想形式"。[37]

不过康拉德的随笔另有一个微妙的效果，即把战争的降临纳入到一摞尘封的往事里，如此一来这便不是另一则新故事而是一幕新篇章。至于漫长的归家之路（该部分内容在亲戚的记录里占据主要位置），每个阶段都交织着战争的凶险和危害，可是康拉德对此几乎一字未提。战争在《重回波兰》里的表现形式跟康拉德小说里常见的关键事件一样，反倒是以幕后背景故事出现的，譬如格林威治爆炸或从船上跳到水里。康拉德不太关心实际发生了什么，而更在意人们对此有何反应。在这篇随笔里，康拉德选择不告诉博雷斯他在克拉科夫集市广场上所看见的那个飞快穿过的幽灵,这种做法呼应了马洛对库尔兹未婚妻撒下的谎言,是一种为了保护他人的纯真而做出的举动,这还与许多士兵无法形容前线之"恐怖"异曲同工。

战争开启了康拉德与回忆、年龄和过去之间关系的新篇章。现如今,夜晚在伦敦周围宁静的乡间散步可能会被飞艇所打搅,发动机的嗡嗡声响彻那如静止般的夜空。若在花园里喝茶,则常伴随着"架设在弗兰德斯的大炮所发出的持续且沉闷的砰砰声"。[38] 博雷斯自少年时代就十分痴迷于汽车,他终究没有去成谢菲尔德大学(入学考试落了榜),而是进入了陆军的机械运输部队。康拉德驾车送他去了营地,"在那一天,博雷斯不得不把少年时代明明白白地抛于身后了……望着他在公共汽车和小货车之间挪动步子,而我则蹒跚地穿过马路,前所未有地体会到自己已经老了"。[39]

康拉德回到他正在写作的稿件上,一部名叫《阴影线》的中篇小说,一则渐入成熟的故事,其情节松松散散地取自于康拉德在"奥塔哥号"上担任船长的经历。作品讲述在暹罗湾首次驾船航行的一位"新科"船长——康拉德在1909年的《秘密的分享者》当中采用过相同的设定。船员们被一种神秘的热带疾病折磨,而医药箱里的奎宁却早已被换成了无用的粉末。船长指挥这艘船抵达港口,让他跨越了从青少年到成人的那条"灰线"。与康拉德较长篇幅的作品不同，中篇小说不牵涉庞大的倒叙或跃进叙述，似乎在说，"假如你一旦越线，就没有回头路了"。书的赠言写道："献给博雷斯及其他像他那样在早早的年纪里就跨越了他们这代人的'灰线'的人。"这句话的意境萦绕在读者的心头，有种不祥之感。有些人读到这里便得出结论说博雷斯已经牺牲了。

事实上十几岁的康拉德中尉在1916年初被派往西线，并写了好几封"乐呵呵的、孩子气的"家书寄送了回来。父母"时不时地寄过去点心盒作为回复，就好像他还在学校里一样"。[40] 那年秋天，六十岁的康拉德船长也聊发了一回少年狂，接受了分配任务，为海军部写作一些宣传资料。他访问了洛斯托夫特的海军基地，在扫雷舰上待了两天时间。后来还搭乘一艘为吸引德国U型潜艇而假扮成商船的诱捕驱逐舰北上苏格兰做了为期12天的巡游。

康拉德每天对杰西的称呼——"亲爱的小姑娘"、"最亲爱的小宝贝"、他"自己的女人和最好的密友"，20年的婚姻以来这些书面的甜言蜜语翻了一番。[41] 无甚新意的反倒是他所写的实际文字——"干得好"、"加密"、"老规矩"，在和平时期炒冷饭般地赞扬那些"英国人，而那些人的物质和精神存在是以相互之间的忠诚和对船只的真爱为条件的"。[42] 它们读起来就像是陈年的老古董，而且康拉德怀疑自己也正在变得老态龙钟。康拉德受一位海军领航员的邀请乘上飞

1916年康拉德在"雷迪号"
皇家海军军舰上

机,他在另一篇战时文章里把这趟旅行叫做"翱翔云霄",在奇妙的80分钟里,康拉德感觉就好像被"冻"在了"一大块悬浮的大理石"里。飞机缓慢移动的影子倒映在波澜壮阔的海面上,这幅景色把他惊呆了。下飞机时康拉德说自己肯定"再也不坐飞机了"。这倒并不是因为他不喜欢,而是他承受不了新式航空器的诱惑吸引,知道自己已经老了,无法再身体力行地赢得这份殊荣。[43]

自开战以来康拉德一直手忙脚乱,但他没有落下挑衅和平的每一步。他的朋友们都失去过兄弟和儿子。博雷斯在战争行将结束的最后几周里中了毒气并患上了炮弹休克症(一种首次出现于第一次世界大战的奇怪病症,其严重的伤害至今难以解释,常被人认作是战场爆炸引起的颅内脑震荡,现代医学越来越多的观点认为是一种神经性疾病。——译者注)而回家疗养。在康拉德家里服务多年的女佣内莉·莱昂斯得流感去世了,成了这场世界范围流行病下几百万丧生者中的一个。在1918年的休战纪念日上,康拉德俯视着这块大陆,在其两侧,东边是1917年在俄国夺权的布尔什维克,西边是1917年加入战争的美国,他们均虎视眈眈,意欲"主导在凡尔赛召开的和平大会",而此时"欧洲国家却都默默无闻地退居次席"。[44]"巨大的牺牲谢幕了,至于地球上这些国家会迎来什么结果,未来都将会徐徐展示。"康拉德告诉小说家休·沃尔波尔(Hugh Walpole)说,"我无法平心静气地坦白实话,全世界正有一股股强大且极端盲目的力量被灾难性地释放了出来"。[45]

康拉德对世界未来的看法早在15年前的《诺斯特罗莫》里就已提出过一套"理论",它预言了美国的崛起,而如今现实业已降临。伍德罗·威尔逊(Woodrow Wilson)总统怀揣着"十四点原则"(Fourteen Points)或称"原则"抵达凡尔赛,盟友们将围绕其来构筑未来的和平。"征服和扩张的日子一去不复返了。"威尔逊宣布，从今往后民族自决将构成国际关系的基础，而不再是帝国主义。奥斯曼帝国、德意志帝国和奥匈帝国分裂成一个个普遍公认的单一民族国家和托管地，在国际联盟的监督之下由协约国来管理。[46]

第十三点提倡建立"一个独立的波兰国家"，这是康拉德乐意见到的，但也夹杂着明显的默然态度。"波兰复国的唯一理由就只是政治上的必需而已。"[即便如此，康拉德也比经济学家约翰·梅纳德·凯恩斯（John Maynard Keynes）要更富同情心，凯恩斯叫嚣："波兰在经济上是个无可救药的地方，没有工业，只有对犹太人的迫害。"[47]]康拉德觉得，"美国人强大的物质力量和正在觉醒的强权意识培养了他们的粗鲁和傲慢，因此美国对欧洲事务的干涉影响绝不可能是好事"。[48]以他个人的眼光来看，威尔逊正在满世界打造一个又一个科斯塔瓦那。那些国家能否持续保持独立将完全取决于其他强国判断它们是否依然有用。康拉德的话并没有完全说错。国际联盟的授权指令把某种形式的帝国主义隐蔽在国际主义的名头之下，跟1885年的刚果自由邦相比并没有完全的不同。[49]

把第一次世界大战视作旧秩序的一场危机，这种看法已成为普遍的老生常谈。对于世界上的人们尤其是欧洲人而言，民族主义和民主社会主义许下了美好的自由愿景,把人民从更压抑的君主专制中解放出来。各色人等均把威尔逊的"原则"挪为己用,朝鲜人寻求从日本统治中获得独立;埃及人要求摆脱英国人当家作主;阿拉伯人希望在汉志(Hejaz)和黎凡特地区建立一个国家;犹太复国主义者想方设法要在巴勒斯坦地区有一个犹太国家并得到世界承认。[50] 胡志明亲笔致信给威尔逊和法国总理乔治·克里孟梭(Georges Clemenceau),为越南在法兰西帝国之内谋求更大的权益。莫罕达斯·甘地第一次组织了全印度范围反对英国统治的抗议活动。中国的激进分子在孙逸仙建立的共和国里谋求推翻西方强加给中国的"不平等条约"。

然而对于正在兴起的全球新秩序,康拉德评论指出多种对和平所作出的反应。正如康拉德判断的,也许最大一股令人恐惧的盲目力量就是布尔什维克主义,尽管它许诺将会解决"物质利益"这一难题。虽然康拉德与坎宁安·格雷厄姆及其他社会主义者都是好朋友,但他却形容"国际社会主义"是"某种让我感到不知所云的东西",更别说对它抱以希望了。[51] 康拉德谴责在英国兴起的工人运动。"在我眼里'阶级'这个词明显是可恶的。真正值得关心的阶级只有诚实能干的人们所组成的阶级,无论他们从属于哪一种人类活动的范畴里。"[52] 此外,康拉德对围绕民族主义而组织的新兴世界秩序同样也持有怀疑态度。一个个新的国家创建起来,这种做法等于是默许了一场族群性的民族主义浪潮,这在亚美尼亚大屠杀中已经野蛮地表现出来了。在战胜国之间,复仇主义的情绪似乎已蒙蔽了理性的重建政策。

于是就这样,罗杰·凯塞门与康拉德的人生轨迹再次有了交集。凯塞门曾为筹备1916年"复活节起义"(Easter Rising)从德国走私军火而遭到拘捕,被判定为叛国罪并处以死刑。康拉德的许多朋友都在一份恳求宽大的请愿书上签了字,可是康拉德却拒绝添上自己的名字。他不但相信爱尔兰共和主义是在"背后捅刀子"——尤其是自从他巡游俄罗斯帝国、奥匈帝国、法国、荷兰和比利时之后他的浪漫化信仰毫发无伤,依然认定大英帝国更为理想且与众不同,[53] 而且他还说:"确切地讲,早在非洲的时候我就吃准了凯塞门是个没脑子的家伙。我不是说他傻,我的意思是他这个人完全情绪化,向来意气用事(刚果之事重蹈了普图马约的覆辙并依此类推,等等),正是这纯粹的意气用事毁了他。"[54] 这番话简直是舅舅塔德乌什灵魂附体,就好像握着康拉德的笔写给阿波罗·科尔泽尼奥夫斯基的一段意味深长的临别气话。

帝国主义的压迫、流民的迁徙、民族主义所产生的魅力与危险、经济消长和科技更新所带来的强大威力,凡此种种康拉德均有切身的体会。他也知道部落主义无法医治这些病灶。[55] "我对人类所居住的这个世界抱有深深的宿命感，而在任何人的书籍和讲话中我都未曾发现能够挺直腰杆反对且足以令人信服的说法。"他告诉和平主义哲学家伯特兰·罗素（Bertrand Russell）说"不过我也知道，你是不会以为我会相信'任何'制度的"。[56] 康拉德开过的唯一药方是针对个人而言的。《阴影线》里的船长，手头没有药品来医治他生病的船员，转而从其"王朝"的智慧中寻求帮助。它并不是由血缘来遗传，而是通过经验、训练、责任感和幸福简朴的传统人生观。[57] 康拉德提倡（他个人思想中的）"什拉赫塔"的价值观并宣扬帆船上的精神，以及依赖且怀疑它们的落魄之人所胸怀的梦想。此外康拉德还表现了白人的自我批评意识，这些人在海外旅行并看到了自身社会的局限性，即便他们并没有可能进入其他国家的社会里。

有鉴于此，这场不合时宜的波兰旅行令康拉德顿时措手不及，而早先两个月就已完成的小说却获得了一种全新的、与这场战争相呼应的共鸣。这部小说把《诺斯特罗莫》中的"物质利益"世界同《吉姆爷》帕图森后续事件的元素结合了起来，讲述了一位在东印度群岛的、名为阿克塞尔·海斯特（Axel Heyst）的瑞典人，被心怀嫉妒的德国旅店老板和唤作"琼斯先生"的歹毒冒险家所迫害。就像《吉姆爷》里的布朗·琼斯这位"失业者"像来自另一个世界的恶魔入侵到海斯特的归隐处。"我代表世界，来看望看望

约瑟夫·康拉德的肖像,阿尔文·兰登·科伯恩
(Alvin Langdon Coburn)于1916年所作

你。"他这样胁迫海斯特。[58] 该小说的所有主要人物都被杀或自杀,那么康拉德会给这场死亡狂欢赋以怎样一个题目呢?全书的名字叫——《胜利》。

作为战前最畅销的作家,康拉德在和平环境下以某种社会现象的面貌出现。第一部文学分析书籍在 1914 年出版问世,由一位名叫理查德·柯尔(Richard Curle)的苏格兰青年批评家所著。此人宣称康拉德是现世最伟大、最被低估、最受人误读的作家之一。"康拉德的作品在文学史上确实标志着一个新的纪元。"柯尔宣称,"尽管阅读康拉德需要花费一定的功夫,而这年头谁也不能因此而过分苛责任何人,"但柯尔"确信康拉德的时代即将到来,而且他的太阳一旦升起就不会落下。当然了,我的意思不是说他会永远一直流行下去……而是将始终受人由衷的崇敬"。[59]

个人运势如鲜花着锦,令康拉德百感交集。他觉得成功来得太晚了,同时或许也太过火了。"你根本想不到这些二流的努力却带来了如此厚重的收获,"他向高尔斯华绥抱怨 1915 年的一篇故事,"赚的钱是《青春》的八倍,《黑暗的心》的六倍。这让我感到恶心。"[60] 坊间传言说康拉德将被提名为尊贵的"一等功勋章"(Order of Merit),对此康拉德回应说:"我强烈感觉吉卜林才是正确的人选,而那块'一等功勋章'对我而言也许不是合适的荣誉。不管我内心最深处的情感归属在哪里,但我都不能声称英语文学是我的一项遗产。"他继续回绝了来自牛津大学、爱丁堡大学、剑桥大学和耶鲁大学的荣誉学位——还婉拒了一个骑士爵位。他告诉经纪人,唯一一个想要获得的奖项就是诺贝尔奖。"因为这是国际性的,在本质上荣誉的成分少一些,更多的是纯粹的奖励回报本身。"[61]

康拉德的早期作品已取得了决定性的成功(第一个特别提出《诺斯特罗莫》是康拉德最伟大小说的人是柯尔),但卖得最好的却是自从《机缘》开始的一系列作品。这本书结构更简单,大量情节设定在欧洲,而且以几位女性主角为特色。当康拉德创作《吉姆爷》时,主要作家当中没有人体验过与之相同的叙述方式,待詹姆斯·乔伊斯写《尤利西斯》时,康拉德已在耕耘《金箭》(*The Arrow of Gold*)。这是一部构思呆板笨拙的情节剧,以一位西班牙放荡女郎和一伙在马赛的枪支贩子为中心展开叙述。(E.M. 福斯特的母亲故意打趣说这书题目倒不如叫《铅箭》(*The Arrow of Lead*)更好。[62])当 D. H. 劳伦斯正在创作《恋爱中的女人》(*Women in Love*)时,康拉德最终完成了《拯救》。这本书自 1898 年以来就陷入停滞,已变为沉闷的爱情戏和平淡的冒险剧杂糅而成的丑陋"混血儿"。当 E.M. 福斯特写作《印度之行》(*A Passage to India*)之时，康拉德正把功夫花在《浪游者》(*The Rover*)上，一部纯粹的历史小说，讲述一位法国老水手在拿破仑战争时期回乡的故事。康拉德同英国新一代的先锋派作家几乎没有接触，也许这并不意外，尽管他很喜欢跟安德烈·纪德(André Gide)交朋友——此人负责指导将康拉德众多著作翻译成法语的工作，还曾请保罗·瓦莱里(Paul Valéry)和莫里斯·拉威尔(Maurice Ravel)共进午餐。(康拉德有几部小说也曾被翻译成波兰语，甚至还有人提议将其译成世界语。康拉德认为这是"一套荒谬的行业术语"，但假如有人想那么去做，他也不反对。[63])

康拉德最大的粉丝群在何处，这是毫无悬念的。足够讽刺的是，他们恰恰在未来世界的中心——美国。[64]1919 年度，《金箭》是这个国家第二畅销的小说。[65]各大报纸上说"1920 年约瑟夫·康拉德作品销量总计相当于 1911 的 36 倍，在 21 日（6 月）已达到了 30 万册"。[66]康拉德的美国出版商弗兰克·道布尔戴一直催促康拉德到美国做一次巡回演讲，这样将会进一步推动他的销售业务。但康拉德深受痛风困扰，又因口音问题而对公共演说有所顾忌，也不太情愿前往一个他认为民族精神值得怀疑的国家。所以最后……他同意了。

1923年4月，康拉德登上"锚索"航运公司靓丽整洁的新轮船"图斯卡尼亚号"（*Tuscania*），这是他告别海上生涯后的首次跨洋旅行（"我竟然需要一张票才能登上外国航线船只……这在我眼里简直是世界上最荒唐的事"）。大约50年前康拉德曾对拉丁美洲有过"匆匆一瞥"，自那以后这算是他第一次横跨大西洋。[67]10天之后他抵达纽约，惊恐地发现自己原来是个大名人，走下轮船的那一刻即被一群记者团团围住，"40个人手举着的40台摄相机对准着他，这些家伙看上去就像是从贫民窟里冒出来似的"。接着，他看到一支波兰裔美国人代表团"在码头上冲到我面前，把许多花束塞到我手上"。[68]道布尔戴把康拉德推进一辆正在等候的车子里，飞驰前往他在牡蛎湾（Oyster Bay）的宅邸。

《时代》杂志的封面上通告了康拉德的来访。各家报纸纷纷尊称他为"英语世界里现存的最伟大作家"。他在纽约做了一场私人的读书会，还同记者们热情交谈，跟政客们吃饭应酬，又访问了哥伦比亚大学、耶鲁大学和哈佛大学的校园［在那里他"对着日耳曼博物馆（Germanic Museum）这件中世纪德国建筑的拼凑仿制品开怀大笑，乐呵呵地看到德国皇帝把一切都给了哈佛"。］[69] 一个月之后他返回了肯特郡，在美国领略到的"极度热情"和"高度人性"让他的内心深感震撼。[70]

他故意让痴迷的美国粉丝"沉醉于康拉德的魅力之中"。[71] 最高端的美国读者群欣赏他在写作风格上的创新，正如 H.L. 门肯（H.L.Mencken）所言，"他所看见的……不仅仅是这个男人的抱负或那个女人的命运，而是宇宙力量那摧枯拉朽般的扫荡与破坏"。[72] 正是康拉德的这些天赋，使得一位年轻的仰慕者——F. 斯科特·菲茨杰拉德（F. Scott Fitzgerald）——在未受邀请的情况下极其迫切地想闯入道布尔戴为康拉德举办的宴会，以至于在前院草坪上表演起一段吉格舞，希望自己能被请进去。[73]

不过，社会名流们对康拉德所表现出的如痴如醉，必然是基于道布尔戴精心打造的形象所作出的反应，即"纵横四海的天涯浪子"前来发现新世界。[74] 康拉德本人在一定程度上也鼓励纵容这种传奇形象的塑造，就让他如此屹立着，譬如说人们谬传他曾经染指过走私军火到西班牙的勾当。此外，在作品选集版的"作家备注"里，他还向道布尔戴主动提供了大量自传色彩的小插曲。

然而这趟旅行让康拉德感到一种前所未有的渴望，"想要逃离那地狱般的行船故事和对海上生活的沉迷，这些几乎就是我作为一个作家的全部文学存在，就像萨克雷凭借其大文豪天赋而四处购置的大院豪宅一样"。他对理查德·柯尔抱怨说，"毕竟，也许我过去曾是一名水手，但如今则是一位散文作家"。[75]

康拉德求助于柯尔，要他来充当通向未来读者的向导。柯尔比康拉德小25岁，已成为康拉德的抄写员，而且几乎就是一个替补的儿子。康拉德一方面喂给柯尔各种奇闻逸事和思想剖析，心里知道这位比自己年轻的人将来会是遗产的守护者；而另一方面他也警告柯尔要远离那些缺乏想象力的平淡解读。"我亲爱的柯尔，难道你从来就没有想到过，我把自己的生活甚至谣传放入故事背景里的时候，难道我会不知道自己在干什么吗？亲爱的小兄弟，对一切艺术作品的魅力而言，明确性都是致命的，它剥夺了所有的含蓄暗示，破坏了全部幻想。"[76] 康拉德的这番话就好像以马洛的口吻告诫柯尔，不断地讲述不同版本的故事，同时又质问哪一份记录才是真实的。

柯尔在1923年写了一篇文章名叫《康拉德先生著作史》(The History of Mr. Conrad's Books)。康拉德承认，为此文添加注视的做法提供了一次修正人生记录的契机，即便不算唯一的机会，至少也是此生难再有。然而他人生的另一套记录却无须任何修订，来自一封封摆满康拉德书桌的信件里。康拉德从美国返回之后，堆积数月的信札犹如在面前倒着放映的人生。这封信是福特·马多克斯·福特的，他从巴黎写信过来说要组织重印他们合著的作品；那封信来自"亲爱的朋友"坎宁安·格雷厄姆，他感谢康拉德的《浪游者》,"几乎称得上是你笔下不朽人物诺斯特罗莫的双胞胎兄弟;"[77]爱德华·加尼特也寄来了一封,提醒康拉德"正是三十年前(几乎一天不差)我永远上岸了。而就在第二年我们的友谊便开始了!可以说是直接从大海出来投到你热情的拥抱里;"[78]一位年迈的无政府主义者寄给康拉德一本关于1894年格林威治爆炸的小册子;[79]康拉德还收到一封来自"维达号"詹姆斯·克雷格船长和二管轮的信,他们以为康拉德不会记得他们,向康拉德的成功表示祝贺。[80]"你们该不会真的以为我会忘了'维达号'上的日子吧,"康拉德回复说,"这是我航海生活的一部分,而海上生活恰恰是我最常回忆到的往事。"[81]康拉德当年初到伦敦时曾栖身于迪尼沃路上的一户人家里,在沉寂了几十年之后他甚至获得了他们家女儿的消息。"我记得大家对我有多好,"他回答说,"还记得我在航海途中有多么盼望回到你们家,大伙总是等着我回来,热情迎接我。"[82]

1924年八月公共假日(August Bank Holiday)的周末,康拉德全家人都回到了奥斯瓦德。这是位于坎特伯雷附近的一幢乔治亚时代房屋,康拉德从1919年开始租住。8月2日是约翰18岁的生日——自从他们搭乘那趟战时火车去扎科帕内恰好过去10年了——他一直在勒阿弗尔(Le Havre)学习法语,这次才回肯特郡的家。杰西在坎特伯雷的一家疗养院里

花园里的康拉德，地点奥斯瓦德
（Oswalds），1924 年

待了几个星期刚刚回来，正从膝盖的又一次手术里慢慢康复。柯尔事实上就是家庭的一份子了，也加入到合家团圆的集体当中。更为不同寻常的是，居然连博雷斯也来了，堪称一次全方位的修复关系之旅。多年以来他一直同炮弹休克症作斗争，找工作很困难，还债台高筑（有其父必有其子），而且在1922年偷偷跟一位不被他父母认可的女人结了婚。"甚至都算不上正经的工人阶级。"杰西说。[83] 可喜的是博雷斯最近找到了一份新工作，不仅把妻子琼带回来了，而且还有宝宝菲利普——康拉德的第一个孙子。

星期六早上康拉德跟柯尔一起度过，讨论他的新小说《悬念》(Suspense)，该作设定在拿破仑战争时期的意大利。他们一同外出，观赏观赏附近一幢海景房，康拉德正考虑搬过去。可是他在车里突然感到一阵胸痛，于是大家就掉头返回。康拉德躺到床上，医生起先诊断为消化不良，后来他的呼吸变得困难，就安上了氧气装置。但当孩子们晚上过来看他的时候，他"用枕头垫着支撑起身子，戒不掉的香烟正在指间燃烧着"。[84] 第二天早上，康拉德的身体状况转好，足以坐到椅子上，还对杰西大声打招呼（杰西正躺卧在隔壁屋子里）。接着，房子里的每个人都听见扑通一声巨响。康拉德从椅子上摔了下来，就孤零零地在房间里去世了，在一幢充满家人和朋友的房子里。

康拉德的葬礼在坎特伯雷天主教古镇的教堂里举行，那天早晨飘着濛濛细雨。当时外面正举办着一场板球运动会，街上尽是各种旗帜和身穿白色板球衣的人，送殡队伍蜿蜒通过这一条条拥挤的街道，罗伯特·坎宁安·格雷厄姆希望这条路永远都走不完，这样就能跟康拉德共同驻留在这最后的时刻里。然而当车子嘎吱嘎吱驶过砂砾路进入墓地大门时，格雷厄姆望见旭日破晓，感觉一阵怡人的海风，随后他准备作道别。人们带着骨灰盒去墓地，将其放置下来，用英语低声地祈祷着。格雷厄姆请他的朋友安息,"收好风帆,卷起缆绳,船锚扎扎实实地落到肯特郡的泥土里"。在康拉德安息之处的上空,海鸥尖声鸣叫着,送来海上的讯息。[85]

结语　望君知

伴随着音乐设备里的曲子"任大雪纷茫"和"冰雪奇域",飞机徐徐降落,进入基桑加尼附近一片浓密的"森林大地毯"。"内陆站"是磅礴的刚果河上最适宜航行的点,这里天气干燥,阳光明媚,城镇外围一座宏大的清真寺显示曾一度统治这片区域的桑给巴尔人所留下的影响力。河岸排列着比利时殖民时代的房子,屋顶已锈迹斑斑,废弃的砖瓦厂摇摇欲坠,墙体脱落掉入红土里。

飞行航班很少,对刚果人而言也太过昂贵,往来于基桑加尼和金沙萨之间的唯一方式就是依靠船舶——或者说,是靠小驳船。拖船大小的船只拖动小型驳船队伍顺流而下,乘客们在船上的户外环境里露宿好几周,自己配备床席、洗涤桶和炭炉。做这种旅行的船只其实根本没有几艘,而我偶然中发现一艘能在一周之内就启航的船,这实在是撞了大运。这艘船隶属于刚果最大的啤酒厂布拉里马（Bralima），它载着相当于 4 艘船运载量的普里默斯牌（Primus）啤酒往下游航行。板条箱堆积得很高，里面装着黄色塑料瓶，"普里默斯一号"（Primus I）看上去就像是一艘微缩版的集装箱货轮，相当于我跨越印度洋时乘坐过的法国达飞海运集团"克里斯托弗·哥伦布号"。

我窝进一个狭小的客舱内，做 1000 英里的旅行，一边轰走身边的采采蝇（舌蝇，广泛分布在非洲的吸血昆虫，以人类、家畜及野生猎物的血为食，常传播一种"昏睡病"。——译者注），一边重新阅读《黑暗的心》。森林的轮廓线犹如朝后方翻卷着，时不时浮现出一座座架在木杆上的茅草屋村庄，突兀地"打搅"着这幅行进中的画卷。我待在舰桥上，船长以康拉德当年同样的方式驾驶着船只，既倚仗以往经验又依靠眼睛观察，唯一的辅助之物便是一本 10 公里河流带的俯视图册，其页面已卷曲磨损得像法兰绒一般，似乎被几百根拇指搓摩过。在水浅的河段，有两个人坐于船尾将测深杆插到水里转动来估量深度，恰如康拉德的船员当年所做的那样。

然而眼前并无丛林逼近，没有那种恐怖的意境，也没有因环境而感到陌生疏离，而是自然地融入一座真正的浮动村庄里。在这块地方，马洛同非洲船员几乎没有任何互动，而我却每天且全天跟同行者们聊家常、谈政治，跟他们一起准备食物，玩"恩哥拉"游戏（ngola）（一种曼卡拉的桌面游戏），还帮忙照看孩子，闲时就听听音乐。在这块地方，康拉德及其同事们常害怕来自岸上的袭扰（而反过来岸上的人们也害怕他们），可我们仅仅花了一小时就安然通过了，岸边并没有什么独木舟朝我们划来。村民们兜售鱼、芭蕉、木薯和丛林肉禽——从肥肥的白蛴螬到挂起来的烟熏猴子应有尽有。他们也从游客手上购买城市奢侈品：牙膏、盐、饼干和电池。悚人听闻的家伙们曾诱使我以为刚果这个国度相当混乱无序，处处感受到威胁甚至有性命安危之虞。然而我所见到的却是许多富有事业心的人，他们悉心照料并努力开拓着自己的生意，甚至河流本身看上去也跟康拉德时代不同，浮动的水葫芦呈团块状点点缀缀，是20世纪50年代入侵进来的生物。

　　我前来刚果寻找康拉德，但他似乎从未远去过。鉴于如此多的类比，令人猛然感悟到的是21世纪初叶的时代"并非"19世纪晚期。我读阿切贝先于读康拉德，这使我意识到康拉德身上有种种过时的偏见，还感到自己用局外人的口吻谈论什么是"真正"的刚果时可能会带有谬误之嫌。我追踪着全球化一条条联系的脉络，它们所连接起来的人和地点甚至比康拉德所处的时代还要多。我亲身见证了船上大多数人讲的是通用语（法语）这一事实，船只在某天晚间停航，以便让所有人都围聚在一台由小型发电机供电的电视机前面观看冠军杯足球赛。我同时也看到经济发展和科技进步已将贫富差距进一步拉大。我们停靠的小镇无一处有电力或自来水可用,更别奢谈什么现代医疗、道路或互联网了。康拉德的刚果故事素来不仅仅关于某个单一的特定地方,而是强调全球性的野蛮潜质和文明的空泛性,这解释了为何《黑暗的心》会放之天下而皆准。[在康拉德自身的影响力之下,弗朗西斯·福特·科波拉(Francis Ford Coppola)在《现代启示录》当中把故事重新定位到东南亚的做法是极其恰当的。]

康拉德曾有过著名的论断,称艺术家的目标就是"用书面语言的力量来让你听得见、感觉得到——特别是看得见"。而我意识到,康拉德让我看见的是一组力量,其外观也许已面目全非,但其带来的种种挑战却没有变。当今世界"黑暗的心"在其他地方能够找到,以开化任务作为剥削的外衣。康拉德时代被科技取代的水手们,其继承者如今却可以在被数字化破坏的工业领域里发现;若要找寻无政府主义者,他们的等价团体就在网络聊天室或恐怖分子的监牢里;康拉德曾围绕讨论的美国"物质利益",现在从中国辐射出的数量一样多。

鉴于康拉德小说的全球指针,其文学继承者能够散布全世界就不是出于巧合了。当康拉德在1924年去世时,英国出版界对这位全国最伟大作家之一的去世保持默然态度,这让罗伯特·坎宁安·格雷厄姆大为震惊,他甚至难以找到出版商为他自己出版回忆录。[1] 只有零星的几条讣告出现在英国的期刊杂志上,最长的一篇是由弗吉尼亚·伍尔夫(Virginia Woolf)在《泰晤士报文学副刊》(*Times Literary Supplement*)上写的。虽然她赞扬康拉德的航海作品是经久不衰的名著经典,但她认定其后续的小说牵强附会,而且最讨"男孩和小年轻"的好。[2] 此外,伍尔夫还强调了康拉德的"外国性",这无疑会让康拉德本人也火冒三丈。伍尔夫称呼康拉德为"我们的贵客",凸显他的"神秘气息"、异域外表和"浓重的外国口音"。[3]

但在另一篇讣告词里,25岁的欧内斯特·海明威(Ernest Hemingway)回忆说自己整宿整宿地熬夜阅读,"如醉汉般"痴迷康拉德,狼吞虎咽了四部小说,速度之快让他感到"就像一个年轻人在挥霍遗产似的"。海明威嘲笑有些人居然说T.S·艾略特(T. S. Eliot)是伟大的作家而康拉德却不是。假如有谁把T.S·艾略特碾碎开来,播撒到康拉德的坟墓上,能让其起死回生,那么"我会一大清早就带着香肠研磨机动身赶到伦敦来"。[4] 海明威或许并不晓得其实艾略特也是康拉德的拥趸。艾略特曾引用《黑暗之心》里的一句话——"库尔兹先生——他死了"——来作为他1925年诗篇《空心人》(*The Hollow Men*)里的引语。

伍尔夫和她的圈子对康拉德嗤之以鼻，但海明威、艾略特、F.斯科特·菲茨杰拉德和威廉·福克纳全都热情拥抱康拉德。这些美国青年是英国文学圈子的局外之人，他们都宣称康拉德是自己灵感的一大来源。而国际上像这样的杰出作家有一长串的队伍，包括安德烈·纪德和托马斯·曼（Thomas Mann）在内。康拉德作为移民、旅行家，尤其是一位用非母语写作的大文豪，一直是后殖民时代作家眼里的典型样板，从钦努阿·阿切贝到V.S.奈保尔，他们都将康拉德视为"祸根"。豪尔赫·路易斯·博尔赫斯（Jorge Lnis Borges）、加夫列尔·加西亚·马尔克斯（Gobriel García Márquez）、马里奥·巴尔加斯·略萨（Mario Vargas Llosa）和胡安·加夫列尔·巴斯克斯（Juan Gabriel Vásquez），在这些拉美作家的作品里都出现了康拉德的影子。康拉德作为一种影响力而被罗伯特·斯通（Robert Stone）、菲利普·罗斯（Philip Roth）、琼·狄迪恩（Joan Didion）和安·帕奇特（Ann Patchett）广泛援引，还包括W.G.塞巴尔德（W. G. Sebald）和约翰·勒卡雷（John le Carré）亦是如此。格雷厄姆·格林（Graham Greene）在阅读了诺曼·谢里（Norman Sherry）对康拉德的研究作品之后甚至选择他作为自己的传记作者。[5]

如果康拉德本人获悉在第一次世界大战过去百年

之后波兰人竟然成了英国第一大外国族群的话也许会感到困惑不已。在洛斯托夫特，他第一次踏足英国的地方，繁华商业街上有一片波兰人开的商店，而火车站对面还有一家名为"约瑟夫·康拉德"的酒吧。英国的这片区域在 2016 年脱欧投票中表现得十分踊跃。移民们也许对此不会感到惊讶，他们早已见识过因全球化开放时代而产生的排外浪潮。[6]

在某个狂风大作的英伦夏日，我拜访了康拉德在肯特郡的那片小天地。两位波兰女士也前来表示敬意，有人还在康拉德那块粗制的花岗岩墓碑前留下了一根祈愿的蜡烛。石碑上书写了一对诗句，取自埃德蒙·斯宾塞的《仙后》(Faerie Queene)，康拉德曾将其作为他最后发表的一部小说《浪游者》的引语。

辛劳过后则休憩，破浪过后方归岸，

争战过后得安闲，生存过后而善终，是所至颂。

在诗篇的上方，黑体小字铭刻着"约瑟夫·提奥多尔·康拉德·科尔泽尼奥夫斯基"。这个名字将英语名"约瑟夫·康拉德"嵌进了他受洗而得的波兰名"约瑟夫·特奥多尔·肯拉德·科尔泽尼奥夫斯基"里，而且还把"特奥多尔"给拼错了。

致 谢

我初遇约瑟夫·康拉德是在 11 岁那年,当时英语老师海蒂·达维多夫布置功课要我们阅读《吉姆爷》。后来我在大学英语课上同詹姆斯·普尔曼一起看《黑暗的心》,加深了对康拉德的熟悉。我首先要感谢他们为我打开了一扇通向康拉德世界的大门。

我进大学的时候原本希望主修英文系,但马克·凯什岚斯基(Mark Kishlansky)教授的一堂历史课唤醒了我,让我感受到历史性叙事文字的力量。于是我转而集中精力关注哈佛大学的历史与文学课程,待我再次读到康拉德(《间谍》)时就已是在历史课上了。2007 年的时候我萌生了写作一本书的想法,本质上以历史与文学为主题讲述康拉德与他生活的那个年代,此番念头并不是出于偶然的心血来潮,当时我刚刚返回哈佛任教,在此地度过的这些年以来这本书与我同步走向成熟。

在知识方面我最大的亏欠来自教职员同事们。首先就是马克本人，虽然他在2015年去世了，但他所主张的"把历史当作文学来写"的观点仍然是一种灵感启发。苏尼尔·艾姆瑞斯、大卫·阿米蒂奇、卡罗琳·埃尔金斯和艾玛·罗斯柴尔德也对我持续产生着影响，帮助我形成了对帝国主义和全球历史的观点。彼得·戈登、艾莉森·约翰逊、玛丽·路易斯和查尔斯·迈尔丰富了我对欧洲大陆历史的理解。通过与尼尔·弗格森和吉尔·莱波雷的对话，我了解到许多关于书写历史的宗旨以及怎样编撰的要领。从阿曼达·克雷柏、卢克·梅南、莉亚·普莱斯和马丁·皮斯纳那里，我得到了许多不可或缺的教益，懂得了如何像一位批评家那样审读文学作品。

在我的"约瑟夫·康拉德的世界"研讨班上，两位杰出的同年级本科生给了我许多解读材料和呈现材料的新方法。我一直非常有幸能与出类拔萃的研究生们一起工作——尤其是巴纳比·克罗克洛夫特、埃里克·林斯滕和米尔恰·莱亚努，从他们新颖的提问和富有原创性的研究之中获益良多。

保罗·祖斯、伊丽莎白·约翰逊、安·考夫曼、伊莱恩·帕普利亚斯和安娜·波皮耶，这些历史系和欧洲研究中心的成员让我感到宾至如归，一走进办公室就犹如一种享受。我还要感谢艺术与科学学院的两位校长迈克尔·D.史密斯和妮娜·希普斯特，谢谢他们慷慨地提供材料支持和精神鼓励。

我曾借机将此项目取样少许在一群听众面前做测试,他们给我的反馈帮助极大。我感谢哥伦比亚大学、戴维森学院、杜克大学、约翰霍普金斯大学、哈佛大学马辛德拉人文中心、国家历史中心、纽约大学、纽约人文学院、西北大学、波莫纳学院、普林斯顿大学、加州大学伯克利分校、康斯坦茨大学和马里兰巴尔的摩大学,他们邀请我去参加座谈,聆听我的讲话。此外还有约瑟夫·康拉德学会(英国)、新西兰历史协会和北美英国研究会议,感谢他们安排与我会面。我尤其感激回复我的彼得·布鲁克斯、莎拉·科尔、苏珊·佩德森、菲利普·斯特恩和茱蒂丝·舍克斯。

2013年夏天,大卫·米勒带我去伦敦走了一趟,拜访康拉德曾经时常出没的地方。大卫与我开启的关于康拉德的对话,一直持续到大卫突然去世为止,就在我完成这部手稿前的几周。我要感谢大卫的事还有很多,是他把我介绍给了艾伦·西蒙斯、基思·卡宾和劳伦斯·戴维斯。假如没有他们对康拉德事无巨细的认知,那我简直无法写成这本书。我尤其感谢艾伦,他同意帮我审查稿件。还有基思,他带我去瞻仰了康拉德的墓地。

我为此书所做的研究受到古根海姆学者奖的支持,还得益于牛津大学圣约翰学院的一项短期助研奖学金。我感谢托马什·布鲁舍维兹和迈克尔·特沃雷克在波兰材料资源方面的协助；罗伯特·福尔克、珍妮特·波拉斯基、黛博拉·西尔弗曼和埃里克·塔利亚科佐在航海、比利时和马来历史等方面给了我指导。若清点学术人情的话肯定少不了要答谢琳达·科莱持续的教诲和她自身学术成就所起到的榜样作用，还有大卫·康纳丁的热心帮助和鼓励。

我从英国和新加坡的文史档案里开始这一项目，推测其调研过程会像我以往几本书一样，但最终等到了船上我才感觉与康拉德的距离贴得最近。那三趟旅行深刻地构成了我对康拉德世界的认知，并决定了我将如何用笔端来写作它。对法国达飞海运集团"克里斯托弗·哥伦布号"的蒂埃里·罗宾船长及好客的船员们，我向他们表示无尽的谢意，这趟横跨大洋的旅行令人难以忘怀。他们所给予的舒适陪伴确保了整条漫长的航路都不显得冗长乏味。对道格·内梅特和丹尼尔·布雷顿船长，以及"柯维斯·克莱默C261号"上的船员和学生们，谢谢你们给我上了一堂航海技术速成课，令我获益匪浅。我还要衷心感谢海洋教育协会，是他们准许我登上这艘船，另外还有那位建议我这么做的乔伊斯·卓别林。

就刚果河旅行安排事宜我曾向许多人士求教过，面对我提出的各种突然而唐突的问题，他们都非常慷慨地予以解答，我深深地感谢朋友们提供的建议和帮助，他们包括菲利普·古勒维奇、南希·罗斯·亨特、迈克尔·卡瓦纳、乔斯林·凯里、马克斯·麦克莱伦、阿莱特·涅姆波、安让·森德拉姆、克里斯·罗森卡兰斯和亚伦·罗斯。奥特·姆比利和格里·莫凯瑞是非常能干且态度和善的向导。船长莫伊斯和船员们，以及在这趟"人生之旅"的途中陪我同乘"普里默斯一号"这座浮动村庄的乘客们，我欠你们的情恐怕不是一句简单的"谢谢"所能够表达的。

我花费了很长时间来真正构架和编写这本书，还同我所认识的最具启发性的作家一起讨论，包括威廉·达尔林普尔、尼古拉斯·达维多夫、杰夫·戴尔和菲利斯·罗斯，从他们的身上我获益颇多。杰夫为我写作康拉德的最初阶段铺平了道路，充当了"艺术天使"和"伦敦艺舍"之间的协调者。我还非常感激已故的鲍勃·西尔弗斯和斯蒂芬妮·吉里，他们在自己的作品里为我预留了空间来回顾康拉德。本书的大部分内容是在雅斗和麦克道威尔文艺营（作为一名斯坦福·考尔德伍德学术成员）里创作完成的，它们对艺术事业给予超乎寻常的支持，简直近乎奇迹。

许多朋友和同事都阅读过手稿的各个部分，并在修改方面提供了价值连城的建议，他们是詹森·哈丁、艾莉森·约翰逊、卢克·梅南、马丁·皮斯纳、马尔科·罗什、艾玛·罗斯柴尔德、柯尔斯顿·维尔德和拉里·沃尔夫。黛博拉·科恩和瑞秋·科恩勇敢地面对最早的初稿，反馈给我一套相当理想的建议与鼓励的组合。阿曼达·克雷柏读过稿件的全部，某些地方还看了两遍，道出了我自己想表达的意思，甚至比我讲得还要好。马丁·奎恩提供了最彻底、最敏锐的文字编辑工作，是我有幸接受过的最高待遇。菲利斯·罗црат在最后一刻审阅我的最终稿，看着我越过那条写作的终点线。

但写作这本书始终具有挑战性，从安德鲁·卫理和莎拉·查尔方特专业的管理一直到望着它无缝链接地进入付诸印刷阶段。跟斯科特·莫耶斯一起合作真的令人非常愉快，他完全是尽心尽力、有求必应的一个人，而且思维缜密周到，聪慧过人。同样地，能够再度与阿拉贝拉·派克合作一本书简直妙极了，她是我所能指望的最佳支持者，也是送来无私鼓励和无穷建议的源泉。我还感谢企鹅出版社的制作团队，包括伽罗·巴罗、碧娜·卡姆拉尼、克里斯托弗·理查兹，以及威廉·科林斯的团队，谢谢他们为这本书所付出的努力。

康拉德曾经说过："孤寂之下的写作几乎与海上行船一样伟大。"但康拉德也承认，作家就像一名水手，"在最孤单的时候可以求助的亲朋好友简直寥寥无几，这些人总是头脑清醒、思维明确，对你而言是唯一一些真正重要的人"。我很幸运，那些康拉德早年失去的东西，即直系亲属的支持和陪伴，我在数平方英里范围内伸手可得。我的父母杰伊和希拉，兄弟艾伦、卢巴，还有不再是小不点的妮娜，他们每个人都为这本书的成功做出了贡献。他们给予我的帮助，上到博学多才的对话和专业睿智的建议，下至烹饪家常菜、机场接送以及尝试《丁丁历险记》。

康拉德具备很强的交友能力，善于经营亲密无间的友谊，这意味着他从来就没有真正孤独过。当我花时间与康拉德"相伴"时，也逐渐地特别意识到自己生活中所拥有的友情力量。我的许多朋友跟我一起旅行，共同穿越了各大洲，友谊至今已有好几十年，他们是邓肯·切斯尼、安娜·戴尔、迈克尔·德雷瑟、约西亚·奥斯古德、马尔科·罗什、尼尔·萨菲、杰西·斯科特、斯蒂芬妮·斯奈德、柯克·斯维哈特、巴哈尔·拉希迪、纳赛尔·扎卡里亚和朱莉·兹克曼。在其他一些朋友的帮助下剑桥大学让人感到宾至如归，他们是尼尔·艾亚尔、希兰·加斯顿、克雷特·赫伯特、安迪·朱厄特、伊恩·米勒、凯特·莫纳亨、梅根·奥格雷迪、莉亚·普莱斯、马丁·奎恩、丽莎·兰道尔、莎米拉·森和海蒂·沃斯库尔。瑞秋·科恩和波义耳一家的马特、西尔维娅和托拜厄斯，他们的陪伴既有盛情相待的温暖和教人刮目相看的智慧，又有对老虎、卡车和独角兽的闲情逸趣。当我跟阿曼达·克雷柏、萨姆·赫斯比和马丁·皮斯纳在一起时，发现我们仿佛是一个"社交家庭"，似乎有无限的话题范围。我把此书献给你们，我的朋友们，我的船锚和风帆。

注 释

注释部分出现的缩略词

CL: Joseph Conrad, *The Collected Letters of Joseph Conrad*, eds. Frederick R. Karl and Laurence Davies, 9 vols. (Cambridge, UK: Cambridge University Press, 1983–2008). Vols. 1–6 edited by Laurence Davies, Frederick R. Karl, and Owen Knowles. Vol. 7 edited by Laurence Davies and J. H. Stape. Vol. 8 1923–1924 edited by Laurence Davies and Gene M. Moore. Vol. 9 edited by Laurence Davies, Owen Knowles, Gene M. Moore, and J. H. Stape.

CPB: Zdzisław Najder, ed., *Conrad's Polish Background: Letters to and from Polish Friends*, trans. Halina Carroll (London: Oxford University Press, 1964).

CUFE: Zdzisław Najder ed., *Conrad Under Familial Eyes: Texts*, trans. Halina Carroll-Najder (Cambridge, UK: Cambridge University Press, 1983).

序幕 自己人

1. Tom Burgis, *The Looting Machine: Warlords, Oligarchs, Corporations, Smugglers, and the Theft of Africa's Wealth* (New York: PublicAffairs, 2015), chapter 2; Jason K. Stearns, *Dancing in the Glory of Monsters: The Collapse of the Congo and the Great War of Africa* (New York: PublicAffairs, 2012); United Nations Development Program, *Human Development Report 2015: Work for Human Development* (New York: UNDP, 2015), pp. 208–11.

2. Sean Rorison, *Congo: Democratic Republic, Republic*, 2nd ed. (Chalfont St. Peters, Buckinghamshire, UK: Bradt Travel Guides, 2012), p. 3.

3. "Democratic Republic of the Congo Travel Warning," September 29, 2016. https://travel.state.gov/content/passports/en/alertswarnings/democratic-republic-of-the-congo-travel-warning.html; Jeffrey Gettleman, "Kinshasa, Congo, Is Locked Down as Protests Erupt Against Joseph Kabila," *The New York Times*, September 19, 2016; www.nytimes.com/2016/09/20/world/africa/congo-protests-joseph-kabila.html; Robin Emmott, "European Union Prepares Sanctions over Congo Vote Delay," October 17, 2016, www.reuters.com/article/us-congo-politics-eu-idUSKBN12G0X9; Aaron Ross, "Congo Security Forces Killed Dozens of Anti-Government Protestors: U.N.," October 21, 2016, www.reuters.com/article/us-congo-politics-un-idUSKCN12L13D.

4. Joseph Conrad [henceforth JC] to Karol Zagórski, May 22, 1890, *CL*, vol. 1, p. 52.

5. Chinua Achebe, "An Image of Africa," *The Massachusetts Review* 18, no. 4 (December 1, 1977): 788, 790.
6. Barack Obama, *Dreams from My Father*, rev. ed. (New York: Three Rivers Press, 2004), pp. 102–3.
7. Cf. Juan Gabriel Vásquez, "Remember the Future," in *A London Address: The Artangel Essays* (London: Granta, 2013).
8. V. S. Naipaul, "Conrad's Darkness," *The New York Review of Books*, October 17, 1974.
9. "Cosmic Purposes: Whitman's 'Passage to India,'" http://exhibitions.nypl.org/treasures/items/show/103.
10. I base this paragraph on, among others: Eric Hobsbawm, *The Age of Empire* (New York: Vintage Books, 1989); A. G. Hopkins, ed., *Globalization in World History* (New York: W. W. Norton, 2002); C. A. Bayly, *The Birth of the Modern World, 1780–1914: Global Connections and Comparisons* (Malden, MA: Blackwell Publishing, 2004); Adam McKeown, "Global Migration, 1846–1940," *Journal of World History* 15, no. 2 (June 2004): 155–89; Jürgen Osterhammel and Niels P. Petersson, *Globalization: A Short History* (Princeton, NJ: Princeton University Press, 2005), trans. Dona Geyer; John Darwin, *After Tamerlane: The Rise and Fall of Global Empires, 1400–2000* (New York: Bloomsbury, 2009); Mark Mazower, *Governing the World: The History of an Idea* (New York: Penguin Press, 2012); Jürgen Osterhammel, *The Transformation of the World: A Global History of the Nineteenth Century*, trans. Patrick Camiller (Princeton, NJ: Princeton University Press, 2014); Charles S. Maier, *Once Within Borders: Territories of Power, Wealth, and Belonging Since 1500* (Cambridge, MA: Harvard University Press, 2016).
11. Quoted in Edward Garnett, "Introduction" to Joseph Conrad, *Conrad's Prefaces to His Works* (New York: Haskell House, 1971), p. 28.
12. JC to Marguerite Poradowska, August [18?], 1894, *CL*, vol. 1, p. 171.
13. I draw this example from Rose George, *Ninety Percent of Everything: Inside Shipping, the Invisible Industry That Puts Clothes on Your Back, Gas in Your Car, and Food on Your Plate* (New York: Metropolitan Books, 2013), p. 18. See also Marc Levenson, *The Box: How the Shipping Industry Made the World Smaller and the World Economy Bigger* (Princeton, NJ: Princeton University Press, 2008).
14. JC to Kazimierz Waliszewski, December 5, 1903, *CL*, vol. 3, p. 89.
15. Edward W. Said, *Joseph Conrad and the Fiction of Autobiography* (New York: Columbia University Press, 2008); Ian P. Watt, *Conrad in the Nineteenth Century* (Berkeley: University of California Press, 1979).
16. Norman Sherry, *Conrad's Eastern World* (Cambridge, UK: Cambridge University Press, 1966); Norman Sherry, *Conrad's Western World* (Cambridge, UK: Cambridge University Press, 1971).
17. Jocelyn Baines, *Joseph Conrad: A Critical Biography* (Westport, CT: Greenwood Press, 1975); Frederick Robert Karl, *Joseph Conrad: The Three Lives* (New York: Farrar, Straus and Giroux, 1979); Zdzislaw Najder, *Joseph Conrad: A Life*, 2nd ed. (Rochester, NY: Camden House, 2007); John Stape, *The Several Lives of Joseph Conrad* (New York: Pantheon Books, 2007). As readers will see, I draw most heavily in this book on Najder, thanks to his unparalleled research on Conrad's early life.
18. Karl Marx, *The Eighteenth Brumaire of Louis Bonaparte*, trans. Daniel De Leon (Chicago: Charles H. Kerr & Company, 1907), p. 5.
19. "Henry James: An Appreciation," in Joseph Conrad, *Notes on Life and Letters* (Garden City, NY: Doubleday, Page & Co., 1924), p. 17.
20. JC to Humphrey Milford, January 15, 1907, *CL*, vol. 3, p. 408.
21. JC to F. N. Doubleday, May 19, 1916, *CL*, vol. 5, p. 589.

第一章 没有家,没有国

1. Many of the sites of Conrad's childhood were known by various names, spellings, and alphabets to their linguistically diverse inhabitants (Polish, Ukrainian, Yiddish, German, Russian), and he may

have known by Polish names towns that are rendered differently under the politico-linguistic boundaries of today. I have chosen to use the spellings of these locations as they currently appear on the map—with the exception of locations that have an accepted English equivalent (e.g., Lviv for Lwów/L'viv, and Warsaw instead of Warszawa).

2. "The Order of Baptism," *The Offices of the Old Catholic Prayer-Book* (Oxford and London: James Parker and Co., 1876), p. 13; "Conrad's Certificate of Baptism," *CUFE*, p. 31. For an extensive discussion of Conrad's place of birth, see Zdzisław Najder, *Joseph Conrad: A Life*, 2nd ed. (Rochester, NY: Camden House, 2007), pp. 10–12n.

3. Piotr Stefan Wandycz, *The Lands of Partitioned Poland, 1795–1918*, 2nd printing, with corrections (Seattle: University of Washington Press, 1996 printing, 1984), p. 17.

4. Apollo Korzeniowski, "To my son born in the 85th year of Muscovite oppression," *CUFE*, pp.32–33. Czesław Miłosz, "Apollo N. Korzeniowski: Joseph Conrad's Father," *Mosaic* 6, no. 4 (1973): 125.

5. On the meaning of the Polish phrase *"pisz na Berdychiv,"* see Julian Krzyżanowski, ed., *Nowa księga przysłów i wyrażeń przysłowiowych polskich* (Warsaw: PIW, 1969), vol. 1, p. 75. I am grateful to Tomasz Blusiewicz for the citation and his explication of this phrase.

6. Charles W. Calomiris and Larry Schweikart, "The Panic of 1857: Origins, Transmission, and Containment," *The Journal of Economic History* 51, no. 4 (December 1991): 807–34.

7. "Chronicle," *The Annual Register, or a View of History and Politics of the Year 1857* (London: Printed for F. & J. Rivington, 1858), p. 228.

8. The month of the Haj that year ended in late August: www.muslimphilosophy.com/ip/hijri.htm.

9. Jan Vansina, *Paths in the Rainforests: Toward a History of Political Tradition in Equatorial Africa* (Madison: University of Wisconsin Press, 1990), chapter 7.

10. Robert Louis Gilmore and John Parker Harrison, "Juan Bernardo Elbers and the Introduction of Steam Navigation on the Magdalena River," *The Hispanic American Historical Review* 28, no. 3 (August 1948): 335–59; Jason McGraw, *The Work of Recognition: Caribbean Colombia and the Post-emancipation Struggle for Citizenship* (Chapel Hill: University of North Carolina Press, 2014), chapter 3.

11. Cf. Alfred Jarry's 1896 play *Ubu Roi*, which opens in "Poland—that is to say nowhere." Kate Brown portrays the region of Conrad's childhood as "no place" in *A Biography of No Place* (Cambridge, MA: Harvard University Press, 2004).

12. Wandycz, *Lands of Partitioned Poland*, pp. 4–5; Patrice M. Dabrowski, *Poland: The First Thousand Years* (DeKalb, IL: NIU Press, 2014), pp. 132–35; Tadeusz Bobrowski, *A Memoir of My Life*, trans., ed., and intro. Addison Bross (Boulder, CO: East European Monographs, 2008), pp. 14–19; Andrzej Walicki, *Poland Between East and West: The Controversies over Self-definition and Modernization in Partitioned Poland* (Cambridge, MA: Harvard Ukrainian Research Institute, 1994), pp. 10–11.

13. Wandycz, *Lands of Partitioned Poland*, pp. 105–26; Norman Davies, *God's Playground: A History of Poland* (New York: Columbia University Press, 1982), vol. 2, pp. 202–3, 232–45; Dabrowski, *Poland: The First Thousand Years*, pp. 319–21.

14. Bobrowski, *Memoir*, pp. 114–15, 148.

15. Ibid., pp. 272–73.

16. Ibid., p. 10.

17. Adam Mickiewicz, *The Books and the Pilgrimage of the Polish Nation* (London: James Ridgway, 1833), pp. 15–20.

18. Jerzy Zdrada, "Apollo Korzeniowski's Poland and Muscovy (translated by Ewa Kowal—revised by REP)," *Yearbook of Conrad Studies (Poland)* IV (2008): 25, 28. An early photograph of Apollo has his name written below in Arabic script, testament perhaps to his time as a language student in St. Petersburg. (Box 16, Joseph Conrad Collection, Beinecke Library, Yale University.)

19. Ibid., pp. 27–31.

20. Bobrowski, *Memoir*, pp. 240–41; Najder, *Joseph Conrad: A Life*, pp. 5, 580–81.

21. Bobrowski, *Memoir*, p. 237.

22. Ibid., pp. 18–24.
23. Roman Taborski, *Apollo Korzeniowski, ostatni dramatopisarz romantyczny* (Wrocław: Zakład im Ossolińskich, 1957), chapter 2.
24. Apollo Korzeniowski [henceforth AK] to Tadeusz Bobrowski [henceforth TB], May 11, 1849, *CUFE*, p. 22.
25. Buszczyński, quoted in Miłosz, "Apollo N. Korzeniowski," p. 123; Bobrowski, *Memoir*, pp. 280–81.
26. Bobrowski, *Memoir*, pp. 238–39, 280–81, 311.
27. Ibid., pp. 300–303, notes pp. 304–5; Miłosz, "Apollo N. Korzeniowski," pp. 131–32. When Ukrainian peasants launched their own rebellion in 1855, *szlachta* scurried ignominiously to the safety of towns, leaving the serfs to be gunned down by Russian troops.
28. Bobrowski, *Memoir*, pp. 311–12.
29. Adam Mickiewicz, *Konrad Wallenrod: An Historical Poem*, trans. Maude Ashurst Biggs (London: Trübner & Co., 1882), p. 82. This particular translation was made by an almost exact contemporary of Conrad's and reflects contemporary British support for Polish nationalism: the translator grew up in a family of prominent reformers and translated Mickiewicz as part of a lifelong involvement in Polish affairs. ("Maude Ashurst Biggs," in Jonathan Spain, "Biggs, Matilda Ashurst [1816/17–1866]," *Oxford Dictionary of National Biography*, Oxford University Press, 2004; online ed., May 2011 [www.oxforddnb.com.ezp-prod1.hul.harvard.edu/view/article/59172].)
30. Adam Mickiewicz, Dorothea Prall Radin, and George Rapall Noyes, "Part III, Sc. II–V, Forefathers' Eve," *The Slavonic Review* 4, no. 10 (1925): 48–49.
31. The estate belonged to the Sobański family. Bobrowski, *Memoir*, pp. 239, 326.
32. Quoted in Zdrada, "Apollo Korzeniowski's Poland and Muscovy," p. 33.
33. Wandycz, *Lands of Partitioned Poland*, p. 156.
34. Najder, *Joseph Conrad: A Life*, p. 14.
35. Quoted in Taborski, *Apollo Korzeniowski*, p. 95.
36. Ibid., p. 66.
37. Miłosz, "Apollo N. Korzeniowski," p. 126.
38. Wandycz, *Lands of Partitioned Poland*, pp. 159–61; Dabrowski, *Poland: The First Thousand Years*, pp. 332–33.
39. Bobrowski, *Memoir*, pp. 384–89.
40. JC to AK, [May 23, 1861], *CL*, vol. 1, p. 3.
41. Ewa Korzeniowska [henceforth EK] to AK, May 23/June 4, 1861, *CUFE*, p. 43; EK to AK, July 5/17, 1861, *CUFE*, p. 53. Conrad's son John later noted that his father "was inclined to be too generous, particularly to tramps and people down on their luck." John Conrad, *Joseph Conrad: Times Remembered, 'Ojciec Jest Tutaj'* (Cambridge, UK: Cambridge University Press, 1981), p. 201.
42. EK to AK, May 28/June 9, 1861, *CUFE*, p. 44; EK to AK, June 20/July 2, 1861, *CUFE*, p. 51.
43. EK to AK [n.d.], *CUFE*, p. 37; EK to AK, May 23/June 4, 1861, *CUFE*, p. 41; Taborski, *Apollo Korzeniowski*, pp. 98–104. Bobrowski, *Memoir*, pp. 378–95.
44. EK to Antoni Pietkiewicz, July 27/August 8, 1861, *CUFE*, p. 57.
45. Stefan Buszczyński, *Mało Znany Poeta* [*A Little-Known Poet*] (Kraków: Drukarnia "Czas" W. Kirchmayera, 1870), p. 37. I am grateful to Tomasz Blusiewicz for his notes on and translation of this work.
46. Najder, *Joseph Conrad: A Life*, pp. 16–19; Taborski, *Apollo Korzeniowski*, p. 104. The so-called *chłopomani*, "peasant-lovers," made a point of wearing peasant clothes, reviving peasant folklore, etc. Bobrowski, *Memoir*, p. 442n.
47. Davies, *God's Playground*, pp. 258–59; Taborski, *Apollo Korzeniowski*, p. 104; Najder, *Joseph Conrad: A Life*, p. 18; Zdrada, "Apollo Korzeniowski's Poland and Muscovy," pp. 36–37.
48. EK to AK, June 20/July 2, 1861, *CUFE*, p. 51; EK to AK, [n.d.], *CUFE*, p. 37.
49. EK to AK, June 9/21, 1861, *CUFE*, pp. 45–46.
50. EK to AK, July 5/17, 1861, *CUFE*, p. 53.

51. EK to AK, June 19/July 1, 1861, *CUFE*, pp. 48–49.
52. Wandycz, *Lands of Partitioned Poland*, pp. 166–67.
53. Najder, *Joseph Conrad: A Life*, p. 18; Zdrada, "Apollo Korzeniowski's Poland and Muscovy," p. 39.
54. EK to Mr. and Mrs. Antoni Pietkiewicz, November 19, 1861, *CUFE*, p. 59; Apollo Korzeniowski, "Poland and Muscovy," *CUFE*, p. 87.
55. "The investigation and the court's verdict in the case of Apollo and Ewa Korzeniowski," *CUFE*, pp. 62–63. See also Zdrada, "Apollo Korzeniowski's Poland and Muscovy," pp. 42–44.
56. Buszczyński, *Mało Znany Poeta*, p. 37. Quotes from Apollo Korzeniowski, "Poland and Muscovy," *CUFE*, pp. 76–88.
57. Najder, *Joseph Conrad: A Life*, p. 20.
58. EK to Antoni Pietkiewicz, January 7, 1862, *CUFE*, p. 61.
59. I quote from and base my description of this scene on EK to Antoni Pietkiewicz, January 7, 1862, *CUFE*, pp. 60–61.
60. JC to Wincenty Lutosławski, June 9, 1897, *CL*, vol. 1, p. 358.
61. "The Investigation and the Court's Verdict in the Case of Apollo and Ewa Korzeniowski," *CUFE*, pp. 62–63. Korzeniowski described the scene in "Poland and Muscovy," *CUFE*, pp. 76–83. Cf. Buszczyński, *Mało Znany Poeta*, p. 37: "The exile sentence to Perm was pronounced. Since the sentence was too long, the judges interrupted the reading and told him to sign. 'I will sign where you, Sirs, stopped reading.'"
62. Zdrada, "Apollo Korzeniowski's Poland and Muscovy," p. 44.
63. In his fervently patriotic biography *Mało Znany Poeta [A Little-Known Poet]*, Stefan Buszczyński said: "Korzeniowski's passage through Lithuania was a true triumph. In Białystok crowds gathered to greet him, dispersed by gendarmes and Cossacks with whips." (38)
64. Bobrowski, *Memoir*, p. 396; AK to Gabriela and Jan Zagórski, June 15/27, 1862, *CUFE*, p. 66.
65. AK to Gabriela and Jan Zagórski, June 15/27, 1862, *CUFE*, pp. 66–67; AK to Gabriela and Jan Zagórski, October 2/14, 1862, *CUFE*, p. 70.
66. AK to Gabriela and Jan Zagórski, June 15/27, 1862, *CUFE*, p. 67.
67. Apollo mentions the photographer, Stanisław Kraków, in his June letter to the Zagórskis. The name of the studio is printed on the back.
68. Wandycz, *Lands of Partitioned Poland*, pp. 197–99; Davies, *God's Playground*, pp. 259–66.
69. Bobrowski, *Memoir*, p. 401.
70. He mentions twenty wards in his memoir, including Konrad Korzeniowski. Ibid., p. 442.
71. AK to Gabriela and Jan Zagórski, March 15/27, 1863, *CUFE*, p. 89.
72. Richard Niland, *Conrad and History* (Oxford: Oxford University Press, 2010), pp. 27–32.
73. Apollo Korzeniowski, "Poland and Muscovy," *CUFE*, pp. 75–84.
74. AK to Gabriela and Jan Zagórski, October 2/14, 1862, *CUFE*, p. 70. Najder dates the family's move to Chernihiv in January 1863 on the basis of a police file (pp. 22, 583n). But in a letter of mid-March 1863, enclosing a photograph of himself with two Vologda friends, Apollo mentions that they are about to celebrate the name day of a Polish priest in Vologda, proof they were still there in March. (AK to Gabriela and Jan Zagórski, March 15/27, 1863, *CUFE*, p. 90.) This also squares with Bobrowski's recollection that they arrived in Chernihiv "in the summer of 1863." (Bobrowski, *Memoir*, p. 397.) See Zdrada, "Apollo Korzeniowski's Poland and Muscovy," p. 47n.
75. AK to Kazimierz Kaszewski, [February 26, 1865] and AK to Kazimierz Kaszewski, February 28, 1865, *CUFE*, pp. 90–94.
76. Buszczyński, *Mało Znany Poeta*, p. 40.
77. AK to Kazimierz Kaszewski, May 29/June 10, 1865, *CUFE*, pp. 95–96.
78. AK to Gabriela and Jan Zagórski, January 6/18, 1866, *CUFE*, p. 102.
79. AK to Kazimierz Kaszewski, September 6/18, 1865, *CUFE*, p. 97.
80. AK to Kazimierz Kaszewski, October 19/31, 1865, *CUFE*, p. 100.
81. AK to Gabriela and Jan Zagórski, January 6/18 1866, *CUFE*, p. 102.
82. AK to Kazimierz Kaszewski, November 10/22, 1866, *CUFE*, p. 105.

83. AK to Kazimierz Kaszewski, October 19/31, 1865, *CUFE*, p. 100.
84. AK to Kazimierz Kaszewski, January 20/February 1, 1866, *CUFE*, p. 103.
85. AK to Kazimierz Kaszewski, November 10/22, 1866, *CUFE*, pp. 105–7.
86. AK to Kazimierz Kaszewski, February 7/19, 1867, *CUFE*, p. 111.
87. AK to Kazimierz Kaszewski, November 10/22, 1866, *CUFE*, p. 105.
88. An 1868 photograph of Apollo is reproduced in Najder, *Joseph Conrad: A Life*, between pp. 360 and 361.
89. Reminiscences of Jadwiga Kałuska, quoted in Roman Dyboski, "From Conrad's Youth," *CUFE*, p. 138.
90. AK to Kazimierz Kaszewski, June 24, 1868, *CUFE*, pp. 118–19.
91. "Morze-Lud" in Taborski, *Apollo Korzeniowski*, p. 158. My thanks to Tomasz Blusiewicz for the translation.
92. AK to Stefan Buszczyński, March 5/17, 1868, p. 113. The line paraphrases the poet Wincenty Kasiński (Taborski, *Apollo Korzeniowski*, p. 129). Apollo disdained the political scene in Lviv, though the city was in fact twice as large as Kraków and far more politically and culturally significant. See Larry Wolff, *The Idea of Galicia: History and Fantasy in Habsburg Political Culture* (Stanford, CA: Stanford University Press, 2010), pp. 229–30; Lawrence D. Orton, "The Formation of Modern Cracow (1866–1914)," *Austrian History Yearbook* 19, no. 1 (January 1983): 107.
93. Buszczyński, *Mało Znany Poeta*, p. 51.
94. AK to Kazimierz Kaszewski, January 20,/February 1, 1866, *CUFE*, pp. 103–4. Many decades later, Buszczyński's son Konstantin said that Stefan had put the inscription "I will rise, Lord, when you call me; But let me rest, for I am very weary" on Apollo's gravestone. In fact the grave reads, "A victim of Muscovite martyrdom." George Palmer Putnam, "Conrad in Cracow," *CUFE*, p. 143. (See illustration in Najder, *Joseph Conrad: A Life*, between pp. 360 and 361.)
95. "Description of Apollo Korzeniowski's funeral," *CUFE*, pp. 129–30.
96. Teofila Bobrowska to Kazimierz Kaszewski, June 12, 1869, *CUFE*, p. 131.

第二章　出发地

1. AK to Kazimierz Kaszewski, December 24, 1868, *CUFE*, p. 123.
2. Teofila Bobrowska to Kazimierz Kaszewski, June 12, 1869, *CUFE*, p. 131.
3. Ibid. Tadeusz was not officially appointed one of Konrad's guardians in Kraków because he lived in another country, Russia. His only child, a daughter about Conrad's age, died in 1871.
4. TB to JC, September 8/20, 1869, *CUFE*, pp. 34–35.
5. AK, "To my son born in the 85th year of Muscovite oppression," *CUFE*, p. 32.
6. "Tadeusz Bobrowski's 'Document,'" *CPB*, p. 183.
7. Biographers debate whether or not Conrad attended St. Anne's Gymnasium in Kraków. Conrad himself said he did, and provided a few corroborating details about the school, but Najder found no evidence of his name in the student registers, nor does it appear anywhere in Bobrowski's "Document." Either the otherwise well-preserved registers failed to note his enrollment and Bobrowski didn't pay for it—or, more likely, Conrad found it easier (and more distinguished) to explain his education this way. Zdzisław Najder, *Joseph Conrad: A Life*, 2nd ed. (Rochester, NY: Camden House, 2007), pp. 38–39n.
8. "Tadeusz Bobrowski's 'Document,'" *CPB*, pp. 188–93.
9. Reminiscences of Tekla Wojakowska, quoted by Stefan Czosnowski, "Conradiana," *CUFE*, p. 136.
10. George Palmer Putnam, "Conrad in Cracow," *CUFE*, pp. 142–43.
11. Lawrence D. Orton, "The Formation of Modern Cracow (1866–1914)," *Austrian History Yearbook* 19, no. 1 (January 1983): 105–17; Jerzy Dobrzycki, *Hejnał Krakowski* (Kraków: PWM, 1983). I am grateful to Michael Tworek for his assistance with this Polish source.

12. The photographer was Walery Rzewuski. John Stape, *The Several Lives of Joseph Conrad* (New York: Vintage, 2007), p. 22.
13. Najder, *Joseph Conrad: A Life*, p. 49.
14. JC to Stefan Buszczyński, August 14, 1883, *CL*, vol. 1, pp. 7–8. Gustav Morf points out that Buszczyński may have been referring to a poem by Juliusz Słowacki: "For I well know that my vessel, / Sailing through the wide world, / Will *not* sail to my country." Gustave Morf, *The Polish Shades and Ghosts of Joseph Conrad* (New York: Astra Books, 1976), p. 84.
15. "Poland Revisited," in Joseph Conrad, *Notes on Life and Letters* (Garden City, NY: Doubleday, Page & Co., 1921), pp. 168–69.
16. "Geography and Some Explorers," in Joseph Conrad, *Last Essays*, ed. and intro. Richard Curle (London: J. M. Dent & Sons, 1926), pp. 10–17.
17. Joseph Conrad, *A Personal Record* (New York: Harper & Brothers, 1921), pp. 126–27.
18. Ibid., pp. 80–81.
19. Ibid., pp. 82–83.
20. Ibid., p. 10.
21. "To make Polish life enter English literature is no small ambition. . . . And yet it presents itself easily but because of the intimate nature of the task, and of the 2 vols of my uncle's Memoirs which I have by me, to refresh my recollections and settle my ideas." JC to J. B. Pinker, October [7], 1908, *CL*, vol. 4, p. 138.
22. Conrad, *A Personal Record*, pp. 52–53, 60, 104; Bobrowski, *Memoir*, pp. 280–81.
23. Joseph Conrad, "Author's Note" (1919), in Joseph Conrad, *A Personal Record*, eds. Zdzisław Najder and J. H. Stape (Cambridge, UK: Cambridge University Press, 2008), p. 7.
24. AK, "Poland and Muscovy," *CUFE*, p. 80.
25. JC to R. B. Cunninghame Graham, December 20, 1897, *CL*, vol. 1, p. 425. For a reading of this passage, see Edward Said, *Joseph Conrad and the Fiction of Autobiography* (New York: Columbia University Press, 2008), ch. 2. At much the same time Conrad characterized the artist, in the preface to *The Nigger of the 'Narcissus,'* as someone who "speaks to . . . the subtle but invincible, conviction of solidarity that knits together the loneliness of innumerable hearts to the solidarity in dreams, in joy, in sorrow, in aspirations, in illusions, in hope, in fear. . . ." Joseph Conrad, *The Nigger of the 'Narcissus': A Tale of Forecastle* (Garden City, NY: Doubleday, Page & Co., 1914), pp. viii–ix.
26. I draw this description from Simon Bense, *Les Heures Marseillaises* (Marseille, 1878) and Franciszek Ziejka, "Conrad's Marseilles," *Yearbook of Conrad Studies (Poland)*, VII (2012): 51-67. Tadeusz Bobrowski said that Conrad was called "Monsieur Georges," a nickname Conrad later gave the protagonist of *The Arrow of Gold*. TB to Stefan Buszczyński, March 12/24, 1879, *CPB*, p. 178.
27. TB to JC, September 27 [old style], 1876, *CPB*, pp. 37–38.
28. TB to JC, October 14/26, 1876, *CPB*, pp. 39–45. "Tadeusz Bobrowski's 'Document,'" *CPB*, pp. 194–95.
29. TB to JC, September 2/14, 1877, *CPB*, p. 51.
30. TB to JC, July 28/August 8, 1877, *CPB*, p. 48.
31. The entanglement with the ship captain, Jean-Prosper Duteil, represents the only documentable truth to one of the tales Conrad most often repeated about his Marseille years, namely that he participated in gunrunning to Carlists in Spain. The absence of many records about his time in Marseille encourages some to interpret his 1919 novel *The Arrow of Gold* as heavily autobiographical.
32. TB to Stefan Buszczyński, March 12/24, 1879, *CPB*, p. 176.
33. Decades later, Conrad's son John noticed scars on his father's chest that "looked as though they had been made with a sword or cutlass." Conrad told him he had fought in a duel. John Conrad, *Joseph Conrad: Times Remembered, 'Ojciec Jest Tutaj'* (Cambridge, UK: Cambridge University Press, 1981), p. 181.
34. TB to Buszczyński, March 12/24, 1879, *CPB*, pp. 176–77.
35. "Tadeusz Bobrowski's 'Document,'" *CPB*, p. 198; Najder, *Joseph Conrad: A Life*, pp. 70–71.

第三章　在陌生人中间

1. See among others: J. Thomson and Adolphe Smith, *Street Life in London: With Permanent Photographic Illustrations Taken from Life Expressly for This Publication* (London: Sampson Low, Marston, Searle & Rivington, [1877]); "Cleopatra's Needle," *Illustrated London News*, September 21, 1878, p. 286; William John Gordon, *The Horse-World of London* (London: The Religious Tract Society, 1893).
2. *The Times* (London, England), September 25, 1878.
3. TB to JC, June 26/July 8, 1878, *CPB*, pp. 54–55.
4. Bernard Porter, "The Asylum of Nations: Britain and the Refugees of 1848," and Andreas Fahrmeir, "British Exceptionalism in Perspective: Political Asylum in Continental Europe," in Sabine Freitag, ed., *Exiles from European Revolutions: Refugees in Mid-Victorian England* (New York: Berghahn Books, 2003), pp. 40, 43.
5. Andrea Zemgulys, *Modernism and the Locations of Literary Heritage* (Cambridge, UK: Cambridge University Press, 2008), p. 81.
6. Population figures from [London County Council], *County of London. Census of London, 1901 . . .* (London: London County Council, 1903), p. 17.
7. Herbert Fry, *London in 1880: Illustrated with Bird's Eye Views of the Principal Streets* (London: David Bogue, 1880), pp. 306–10.
8. Joseph Conrad, *A Personal Record* (New York: Harper & Brothers, 1921), p. 71.
9. Joseph Conrad, "Poland Revisited," in *Notes on Life and Letters* (Garden City, NY: Doubleday, Page & Co., 1921), pp. 152–54. Deliberate or not, there are several factual errors in Conrad's account: he did not arrive in London in early September but in late September; it was not his first visit to London but his second; he was not nineteen at the time but nearly twenty-one.
10. JC to Spiridion Kliczewski, October 13, 1885, *CL*, vol. 1, p. 12.
11. British National Archives: HO 144/177/A44314.
12. "Author's Note," in Joseph Conrad, *The Secret Agent* (London: Penguin Classics, 2007), p. 250. (All subsequent citations drawn from this edition.) "Five millions" approximated the population of Greater London in the early 1880s. When Conrad wrote this note, in 1920, the population of Inner London alone was 4.5 million, and Greater London had passed 7 million.
13. Conrad, *The Secret Agent*, p. 12.
14. Ibid., pp. 3–7.
15. Ibid., pp. 35, 38, 40, 52–54, 56.
16. Ibid., pp. 14, 22. The Russian embassy at this time was in fact at Chesham House, in Chesham Place.
17. Ibid., pp. 23–30.
18. Ibid., pp. 56–57.
19. Ibid., p. 68.
20. Ibid., pp. 110–11.
21. Ibid., pp. 117–18.
22. Ibid., p. 148.
23. Ibid., p. 166.
24. Ibid., pp. 167, 179.
25. Ibid., p. 175. This "Personage," as Conrad calls him, Sir Ethelred, has been likened to Lord Salisbury, but the physical description ("a long white face, which, broadened at the base by a big double-chin, appeared egg-shaped in the fringe of thin grayish whisker") more closely resembles Sir William Harcourt, who was home secretary during the Fenian bombings of the 1880s. (Andrew Roberts, *Salisbury: Victorian Titan* [London: Weidenfeld & Nicolson, 1999], p. 520.)
26. Conrad, *The Secret Agent*, p. 183.
27. Ibid., pp. 195–97.
28. Ibid., pp. 208–9.

29. Ibid., p. 214.
30. Ibid., pp. 216, 235.
31. Ibid., pp. 244–46.
32. Conrad, *A Personal Record*, p. 110.
33. Hugh Epstein, "*Bleak House* and Conrad: The Presence of Dickens in Conrad's Writing," in Gene M. Moore, Owen Knowles, and J. H. Stape, eds., *Conrad: Intertexts & Appropriations: Essays in Memory of Yves Hervouet* (Amsterdam: Rodopi, 1997), pp. 119–40.
34. "The Assassination of the Emperor of Russia," *Reynolds's Newspaper* (London, England), Sunday, March 20, 1881, p. 1.
35. TB to JC, September 11/23, 1881, *CPB*, p. 79.
36. Mikhail Bakunin, "Critique of the Marxist Theory of the State," in Sam Dolgoff, ed., trans., and intro., *Bakunin on Anarchy: Selected Works by the Activist-Founder of World Anarchism* (New York: Random House, 1971), p. 330.
37. Mikhail Bakunin, "Letters to a Frenchman on the Present Crisis," in ibid., pp. 195–96.
38. The fullest account of the congress is given in Max Nettlau, *Anarchisten und Sozial-Revolutionäre: Die historische Entwicklung des Anarchismus in den Jahren 1880–1886* (*Geschichte der Anarchie*, vol. 3) (Glashütten im Taunus, Germany: D. Auvermann, 1972 [1931]), pp. 187–231.
39. Quoted in Richard Bach Jensen, "Daggers, Rifles and Dynamite: Anarchist Terrorism in Nineteenth Century Europe," *Terrorism and Political Violence* 16, no. 1 (January 1, 2004): 116–53. For anarchism in London in this period, see: Pietro Di Paola, "The Spies Who Came In from the Heat: The International Surveillance of the Anarchists in London," *European History Quarterly* 37, no. 2 (2007): 192; Matthew Thomas, *Anarchist Ideas and Counter-Cultures in Britain, 1880–1914: Revolutions in Everyday Life* (Aldershot, Hampshire, UK: Ashgate, 2005), p. 6; Alex Butterworth, *The World That Never Was: A True Story of Dreamers, Schemers, Anarchists and Secret Agents* (New York: Pantheon Books, 2010), pp. 164–69; Bernard Porter, "The Freiheit Prosecutions, 1881–1882," *The Historical Journal* 23, no. 4 (1980): 833–56.
40. Jensen, "Daggers, Rifles, and Dynamite": 129–30.
41. James Joll, *The Anarchists*, 2nd ed. (Cambridge, MA: Harvard University Press, 1980), p. 109. Most's manual was an inspiration for William Powell's 1971 *The Anarchist Cookbook*.
42. John M. Merriman, *The Dynamite Club: How a Bombing in Fin-de-Siècle Paris Ignited the Age of Modern Terror* (Boston: Houghton Mifflin Harcourt, 2009), p. 75.
43. "Extraordinary Outrage in Salford," *Glasgow Herald* (Scotland), Saturday, January 15, 1881, p. 4.
44. "Alleged Discovery of Infernal Machines," *The Pall Mall Gazette* (London, England), Monday, July 25, 1881, p. 8.
45. "Terrific Explosion on the Underground Railway," *Reynolds's Newspaper* (London, England), Sunday, November 4, 1883, p. 4.
46. John Sweeney, *At Scotland Yard: Being the Experiences During Twenty-Seven Years' Service of John Sweeney* (London: Grant Richards, 1904), pp. 21–22.
47. "Dynamite Outrages," *Illustrated Police News* (London, England), Saturday, January 31, 1885, Issue Supplement.
48. Quoted in Deaglán Ó Donghaile, "Anarchism, Anti-imperialism and 'The Doctrine of Dynamite,'" *Journal of Postcolonial Writing* 46, nos. 3–4 (July 2010): 293.
49. Fenian bombers also targeted sites in Canada: "Attempt to Blow Up the Court House at Montreal," *The Pall Mall Gazette* (London, England), Monday, December 5, 1881, p. 8; "The Dynamite Explosions at Quebec," *The Pall Mall Gazette* (London, England), Monday, October 13, 1884, p. 8.
50. Haia Shpayer-Makov, *The Ascent of the Detective: Police Sleuths in Victorian and Edwardian England* (Oxford: Oxford University Press, 2011), pp. 52–56. Both the Explosive Substances Act and a version of Special Branch (merged into Counter Terrorism Command in 2006) remain in force.
51. Sweeney, *At Scotland Yard*, pp. 31–32; Robert Anderson, *The Lighter Side of My Official Life*

(London: Hodder and Stoughton, 1910), p. 109; Robert Anderson, *Sidelights on the Home Rule Movement* (London: John Murray, 1906), p. 127.

52. *The Daily News* ran an interview with a Polish anarchist in Switzerland, who hinted at a vast conspiracy of terror. "You may call us Anarchists, Nihilists, Socialists, Fenians, Dynamiters—what you will," the anarchist told the reporter, "but we are linked together in a stupendous brotherhood" committed to "equality and freedom." The Pole supported the Fenians because "England treats Ireland as badly as Russia treats Poland; and the Irish, like the Poles, are justified in resorting to any means to obtain their freedom." "An Interview with a Dynamitard," *The Daily News* (London, England), Tuesday, March 17, 1885, p. 7. This was one of the biggest London dailies, and it's perfectly possible Conrad would have read it on occasion. In the early 1900s, he both read and contributed to *The Daily News*, and was friends with some of its reporters. See "The Daily News & Leader (London, UK)," www.conradfirst.net/view/periodical?id=91.

53. Butterworth, *World That Never Was*, p. 323.

54. Merriman, *Dynamite Club*, pp. 77–86.

55. Charles Malato, *Les joyeusetés de l'exil* (Mauléon, France: Acratie, 1985), pp. 170–75.

56. Matthew Thomas, *Anarchist Ideas and Counter-Cultures in Britain, 1880–1914: Revolutions in Everyday Life* (Burlington, VT: Ashgate, 2005), pp. 10–11; Malato, *Les joyeusetés de l'exil*, p. 59; Sweeney, *At Scotland Yard*, pp. 36, 219; W. C. Hart, *Confessions of an Anarchist* (London: E. Grant Richards, 1906), pp. 91–94.

57. Robert Hampson, *Conrad's Secrets* (Basingstoke, UK: Palgrave Macmillan, 2012), pp. 89–91.

58. Isabel Meredith, *A Girl Among the Anarchists* (London: Duckworth, 1903), chapter 6.

59. "The Anarchists in London," *The Pall Mall Gazette* (London, England), Tuesday, February 13, 1894, p. 1.

60. Edward Douglas Fawcett, *Hartmann the Anarchist: Or, The Doom of the Great City* (London: E. Arnold, 1893), p. 148. (Fawcett was the elder brother of Amazon explorer Percy Fawcett.) It's possible Fawcett took the name from the actual anarchist Lev Hartmann, a member of the People's Will, who had been an exile in England since 1880 (Butterworth, *World That Never Was*, p. 156). Fawcett may also conceivably have run into the half-German, half-Japanese poet Carl Sadakichi Hartmann, who visited London in 1888 (where he associated with the Rossettis, among others) and went on to launch the American anarchist newspaper *Mother Earth* with Emma Goldman. (George Knox, "Sadakichi Hartmann's Life and Career," www.english.illinois.edu/maps/poets/g_l/hartmann/life.htm.)

61. This image appears as the frontispiece to the published book, and in serial in *The English Illustrated Magazine*, vol. 10 (London: Edward Arnold, 1893), p. 741. The illustrator, Fred Jane, went on to publish *All the World's Fighting Ships* in 1898, the first production in what grew into the military intelligence firm Jane's Information Group.

62. Meredith, *Girl Among the Anarchists*, chapter 5; Hart, *Confessions of an Anarchist*, p. 18.

63. Sweeney, *At Scotland Yard*, pp. 35–36.

64. Ernest Alfred Vizetelly, *The Anarchists, Their Faith and Their Record, Including Sidelights on the Royal and Other Personages Who Have Been Assassinated* (London: John Lane, 1911), p. 165.

65. See, among others, "Explosion in Greenwich Park," *The Times* (London, England), Friday, February 16, 1894, p. 5; "The Explosion in Greenwich Park," *The Daily News* (London, England), Saturday, February 17, 1894, p. 5; "Anarchists in London," *The Standard* (London, England), Saturday, February 17, 1894, p. 3.

66. Norman Sherry, *Conrad's Western World* (Cambridge, UK: Cambridge University Press, 1971), pp. 230–31; David Nicoll, *The Greenwich Mystery: Letters from the Dead* (London: David Nicoll, 1898), p. 379.

67. Conrad, Author's Note (1920), *The Secret Agent*, p. 248.

68. He later said he hadn't even been in England at the time, though he had been. On Conrad's evasiveness, see Jacques Berthoud, "The Secret Agent," in J. H. Stape, ed., *The Cambridge Companion to Joseph Conrad* (Cambridge, UK: Cambridge University Press, 1996), pp. 101–3.

69. Marie Corelli, *The Sorrows of Satan: Or, the Strange Experience of One Geoffrey Tempest, Millionaire: a Romance* (London: Methuen, 1895); Hall Caine, *The Christian: A Story* (London: W. Heinemann, 1897).
70. Meredith, *Girl Among the Anarchists*, chapter 2.
71. "Bourdin's Funeral," *The St. James Gazette*, reprinted in Mary Burgoyne, "Conrad Among the Anarchists: Documents on Martial Bourdin and the Greenwich Bombing," *The Conradian* 32, no. 1 (2007): 172–74.
72. Judith Walkowitz, *Nights Out: Life in Cosmopolitan London* (New Haven, CT: Yale University Press, 2012), chapter 1.
73. JC to R. B. Cunninghame Graham, October 7, 1907, *CL*, vol. 3, p. 491.
74. JC to Algernon Methuen, November 7, 1906, *CL*, vol. 3, p. 371.
75. JC to John Galsworthy, September 12, 1906, *CL*, vol. 3, p. 354.
76. Conrad, Author's Note (1920), *The Secret Agent*, p. 249.
77. He repeated the characterization several times. To R. B. Cunninghame Graham: "a new departure in *genre* and ... a sustained effort in ironical treatment of a melodramatic subject" (October 7, 1907, *CL*, vol. 3, p. 491). To Marguerite Poradowska: "I think I have succeeded there in treating an essentially melodramatic subject by means of irony. That was the artistic goal that I set for myself, for, you are right, anarchy and the anarchists scarcely concern me; I know almost nothing of the doctrine and nothing at all of the men. It is all made up" (June 20, 1912, *CL*, vol. 5, p. 76). And in the Author's Note: "Even the purely artistic purpose, that of applying an ironic method to a subject of that kind, was formulated ... in the earnest belief that ironic treatment alone would enable me to say all I felt I would have to say in scorn as well as in pity." (251)
78. Wayne Booth, *The Rhetoric of Irony* (Chicago: University of Chicago Press, 1974), p. 33; Aaron Matz, *Satire in an Age of Realism* (Cambridge, UK: Cambridge University Press, 2010), pp. 142–45, 166–72.
79. Author's Note (1919) to Joseph Conrad, *A Personal Record*, ed. Zdzisław Najder and J. H. Stape (Cambridge, UK: Cambridge University Press, 2008), p. 8.
80. JC to Kazimierz Waliszewski, December 5, 1903, *CL*, vol. 3, p. 89.
81. JC to R. B. Cunninghame Graham, October 7, 1907, *CL*, vol. 3, p. 491.
82. JC to Edward Garnett, January 20, 1900, *CL*, vol. 2, p. 246.
83. Board of Trade, *(Alien Immigration): Reports on the Volume and Effects of Recent Immigration from Eastern Europe into the United Kingdom* (London: H. M. Stationery Office, 1894). The investigators found no clear evidence that Jewish immigration lowered wages, showed that sanitary conditions were improving, and dismissed complaints about Jewish criminality. "Prejudices of race, religion, or custom" might be responsible for the negative "attitude of the non-Jewish population towards the foreign immigrants, quite apart from any question of economic or social interference" (p. 136).
84. Sweeney, *At Scotland Yard*, pp. 235–38, 279.
85. Caroline Shaw, *Britannia's Embrace: Modern Humanitarianism and the Imperial Origins of Refugee Relief* (Oxford: Oxford University Press, 2015), p. 234. See also Commons Sitting of Monday, July 10, 1905, House of Commons Hansard, Fourth Series, vol. 149, cols. 171–82; Commons Sitting of Monday, July 17, 1905, cols. 966–71; Alison Bashford and Jane McAdam, "The Right to Asylum: Britain's 1905 Aliens Act and the Evolution of Refugee Law," *Law and History Review* 32 (2014): 309–50.
86. JC to Marguerite Poradowska, January 5, 1907, *CL*, vol. 4, p. 401.
87. JC to J. B. Pinker, May 6, 1907, *CL*, vol. 3, p. 434.
88. JC to H.-D Davray, November 8, 1906, *CL*, vol. 3, p. 372.
89. JC to Edward Garnett, [October 4, 1907], *CL*, vol. 3, p. 488.
90. JC to John Galsworthy, January 6, 1908, *CL*, vol. 5, p. 9.
91. JC to John Galsworthy, [August 23, 1908], *CL*, vol. 5, p. 110.
92. JC to Edward Garnett, August 21, 1908, *CL*, vol. 5, p. 107–8.
93. For a perceptive reading of Conrad's Englishness and *The Secret Agent*, see Rebecca Walkowitz,

Cosmopolitan Style: Modernism Beyond the Nation (New York: Columbia University Press, 2006), pp. 40–49.
94. JC to Wincenty Lutosławski, June 9, 1897, *CL*, vol. 1, p. 359.

第四章　随波逐流

1. Richard Henry Dana, *The Seaman's Manual* (London: Edward Maxon & Co., 1863), p. 163.
2. For the purposes of this reconstruction I have assigned Konrad Korzeniowski to this watch schedule. I owe information about the ship's itinerary, crew, and cargo to the assiduous research of Allan Simmons, "Conrad and the *Duke of Sutherland*," *The Conradian* 35, no. 1 (Spring 2010): 101–25.
3. For the rat problems on the *Duke of Sutherland*, see G. F. W. Hope and Gene Moore, "Friend of Conrad," *The Conradian* 25, no. 2 (Autumn 2000): 25. On tender heels, William Caius Crutchley, *My Life at Sea* (London: Brentano's, 1912), p. 69.
4. Hope and Moore, "Friend of Conrad," p. 18.
5. Joseph Conrad, *The Mirror of the Sea* (New York: Harper & Brothers, 1906), p. 60.
6. Simmons, "Conrad and the *Duke of Sutherland*," p. 106.
7. "My husband often lamented his inability to appreciate verse and his indifferent sense of smell." Jessie Conrad, *Joseph Conrad as I Knew Him* (Garden City, NY: Doubleday, Page & Co., 1926), p. 149; David Miller, "Conrad and Smell: Life, and the Limit of Literature," paper presented at the Joseph Conrad Society (UK) 41st Annual Conference, London, July 4, 2015.
8. Dana, *Seaman's Manual*, pp. 31–32, 155.
9. The provision of antiscorbutics was mandated under the Merchant Shipping Acts, and scale of provisions itemized in Agreement and Crew Lists. Board of Trade, *A Digest of Statutes Relating to Merchant Shipping* (London: HMSO, 1875), pp. 150–52.
10. Descriptions of these ceremonies are a staple of contemporary travel accounts. See, e.g., Hope and Moore, "Friend of Conrad," pp. 12–13.
11. Conrad invested his earliest British wages in volumes of Shakespeare and Byron: Hope and Moore, "Friend of Conrad," p. 36; Martin Ray, *Joseph Conrad: Memories and Impressions: An Annotated Bibliography* (Amsterdam: Rodopi, 2007), p. 101.
12. "They regarded Conrad as a foreigner because of his difficulties with the language and were therefore inclined to be against him." Hope and Moore, "Friend of Conrad," p. 35.
13. British National Archives: BT 100/21: Agreements and Crew Lists, *Duke of Sutherland*, 1865–1882.
14. On Baker, see Conrad, *The Mirror of the Sea*, pp. 209–15. On the crew of the ship, see Simmons, "Conrad and the *Duke of Sutherland*."
15. Frank Bullen, *The Men of the Merchant Service: Being the Polity of the Mercantile Marine for Longshore Readers* (New York: Frederick A. Stokes, 1900), p. 266.
16. Richard Henry Dana, *Two Years Before the Mast: A Personal Narrative of Life at Sea* (New York: Harper & Brothers, 1842), pp. 406–7.
17. Bullen, *Men of the Merchant Service*, pp. 261–63.
18. Joseph Conrad, *A Personal Record* (London: Harper & Brothers 1912), p. 199.
19. Ibid., pp. 76–78.
20. Ibid., pp. 212–29.
21. JC to R. B. Cunninghame Graham, February 4, 1898, *CL*, vol. 1, pp. 35–36. See also the description in Hope and Moore, "Friend of Conrad," p. 35.
22. TB to JC, July 8, 1878, *CPB*, pp. 54–56.
23. "The sailing ship may be said to have been at its best at the moment when the great economies, and the greater regularity connected with steam, had pronounced the doom of the more picturesque, and, perhaps, one may say, the more lovable, type of ship." Adam W. Kirkaldy, *British Shipping, Its History, Organisation and Importance* (London: K. Paul, Trench, Trübner & Co., 1914), p. 25.

24. Into the early 1900s many oceangoing steamships still carried sailing rigs, to help balance the vessel and provide emergency or auxiliary power. Gerald Peter Allington, "Sailing Rigs and Their Use on Ocean-Going Merchant Steamships, 1820–1910," *International Journal of Maritime History* 16, no. 1 (June 2004): 125–52. The maritime historian R. J. Cornewall-Jones mused in 1898 that "in these days of South Wales coal strikes it is a pleasant thing to be able to contemplate the fact that it is sometimes possible to do without coals altogether, and that there are still many branches of commerce in which sailing-ships may yet be more profitably employed than steamers"—a thought that resonates in an age of anxiety over fossil fuel consumption. R. J. Cornewall-Jones, *The British Merchant Service: Being a History of the British Mercantile Marine from the Earliest Times to the Present Day* (London: S. Low, Marston & Company, 1898), p. 237.

25. Richard Woodman, *Masters Under God: Makers of Empire, 1816–1884* (Stroud, UK: History Press, 2009), p. 319.

26. See the chart of "Exports Plus Imports as Share of GDP in Europe, 1655–1913—Our World in Data, with Data from Broadberry and O'Rourke (2010)," in Esteban Ortiz-Ospina and Max Roser, "International Trade," published online at OurWorldInData.org, https://ourworldindata.org/international-trade.

27. In 1870 it was the United States and in 1880 it was Norway. Table 11 in Great Britain Board of Trade, *Merchant Shipping, Tables Showing the Progress of Merchant Shipping in the United Kingdom and the Principal Maritime Countries . . .* (London: H. M. Stationery Office, 1908), pp. 46–47.

28. Woodman, *Masters Under God*, p. 360.

29. Shipbuilding was the one heavy industry in which Britain retained a lead over the United States and Germany well into the twentieth century. Nonstandardized and requiring a range of specialists, it represented the ne plus ultra of "archaic structure and technique" in the era of mass production. Eric Hobsbawm, *Industry and Empire: From 1750 to the Present Day* (Harmondsworth, Middlesex, UK: Penguin, 1969), pp. 178–79.

30. "A Brief History," www.lr.org/en/about-us/our-heritage/brief-history.

31. *Lloyd's Register of British and Foreign Shipping, from 1st July, 1866, to the 30th June, 1867* (London: Cox & Wyman, 1866), n.p.

32. Bullen, *Men of the Merchant Service*, p. 29.

33. Hope and Moore, "Friend of Conrad," pp. 18–34.

34. Joseph Conrad, *The Nigger of the 'Narcissus' and Other Stories* (London: Penguin Classics, 2007), pp. 7, 12, 16, 21. Cf. Conrad, *The Mirror of the Sea*, p. 216: "'Ships!' exclaimed an elderly seaman in clean, shore togs. . . . 'ships are all right; it's the men in 'em. . . .'"

35. Samuel Plimsoll, *Our Seamen: An Appeal* (London: Virtue & Company, 1873), p. 30.

36. Woodman, *Masters Under God*, pp. 344–46; A. H. Millar, "Leng, Sir William Christopher (1825–1902)," rev. Dilwyn Porter, *Oxford Dictionary of National Biography* (Oxford: Oxford University Press, 2004), www.oxforddnb.com/view/article/34495.

37. Plimsoll, *Our Seamen*, pp. 85, 87.

38. Leon Fink, *Sweatshops at Sea: Merchant Seamen in the World's First Globalized Industry, from 1812 to the Present* (Chapel Hill: University of North Carolina Press, 2011), chapter 3; Anita McConnell, "Plimsoll, Samuel (1824–1898)," *Oxford Dictionary of National Biography* (Oxford: Oxford University Press, 2004), online ed., September 2013, www.oxforddnb.com/view/article/22384; "Parliament–Breach of Order (Mr. Plimsoll)," July 22, 1875, hansard.millbanksystems.com/commons/1875/jul/22/parliament-breach-of-order-mr-plimsoll.

39. He was also immortalized in the name of a rubber-soled canvas shoe, the "plimsoll." A black line around the rubber showed the level below which the wearer's feet couldn't get wet.

40. Plimsoll, *Our Seamen*, p. 85.

41. "Replies by Certain of Her Majesty's Consuls to a Circular Letter from the Board of Trade," Command Paper 630 (London: H. M. Stationery Office, 1872), p. 3.

42. Thomas Brassey, *British Seamen, as Described in Recent Parliamentary and Official Documents* (London: Longmans, Green & Co., 1877), pp. 4–8. A similar circular was issued in 1843: W. S.

Lindsay, *History of Merchant Shipping and Ancient Commerce*, 4 vols. (London: Sampson Low, Marston, Low, and Searle, 1876), vol. 3, pp. 42–43.

43. Royal Commission on Unseaworthy Ships, *Final Report of the Commissioners, Minutes of the Evidence, and Appendix*, 2 vols. (London: H. M. Stationery Office, 1874), vol. 2, p. xii; Cornewall-Jones, *British Merchant Service*, p. 265; Lindsay, *History of Merchant Shipping*, p. 351.
44. Lindsay, *History of Merchant Shipping*, pp. 51–52.
45. Ibid., p. 298.
46. JC to R. B. Cunninghame Graham, February 4, 1898, *CL*, vol. 1, pp. 35–36.
47. [Board of Trade], *Report of the Committee Appointed to Inquire into the Manning of British Merchant Ships*, 2 vols. (London: H. M. Stationery Office, 1896), vol. 1, p. 50.
48. Brassey, *British Seamen*, pp. 54–58, 69.
49. "Table 19. Predominant Rates of Wages Paid per Month to Able Seamen for Certain Voyages...," [Board of Trade], *Tables Showing the Progress of Merchant Shipping* (London: H. M. Stationery Office, 1908), pp. 60–63.
50. A Glasgow coal hewer in 1880 made an average of about 25 shillings per week, and a male Huddersfield spinner 30 shillings. "Average Rates of Wages Paid in Huddersfield and Neighborhood During the Year 1880," "Average Rates of Wages Paid in Glasgow and Neighborhood During the Year 1880," [Board of Trade], *Returns of Wages, Published Between 1830 and 1886* (London: H. M. Stationery Office, 1887), pp. 99, 145. These wages were for fifty-six- and sixty-hour weeks, respectively; sailors were on duty fourteen hours per day, with no weekend breaks.
51. Brassey, *British Seamen*, p. 170.
52. Edward Blackmore, *The British Mercantile Marine* (London: C. Griffin and Co., 1897), p. 169; *Report . . . into the Manning of British Merchant Ships*, vol. 1, p. 12; Cornewall-Jones, *British Merchant Service*, p. 271.
53. *Report . . . into the Manning of British Merchant Ships*, vol. 1, p. 11.
54. Lascars signed contracts that restricted their service in European waters, and required that they be engaged and discharged only in Asian ports, thus preventing them from settling in Europe. Captain W. H. Hood, *The Blight of Insubordination: The Lascar Question, and Rights and Wrongs of the British Shipmaster . . .* (London: Spottiswoode & Co., 1903), p. 84. See also G. Balachandran, *Globalizing Labour?: Indian Seafarers and World Shipping, c. 1870–1945* (New Delhi: Oxford University Press, 2012).
55. Cornewall-Jones, *British Merchant Service*, pp. 270–71.
56. [Board of Trade], *Report . . . to the Royal Commission on the Loss of Life at Sea on the Supply of British Seamen . . .* (London: H. M. Stationery Office, 1886), p. 4.
57. Cornewall-Jones, *British Merchant Service*, p. 272.
58. *Report . . . into the Manning of British Merchant Ships* (1896), vol. 1, pp. 10–11.
59. Hood, *Blight of Insubordination*, p. 12. A 1902 Board of Trade inquiry into the increase of Asian and European sailors took evidence directly from Asian sailors, through Hindustani interpreters, who by and large pronounced themselves satisfied with their working conditions and confirmed that they would be happy to serve on British warships if necessary. The committee thus concluded: "We think that in addition to their claim as British subjects, they have also some claim to employment, because British vessels have displaced the native trading vessels." [Board of Trade], *Report of the Committee Appointed by the Board of Trade to Inquire into Certain Questions Affecting the Mercantile Marine*, 2 vols. (London: H. M. Stationery Office, 1903), vol. 1, p. vi; vol. 2, pp. 335–341.
60. Bullen, *Men of the Merchant Service*, pp. 324–25.
61. Questions 6258, 6298, 6308, *Report . . . into the Manning of British Merchant Ships* (1896), vol. 2, pp. 147–50. They also asked whether he had "been in any foreign ships." He said no—which wasn't strictly true, though "I know something about French manning, because . . . I speak French, and have been visiting French ships."
62. Cornewall-Jones, *British Merchant Service*, p. 261.

63. Zdzisław Najder, *Joseph Conrad: A Life*, 2nd ed. (Rochester, NY: Camden House, 2007), pp. 80–82; John Stape, *The Several Lives of Joseph Conrad* (New York: Pantheon Books, 2007), pp. 39, 45, 47.
64. TB to JC, November 14/26, 1886, *CPB*, p. 113.
65. JC to Karol Zagórski, May 22, 1890, *CL*, vol. 1, p. 52.
66. JC to Kazimierz Waliszewski, December 5, 1903, *CL*, vol. 2, p. 89.
67. TB to JC, May 18/30, 1880, *CPB*, p. 62.
68. TB to JC, September 11/23, 1881, *CPB*, p. 79.
69. On the discharge certificate, the captain rated Conrad "Very Good" in ability, but under "Character for Conduct" he wrote "Decline." Beinecke Library: "Original Discharges Issued," Joseph Conrad Collection, Gen. Mss. 1207, Box 16.
70. For ships of fifty tons or higher. Blackmore, *British Mercantile Marine*, p. 168.
71. Joseph Conrad, *Chance* (Oxford: Oxford World's Classics, 2002), p. 9. Cf. "What ... is the young newly passed officer to do when, with his creamy new certificate in his pocket, he finds nothing before him in his old firm but a voyage before the mast as an able seaman?" lamented Frank Bullen. "I know of no more depressing occupation than that of a capable seaman looking for a ship as officer." Bullen, *Men of the Merchant Service*, pp. 10–12.
72. This may explain why or how Conrad spent more time onshore between berths, on average, than his peers. Alston Kennerley, "Global Nautical Livelihoods: The Sea Careers of the Maritime Writers Frank T. Bullen and Joseph Conrad, 1869–1894," *International Journal of Maritime History* 26, no. 1 (February 1, 2014): 13.
73. TB to JC, August 3/15 1881, *CPB*, pp. 72–73. Najder, *Joseph Conrad: A Life*, pp. 86–87.
74. "POLICE: At the MANSION-HOUSE, Yesterday, Mr. WILLIAM SUTHERLAND," *The Times*, February 28, 1878; "Police Intelligence," *Reynolds's Newspaper*, September 26, 1880; "Police," *The Times*, April 5, 1881; "Hughes, Appelant v. Sutherland, Respondent," *The Justice of the Peace*, vol. 46 (London: Richard Shaw Bond, 1882), pp. 6–7.
75. Blackmore, *British Mercantile Marine*, pp. 76–79.
76. Kennerley, "Global Nautical Livelihoods," p. 17.
77. Najder, *Joseph Conrad: A Life*, p. 185.
78. See, e.g., Crutchley, *My Life at Sea*; Captain John D. Whidden, *Ocean Life in the Old Sailing Ship Days* (Boston: Little, Brown and Company, 1909); Walter Runciman, *Windjammers and Sea Tramps* (London and Newcastle-on-Tyne: Walter Scott Publishing Company, 1905); and the many nautical books by Frank Bullen, beginning with *The Cruise of the Cachalot Round the World After Sperm Whales* (London: Smith, Elder & Co., 1899); and Basil Lubbock, beginning with *Round the Horn Before the Mast* (New York: E. P. Dutton, 1903). In Lubbock's pungent formulation: "Wood and hemp were things of the past; canvas was on its last legs; the old breed of sea-dog, who lived hard and died hard, was all but extinct, and his place filled by a mongrel crowd of weak-kneed, know-nothing, dare-nothing, fit-for-nothing skulkers." Basil Lubbock, *Deep Sea Warriors* (New York: Dodd, Mead and Company, 1910), p. 254. For the historical ramifications of this transition, see Robert D. Foulke, "Life in the Dying World of Sail, 1870–1910," *Journal of British Studies* 3, no. 1 (November 1, 1963); and Frances Steele, *Oceania Under Steam: Sea Transport and the Cultures of Colonialism, c. 1870–1914* (Manchester, UK: Manchester University Press, 2011), chapter 3.
79. Conrad, *Nigger of the 'Narcissus'* (2007 ed.), p. 39.
80. JC to Messrs. Methuen & Co., May 30, 1906, *CL*, vol. 3, p. 332.
81. "The Mirror of the Sea," in Owen Knowles and Gene M. Moore, eds., *Oxford Reader's Companion to Conrad* (Oxford: Oxford University Press, 2000), pp. 262–63.
82. JC to J. B. Pinker, April 18, 1904, *CL*, vol. 3, p. 133.
83. Conrad, *The Mirror of the Sea*, p. 218.
84. Ibid., pp. 59, 105.
85. I owe my understanding of "craft" in part to Margaret Cohen, *The Novel and the Sea* (Princeton, NJ: Princeton University Press, 2010), chapter 1.

86. Conrad, *The Mirror of the Sea*, pp. 47–48.
87. Joseph Conrad, *The Nigger of the 'Narcissus': A Tale of the Forecastle* (Garden City, NY: Doubleday, Page & Co., 1914), p. xi.
88. The phrase or close variations on it ("fellowship of seamen") appears in "Youth," *Lord Jim*, *The Mirror of the Sea*, and *The Shadow-Line*, among others.
89. Conrad, *The Mirror of the Sea*, p. 29.
90. Conrad, *Nigger of the 'Narcissus'* (2007 ed.), p. 22.
91. Ibid., p. 11.
92. JC to Spiridion Kliszczewski, December 19, 1885, *CL*, vol. 1, p. 16.
93. "Youth," in Joseph Conrad, *Youth/Heart of Darkness/The End of the Tether* (London: Penguin Books, 1995), p. 9.
94. Conrad, "Author's Note" (1917), p. 5. Not long after it was published he professed surprise that "some critics ... called it a short story!" JC to David Meldrum, January 7, 1902, *CL*, vol. 2, p. 368.
95. Najder, *Joseph Conrad: A Life*, p. 94; Conrad, "Youth," p. 21.
96. Quotes in this paragraph from Conrad, "Youth," pp. 28, 31.
97. "What spirit was it that inspired the unfailing manifestations of their simple fidelity? No outward cohesive force of compulsion or discipline was holding them together.... It was very mysterious. At last I came to the conclusion that it must be something in the nature of the life itself; the sea-life chosen blindly, embraced for the most part accidentally...." "Well Done," in Joseph Conrad, *Notes on Life & Letters* (Garden City, NY: Doubleday, Page & Co., 1921), p. 183.
98. Quotes in this paragraph from Conrad, *The Nigger of the 'Narcissus'* (2007 ed.), pp. 123, 128.
99. Conrad, *A Personal Record*, p. 192.
100. Ibid., p. 196.
101. John Newton, *Newton's Seamanship Examiner of Masters and Mates at the Board of Trade Examinations*, 18th ed. (London: J. Newton, 1884), p. 94.
102. William Culley Bergen, *Seamanship*, 6th ed. (North Shields, UK; W. J. Potts, 1882), pp. 148–49.
103. Conrad, *A Personal Record*, pp. 198–99.
104. Ibid., p. 201.
105. Ibid., p. 203. Cf. JC to Kazimierz Waliszewski, December 5, 1903, *CL*, vol. 2, p. 89: "I never sought for a career, but possibly, unaware of it, I was looking for sensations."
106. Conrad, *A Personal Record*, p. 197.

第五章 步入蒸汽轮船的世界

1. Joseph Conrad, *The Mirror of the Sea* (New York: Harper & Brothers, 1906), pp. 81–82.
2. Robert White Stevens, *On the Stowage of Ships and Their Cargoes*, 5th ed. (London: Longmans, Reader & Dyer, 1871), pp. 67–68, 77–78, 108–9, 380–81, 643. Conrad refers to this book in *The Mirror of the Sea*, p. 76.
3. Quotes from *The Mirror of the Sea*, pp. 87–89.
4. Conrad described to his uncle symptoms that suggested sciatica, rheumatism, and paralysis. TB to JC, August 8/20, 1887, *CPB*, p. 117.
5. Conrad later suggested that his story "The Black Mate" had first been drafted in 1886 for *Tit-Bits*. (Jocelyn Baines, *Joseph Conrad: A Critical Biography* [Westport, CT: Greenwood Press, 1975], pp. 84–85.) The coincidence of these three episodes prompted Conrad's first biographer, Gérard Jean-Aubry, to note that "1886 marks what amounts to a triple adoption by the country of his choice." Gérard Jean-Aubry, *Joseph Conrad: Life and Letters*, 2 vols. (Garden City, NY: Doubleday, 1927), vol. 1, p. 90.
6. JC to Spiridion Kliszczewski, November 25, [1885], *CL*, vol. 1, p. 15.
7. TB to JC, August 8/20, 1887, *CPB*, p. 117.
8. Cf. "The End of the Tether," in Joseph Conrad, *Youth/Heart of Darkness/The End of the Tether* (London: Penguin Books, 1995), p. 168.

9. Conrad, *Lord Jim*, p. 12. For the hillside location of the Singapore hospital, see Norman Sherry, *Conrad's Eastern World* (Cambridge, UK: Cambridge University Press, 1966), pp. 28–29.
10. JC to Spiridion Kliszczewski, November 25, 1885, quoted in Jean-Aubry, *Joseph Conrad: Life and Letters*, vol. 1, p. 83.
11. Sherry, *Conrad's Eastern World*, p. 182; Roland St. John Braddell, Gilbert Edward Brooke, and Walter Makepeace, *One Hundred Years of Singapore: Being Some Account of the Capital of the Straits Settlements from Its Foundation by Sir Stamford Raffles on the 6th February 1819 to the 6th February 1919*, 2 vols. (London: Murray, 1921), vol. 1, p. 459.
12. Joseph Conrad, *The Shadow-Line* (Oxford: Oxford World's Classics, 2009), pp. 8–9. On the superintendent, Charles Phillips, see Walter Makepeace, "Concerning Known Persons," in Braddell, Brooke, and Makepeace, *One Hundred Years of Singapore*, vol. 1, p. 459.
13. The Thian Hock Keng Temple, dedicated to the Tao goddess of the sea, was finished in 1842 by Fujian Chinese on Telok Ayer Street, not far from the Masjid Jamae, established in 1826 by Tamil Muslims on South Bridge Road.
14. I draw these observations from William Temple Hornaday, *Two Years in the Jungle* (New York: C. Scribner's Sons, 1885), pp. 293–94; Baroness Annie Alnutt Brassey, *A Voyage in the "Sunbeam": Our Home on the Ocean for Eleven Months* (London: Belford, Clarke, 1884), pp. 408–12; Ada Pryer, *A Decade in Borneo* (London: Hutchinson, 1894), pp. 135–38. Conrad's most detailed impressions of Singapore appear in "The End of the Tether," where Captain Whalley takes a walk through the city that has been historically reconstructed by Sherry, *Conrad's Eastern World*, pp. 175–81.
15. Cf. "The End of the Tether," in which Captain Whalley pauses on the Cavanagh Bridge to see "a sea-going Malay prau floated half hidden under the arch of masonry, with her spars lowered down." Conrad, "The End of the Tether," p. 171.
16. Stephen Dobbs, *The Singapore River: A Social History, 1819–2002* (Singapore: Singapore University Press, 2003), Appendix 1.
17. My understanding of Singapore as a hub of Indian Ocean trade and migration has been informed by: Sunil S. Amrith, *Crossing the Bay of Bengal: The Furies of Nature and the Fortunes of Migrants* (Cambridge, MA: Harvard University Press, 2013); Sugata Bose, *A Hundred Horizons: The Indian Ocean in the Age of Global Empire* (Cambridge, MA: Harvard University Press, 2006); Engseng Ho, *The Graves of Tarim: Genealogy and Mobility Across the Indian Ocean* (Berkeley and Los Angeles: University of California Press, 2006); Rajat Kanta Ray, "Asian Capital in the Age of European Domination: The Rise of the Bazaar, 1800–1914," *Modern Asian Studies* 29, no. 3 (July 1, 1995): 449–554; Eric Tagliacozzo, *Secret Trades, Porous Borders: Smuggling and States Along a Southeast Asian Frontier, 1865–1915* (New Haven, CT: Yale University Press, 2005). For the most thorough treatment of late-nineteenth-century European shipping in the archipelago, see J. F. N. M. à Campo, *Engines of Empire: Steamshipping and State Formation in Colonial Indonesia* (Hilversum, Netherlands: Verloren, 2002).
18. Andrew Carnegie, *Round the World* (New York: Charles Scribner's Sons, 1884), pp. 152–54.
19. Conrad, "Youth," pp. 41–42.
20. Conrad, "The End of the Tether," p. 154.
21. George Bogaars, "The Effect of the Opening of the Suez Canal on the Trade and Development of Singapore," *Journal of the Malayan Branch of the Royal Asiatic Society* 28, no. 1 (March 1, 1955): 99–143.
22. *The Singapore and Straits Directory for 1881* (Singapore: Printed at the 'Misson Press', 1881), pp. 57–58, N21–26.
23. Hornaday, *Two Years in the Jungle*, p. 291.
24. As late as World War I, it was cheaper to send freight between Europe and the Pacific coast of America by sail. C. Knick Harley, "Ocean Freight Rates and Productivity, 1740–1913: The Primacy of Mechanical Invention Reaffirmed," *The Journal of Economic History* 48, no. 4 (December 1, 1988): 863–65; Charles K. Harley, "The Shift from Sailing Ships to Steamships, 1850–1890: A Study in Technological Change and Its Diffusion," in Donald N. McCloskey and Alfred D.

Chandler, eds., *Essays on a Mature Economy: Britain After 1840* (London: Methuen, 1971), pp. 223–29.

25. Wong Lin Ken, "Singapore: Its Growth as an Entrepot Port, 1819–1941," *Journal of Southeast Asian Studies* 9, no. 1 (March 1, 1978): 63–66.

26. W. A. Laxon, *The Straits Steamship Fleets* (Kuching, Malaysia: Sarawak Steamship Co. Berhad, 2004).

27. Woodman, *More Days, More Dollars*, p. 125.

28. Conrad, "The End of the Tether," p. 179.

29. Sir John Rumney Nicholson, "The Tanjong Pagar Dock Company," in Braddell, Brooke, and Makepeace, *One Hundred Years of Singapore*, vol. 2, pp. 1–19; Pryer, *A Decade in Borneo*, p. 143.

30. Norman Sherry, "Conrad and the S. S. Vidar," *The Review of English Studies* 14, no. 54 (May 1, 1963): 157–63.

31. Conrad, *The Shadow-Line*, p. 4. Conrad wrote that description in 1917, not long after an all-Muslim regiment of the Indian army mutinied in Singapore, in part responding to calls for jihad launched by the Ottoman sultan. To mark the suppression of the mutiny, a member of the ship-owning Al Sagoff family made a public appearance with Singapore's colonial secretary to demonstrate his support for the regime. See Nurfadzilah Yahaya, "Tea and Company: Interactions Between the Arab Elite and the British in Cosmopolitan Singapore," in Ahmed Ibrahim Abushouk and Hassan Ahmed Ibrahim, eds., *The Hadhrami Diaspora in Southeast Asia: Identity Maintenance or Assimilation?* (Leiden, Netherlands: Brill, 2009), p. 63.

32. Sherry, *Conrad's Eastern World*, p. 31. J. H. Drysdale, who worked as chief engineer on the *Vidar* in the 1870s, estimated that 90 percent of engineers in the Straits were Scots (like him). J. H. Drysdale, "Awakening Old Memories," in Braddell, Brooke, and Makepeace, *One Hundred Years of Singapore*, vol. 1, p. 539.

33. Woodman, *More Days, More Dollars*, p. 24.

34. Najder notes that the crew consisted of twelve Malays and one Chinese stoker (Najder, *Joseph Conrad: A Life*, 2nd ed. [Rochester, New York: Camden House, 2007], p. 115). In *A Personal Record*, Conrad mentions a Malay Serang and "Jurumudi Itam, our best quartermaster," but implied there were more Chinese on board including a "Chinaman carpenter" and "Ah Sing, our chief steward" (143–45). Captain Craig later claimed that Conrad "had learned to speak Malay fluently, though with a peculiar guttural accent, in an incredible short time" (quoted in Woodman, *More Days, More Dollars*, p. 128), but many of Craig's recollections of Conrad and the *Vidar* have been shown to be unreliable.

35. Sherry, *Conrad's Eastern World*, pp. 29–30.

36. For Anglo-Dutch rivalry in this period, see L. R. Wright, *The Origins of British Borneo* (Hong Kong: Hong Kong University Press, 1988); and J. Thomas Lindblad, "Economic Aspects of the Dutch Expansion in Indonesia, 1870–1914," *Modern Asian Studies* 23, no. 1 (1989).

37. See JC to Lady Margaret Brooke, July 15, 1920: "The first Rajah Brooke has been one of my boyish admirations. . . . For all my admiration for and mental familiarity with the Great Rajah the only concrete object I ever saw connected with him was the old steamer 'Royalist' which was still in 1887 running between Kuching and Singapore." *CL*, vol. 7, p. 137.

38. See James Francis Warren, *The Sulu Zone, 1768–1898: The Dynamics of External Trade, Slavery, and Ethnicity in the Transformation of a Southeast Asian Maritime State* (Singapore: Singapore University Press, 1981), chapter 10; and James Francis Warren, "The Structure of Slavery in the Sulu Zone in the Late Eighteenth and Nineteenth Centuries," *Slavery & Abolition* 24, no. 2 (August 1, 2003): 111–28.

39. James Francis Warren, "Saltwater Slavers and Captives in the Sulu Zone, 1768–1878," *Slavery & Abolition* 31, no. 3 (September 1, 2010): 429–49.

40. Warren, *The Sulu Zone*, pp. 197–200.

41. J. F. N. M. à Campo, "A Profound Debt to the Eastern Seas: Documentary History and Literary Representation of Berau's Maritime Trade in Conrad's Malay Novels," *International Journal of Maritime History* 12, no. 2 (December 2000): 116–17.

42. Beinecke Library, Yale University: Syed Mohsin bin al Jaffree Co., Joseph Conrad Collection, Gen. Mss. 1207, Box 39.
43. Conrad, *The Mirror of the Sea*, p. 76.
44. JC to William Blackwood, [September 6, 1897], *CL*, vol. 1, p. 382.
45. À Campo, "A Profound Debt," p. 117; Gene M. Moore, "Slavery and Racism in Joseph Conrad's Eastern World," *Journal of Modern Literature* 30, no. 4 (2007): 20–35.
46. Conrad, "The End of the Tether," p. 152.
47. Cf. Conrad's description of Sambir in *The Outcast of the Islands*, chapter 6; Conrad, *A Personal Record*, p. 130.
48. À Campo, "A Profound Debt," pp. 95, 97.
49. Sherry, *Conrad's Eastern World*, pp. 96–110. The quote is from John Dill Ross's fictionalized memoir *Sixty Years: Life and Adventure in the Far East*, 2 vols. (London: Hutchinson & Co., 1911), vol. 1, p. 82.
50. Norman Sherry has carefully traced the movements of these historical figures (see *Conrad's Eastern World*, esp. chapter 5), but à Campo, "A Profound Debt," provides a few important correctives on the basis of Dutch documents: see esp. pp. 111–15.
51. Conrad, *A Personal Record*, pp. 131–42.
52. All four of these ships arrived within three days of the *Vidar* in September 1887: *Straits Times Weekly Issue*, October 5, 1887, p. 13.
53. JC to W. G. St. Clair, March 31, 1917, *CL*, vol. 6, p. 62.
54. Conrad, "The End of the Tether," pp. 151–52. Najder, *Joseph Conrad: A Life*, p. 121. À Campo suggests that Conrad may have felt uneasy about the *Vidar*'s covert trade: "A Profound Debt," pp. 124–25.

第六章　当船儿辜负了你

1. Gérard Jean-Aubry, *Joseph Conrad: Life and Letters*, 2 vols. (Garden City, NY: Doubleday & Company, 1927), vol. 1, p. 98.
2. Edward Douwes Dekker, *Max Havelaar: Or, The Coffee Auctions of the Dutch Trading Company*, by Multatuli, trans. Baron Alphonse Nahuÿs (Edinburgh: Edmonston and Douglas, 1868). Conrad didn't seem to know of the Italian author Emilio Salgari, who in 1883 began publishing an enduringly popular series of adventures featuring a Malay pirate called Sandokan.
3. *Literary World* (Boston), May 18, 1895, in Keith Carabine, ed., *Joseph Conrad: Critical Assessments*, 4 vols. (Mountfield, East Sussex, UK: Helm Information, 1992), vol. 1, p. 243.
4. *The Critic*, May 9, 1896, in Carabine, ed., *Critical Assessments*, p. 246.
5. *The Spectator*, October 19, 1895, in ibid., p. 245. Cf. a review in the *National Observer* of *An Outcast of the Islands*: "Mr. Conrad does not possess Mr. Kipling's extraordinary faculty of making his natives interesting. . . . It is like one of Mr. Stevenson's South Sea stories, grown miraculously long and miraculously tedious." Quoted in *CL*, vol. 1, p. 276n.
6. JC to T. Fisher Unwin, April 22, 1896, *CL*, vol. 1, p. 276. Scholars have counted sixty-five different Malay words in his writing: Florence Clemens, "Conrad's Malaysia" (1941), in Robert D. Hamner, ed., *Joseph Conrad: Third World Perspectives* (Washington, DC: Three Continents Press, 1990), p. 25.
7. JC to William Blackwood, December 13, 1898, *CL*, vol. 2, p. 130. Conrad and Clifford went on to become good friends.
8. Hugh Charles Clifford, *Studies in Brown Humanity, Being Scrawls and Smudges in Sepia, White, and Yellow* (London: G. Richards, 1898), p. ix.
9. JC to William Blackwood, [September 6, 1897], *CL*, vol. 1, p. 382. He was referring here to *The Rescue*, which he put aside to work on *Lord Jim*.
10. Joseph Conrad, *Lord Jim* (London: Penguin Classics, 2007), pp. 7–8. All quotes drawn from this edition.
11. Ibid., pp. 16–18, 20.

12. Ibid., pp. 15, 23–25, 68.
13. Ibid., p. 82.
14. I draw details of the *Jeddah* case from the original documents reprinted as Appendix C, "The 'Jeddah' Inquiry," in Norman Sherry, *Conrad's Eastern World* (Cambridge, UK: Cambridge University Press, 1966), pp. 299–312. See also Eric Tagliacozzo, *The Longest Journey: Southeast Asians and the Pilgrimage to Mecca* (Oxford: Oxford University Press, 2013), chapter 5; Michael B. Miller, "Pilgrims' Progress: The Business of the Hajj," *Past & Present* 191, no. 1 (May 2006): 189–228; Valeska Huber, *Channelling Mobilities: Migration and Globalisation in the Suez Canal Region and Beyond* (Cambridge, UK: Cambridge University Press, 2013), chapter 6.
15. Sherry, *Conrad's Eastern World*, pp. 57, 62.
16. See the report on the action for salvage brought by the *Antenor*'s owners against the *Jeddah*'s owners, in the *Straits Times Overland Journal*, October 22, 1881, p. 3. The Vice-Admiralty Court awarded the plaintiffs £6,000, £2,000 of which was to be apportioned among the *Antenor*'s officers and crew.
17. Sherry, *Conrad's Eastern World*, pp. 302–5.
18. Ibid., pp. 304–5, 309.
19. Quoted in Ibid., p. 62.
20. Commons Sitting of Thursday, March 9, 1882, House of Commons Hansard, 3rd ser., vol. 267, cols. 454–55.
21. Sherry, *Conrad's Eastern World*, p. 80.
22. Conrad, *Lord Jim*, p. 87.
23. Ibid., pp. 24, 41.
24. Ibid., pp. 61, 26.
25. Ibid., pp. 12, 34.
26. Gene M. Moore suggests that this is because Conrad had in mind the small crew of the *Vidar* when writing about the *Patna*. Gene M. Moore, "The Missing Crew of the 'Patna,'" *The Conradian* 25, no. 1 (2000): 83–98.
27. Conrad, *Lord Jim*, pp. 37, 64.
28. Ibid., pp. 6, 150, 169, 273.
29. Ibid., pp. 179, 182, 193, 290.
30. Ibid., pp. 209, 250, 187, 245.
31. Ibid., p. 270.
32. Ibid., pp. 312, 317–18.
33. On Conrad's relationship to this tradition, see Linda Dryden, *Joseph Conrad and the Imperial Romance* (New York: St. Martin's Press, 2000).
34. JC to J. B. Pinker, August 14, 1919, *CL*, vol. 6, p. 465.
35. Conrad, *Lord Jim*, pp. 6, 317, 203, 257, 206, 200, 276, 212, 217, 290.
36. Reviews in *The Pall Mall Gazette*, December 5, 1900; *Manchester Guardian*, October 29, 1900; *Critic* 28, May 1901, in Carabine, ed., *Critical Assessments*, vol. 1, pp. 281–82, 285–86.
37. Conrad, *Lord Jim*, p. 10.
38. I draw my sense of narratorial functions from Gérard Genette, *Narrative Discourse: An Essay in Method* (Ithaca, NY: Cornell University Press, 1980), pp. 255–56. Genette cites *Lord Jim* as a notable example of metadiagesis, or the entangling of events (what happened) with narrative (telling what happened). In *Lord Jim* such "entanglement reaches the bounds of general intelligibility" (p. 232).
39. Ford Madox Ford, *Joseph Conrad: A Personal Remembrance* (London: Duckworth & Co., 1924), p. 180. See also Ian P. Watt, *Conrad in the Nineteenth Century* (Berkeley: University of California Press, 1979), p. 290.
40. The essential book on this topic is Edward Said's *Orientalism* (New York: Pantheon Books, 1978). Said wrote his Ph.D. dissertation and first book on Joseph Conrad.

41. On Conrad's debt to Schopenhauer, see, e.g., Owen Knowles, "'Who's Afraid of Arthur Schopenhauer?': A New Context for Conrad's Heart of Darkness," *Nineteenth-Century Literature* 49, no. 1 (June 1, 1994): 76–78. In the late 1920s John Galsworthy wrote of Conrad that "Schopenhauer used to give him satisfaction twenty years and more ago, and he liked both the personality and the writings of William James." Quoted in Carabine, ed., *Critical Assessments*, vol. 1, p. 141.
42. Marlow's faith in "the deep hidden truth of works of art" chimed with Conrad's paean to the artist's purpose, in the 1897 preface to *The Nigger of the 'Narcissus,'* to identify and represent "the very truth" of the "visible universe."
43. Conrad, *Lord Jim*, pp. 200, 215, 246–47, 318.
44. *The Critic* 28 (May, 1901), in Carabine, ed., *Critical Assessments*, vol. 1, pp. 281–82, 285–86.
45. Quoted in F. R. Leavis, *The Great Tradition: George Eliot, Henry James, Joseph Conrad* (New York: George W. Stewart, 1950), p. 173.
46. Conrad, *Lord Jim*, p. 309.

第七章　心心相印

1. Joseph Conrad, *The Shadow-Line* (Oxford: Oxford World's Classics, 2009), pp. 24, 26.
2. Mark Twain, *Following the Equator* (Hartford, CT: American Publishing Company, 1898), p. 619.
3. Reminiscences of Paul Langlois, quoted in Zdzisław Najder, *Joseph Conrad: A Life*, 2nd ed. (Rochester, NY: Camden House, 2007), pp. 129–30.
4. This questionnaire is described and reproduced in Savinien Mérédac, "Joseph Conrad chez nous," *Le Radical* (Port-Louis, Mauritius), August 7, 1931.
5. Joseph Conrad, "A Smile of Fortune," in *'Twixt Land and Sea* (New York: Hodder & Stoughton, 1912), p. 46.
6. Members of the family told Mérédac that "Joseph Conrad Korzeniowski spent many afternoons there, always charming, meticulously courteous, but alas, they admitted, alas! often 'absent' from the conversation."
7. Joseph Conrad, *Chance* (Oxford: Oxford World's Classics, 2002), p. 91.
8. TB to JC, December 22/January 3, 1889, *CPB*, p. 127.
9. G. F. W. Hope and Gene M. Moore, "Friend of Conrad," *The Conradian* 25, no. 2 (Autumn 2000): 35. Krieger has been variously described as "born in Prussia" (John Stape, *The Several Lives of Joseph Conrad* [New York: Pantheon Books, 2007], p. 45) and "an American of German origin" (Owen Knowles and Gene M. Moore, eds., *Oxford Reader's Companion to Conrad* [Oxford: Oxford University Press, 2000], p. 219). Barr, Moering & Co. (sometimes Mohring) specialized in imports from Germany, especially silver, on which see John Culme, *The Directory of Gold and Silversmiths, Jewellers, and Allied Traders, 1838–1914: From the London Assay Office Registers*, 2 vols. (Woodbridge, Suffolk, UK: Antique Collectors Club, 1987), vol. 2, p. 32. It also acted as an agent for at least one Belgian company. (*The Law Journal Reports for the Year 1897*, vol. 66 [London: Law Journal Reports, 1897], pp. 23–24.)
10. On Conrad's financial affairs during this period, see TB to JC, August 19/31, 1883; TB to JC, March 24/April 5, 1886; TB to JC, April 12/24, 1886; TB to JC, July 8/20, 1886, *CPB*, pp. 94, 101, 103, 106–7.
11. Hope and Moore, "Friend of Conrad," pp. 34–35.
12. Joseph Conrad, *A Personal Record* (London: Harper & Brothers, 1912), pp. 128–34.
13. Najder, *Joseph Conrad: A Life*, p. 118n.
14. On Antwerp's port facilities and monuments, see *Notice sur le Port d'Anvers* (Brussels: E. Guyot, 1898); Paul Salvagne, *Anvers Maritime* (Antwerp: J. Maes, 1898), pp. 62–84; Karl Baedeker (Firm), *Belgium and Holland: Handbook for Travellers* (Leipzig: K. Baedeker, 1888), pp. 129–31, 138, 158–60. I am indebted to Debora Silverman for alerting me to the connection between Antwerp's

founding legend and the practice of hand severing that became notorious in the Congo Free State. See Debora L. Silverman, "Art Nouveau, Art of Darkness: African Lineages of Belgian Modernism, Part III," *West 86th* 20, no. 1 (2013): 26–29.

15. JC to Albert Thys, November 4, 1889, *CL*, vol. 1, p. 25.

16. G. C. de Baerdemaecker to Albert Thys, September 24, 1889, in J. H. Stape and Owen Knowles, eds., *A Portrait in Letters: Correspondence to and About Conrad* (Amsterdam: Rodopi, 1996), pp. 5–6. The letter of introduction noted that "*son instruction générale est supérieure à celle qu'ont habituellement les marins et c'est un parfait gentleman.*"

17. The company HQ was on the Rue Brédérode; see *The Congo Railway from Matadi to the Stanley Pool* (Brussels: P. Weissenbruch, 1889).

18. Guy Vanthemsche, *Belgium and the Congo, 1885–1980* (Cambridge, UK: Cambridge University Press, 2012), p. 37.

19. JC to Albert Thys, November 4/28, 1889, *CL*, vol. 1, pp. 25–27. In 1902, "The old and well-known firm of Walford & Co., of Antwerp," would be "turned into a 'Société Anonyme,' with a capital of £200,000" and "Col. Thys, the Belgian Cecil Rhodes, of Congo fame" made its chairman. *The Syren and Shipping Illustrated* 24, no. 311 (August 13, 1902): 279.

20. Anne Arnold, "Marguerite Poradowska as Conrad's Friend and Adviser," *The Conradian* 34, no. 1 (2009): 68–83.

21. Kazimierówka was burned down in the October Revolution of 1917. It was located in Vinnyts'ka Oblast, near the village of Orativ.

22. Conrad, *A Personal Record*, pp. 49–50.

23. JC to Marguerite Poradowska, February 14 [15–16?], 1890, *CL*, vol. 1, p. 39.

24. On this relationship, see especially Susan Jones, *Conrad and Women* (Oxford: Clarendon Press, 1999) and Arnold, "Marguerite Poradowska." Both emphasize Poradowska's significance as Conrad's premier contact to the literary world, at just the time that he was beginning *Almayer's Folly*.

25. Najder, *Joseph Conrad: A Life*, pp. 140–43.

26. Conrad, *A Personal Record*, p. 36. Cf. Joseph Conrad, "Geography and Some Explorers," in *Last Essays* (Garden City, NY: Doubleday, Page & Co., 1926), p. 16: "One day, putting my finger on a spot in the very middle of the then white heart of Africa, I declared that some day I would go there."

27. JC to Marguerite Poradowska, May 15, 1890, *CL*, vol. 1, p. 51.

28. JC to Marguerite Poradowska, June 10, 1890, *CL*, vol. 1, p. 55.

29. JC to Karol Zagórski, May 22, 1890, *CL*, vol. 1, p. 52.

30. Makulo Akambu, *La Vie de Disasi Makulo: Ancien Esclave de Tippo Tip et Catéchiste de Grenfell* (Kinshasa: Editions Saint Paul Afrique, 1983), pp. 15–16. I owe my awareness of this source to the splendid work of David van Reybrouck, *Congo: The Epic History of a People*, trans. Sam Garrett (New York: Ecco, 2014), pp. 29–45.

31. Akambu, *Vie de Disasi Makulo*, p. 18. A variant on Matambatamba: Jan Vansina, *Paths in the Rainforests: Toward a History of Political Tradition in Equatorial Africa* (Madison: University of Wisconsin Press, 1990), p. 240; Osumaka Likaka, *Naming Colonialism: History and Collective Memory in the Congo, 1870–1960* (Madison: University of Wisconsin Press, 2009), p. 102.

32. Stanley described his visit to the camp in *The Congo and the Founding of Its Free State: A Story of Work and Exploration*, 2 vols. (New York: Harper & Brothers, 1885), vol. 2, pp. 146–50.

33. Akambu, *Vie de Disasi Makulo*, pp. 20–25.

34. Similar forms of this word mean "white man" in various languages around the Great Lakes region, e.g., Swahili *muzungu*. The Lingala word for foreigner is, by contrast, *mundele*.

35. Akambu, *Vie de Disasi Makulo*, pp. 29–31.

36. Ibid., pp. 32–36.

37. David Livingstone, *Dr. Livingstone's Cambridge Lectures* (Cambridge, UK: Deighton, Bell & Co., 1858), p. 18.

38. Henry M. Stanley, *Through the Dark Continent*, (New York: Harper and Brothers, 1879) vol. 2, pp. 95–114.

39. Ibid., p. 190.
40. Ibid., pp. 158, 174, 272. Tim Jeal, *Stanley: The Impossible Life of Africa's Greatest Explorer* (London: Faber, 2007), p. 155. Jeal notes throughout that Stanley deliberately exaggerated his violent encounters to win readers, having observed that Americans lapped up reports of fights with Indians. It backfired.
41. Alexandre Delcommune, *Vingt années de vie africaine, 1874–1893, récits de voyages d'aventures et d'exploration au Congo Belge*, 2 vols. (Brussels: Ferdinand Larcier, 1922), vol. 1, p. 89; Stanley, *Through the Dark Continent*, vol. 2, pp. 454, 466–67.
42. Stanley, *Through the Dark Continent*, vol. 2, p. 466; Patrick Brantlinger, *Rule of Darkness: British Literature and Imperialism, 1830–1914* (Ithaca, NY: Cornell University Press, 1988), chapter 6.
43. Jeal, *Stanley*, pp. 221–28.
44. Adam Hochschild, *King Leopold's Ghost: A Story of Greed, Terror, and Heroism in Colonial Africa* (Boston: Houghton Mifflin, 1999), p. 39.
45. Vanthemsche, *Belgium and the Congo*, p. 18; Hochschild, *King Leopold's Ghost*, pp. 37–38. On the Sarawak overture, see John Brooke to Sir James Brooke, August 4, 1861, in Rhodes House, Oxford: Basil Brooke Papers, Mss. Pac s90, vol. 5. Steven Press brilliantly excavates the connections between European interventions in Borneo and the Scramble for Africa in *Rogue Empires: Contracts and Conmen in Europe's Scramble for Africa* (Cambridge, MA: Harvard University Press, 2017).
46. Émile Banning, *Africa and the Brussels Geographical Conference*, trans. Richard Henry Major (London: Sampson Low, Marston, Searle & Rivington, 1877), p. 152.
47. Ibid., p. 109.
48. H. M. Stanley, *The Congo and the Founding of Its Free State: A Story of Work and Exploration*, 2 vols. (London: Sampson Low, Marston, Searle & Rivington, 1886), vol. 1, p. 26.
49. Ibid., pp. 59–60.
50. As Eric D. Weitz points out, this had a significant impact on twentieth-century conceptions of minority rights and protection. Eric D. Weitz, "From the Vienna to the Paris System: International Politics and the Entangled Histories of Human Rights, Forced Deportations, and Civilizing Missions," *The American Historical Review* 113, no. 5 (December 1, 2008): 1313–43.
51. Vanthemsche, *Belgium and the Congo*, p. 29; Hochschild, *King Leopold's Ghost*, pp. 80–87. For an overview of the Berlin Conference, see H. L. Wesseling, *Divide and Rule: The Partition of Africa, 1880–1914*, trans. Arnold J. Pomerans (Westport, CT: Praeger, 1996).
52. Banning, *Africa and the Brussels Geographical Conference*, p. 153.
53. Jeal, *Stanley*, chapter 19; Hochschild, *King Leopold's Ghost*, p. 81; Stanley, *The Congo and the Founding of Its Free State*, vol. 1, pp. 51, 462.
54. Anonymous "ancien diplomat" quoted in Jesse Siddall Reeves, *The International Beginnings of the Congo Free State* (Baltimore: Johns Hopkins University Press, 1894), p. 70.
55. Stanley, *The Congo and the Founding of Its Free State*, vol. 2, p. 196.
56. Delcommune, *Vingt années*, vol. 1, p. 64. European breech-loading rifles were substantially more accurate than African muskets.
57. George Washington Williams, "George Washington Williams's Open Letter to King Leopold on the Congo, 1890 | The Black Past: Remembered and Reclaimed," www.blackpast.org/george-washington-williams-open-letter-king-leopold-congo-1890.
58. Sabine Cornelis, Maria Moreno, and John Peffer, "L'Exposition du Congo and Edouard Manduau's La Civilisation au Congo (1884–1885)," *Critical Interventions* 1, no. 1 (January 1, 2007): 125–40.
59. Delcommune, *Vingt années*, vol. 1, p. 194.
60. A. J. Wauters, *L'état indépendant du Congo; historique, géographie physique, ethnographie, situation économique, organisation politique* (Brussels: Librairie Falk fils, 1899), p. 431. Recent histories have traced the ways in which the colonial exploitation in Congo became a broadly Belgian undertaking. See esp. Vincent Viaene, "King Leopold's Imperialism and the Origins of the Belgian Colonial Party, 1860–1905," *Journal of Modern History* 80, no. 4 (December 2008): 741–90.
61. Delcommune, *Vingt années*, vol. 1, p. 56.

62. Jean Stengers and Jan Vansina, "King Leopold's Congo, 1886–1908," in R. Oliver and G. N. Sanderson, eds., *The Cambridge History of Africa* (Cambridge, UK: Cambridge University Press, 1985), p. 330.
63. Norman Sherry, *Conrad's Western World* (Cambridge, UK: Cambridge University Press, 1971), pp. 376–77.
64. Hochschild, *King Leopold's Ghost*, pp. 133–35.
65. This is the account given by Johannes Scharffenberg, a Norwegian officer on the *Florida*; see Espen Waehle, "Scandinavian Agents and Entrepreneurs in the Scramble for Ethnographica During Colonial Expansion in the Congo," in Kirsten Alsaker Kjerland and Bjørn Enge Bertelsen, eds., *Navigating Colonial Orders: Norwegian Entrepreneurship in Africa and Oceania* (London: Berghahn Books, 2015), pp. 348–49. Grenfell was told something more picturesque (and more likely to seem "savage"). Taken by the sight of a child and its mother bathing in the river, Freiesleben gave the woman a couple of *mitakos*, and the gift touched off the scuffle. (Sherry, *Conrad's Western World*, pp. 18–19.)
66. Quoted in Sherry, *Conrad's Western World*, p. 17.

第八章　黑暗角落

1. "Harou (Prosper-Félix-Joseph)," *Biographie coloniale belge*, vol. 3 (Brussels: Librairie Falk fils, 1952), p. 418; Henry Morton Stanley, *The Congo and the Founding of Its Free State: A Story of Work and Exploration* (New York: Harper & Brothers, 1885), vol. 2, p. 298.
2. Adam Hochschild, *King Leopold's Ghost: A Story of Greed, Terror, and Heroism in Colonial Africa* (Boston: Houghton Mifflin, 1999), p. 115; David van Reybrouck, *Congo: The Epic History of a People*, trans. Sam Garrett (New York: Ecco, 2014), p. 61.
3. A.-J. Wauters, *L'état indépendant du Congo: historique, géographie physique, ethnographie, situation économique, organisation politique* (Brussels: Librairie Falk fils, 1899), pp. 431–32.
4. There is some disagreement about whether this was the only diary Conrad kept. Najder points to Captain Craig of the *Vidar*'s much later statement that he "usually found [Conrad] writing" (see chapter 6) as evidence that Conrad may have kept notes on other journeys. (Zdzisław Najder, "Introduction" to Joseph Conrad, *Congo Diary and Other Uncollected Pieces* [Garden City, NY: Doubleday, 1978], pp. 3–4.) But no actual diaries of this sort survive, nor does any other corroborating evidence they once existed, so the speculation is based on evidence from absence. A passage in *The Shadow-Line* (which Conrad, admittedly with considerable exaggeration, called "exact autobiography") tends to support the notion that diary keeping was not his usual practice: "It's the only period of my life in which I attempted to keep a diary. No, not the only one. Years later, in conditions of moral isolation, I did put down on paper the thoughts and events of a score of days. But this was the first time. I don't remember how it came about or how the pocket-book and the pencil came into my hands." Joseph Conrad, *The Shadow-Line* (Oxford: Oxford World's Classics, 2009), p. 87.
5. Oscar Michaux, *Au Congo: Carnet de campagne: épisodes & impressions de 1889 à 1897* (Brussels: Librairie Falk fils, 1907), p. 67.
6. Louis Goffin, *Le chemin de fer du Congo (Matadi-Stanley-Pool)* (Brussels: M. Weissenbruch, 1907), pp. 37–38.
7. Conrad, *Congo Diary*, p. 7.
8. Wauters, *L'état indépendant du Congo*, p. 334. Given that an African elephant tusk weighs 23 kilograms on average, 75,000 kilograms could represent the tusks of more than 1,600 elephants; www.britannica.com/topic/ivory.
9. E. J. Glave, "The Congo River of To-Day," *The Century Magazine* 39, no. 4 (February 1890): 619.
10. Henry M. Stanley, *The Congo and the Founding of Its Free State: A Story of Work and Exploration*, 2 vols. (London: Sampson Low, Marston, Searle & Rivington, 1886), vol. 1, p. 401.
11. Albert Thys, *Au Congo et au Kassaï: Conférences Données À La Société Belge Des Ingénieurs et Des Industriels* (Brussels, 1888), p. 7.

12. Wauters, *L'état indépendant du Congo*, pp. 348–49. Wauters estimated that 50,000 porters worked the route in 1893; Lemaire offered the more modest number of 25,280. Charles Lemaire, *Congo & Belgique (à propos de l'Exposition d'Anvers)* (Brussels: C. Bulens, 1894), p. 162.
13. Conrad, *Congo Diary*, p. 9.
14. Ibid., pp. 7, 10, 14.
15. Ibid., pp. 8–9, 12.
16. Ibid., pp. 8–9, 13.
17. Ibid., p. 15.
18. TB to JC, October 28/November 9, 1890, *CPB*, p. 133. Bobrowski's line "*Tu l'as voulu*, Georges Dandin" referred to Molière's 1668 comedy *George Dandin ou le mari confondu*.
19. Norman Sherry, *Conrad's Western World* (Cambridge, UK: Cambridge University Press, 1971), p. 56.
20. Conrad, *Youth/Heart of Darkness/The End of the Tether* (London: Penguin Books, 1995), p. 98. Henceforth cited as *Heart of Darkness*.
21. Conrad, *Congo Diary*, pp. 17, 20–21, 34, 36.
22. Conrad, *Heart of Darkness*, p. 88.
23. For the composition history of the manuscript, see the Cambridge critical edition: Joseph Conrad, *Almayer's Folly*, eds. Floyd Eugene Eddleman and David Leon Higdon (Cambridge, UK: Cambridge University Press, 1994), pp. 159–65. Quotes from chapter 5, pp. 52–57. Five pages of chapter 5 are also written in pencil, like the "Up-River Book" but unlike most of the rest of the *Almayer's Folly* manuscript.
24. Conrad, *Heart of Darkness*, p. 90.
25. Zdzislaw Najder, *Joseph Conrad: A Life*, 2nd ed. (Rochester, NY: Camden House, 2007), p. 156.
26. Herbert Ward, *Five Years with the Congo Cannibals* (London: Chatto & Windus, 1891), pp. 196–214.
27. John Rose Troup, *With Stanley's Rear Column* (London: Chapman and Hall, 1890), p. 178. See also Henry Morton Stanley, *In Darkest Africa: The Quest, Rescue, and Retreat of Emin, Governor of Equatoria*, 2 vols. (New York: Scribner, 1891), vol. 1, pp. 64–65.
28. Sherry, *Conrad's Western World*, pp. 64–66.
29. Wauters, *L'état indépendant du Congo*, p. 401.
30. Stanley's officers commented more or less critically on the unholy alliance between the Congo Free State and the most famous of slavers. "The man of civilization condemns with indignation the barbarism of the Arab slaver, but let the white man pause and think for but one moment and he will realize how deeply he himself is implicated. By whom are the guns and ammunition supplied with which this persecution is carried on, and who is the purchaser of the costly elephant tusk?" E. J. Glave, *Six Years of Adventure in Congo-Land* (London: S. Low, Marston, Limited, 1893), p. 231. See also Ward, *Five Years with the Congo Cannibals*, pp. 216–21.
31. "The subdued thundering mutter of the Stanley Falls hung in the heavy night air of the last navigable reach of the upper Congo." "Geography and Some Explorers," in Joseph Conrad, *Last Essays*, ed. and intro. Richard Curle (London: J. M. Dent & Sons, 1926), p. 17.
32. Camille Delcommune to JC, September 6, 1890, in J. H. Stape and Owen Knowles, eds., *A Portrait in Letters: Correspondence to and About Conrad* (Amsterdam: Rodopi, 1996), p. 10.
33. Sherry, *Conrad's Western World*, pp. 78–80.
34. Marguerite Poradowska to JC, June 9, 1890, in Stape and Knowles, eds., *Portrait in Letters*, p. 8.
35. JC to Marguerite Poradowska, September 26, 1890, *CL*, vol. 1, pp. 61–63. Conrad wrote to Poradowska in French; nonetheless one hears an echo with *Almayer's Folly*, whose first chapter ends with Nina looking at "the upper reach of the river whipped into white foam by the wind." Joseph Conrad, *Almayer's Folly* (Garden City, NY: Doubleday, Page & Co., 1915), p. 17.
36. TB to JC, October 28/November 9, 1890, *CPB*, p. 133.
37. Najder, *Joseph Conrad: A Life*, p. 162.
38. TB to JC, June 12/24, 1890, *CPB*, pp. 128–29.
39. Conrad, *Heart of Darkness*, pp. 54, 56–57.

40. Ibid., p. 67.
41. Ibid., pp. 68–69, 76, 84, 106, 126.
42. Ibid., p. 88.
43. Ibid., p. 90.
44. John Thomas Towson (1804–81) was the author of several reference works on navigation, including *Practical Information on the Deviation of the Compass: For the Use of Masters and Mates of Iron Ships* (1863), which was used as a manual for the Board of Trade examinations Conrad took. C. W. Sutton, "Towson, John Thomas (1804–1881)," rev. Elizabeth Baigent, *Oxford Dictionary of National Biography*, (Oxford: Oxford University Press, 2004), online ed., May 2010, www.oxforddnb.com.ezp-prod1.hul.harvard.edu/view/article/27642.
45. Conrad, *Heart of Darkness*, p. 94.
46. Ibid., p. 103.
47. Louis Menand, *Discovering Modernism: T. S. Eliot and His Context*, 2nd ed. (New York: Oxford University Press, 2007), p. 111; Conrad, *Heart of Darkness*, p. 113.
48. Conrad, *Heart of Darkness*, pp. 120–21.
49. Ibid., pp. 111, 123, 125.
50. Ibid., pp. 132–37.
51. Ibid., pp. 139–47.
52. Ibid., pp. 49, 148. Cf. the end of *The Nigger of the 'Narcissus'* (written about a year earlier), where a vision of Britain rising from the waves as a ship in full sail degenerates into industrial squalor as the *Narcissus* goes up the Thames to dock: "A mad jumble of begrimed walls loomed up vaguely in the smoke, bewildering and mournful, like a vision of disaster . . . and a swarm of strange men, clambering up her sides, took possession of her in the name of the sordid earth." (Joseph Conrad, *The Nigger of the 'Narcissus' and Other Stories* [London: Penguin Classics, 2007], p. 130.) In a 1904 essay about the Thames, Conrad recapitulated the opening of *Heart of Darkness*, once again imagining a Roman entering the river to face its savage denizens, and likening the stretch of Thames from London Bridge to the Albert Docks to "a jungle," "like the matted growth of bushes and creepers veiling the silent depths of an unexplored wilderness." (Joseph Conrad, *The Mirror of the Sea* [New York: Harper & Brothers, 1906], pp.178–79.) Nicholas Delbanco notes a parallel between Conrad's opening description of the Thames and Ford Madox Ford's *The Cinque Ports in Group Portrait: Joseph Conrad, Stephen Crane, Ford Madox Ford, Henry James, and H. G. Wells* (New York: Morrow, 1982), pp. 103–4.
53. Wauters, *L'état indépendant du Congo*, pp. 336, 448, 460, 463; A.-J. Wauters, *Histoire politique du Congo Belge* (Brussels: P. Van Fleteren, 1911), p. 75.
54. Wauters, *L'état indépendant du Congo*, pp. 402–3; Guy Vanthemsche, *Belgium and the Congo, 1885–1980* (Cambridge, UK: Cambridge University Press, 2012), pp. 147–49.
55. Wauters, *Histoire politique*, pp. 93–96, 120–24; Vincent Viaene, "King Leopold's Imperialism and the Origins of the Belgian Colonial Party, 1860–1905," *Journal of Modern History* 80, no. 4 (December 2008): 761–62.
56. Michaux, *Au Congo*, p. 218. Michaux admitted that he still, twenty years later, felt uneasy about the taking of Nyangwé because he could never quite convince himself that the Force Publique had been attacked first (pp. 223–24). A British doctor attached to the expedition hailed another achievement: the elimination of Islam as a political force. "This great struggle is, without doubt, a turning-point in African history. It is impossible even to surmise what would have been the effect on the future of Africa had another great Mohammedan Empire been established in the Congo Basin." Sidney Langforde Hinde, *The Fall of the Congo Arabs* (New York: Thomas Whittaker, 1897), pp. 24–25.
57. Sir Harry Johnston, *George Grenfell and the Congo . . .* , 2 vols. (New York: D. Appleton & Company, 1910), vol. 1, p. 428. He blamed it on the "frantic cannibals" who accompanied Dhanis as irregulars.
58. Jan Vansina, *Paths in the Rainforests: Toward a History of Political Tradition in Equatorial Africa* (Madison: University of Wisconsin Press, 1990), pp. 244–45.

59. E. D. Morel, *The Congo Slave State* (Liverpool: John Richardson & Sons, 1903), pp. 13–18; Jean Stengers and Jan Vansina, "King Leopold's Congo, 1886–1908," in R. Oliver and G. N. Sanderson, eds., *The Cambridge History of Africa* (Cambridge, UK: Cambridge University Press, 1985), pp. 339–40, 344. Reybrouck, *Congo*, p. 86.

60. Henry Richard Fox Bourne, *Civilisation in Congoland: A Story of International Wrong-Doing* (London: P. S. King and Co., 1903), pp. 178–79; Hochschild, *King Leopold's Ghost*, p. 162.

61. Glave, quoted in Fox Bourne, *Civilisation in Congoland*, p. 181.

62. Wauters, *L'état indépendant du Congo*, p. 447.

63. Makulo Akambu, *La Vie de Disasi Makulo: Ancien Esclave de Tippo Tip et Catéchiste de Grenfell* (Kinshasa: Editions Saint Paul Afrique, 1983), pp. 59–60.

64. Wauters, *L'état indépendant du Congo*, pp. 334–41.

65. Ibid., pp. 104–5; Wauters, *Histoire politique*, pp. 120–27; Vanthemsche, *Belgium and the Congo*, pp. 38–39; Viaene, "King Leopold's Imperialism," 770.

66. The British had already started cultivating rubber trees in Southeast Asia, which, once they matured, would outproduce wild rubber and displace Congo (and Brazil) on the international market. See Zephyr Frank and Aldo Musacchio, "The International Natural Rubber Market, 1870–1930," EH.Net Encyclopedia, ed. Robert Whaples, March 16, 2008, http://eh.net/encyclopedia/the-international-natural-rubber-market-1870-1930/.

67. Charles Lemaire, *Congo & Belgique (à propos de l'Exposition d'Anvers)* (Brussels: C. Bulens, 1894), pp. 37–38; Morel, *Congo Slave State*, p. 62.

68. Robert Harms, "The End of Red Rubber: A Reassessment," *The Journal of African History* 16, no. 1 (January 1, 1975): 78–81.

69. E. J. Glave, "Cruelty in the Congo Free State," *The Century Magazine* 54, no. 5 (September 1897): 709; Reybrouck, *Congo*, 87–96.

70. Testimony of Murphy and Sjöblom, quoted in Fox Bourne, *Civilisation in Congoland*, pp. 210, 213–14. Cf. Glave, quoted on pp. 198–99.

71. See Debora L. Silverman, "Art Nouveau, Art of Darkness: African Lineages of Belgian Modernism, Part I," *West 86th: A Journal of Decorative Arts, Design History, and Material Culture* 18, no. 2 (2011): 143–50; Debora L. Silverman, "Art Nouveau, Art of Darkness: African Lineages of Belgian Modernism, Part III," *West 86th* 20, no. 1 (2013): 8–11.

72. Hochschild, *King Leopold's Ghost*, pp. 206–7.

73. Unsigned review by Hugh Clifford in *The Spectator*, in Keith Carabine, ed., *Joseph Conrad: Critical Assessments*, vol. 1 (Mountfield, East Sussex, UK: Helm Information, 1992), p. 295. Clifford and Conrad were already friends.

74. Conrad, *Heart of Darkness*, p. 84.

75. Glave, "Cruelty in the Congo Free State," 706. Hochschild points out that Conrad might well have read this.

76. JC to Roger Casement, December 21, 1903, *CL*, vol. 3, p. 96.

77. JC to R. B. Cunninghame Graham, December 26, 1903, *CL*, vol. 3, p. 102.

78. Hunt Hawkins, "Joseph Conrad, Roger Casement, and the Congo Reform Movement," *Journal of Modern Literature* 9, no. 1 (1981): 65–80. Conrad wrote Casement a letter condemning the outrages, which Morel quoted in *King Leopold's Rule in Africa* (New York: Funk and Wagnalls, 1905), p. 117.

79. JC to Roger Casement, December 17, 1903, *CL*, vol. 3, p. 95.

80. Conrad, *Heart of Darkness*, p. 50.

81. JC to Edward Garnett, December 22, 1902, *CL*, vol. 2, pp. 467–68. Conrad's most important early academic champion, F. R. Leavis, was "exasperated" by *Heart of Darkness* due to Conrad's "adjectival insistence upon inexpressible and incomprehensible mystery." F. R. Leavis, *The Great Tradition: George Eliot, Henry James, Joseph Conrad* (New York: George W. Stewart, 1950), p. 177.

82. Ian Watt influentially explained this technique as "delayed decoding" in *Conrad in the Nineteenth Century* (Berkeley: University of California Press, 1979), pp. 176–77.

第九章　白种野人

1. JC to Marguerite Poradowska, March 30, 1890; April 14, 1891; May 1, 1891; May 10, 1891, *CL*, vol. 1, pp. 74–75, 77, 79.
2. TB to JC, March 30/April 12, 1891, *CPB*, p. 139.
3. TB to JC, May 25/June 6, 1891, *CPB*, p. 141.
4. TB to JC, March 30/April 12, 1891, *CPB*, p. 140.
5. JC to Marguerite Poradowska, August 26, 1891, *CL*, vol. 1, p. 91.
6. Joseph Conrad, *Almayer's Folly* (Garden City, NY: Doubleday, Page & Co., 1915), pp. 129–30.
7. Ibid., p. 108.
8. Ibid., pp. 146, 151.
9. Ibid., pp. 87, 132.
10. JC to Marguerite Poradowska, July 8, 1891, *CL*, vol. 1, p. 86.
11. TB to JC, July 18/30, 1891, *CPB*, pp. 147–48.
12. TB to JC, August 14/26, 1891, *CPB*, p. 149.
13. Joseph Conrad, *Youth/Heart of Darkness/The End of the Tether* (London: Penguin Books, 1995), p. 79.
14. JC to Marguerite Poradowska, October 16, 1891, *CL*, vol. 1, p. 99.
15. JC to Marguerite Poradowska, August 26, 1891, *CL*, vol. 1, p. 92.
16. JC to Marguerite Poradowska, November 14, 1891, *CL*, vol. 1, p. 102.
17. Quoted in Zdzisław Najder, *Joseph Conrad: A Life*, 2nd ed. (Rochester, NY: Camden House, 2007), p. 182.
18. John Stape, *The Several Lives of Joseph Conrad* (New York: Pantheon, 2007), p. 73.
19. TB to JC, February 9/21, 1894, in J. H. Stape and Owen Knowles, eds., *A Portrait in Letters: Correspondence to and About Conrad* (Amsterdam: Rodopi, 1996), p. 12.
20. JC to Marguerite Poradowska, February 18, 1894, *CL*, vol. 1, p. 148.
21. JC to Marguerite Poradowska, [March 29 or April 5, 1894], *CL*, vol. 1, p. 151.
22. Joseph Conrad, *Almayer's Folly* (Garden City, NY: Doubleday, Page & Co., 1915), p. 259.
23. JC to Marguerite Poradowska, April 24, 1894, *CL*, vol. 1, pp. 153–54.
24. JC to Marguerite Poradowska, [August 18?, 1891], *CL*, vol. 1, p. 170.
25. JC to Marguerite Poradowska, [July 25?, 1894], *CL*, vol. 1, pp. 163–64.
26. JC to Marguerite Poradowska, [August 18?, 1894], *CL*, vol. 1, p. 171.
27. JC to Marguerite Poradowska, October 23, 1894 to [February 23?, 1895], *CL*, vol. 1, pp. 182, 189, 191, 202.
28. JC to Marguerite Poradowska, [March 29 or April 4, 1894] to May 13, [1895], *CL*, vol. 1, pp. 150, 156, 185, 192, 210, 215, 219.
29. JC to Marguerite Poradowska, October 4, 1894, *CL*, vol. 1, p. 178.
30. JC to Marguerite Poradowska, October 10, 1894, *CL*, vol. 1, p. 180.
31. JC to W. H. Chesson, [mid-October to mid-November 1894], *CL*, vol. 1, p. 186.
32. JC to W. H. Chesson, [early January?, 1895], *CL*, vol. 1, p. 199.
33. The preface wasn't included in the first edition, likely because Unwin rarely published prefaces except by well-known authors.
34. Conrad, *Almayer's Folly*, p. 3. It refers to the essay "Decivilized" by Alice Meynell (which doesn't use African analogies), www.gutenberg.org/files/1434/1434-h/1434-h.htm.
35. See, e.g., Herbert Ward, *Five Years with the Congo Cannibals* (London: Chatto & Windus, 1891), p. 270.
36. Conrad, *Heart of Darkness*, pp. 90–91.
37. Conrad may well have read the "Note on Cannibalism" in Sidney Langford Hinde, *The Fall of the Congo Arabs* (New York: Whittaker, 1897), pp. 282–85. Congolese also suspected whites of the practice: see Osumaka Likaka, *Naming Colonialism: History and Collective Memory in the Congo, 1870–1960* (Madison: University of Wisconsin Press, 2009), p. 96.

38. Conrad, *Heart of Darkness*, p. 107.
39. For a summary of what is—and, more often, isn't—known about Conrad's sex life, see Robert Hampson, *Conrad's Secrets* (Basingstoke, UK: Palgrave Macmillan, 2012), pp. 4–11.
40. JC to E. B. Redmayne, May 23, 1895, quoted in J. H. Stape and Hans Van Marle, "'Pleasant Memories' and 'Precious Friendships': Conrad's *Torrens* Connections and Unpublished Letters from the 1890s," *Conradiana* 27, no. 1 (1995): 30.
41. JC to Edward Garnett, June 7, 1895, *CL*, vol. 1, p. 224.
42. JC to Marguerite Poradowska, June 11, 1895, *CL*, vol. 1, p. 229.
43. JC to Mme. Briquel, March 7, 1896, *CL*, vol. 1, pp. 264–65.
44. JC to Karol Zagórski, March 10, 1896, *CL*, vol. 1, pp. 265–66.
45. JC to E. B. Redmayne, February 23, 1896, Stape and Van Marle, "'Pleasant Memories'": 32.
46. JC to Nita Wall, March 22, 1896, Stape and Van Marle, "'Pleasant Memories'": 35.
47. Zdzisław Najder, *Joseph Conrad: A Life*, 2nd ed. (Rochester, NY: Camden House, 2007), pp. 223–24.
48. Jessie Conrad, *Joseph Conrad as I Knew Him* (Garden City, NY: Doubleday, Page & Co., 1926), pp. 101–5.
49. Ibid., pp. 25, 102.
50. J. H. Stape, "Jessie Conrad in Context: A George Family History," *The Conradian* 34, no. 1 (April 1, 2009): 84–110.
51. Jessie Conrad, *Joseph Conrad as I Knew Him*, p. 106.
52. JC to Edward Garnett, April 9, 1896, *CL*, vol. 1, p. 272.
53. JC to Edward Sanderson, April 14, 1896, *CL*, vol. 1, p. 274.
54. Jessie Conrad, *Joseph Conrad as I Knew Him*, pp. 30–31.
55. JC to Edward Garnett, June 2, 1896, *CL*, vol. 1, p. 283.
56. JC to Edward Garnett, August 5, 1896, *CL*, vol. 1, pp. 295–96.
57. On Conrad's tendency to avoid one work by writing another, see John Batchelor, "Conrad's Truancy," in John Batchelor, ed., *The Art of Literary Biography* (Oxford: Clarendon Press, 1995), pp. 115–27.
58. Sherry, *Conrad's Western World*, pp. 126–31.
59. "An Outpost of Progress" in Joseph Conrad, *Tales of Unrest* (Garden City, NY: Doubleday, Page & Co., 1920), p. 161.
60. Conrad, "An Outpost of Progress," pp. 150, 163, 171, 183, 185, 197–98.
61. Jessie Conrad, *Joseph Conrad as I Knew Him*, pp. 109, 139.
62. Ibid., pp. 153–54. Sven Lindqvist also points to the fact that Charles Dilke's satirical essay "Civilisation in Africa" appeared in the July 1896 number of *Cosmopolis*, to which Conrad submitted "An Outpost of Progress" for publication. But it's not clear whether or not Conrad read the journal at that time. Sven Lindqvist, *"Exterminate All the Brutes": One Man's Odyssey into the Heart of Darkness and the Origins of European Genocide*, trans. Joan Tate (New York: The New Press, 2007), pp. 25–27.
63. Conrad, "An Outpost of Progress," pp. 178–79.
64. Louis Goffin, *Le chemin de fer du Congo (Matadi-Stanley-Pool)* (Brussels: M. Weissenbruch, 1907), 73.
65. On Buls's connection to Poradowska, see Anne Arnold, "Marguerite Poradowska as Conrad's Friend and Adviser," *The Conradian* 34, no. 1 (2009): 72–76.
66. Goffin, *Le chemin de fer*, pp. 19, 43–44, 65; Henry Richard Fox Bourne, *Civilisation in Congoland: A Story of International Wrong-Doing* (London: P. S. King and Co., 1903), pp. 122–26, 245–46; A.-J. Wauters, *L'état indépendant du Congo: historique, géographie physique, ethnographie, situation économique, organisation politique* (Brussels: Librairie Falk fils, 1899), pp. 360–66; A.-J. Wauters, *Histoire politique du Congo Belge* (Brussels: P. Van Fleteren, 1911), p. 162.
67. Charles François Gommaire Buls, *Croquis congolais [par] Charles Buls. Illustrés de nombreuses photogravures et dessins* (Brussels: G. Balat, 1899), p. 77.

68. Buls to JC, May 11, 1895, *Portrait in Letters*, p. 16.
69. Buls singled out p. 97 "the dazzling splendor of tropical nature." On page 92 of the novel's first edition, Conrad described "plants shooting upward, entwined, interlaced in inextricable confusion, climbing madly and brutally over each other in the terrible silence of a desperate struggle towards the life-giving sunshine above—as if struck with sudden horror at the seething mass of corruption below; at the death and decay from which they sprang." Compare Buls's description of "The Equatorial Forest": "All these parasitic plants struggle to see which will be the first to reach the light; they tangle and climb over one another by the most ingenious means: with hooks, spirals, spears, suckers, and give the impression of a fierce fight for air. . . . Around us we see the fatal consequence of this assault by climbing plants. Crushed under their shroud, the trees have no room to grow; they die suffocated, rotting on their trunks, devoured by ants and centipedes." (Buls, *Croquis Congolais*, pp. 88–89, my translation.)
70. Buls, *Croquis Congolais*, pp. 204–10.
71. JC to R. B. Cunninghame Graham, January 14–15, 1898, *CL*, vol. 2, p. 17. Cf. JC to Aniela Zagórska, January 21, 1898, *CL*, vol. 2, pp. 23–24. Conrad knew Borys to be a Russian name, but "remember[ed] that my friend Stanisław Zaleski gave this name to his eldest son, so that apparently a Pole may use it."
72. Stape, *Several Lives of Joseph Conrad*, pp. 95, 99.
73. JC to David Meldrum, June 4, 1898, *CL*, vol. 2, p. 65.
74. JC to R. B. Cunninghame Graham, August 26, 1898, *CL*, vol. 2, p. 88.
75. JC to E. L. Sanderson, November 21, 1896, *CL*, vol. 1, p. 319. On the loan and advance: Najder, *Joseph Conrad: A Life*, pp. 236, 252, 261.
76. JC to Edward Garnett, [December 18, 1898], *CL*, vol. 2, pp. 132–33.
77. JC to William Blackwood, December 31, 1898, *CL*, vol. 2, pp. 139–40.
78. Unsigned review by Edward Garnett, *Academy and Literature* 63, no. 1596 (December 6, 1902): 606.
79. JC to William Blackwood, February 8, 1899, *CL*, vol. 2, p. 162.
80. Sidney Langford Hinde, *The Fall of the Congo Arabs* (London: Whittaker, 1897), p. 91. This was one of the only English books available about Congo. Hinde has a particular obsession with cannibalism, a topic treated at some length in *Heart of Darkness*—unlike Stanley's obsession, slavery, which figures rather less in *Heart of Darkness*. Traveling on the Congo River in 2016 I was approached by vendors of monkeys smoked on stakes, whose wizened heads resembled the human trophies imagined by Conrad.
81. The rajahs of Sarawak made a particular point of suppressing head-hunting, as Conrad would have known from reading books such as Alfred Russel Wallace's *The Malay Archipelago* (1869).
82. TB to JC, August 3/15, 1881, *CPB*, p. 74. In *Heart of Darkness* Marlow's skull gets measured by a European doctor fascinated by "the first Englishman coming under my observation." (Conrad, *Heart of Darkness*, p. 58.)

第十章 一个新世界

1. JC to Roger Casement, December 1, 1903, *CL*, vol. 3, p. 87.
2. JC to Harriet Mary Capes, December 26, 1903; JC to Mariah Hannah Martindale, December 26, 1903, *CL*, vol. 3, pp. 98–99; JC to Catherine Hueffer, December 26, 1903, *CL*, vol. 9, p. 95.
3. John Stape, *The Several Lives of Joseph Conrad* (New York: Pantheon Books, 2007), p. 109.
4. JC to Aniela Zagórska, December 12, 1898, *CL*, vol. 2, p. 131; Borys Conrad, *My Father Joseph Conrad* (New York: Coward-McCann, 1970), pp. 21–24.
5. JC to David Meldrum, October 12, 1898, *CL*, vol. 2, p. 101. Born Ford Hermann Hueffer, son of a German émigré, the author went by Ford Madox Hueffer when Conrad met him. In 1919 he changed his name to Ford Madox Ford, under which he has been called ever since. To avoid confusion I refer to him as Ford Madox Ford throughout.
6. JC to H. G. Wells, November [25] 1898, *CL*, vol. 2, p. 123.

7. Nicholas Delbanco, *Group Portrait: Joseph Conrad, Stephen Crane, Ford Madox Ford, Henry James, and H. G. Wells* (New York: Morrow, 1982). The relationship between Conrad and Ford has attracted much critical attention. Conrad scholars generally mistrust Ford's many claims about their relationship made after their friendship cooled in 1909. A stylometric analysis has confirmed the sense that, of their three major collaborations, Conrad was the dominant author of *Romance* (1903). See Jan Rybicki, David Hoover, and Mike Kestemont, "Collaborative Authorship: Conrad, Ford and Rolling Delta," *Literary and Linguistic Computing* 29, no. 3 (September 1, 2014): 422–31.
8. JC to R. B. Cunninghame Graham, December 26, 1903, *CL*, vol. 3, pp. 101–2.
9. R. B. Cunninghame Graham, *Hernando de Soto* (London: William Heinemann, 1903), p. x.
10. JC to R. B. Cunninghame Graham, July 8, 1903, *CL*, vol. 3, p. 45.
11. JC to J. B. Pinker, August 22, 1903, *CL*, vol. 3, p. 55.
12. JC to John Galsworthy, [October 23, 1902?], *CL*, vol. 2, p. 448.
13. For a succinct treatment of the literary dimensions of this relationship, see Cedric Watts, "Conrad and Cunninghame Graham: A Discussion with Addenda to Their CL," *The Yearbook of English Studies* 7 (1977): 157–65.
14. Laurence Davies and Cedric Thomas Watts, *Cunninghame Graham: A Critical Biography* (Cambridge, UK: Cambridge University Press, 1979), p. 269.
15. JC to John Galsworthy, July 2, 1904, *CL*, vol. 3, p. 148.
16. Davies and Watts, *Cunninghame Graham*, pp. 127, 134.
17. Ibid., pp. 3–14.
18. Sir Horace Rumbold, *The Great Silver River: Notes of a Residence in Buenos Ayres in 1880 and 1881*, 2nd ed. (London: John Murray, 1890), pp. 6–7.
19. "La Pampa," in R. B. Cunninghame Graham, *The South American Sketches of R. B. Cunninghame Graham*, ed. John Walker (Norman: University of Oklahoma Press, 1978), p. 23.
20. "Paja y Cielo," in Graham, *South American Sketches*, p. 31.
21. "The Pampas Horse," in Graham, *South American Sketches*, pp. 46–49.
22. "A Vanishing Race," in Graham, *South American Sketches*, pp. 38–39.
23. "A Silhouette," in Graham, *South American Sketches*, p. 106.
24. "Cruz Alta," in R. B. Cunninghame Graham, *Thirteen Stories* (London: W. Heinemann, 1900), p. 12. "La Pulpería," and "Gualeguaychú," in Graham, *South American Sketches*, pp. 63–64, 146.
25. Lucy Riall, *Garibaldi: Invention of a Hero* (New Haven, CT: Yale University Press, 2007), pp. 43–45.
26. Ogilvy, quoted in Davies and Watts, *Cunninghame Graham*, p. 18.
27. John Hoyt Williams, *The Rise and Fall of the Paraguayan Republic, 1800–1870* (Austin: University of Texas Press, 1979), chapter 11.
28. Sir Richard Francis Burton, *Letters from the Battlefields of Paraguay* (London: Tinsley Brothers, 1870).
29. R. B. Cunninghame Graham, *Portrait of a Dictator, Francisco Solano Lopez (Paraguay, 1865–1870)* (London: W. Heinemann, 1933), p. 241.
30. Domingo Faustino Sarmiento, *Life in the Argentine Republic in the Days of the Tyrants: Or, Civilization and Barbarism*, trans. Mary Tyler Peabody Mann (New York: Hurd and Houghton, 1868), p. 54. Richard Burton dedicated his *Letters from the Battlefields of Paraguay* to Sarmiento "and the homage which he pays to progress."
31. Ibid., pp. 2, 40.
32. Ibid., pp. 138–39.
33. Ibid., pp. 13, 18, 65–66, 187–88, 213–14.
34. D. C. M. Platt, *Latin America and British Trade 1806–1914* (London: Adam & Charles Black, 1972); Rory Miller, *Britain and Latin America in the Nineteenth and Twentieth Centuries* (London: Longman, 1993), esp. pp. 149–59.
35. Rumbold, *Great Silver River*, p. 8; E. R. Pearce Edgcumbe, *Zephyrus: A Holiday in Brazil and on the River Plate* (London: Chatto & Windus, 1887), pp. 181–89.
36. Davies and Watts, *Cunninghame Graham*, chapters 2–5.

37. R. B. Cunninghame Graham, *A Vanished Arcadia: Being Some Account of the Jesuits in Paraguay 1607–1767* (London: W. Heinemann, 1901), p. 179.
38. "A Vanishing Race," in Graham, *South American Sketches*, pp. 35–42.
39. Graham, *A Vanished Arcadia*, pp. 225, 287.
40. JC to Cunninghame Graham, May 9, 1903, *CL*, vol. 3, p. 34.
41. Joseph Conrad, *Nostromo* (London: Penguin Classics, 2007), p. 26.
42. Ibid., pp. 13, 20, 36.
43. JC to Ford Madox Ford, January 2, 1903, *CL*, vol. 3, pp. 3–4; JC to J. B. Pinker, January 5, 1903, *CL*, vol. 3, p. 6.
44. JC to Ford Madox Ford, March 23, 1903, *CL*, vol. 3, pp. 27–28.
45. JC to R. B. Cunninghame Graham, March 19, 1903, p. 25; JC to R. B. Cunninghame Graham, [June 9?, 1903], p. 41; W. H. Hudson, *The Purple Land: Being the Narrative of One Richard Lamb's Adventures in the Banda Orientál, in South America, as Told by Himself* (New York: Dutton, 1916), pp. 332–38.
46. Norman Sherry, *Conrad's Western World* (Cambridge, UK: Cambridge University Press, 1971), p. 162.
47. Conrad, *Nostromo*, pp. 28, 30.
48. JC to J. B. Pinker, March 16, 1903, *CL*, vol. 3, p. 22.
49. JC to R. B. Cunninghame Graham, July 8, 1903, *CL*, vol. 3, p. 45.
50. On Conrad's sources, see Sherry, *Conrad's Western World*, chapters 15–18.
51. For a description of the *cepo uruguayano*, see George Frederick Masterman, *Seven Eventful Years in Paraguay* (London: Sampson Low, Son, and Marston, 1869), p. 321.
52. Conrad, *Nostromo*, pp. 37, 41, 43, 46, 90, 293.
53. Ibid., pp. 38–40, 58, 68.
54. Ibid., pp. 43–45, 68.
55. R. B. Cunninghame Graham, "Bloody Niggers," *The Social Democrat: A Monthly Socialist Review* 1, no. 4 (April, 1897): 109.
56. Conrad, *Nostromo*, p. 49.
57. Niall Ferguson, *Empire* (New York: Basic Books, 2003), pp. 201–2; James Bryce, "The Roman Empire and the British Empire in India," in *Studies in History and Jurisprudence*, 2 vols. (Oxford: Clarendon Press, 1901), vol. 1, p. 5.
58. Rudyard Kipling, "Recessional" (1897), www.poetryfoundation.org/poems-and-poets/poems/detail/46780.
59. Graham, "Bloody Niggers," 109.
60. J. A. Hobson, *Imperialism: A Study* (London: James Nisbet & Co., 1902).
61. JC to R. B. Cunninghame Graham, December 19, 1899, *CL*, vol. 2, p. 228.
62. P. G. Wodehouse, *The Swoop! Or, How Clarence Saved England: A Tale of the Great Invasion* (London: Alston Rivers, 1909).
63. Paul M. Kennedy, *The Rise and Fall of British Naval Mastery* (New York: Scribner, 1976), pp. 216–18.
64. Rudyard Kipling, "The White Man's Burden" (1899), http://sourcebooks.fordham.edu/halsall/mod/kipling.asp.
65. On the range of positions captured by the concept, see Duncan Bell, *The Idea of Greater Britain: Empire and the Future of World Order, 1860–1900* (Princeton, NJ: Princeton University Press, 2007).
66. William Thomas Stead, *The Americanization of the World: Or, The Trend of the Twentieth Century* (London: H. Markley, 1902), pp. 2, 396.
67. "The Poor Man's Burden," http://historymatters.gmu.edu/d/5475. For the context and consequences of Kipling's poem, see Patrick Brantlinger, "Kipling's 'The White Man's Burden' and its Afterlives," *English Literature in Translation, 1880–1920* 50, no. 2 (2007), pp. 172–191.
68. H. T. Johnson, "The Black Man's Burden," *Christian Recorder* (March 1899), http://nationalhumanitiescenter.org/pds/gilded/empire/text7/johnson.pdf.

69. "Victory," in Graham, *Thirteen Stories*, p. 214.
70. Conrad, *Nostromo*, pp. 62, 64.
71. Ibid., pp. 67, 86, 94, 193.
72. Ibid., pp. 62–63.

第十一章　物质利益

1. For a vivid fictional exposition of the relationship between the plotting of *Nostromo* and the building of the Panama Canal, see Juan-Gabriel Vásquez, *The Secret History of Costaguana*, trans. Anne McLean (New York: Riverhead, 2011).
2. "Monroe Doctrine, December 2, 1823," http://avalon.law.yale.edu/19th_century/monroe.asp.
3. "Clayton-Bulwer Treaty, 1850," http://avalon.law.yale.edu/19th_century/br1850.asp.
4. "The Panama Canal Treaty," *The Times*, January 24, 1903, p. 7; January 26, 1903, p. 5.
5. Leader, *The Times*, March 19, 1903, p. 7. I have focused on the coverage in *The Times* since this was the newspaper that members of Conrad's social milieu would have been most likely to read on a regular basis.
6. Quoted in David McCullough, *The Path Between the Seas: The Creation of the Panama Canal, 1870–1914* (New York: Simon and Schuster, 1977), p. 380.
7. "President Roosevelt on the Monroe Doctrine," *The Times*, April 4, 1903, p. 7.
8. Abelardo Aldana et al., *The Panama Canal Question: A Plea for Colombia* (New York: [n.p.], 1904), pp. 9–10.
9. Raúl Pérez, "A Colombian View of the Panama Canal Question," *The North American Review* 177, no. 560 (1903): 63–68.
10. "Panama Canal Treaty," *The Times*, September 24, 1903, p. 3.
11. Joseph Conrad, *Nostromo* (London: Penguin Classics, 2007), pp. 96, 116, 152.
12. McCullough, *Path Between the Seas*, pp. 340–42.
13. Conrad, *Nostromo*, pp. 120–21, 135, 145, 147, 170.
14. Ibid., pp. 177, 220.
15. Ibid., pp. 189, 247.
16. JC to J. B. Pinker, [October 7 or 14?, 1903], *CL*, vol. 3, p. 67. "I don't send you P II^d yet. I simply can't spare time to look it over; the drama of the P III^d filling my mind. I don't like to send P II^d if I can help it." It's not clear how much of Part II Conrad had actually written by then. Only six months later did he actually send a chunk of Part II to Pinker for serialization, saying that "The next set to follow in a few days shall contain the end of P. II. Part Third will not take long." (JC to J. B. Pinker, April 5, 1904, *CL*, vol. 3, p. 129.)
17. McCullough, *Path Between the Seas*, pp. 359–60; Philippe Bunau-Varilla, *Panama: The Creation, Destruction, and Resurrection* (New York: McBride, Nast, 1914), p. 318.
18. McCullough, *Path Between the Seas*, pp. 370–79.
19. "Convention for the Construction of a Ship Canal (Hay-Bunau-Varilla Treaty), November 18, 1903," http://avalon.law.yale.edu/20th_century/pan001.asp.
20. Quotes from "The United States Congress," *The Times*, December 8, 1903, p. 5. See also Theodore Roosevelt, "Third Annual Message," December 7, 1903, online by Gerhard Peters and John T. Woolley, *The American Presidency Project*, www.presidency.ucsb.edu/ws/?pid=29544.
21. Leader, *The Times*, November 10, 1903, p. 9.
22. Quoted in Abelardo Aldana et al., *The Panama Canal Question: A Plea for Colombia* (New York: n. p., 1904), p. 68.
23. Eduardo Zuleta, "Elogio de Santiago Pérez Triana" (1919), www.bdigital.unal.edu.co/426/1/elogio_de_santiago_perez_Triana.pdf; Charles W. Bergquist, *Coffee and Conflict in Colombia, 1886–1910* (Durham, NC: Duke University Press, 1978), pp. 44–45.
24. Santiago Pérez Triana, *Down the Orinoco in a Canoe* (London: W. Heinemann, 1902), pp. 18, 22.
25. Ibid., p. 247.

26. Santiago Pérez Triana, "The Partition of South America," *The Anglo-Saxon Review* 10 (September 1901): 110, 115.
27. "The United States and Panama," *The Times*, November 12, 1903, p. 3; "The United States and Panama," *The Times*, November 14, 1903, p. 7; "The United States and Panama," *The Times*, November 16, 1903, p. 6.
28. Aldana et al., *Panama Canal Question*, pp. 15, 18.
29. Santiago Pérez Triana, "Canal de Panamá," *La Lectura: Revista de Ciencias y de Artes* 3, no. 36 (December 1903): 447–48.
30. JC to Harriet Mary Capes, December 26, 1903; JC to Mariah Hannah Martindale, December 26, 1903; JC to David Meldrum, December 26, 1903, *CL*, vol. 3, pp. 98–100.
31. JC to R. B. Cunninghame Graham, December 26, 1903, *CL*, vol. 3, p. 102.
32. Conrad, *Nostromo*, p. 262.
33. Ibid., pp. 279, 283, 298, 305, 314, 320.
34. JC to Adolf Krieger, March 15, 1904, *CL*, vol. 3, p. 122.
35. JC to H. G. Wells, February 7, 1904, *CL*, vol. 3, pp. 111–12.
36. JC to David Meldrum, April 5, 1904, *CL*, vol. 3, pp. 128–29.
37. Conrad, *Nostromo*, pp. 376, 379, 382, 385.
38. JC to John Galsworthy, September 1, 1904, *CL*, vol. 3, pp. 158–59.
39. Conrad, *Nostromo*, pp. 393, 396.
40. Ibid., pp. 403–4, 412.
41. Ibid., p. 427.
42. Ibid., pp. 440, 442, 447.
43. American newspapers grumbled that "*Nostromo* is the unenlightening title Joseph Conrad has chosen for his new romance." "Gossip for Readers of Books," *Kansas City Star*, February 18, 1904, p. 7.
44. R. B. Cunninghame Graham to Edward Garnett, October 31, 1904, in J. H. Stape and Owen Knowles, eds., *A Portrait in Letters: Correspondence to and About Conrad* (Amsterdam: Rodopi, 1996), p. 45. Garnett had the same reaction in his review, published two weeks later: "We regret the last two chapters describing Nostromo's death. . . The narrative should have ended with the monologue of Captain Mitchell." See Edward Garnett, "Mr. Conrad's Art," *Speaker* 11 (November 12, 1904), and John Buchan, *Spectator* 93 (November 19, 1904), quoted in Keith Carabine, ed., *Joseph Conrad: Critical Assessments*, 4 vols. (Mountfield, East Sussex, UK: Helm Information, 1992), vol. 1, pp. 310–11, 314–15.
45. JC to R. B. Cunninghame Graham, October 31, 1904, *CL*, vol. 3, p. 175. Many years later he admitted to André Gide "that you will find *Nostromo* badly made and difficult to read—boring even. It was an utter frost, you know. I have a sort of tenderness for that vast contrivance. But it does not work. It's true." JC to André Gide, June 21, 1912, *CL*, vol. 5, p. 79.
46. Buchan, in Carabine, ed., *Critical Assessments*, p. 310.
47. Wilson Follett, *Joseph Conrad: A Short Study* (Garden City, NY: Doubleday, Page & Co., 1915), p. 58.
48. Henry Louis Mencken, *A Book of Prefaces* (New York: A. A. Knopf, 1917), pp. 46–47.
49. James Huneker, "The Genius of Joseph Conrad," *The North American Review* 200, no. 705 (August 1, 1914): 278.
50. Mencken, *Book of Prefaces*, p. 46. Reviewers also saw an affinity with O. Henry's *Cabbages and Kings*, set in a "comic opera" version of a Latin American republic like Costaguana. "South American Tales," *Springfield Republican*, January 1, 1905, p. 19.
51. H. J. Mackinder, "The Geographical Pivot of History," *The Geographical Journal* 23, no. 4 (April 1, 1904): 421–37.
52. H. J. Mackinder, *Britain and the British Seas* (London: W. Heinemann, 1902), p. 350.
53. "Autocracy and War," in Joseph Conrad, *Notes on Life and Letters* (Garden City, NY: Doubleday, Page & Co., 1921), p. 93.
54. Elliott Evans Mills, *The Decline and Fall of the British Empire* . . . (Oxford: Alden & Co., Bocario Press, 1905), pp. 55–56.

55. JC to Roger Casement, 21 December 1903, *CL*, vol. 3, p. 96. The line is a quote from Adolphe Thiers.
56. Conrad, "Autocracy and War," pp. 107, 112. An "ell," or cubit, was a measurement of forty-five inches used in the tailoring industry, now obsolete.
57. Ibid., pp. 106–7.
58. JC to Ernst P. Bendz, March 7, 1923, *CL*, vol. 8, p. 37.
59. Conrad, *Lord Jim*, p. 215.
60. V. I. Lenin, *Imperialism: The Highest Stage of Capitalism*, chapter 10, www.marxists.org/archive/lenin/works/1916/imp-hsc/.
61. Conrad, *Nostromo*, p. 323.

第十二章　不管这世上的人喜不喜欢

1. W. E. B. Dubois et al., "Editorial," *The Crisis* 1, no. 1 (November 1910): 9–10.
2. For a succinct account of the tensions of this era, see Eric Hobsbawm, *The Age of Empire, 1875–1914* (New York: Vintage Books, 1989), chapter 1.
3. Mark Mazower, *Governing the World: The History of an Idea* (New York: Penguin Press, 2012), p. 165.
4. JC to John Quinn, July 1, 1912, *CL*, vol. 5, p. 81.
5. John Stape, *The Several Lives of Joseph Conrad* (New York: Pantheon Books, 2007), p. 173. See also Zdzisław Najder, *Joseph Conrad: A Life*, 2nd ed. (Rochester, NY: Camden House, 2007), p. 424.
6. JC to Arthur Symons, August 29, 1908, *CL*, vol. 4, p. 114.
7. Jessie Conrad, *Joseph Conrad as I Knew Him* (Garden City, NY: Doubleday, Page & Co., 1926), pp. 57–58.
8. I paraphrase here the eloquent description in Laurence Davies's introduction to *CL*, vol. 4, p. xxiv; Jessie Conrad quoted in Stape, *Several Lives of Joseph Conrad*, p. 174.
9. John Conrad, *Joseph Conrad: Times Remembered, 'Ojciec Jest Tutaj'* (Cambridge, UK: Cambridge University Press, 1981), pp. 3–4.
10. JC to J. B. Pinker, May 23, 1910, *CL*, vol. 4, p. 334.
11. JC to Stephen Reynolds, August 20, 1912, *CL*, vol. 5, p. 104.
12. JC to Austin Harrison, March 28, 1912, *CL*, vol. 5, p. 45.
13. JC to John Galsworthy, March 19, 1914, *CL*, vol. 5, p. 365.
14. Stape, *Several Lives of Joseph Conrad*, p. 195. For the dollar/pound conversion, www.measuringworth.com/datasets/exchangepound/result.php.
15. John Conrad, *Joseph Conrad: Times Remembered*, pp. 26–27.
16. He was disqualified from a maritime career because of nearsightedness. Borys Conrad, *My Father Joseph Conrad* (New York: Coward-McCann, 1970), p. 70.
17. JC to Harriet Mary Capes, July 21, 1914; JC to Warrington Dawson, [late July 1914], *CL*, vol. 5, pp. 398–401; Jessie Conrad, *Joseph Conrad as I Knew Him*, p. 63.
18. JC to John Galsworthy, July 25, 1914, *CL*, vol. 5, p. 407. Cf. JC to Harriet Mary Capes, July 21, 1914, *CL*, vol. 5, pp. 400–401.
19. "Poland Revisited," in Joseph Conrad, *Notes on Life and Letters* (Garden City, NY: Doubleday, Page & Co., 1921), pp. 164–70.
20. Borys Conrad, *My Father Joseph Conrad*, p. 86.
21. Jessie Conrad, *Joseph Conrad as I Knew Him*, pp. 71–72. See also "First News," in Conrad, *Notes on Life and Letters*, pp. 174–78.
22. Conrad had noted "an interminable procession of steamers" and attributed it to "the great change of sea life since my time." In fact, the merchant fleet had been summoned back to German waters, and the navy was already massing. Conrad, "Poland Revisited," p. 161.
23. Jessie Conrad, *Joseph Conrad as I Knew Him*, p. 66.

24. JC to John Galsworthy, August 1, 1914, *CL*, vol. 5, p. 409.
25. John Conrad, "Some Reminiscences of My Father" (London: Joseph Conrad Society, 1976), pp. 11–12. Borys Conrad, *My Father Joseph Conrad*, p. 90.
26. "The Crime of Partition," in Conrad, *Notes on Life and Letters*, p. 124.
27. JC to R. B. Cunninghame Graham, February 25, 1915, *CL*, vol. 5, p. 446. Cf. "Poland Revisited," p. 171: "a figure of dread, murmuring with iron lips the final words: Ruin—and Extinction."
28. Jessie Conrad, *Joseph Conrad as I Knew Him*, p. 78.
29. JC to Mrs. Aniela and Miss Aniela Zagórska, October 9, 1914, *CL*, vol. 5, p. 415; JC to Ada and John Galsworthy, November 15, 1914, *CL*, vol. 5, p. 424; Jessie Conrad, *Joseph Conrad as I Knew Him*, pp. 82–85.
30. Jessie Conrad, *Joseph Conrad as I Knew Him*, pp. 88–89; John Conrad, *Joseph Conrad: Times Remembered*, p. 13; Borys Conrad, *My Father Joseph Conrad*, p. 97.
31. Conrad, "First News," p. 173.
32. Prime Minister Benjamin Disraeli used the phrase "Peace with Honour" to describe the outcome of the 1878 Berlin Conference, which established borders in the Balkans following the Russo-Turkish War. Conrad's readers would have caught the connection between the 1878 settlement and the Balkan crises that touched off World War I. In 1938, Neville Chamberlain infamously invoked the phrase upon returning from his meeting with Hitler in Munich.
33. Conrad, "Poland Revisited," pp. 156, 163.
34. Ibid., p. 173.
35. Ibid., p. 170; Najder, *Joseph Conrad: A Life*, pp. 460–61.
36. Conrad, "Poland Revisited," p. 148.
37. "Note on the Polish Problem," in Conrad, *Notes on Life and Letters*, pp. 137–39. Najder, *Joseph Conrad: A Life*, p. 482.
38. JC to Eugene F. Saxton, August 17, 1915, *CL*, vol. 5, p. 500; JC to F. N. Doubleday, July 3, 1916, *CL*, vol. 5, p. 614. On such ironic juxtapositions, see Paul Fussell, *The Great War and Modern Memory* (New York: Oxford University Press, 1975).
39. JC to John Galsworthy, September 23, 1915, *CL*, vol. 5, pp. 512–13.
40. JC to John Galsworthy, March 29, 1916, *CL*, vol. 5, p. 572.
41. JC to Jessie Conrad, September 14, September 15, and October 1, 1916, *CL*, vol. 5, pp. 661–67.
42. "Well Done," in Conrad, *Notes on Life and Letters*, p. 192; "Confidence," in Conrad, *Notes on Life and Letters*, p. 203.
43. "Flight," in Conrad, *Notes on Life and Letters*, pp. 211–12.
44. JC to Sir Sidney Colvin, September 9, 1918, *CL*, vol. 6, p. 265.
45. JC to Hugh Walpole, November 11, 1918, *CL*, vol. 6, p. 302.
46. "President Woodrow Wilson's Fourteen Points," http://avalon.law.yale.edu/20th_century/wilson14.asp.
47. J. M. Keynes, *The Economic Consequences of the Peace* (London: Harcourt, Brace & Howe, 1920), p. 291.
48. JC to Sir Hugh Clifford, January 25, 1919, *CL*, vol. 6, p. 449.
49. For a definitive assessment of the League of Nations mandates, see Susan Pedersen, *The Guardians: The League of Nations and the Crisis of Empire* (Oxford: Oxford University Press, 2015).
50. See Erez Manela, *The Wilsonian Moment: Self-determination and the International Origins of Anticolonial Nationalism* (Oxford: Oxford University Press, 2007).
51. JC to Bertrand Russell, October 23, 1922, *CL*, vol. 7, p. 543.
52. JC to Elbridge L. Adams, November 20, 1922, *CL*, vol. 7, p. 595.
53. JC to John Quinn, July 15, 1916, *CL*, vol. 5, p. 620.
54. JC to John Quinn, May 24, 1916, *CL*, vol. 5, pp. 596–98. The government was publicizing Casement's homosexuality in an effort to smear him, but it's unlikely this would have turned Conrad against him. Conrad had several friends he knew to be homosexual, including the writer Norman Douglas, who fled England after a charge of indecent assault in 1916, and for whose younger son

the Conrads subsequently acted as guardians. J. H. Stape, "'Intimate Friends': Norman Douglas and Joseph Conrad," *The Conradian* 34, no. 1 (Spring 2009): 144–62.

55. JC to John Quinn, October 16, 1918, *CL*, vol. 6, pp. 284–86. "I . . . also spring from an oppressed race where oppression was not a matter of history but a crushing fact in the daily life of all individuals." He went on to predict that "the League of Nations will have their hands full with the pacification of Ireland. It will be the only state that will be not weary of fighting, on the whole round earth."
56. JC to Bertrand Russell, October 23, 1922, *CL*, vol. 7, p. 543.
57. Conrad, *The Shadow-Line*, p. 45.
58. Joseph Conrad, *Victory: An Island Tale* (Oxford: Oxford University Press, 2004), p. 285.
59. Richard Curle, *Joseph Conrad: A Study* (Garden City, NY: Doubleday, Page & Co., 1914), pp. 1–3, 13.
60. JC to John Galsworthy, [March? 1915], *CL*, vol. 5, p. 455.
61. JC to J. B. Pinker, February 15, 1919, *CL*, vol. 6, p. 362.
62. Quoted in Stape, *Several Lives of Joseph Conrad*, p. 227.
63. JC to J. B. Pinker, March 10, 1913, *CL*, vol. 5. p. 188.
64. For a definitive treatment of Conrad's reception by American contemporaries, see Peter Lancelot Mallios, *Our Conrad: Constituting American Modernity* (Stanford, CA: Stanford University Press, 2010).
65. Statistics compiled from *Publisher's Weekly*. See www.ocf.berkeley.edu/~immer/books1910s.
66. JC to J. B. Pinker, July 4, 1921, *CL*, vol. 7, pp. 310–11.
67. JC to Edward Garnett, March 10, 1923, *CL*, vol. 8, p. 47.
68. JC to Jessie Conrad, May 4, 1923, *CL*, vol. 8, p. 88.
69. Now the Minda de Gunzburg Center for European Studies, this building houses my office.
70. JC to Borys Conrad, May 6, 1923, *CL*, vol. 8, p. 89; Najder, *Joseph Conrad: A Life*, pp. 553–57.
71. "Conrad Visits Boston," *The New York Times*, May 21, 1923, p. 15.
72. H. L. Mencken, *A Book of Prefaces* (New York: A. A. Knopf, 1917), p. 63. Conrad appreciated the American critic Wilson Follett's book *Joseph Conrad: A Short Study* (Garden City, NY: Doubleday, Page & Co., 1915).
73. Stape, *Several Lives of Joseph Conrad*, p. 271. For Fitzgerald's debt to Conrad, see most recently Jessica Martell and Zackary Vernon, "'Of Great Gabasidy': Joseph Conrad's *Lord Jim* and F. Scott Fitzgerald's *The Great Gatsby*," *Journal of Modern Literature* 38, no. 3 (2015): 56–70.
74. Mallios, *Our Conrad*, p. 41.
75. JC to Richard Curle, July 14, 1923, *CL*, vol. 8, p. 130.
76. JC to Richard Curle, April 24, 1922, *CL*, vol. 8, p. 456.
77. R. B. Cunninghame Graham to JC, December 4, 1923, in J. H. Stape and Owen Knowles, eds., *A Portrait in Letters: Correspondence to and About Conrad* (Amsterdam: Rodopi, 1996), p. 227.
78. JC to Edward Garnett, [September 1, 1923], *CL*, vol. 8, p. 167.
79. JC to Ambrose G. Barker, September 1, 1923, *CL*, vol. 8, p. 165.
80. JC to Harald Leofurn Clarke, January 2, 1923, *CL*, vol. 8, p. 4; John C. Niven to JC, December 3, 1923, *Portrait in Letters*, p. 226.
81. JC to John C. Niven, [December 5, 1923], *CL*, vol. 8, pp. 240–41.
82. JC to Amelia Ward, May 24, 1924, *CL*, vol. 8, pp. 363–64.
83. Jessie Conrad, quoted in Stape, *Several Lives of Joseph Conrad*, p. 252.
84. Borys Conrad, *My Father Joseph Conrad*, p. 162. See also John Conrad, *Joseph Conrad: Times Remembered*, pp. 213–15. On Conrad's sons' memories of their father more generally, see David Miller, "His Heart in My Hand: Stories from and About Joseph Conrad's Sons," *The Conradian* 35, no. 2 (Autumn 2010): 63–95. David Miller's novel *Today* (London: Atlantic, 2011) exquisitely recreates Conrad's final weekend.
85. R. B. Cunninghame Graham, "Inveni Portum: Joseph Conrad," *Saturday Review* 137, August 16, 1924, in Keith Carabine, ed., *Joseph Conrad: Critical Assessments*, 4 vols. (Mountfield, East Sussex, UK: Helm Information, 1992), vol. 1, pp. 425–29.

结语　望君知

1. R. B. Cunninghame Graham to Edward Garnett, August 13, 1924, in J. H. Stape and Owen Knowles, eds., *A Portrait in Letters: Correspondence to and About Conrad* (Amsterdam: Rodopi, 1996), pp. 249–50.
2. As Susan Jones points out, the critical establishment enhanced this reputation by diminishing the literary value of Conrad's later works, which featured more prominent female characters. (Susan Jones, *Conrad and Women* [Oxford: Clarendon Press, 1999], pp. 6–7, 24–26.) Richard Curle, by contrast, had included a chapter on "Conrad's Women" in his 1914 study.
3. Virginia Woolf, "Joseph Conrad," *Times Literary Supplement*, August 14, 1924, in Keith Carabine, ed., *Joseph Conrad: Critical Assessments*, 4 vols. (Mountfield, East Sussex, UK: Helm Information, 1992), vol. 1, pp. 420–21. She advanced a similar assessment in "Mr. Conrad: A Conversation," *Nation* (London), September 1, 1921, in Carabine, ed., *Critical Assessments*, vol. 1, pp. 526–29.
4. Ernest Hemingway, "Conrad, Optimist and Moralist," *The Transatlantic Review* 2 (October 1924): 341–42.
5. For a partial summary, see Jeffrey Meyers, "Conrad's Influence on Modern Writers," *Twentieth Century Literature* 36, no. 2 (July 1, 1990): 186–206.
6. "Poland Overtakes India as Country of Origin, Studies Show," August 25, 2016, www.bbc.com/news/uk-politics-37183733. "EU Referendum: The Result in Maps and Charts," June 24, 2016, www.bbc.com/news/uk-politics-36616028.

索 引

（此部分页码为原书页码，即本书边码）

Achebe, Chinua, 4, 312–13
Adowa, 108
Africa. *See also* Congo; Scramble for Africa
　in Conrad's adulthood, *153*
　in Conrad's youth, *152*
Africa Dock (Antwerp), 162
African International Association, 174–78
Agricultural Society, 25–26
Alexander II of Russia, 25
　assassination of, 71–73
Aliens Act of 1905, 83
al Jooffree, Syed Mohsin bin Salleh, 123–24, 129
Allen, James, 124
Almayer's Folly, 133, 134, 162, 222–26, 345*n*
　Buls and Borneo, 233–34
　publication of, 222–23, 229
　themes of civilization and savagery, 217, 223–26
　writing of, 165, 167, 187, 195, 216–17, 220, 221
Al Sagoff family, 122–23, 338*n*
America Dock (Antwerp), 162
American imperialism, 259–60, 263–73, 279–81
　map of American empire (1904), *240*
Americanization of the World, The (Stead), 259
American tour of 1923, 306–7
Amsterdam, 115–16
anarchism, 72–80, 329*n*, 330*n*
Anarchist, The, 74
Anchor Line, 306
Annie Frost, 107
anti-globalization movement, 9
anti-Semitism, 12, 82–83, 331*n*
antiscorbutics, 332*n*

Antwerp, 162–63
　founding legend of, 162, 210, 341–42*n*
　ivory exchange, 188–89, 208
　port facilities, 162
Apocalypse Now (movie), 4, 313
Argentina, 248–49, 250–51
Armenian genocide, 301–2
Armistice Day (1918), 300
Arrow of Gold, The, 305, 306, 327*n*
Asiatic Articles of Agreement, 102
Austro-Hungarian Empire, 17–18, 291–92
Autonomie Club, 76, 78, 79

Babalatchie, 134
Baden-Powell, Robert, 258–59
Baines, Jocelyn, 10
Bakunin, Mikhail, 72
Baranquilla, 272
"barbarism," 207, 234, 250
Barr, Moering & Co., 160, 162, 216
Belgian Revolution, 173
Belgium, 162, 163, 164. *See also* Antwerp
　colonization of the Congo. *See* colonization of the Congo
　World War I, 291
Berau River, 128–30
Berdychiv, Ukraine, 17–18, 19, 28
Berlin Conference of 1884–85, 177–78
bicycle tires, 208
Big Stick Diplomacy, 266, 271
Bismarck, Otto von, 178
Biweekly, The (Dwytygodnik), 25, 27, 29–30
"Black Mate, The," 336*n*

Blackwood's Magazine, 205, 210, 235
Bleak House (Dickens), 71
Bloody Sunday (1887), 251
Board of Trade, 93, 99, 100, 106–7, 117
  exams and certificates, 104–5, 113, 123
  Jeddah scandal, 140–41
Bobrowska, Ewa. *See* Korzeniowska, Ewa Bobrowska
Bobrowska, Teofila, 26, 41, 43, 81
  guardianship of grandchild, 41–46, 49
Bobrowski, Kazimierz, 36
Bobrowski, Stefan, 36
Bobrowski, Tadeusz, 20–24, 45, 159
  allowance for nephew, 54–55, 56–57, 94–95, 107, 160
  Apollo and, 21–24, 36, 41, 45–46, 53, 218, 302
  death of, 220–21
  estate of, Kazimierówka, 39, 41, 165–66
  guardianship of nephew, 44–46, 49, 326n
  inheritance for nephew, 221, 235, 256
  mariner life of nephew, 94–95, 105, 106, 107, 117, 191–92, 199
  marriage prospects for nephew, 217–19, 230
  Marseille visit with nephew, 56–57
  A Memoir of My Life, 52–53
  nephew in Congo, 191–92, 199, 236
  nephew in London, 59–60, 215–16
  political life of, 21, 25, 72, 166
  pragmatism of, 22, 36, 45, 52
Boer War, 257–58
Bolsheviks (Bolshevism), 300, 301–2
Boma, 172–73, 181, 186–87, 199
bomb-making and bombing campaign, 73–79
Borges, Jorge Luis, 314
Borneo, 124–25, 127–29, 134, 161, 236–37, 343n
  Almayer's Folly, 134, 167, 195, 216–17, 223, 233–34
  Sarawak, 125, 129, 174, 350n
Bourdin, Martial, 78, 79, 80
Boy Scouts, 258–59
Brazil, 250
Briquel, Émilie, 226, 227
British East India Company, 120
British Empire, 7, 257–59, 264, 266, 281
  Boer War, 257–58
  imperial and global networks in 1900, 8
  Scramble for Africa, 174, 257–58
British-India Steam Navigation Company, 122
British Library, 62
British Merchant Marine, 49, 55–56, 93–96, 104–6
British sailors, 98–104
  certifications and exams, 104–7

changing labor market, 106–8
fatalities, 99–100
foreign crews, 101–3, 106–8
wages, 101–3, 334n
welfare at sea, 99–101
Brooke, Charles, 125
Brooke, James, 125, 129, 174
Brown, Ford Madox, 243
Brussels Exposition (1897), 210–11
Brussels Geographic Conference, 174–75
Buchan, John, 278–79
Buenos Aires, 19, 251n
Bullen, Frank, 103, 335n
Buls, Charles, 218, 233–34, 235, 350n
Buszczyński, Stefan, 27, 39, 42–45, 48, 49, 54, 93, 290–91, 325n, 326n, 327n

Café Wedel, 29–30
Caine, Hall, 79
California Gold Rush, 264
cannibalism, 173, 174, 206, 207–8, 237, 348n, 350n
Cape of Good Hope, 90
Carlism, 327n
Carnegie, Andrew, 120
Casement, Roger
  in Congo, 187–88
  Congo and the Casement Report, 211–14, 244, 281
  Conrad's turning against, 302, 356–57n
  as Irish revolutionary, 286, 302
Catherine Canal, 71–72
Catherine the Great, 18
Celestial, 130, 132
Certificate of Competency as Master, 104, 104–5, 113
Chamberlain, Joseph, 140–41
Chamberlain, Neville, 356n
Chance, 159, 287–88, 288, 305
Chatham, 160–61
Chatterton (Vigny), 25
Chernihiv, Ukraine, 39, 41, 325n
Chesterton, G. K., 80
chicotte, 181, 184, 207, 211
chikwangue, 194
Childers, Erskine, 258
China, 301
Chopin, Fryderyk, 20
christening, 17
Christianity, 174, 184–85, 207–8
Christophe Colomb, CMA CGM, 5, 6, 12

"civilization"
- Almayer's Folly, 223–26
- Facundo: Civilization and Barbarism (Sarmiento), 250–51
- Heart of Darkness, 201, 205, 213–14, 224, 236–37, 313
- La Civilisation au Congo (Manduau), 179, 180, 181
- Leopold II and Congo, 174, 175

Clark, Joseph, 137–38, 140–41
Clemenceau, Georges, 301
Clerkenwell, 60
Clifford, Hugh, 134–35
Coburn, Alvin Langdon, 304
Collected Correspondence of Joseph Conrad, 9–10
Colombia, 266–68, 270–73
colonization of Africa, 145, 173–74, 257–58, 343n
  map, 153
colonization of the Congo, 163, 173–81
  Berlin Conference, 177–78
  Brussels Geographic Conference, 174–75
  exploitation and atrocities, 205–11
  International African Association, 174–78
  Leopold II and, 163, 173–81, 205–11
  Stanley's exploration, 171, 173, 175–77, 184
Committee for the Study of the Upper Congo, 175, 178
Committee of Action, 29, 35–36, 81
communism, 72, 73
Communist International, 73
Compagnie du Congo pour le Commerce et l'Industrie (CCCI), 163–64, 181, 185
  Conrad and, 163–64, 166–67, 181, 186–87, 191–200
  Freiesleben and, 184–85, 198
Congo
  author's visit to, 1–3, 5, 6, 311–13
  Buls in, 233–34
  Casement and, 187–88, 211–14, 244
  Conrad and CCCI, 163–64, 166–67, 181, 186–87, 191–200
  Conrad and *Congo Diary*, 187, 189–91, 194–96, 195, 202, 232, 344n
  Conrad and Congo River trek, 186–87, 189–91
  criticism of management of, 210–14
  Delcommune and Katanga expedition, 181–84, 187, 206
  exploitation and atrocities in, 209–13, 212, 244
  Heart of Darkness, 200–205, 235–37

La Civilisation au Congo (Manduau), 179, 180, 181
Leopold II and, 163, 173–81, 205–11
"An Outpost of Progress," 231–33, 234, 244
Stanley in, 169–75
Congo and the Founding of Its Free State, The (Stanley), 231
Congo Civil War, 1, 2–3
Congo Conference of 1884–85, 178
Congo Diary, 187, 189–91, 194–96, 195, 202, 232, 344n
Congo Free State
  Conrad and CCCI, 163–64, 166–67, 181, 186–87, 191–200
  Delcommune and Katanga expedition, 181–85, 187, 206
  exploitation and atrocities in, 209–13, 212, 244
  Force Publique's role, 184, 187, 205–6, 207, 209, 346n
  International Association of the Congo, 178–80
  Leopold II and, 163, 173–81, 205–11
  map of, 176–77
Congo Ministry of Foreign Affairs, 1, 2
Congo Reform Association, 213–14
Congo River, 186–87, 237
  author's journey, 2, 3, 311–12
  CCCI and, 163–64, 181–84
  Conrad's journey, 192–99, 202–3
  Conrad's trek along, 189–91
  Delcommune and Katanga expedition, 181–84
  Roi des Belges, 181–83, 183, 192–99
  Stanley's exploration, 171, 172–73, 175
Congo Sketches (Buls), 233–34
Congress Kingdom (Congress Poland), 20, 26, 27, 29–30, 35–36
Congress of Berlin (1878), 356n
Conrad, Alfred Borys, 309
  birth of, 234
  family life, 241, 243, 246
  marriage of, 309
  Poland trip of 1914, 289, 290, 292, 294, 295, 296–97
  World War I, 298, 300
Conrad, Jessie George, 227, 299
  background of, 229–30
  children and family life, 234, 241, 243, 246, 286
  courtship and marriage, 227–31
  health issues, 274
  husband's breakdown, 286–87
  husband's writing, 232

Conrad, Jessie George, *(cont.)*
  at Pent Farm, 241, 243, 246
  Poland trip of 1914, 288–92, 294–95
Conrad, Joan, 309
Conrad, John, 286, 287
  birth of, 286
  on father's generosity, 324*n*
  Poland trip of 1914, 288–89, 290, 292, 294–95
Conrad, Joseph
  ambivalence about success, 303, 305–6
  American tour of 1923, 306–7
  arrival in London, 58–62
  biographies of, 9–10
  birth of, 17–19
  British naturalization, 63, 83, 93–94
  childhood of. See Conrad, Joseph, childhood of
  christening of, 17
  death of, 309–10, 313–14
  depression of, 199, 215, 216, 217, 222, 231, 232, 234
  finances and debts, 54–55, 56–57, 94–95, 221, 235, 256
  funeral of, 310
  gravesite of, 315
  legacy of, 314–15
  maritime career of. See Conrad, Joseph, maritime career of
  obituaries, 313–14
  suicide attempt of, 56–57, 94, 215, 327*n*
  writing in English, 5, 63, 81, 83, 187, 223
Conrad, Joseph, childhood of, 19–20, 24–29, 38–43
  arrest of father, 30–31
  death of father, 40, 42–43, 44, 48, 50
  death of mother, 39–40
  exile with father and mother, 33–35, 36, 38–39, 41–42
  guardianship of grandmother and uncle, 41–46, 48–49
  A Personal Record, 50–53
Conrad, Joseph, maritime career of, 89–132
  Adowa, 108
  becoming a British sailor, 93–96
  certificates and exams, 104–7, 113
  changing labor market, 106–8
  Duke of Sutherland, 89–93, 95, 96, 106
  experience at sea, 90–93
  Highland Forest, 115–17, 126
  loading a ship, 115–16
  Lord Jim, 135–49
  in Marseille, 49, 54–57

Mavis, 57
The Mirror of the Sea, 108–9, 275
Mont-Blanc, 56, 90–91
The Nigger of the "Narcissus," 98–99, 110–12
Otago, 155, 157–58
Palestine, 106, 107, 111, 130
A Personal Record, 50–52, 112–14
sailor life and welfare, 98–104
Singapore, 117–23
Skimmer of the Seas, 101
Torrens, 105, 105, 219–20, 222
Vidar, 123–34, 141, 161
Conrad, Philip, 309
container ships, 5, 9
Cooper, James Fenimore, 50, 181
Coppola, Francis Ford, 313
Corelli, Marie, 79
Craig, James, 124, 133, 308, 338*n*, 344*n*
Crane, Stephen, 145, 243
Crimean War, 17–18, 23
Crisis, The, 284
Crystal Palace (London), 59
Cunninghame Graham, Robert Bontine. *See* Graham, Robert Bontine Cunninghame
Curle, Richard, 9, 303, 305, 307–8, 309

"darkness," 174
Dayaks, 125, 126, 135
Decline and Fall of the British Empire, The (Mills), 281
Delcommune, Alexandre, 181–84, 187, 192, 206
Delcommune, Camille, 191–92, 197–99
democracy, 285
Democratic Republic of the Congo. *See* Congo
de Soto, Hernando, 244–45
Dickens, Charles, 40–41, 58, 62, 70–71, 161
Didion, Joan, 314
Disraeli, Benjamin, 356*n*
Dr. Jekyll and Mr. Hyde (Stevenson), 79
domaine privé, 206–7
Donggala, 125–26
Doubleday, Frank, 288, 306–7
Douglas, Norman, 356–57*n*
Down the Orinoco in a Canoe (Pérez Triana), 271–73
Du Bois, W. E. B., 284
Duke of Sutherland, 89–93, 95, 96, *98*, 106, 160
  Lloyd's Register, 96, 97
Dunlop, John Boyd, 208
Duteil, Jean-Prosper, 327*n*

Dwytygodnik (The Biweekly), 25, 27, 29–30
dynamite, 73–75
Dziady (Mickiewicz), 24

Easter Rising of 1916, 302
East India Company, 120
East Indies, 115, 126, 174, 284
education, 44–46
Eliot, T. S., 314
Ellis, Henry, 123, 134, 155
Emmerson's Tiffin Rooms (Singapore), 123, 132
Equator-crossing ceremonies, 91
Escamillo (dog), 241
estuaries, 128–29
European Union, 6
Explosive Substances Act, 74

Faerie Queene (Spenser), 315
Faulkner, William, 314
Fawcett, Edward, 76, 77, 77n
Fawcett, Percy, 330n
Fecht, Richard, 56
Fenian bombing campaign, 73–74, 76, 78
fiction *vs.* history, 10–11
financial crisis of 2007–2008, 5
First World War, 291–300
Fitzgerald, F. Scott, 307, 314
"Flight," 299
Florida, 185, 192
forced labor in Congo, 207, 209–10, 211
Force Publique, 184, 187, 205–6, 207, 209, 346n
Ford, Ford Madox, 78, 148, 241, 243, 253, 275, 308, 350n, 351n
Foreign Affairs, 285
Forster, E. M., 148, 305
For the Love of Money (Korzeniowski), 25
Fourteen Points, 300–301
France. *See also* Marseille
  Crimean War, 17–18, 23
  Paris Commune, 60
  Scramble for Africa, 174, 175, 257
  World War I, 291, 292
Franz Ferdinand of Austria, 291
free trade, 9, 96, 206, 285
Freiesleben, Johannes, 185, 198, 344n
French language, 41
French Panama Canal Company, 266

Gachet, Paul-Ferdinand, 164
Galicia, 42, 49, 161

Galsworthy, John, 220, 341n
  Chance, 287
  Conrad's family trip to Poland, 289, 294
  Conrad's finances, 303, 305
Gandhi, Mohandas, 285, 301
García Márquez, Gabriel, 314
Garibaldi, Giuseppe, 60, 249, 252–53
Garnett, Edward, 222–23, 235, 308
  depression of Conrad, 231
  Chance, 287
  love life of Conrad, 226, 230
  Nostromo, 278, 354n
gauchos, 248–49
German immigrants, in London, 60, 62
Germany, 60, 62
  colonization of Africa, 178, 258
  naval race with Britain, 258–59
  World War I, 291–92, 295, 297, 299
Gide, André, 305, 314, 354n
Gilbert, W. S., 59
Girl Among the Anarchists, A (Meredith), 79–80
globalization, 6–7, 9, 11, 285, 301, 313
Goldman, Emma, 330n
Good Soldier, The (Ford), 148
Graham, Robert Bontine Cunninghame
  Boer War and, 257–58
  Conrad and, 244–45, 246–47, 251, 253–58, 260, 271, 273, 278, 282–83, 294, 308, 310, 313
  in Latin America, 244, 246–52, 247
  Scottish independence and, 247
  socialism of, 301–2
  A Vanished Arcadia, 251–52, 253–54, 282–83
"gravy-eyed," 93
Great American Durbar, The (Rogers), 280
Greene, Graham, 314
Greenwich bombing of 1894, 66, 78, 79, 82–83, 308
Grenfell, George, 184–85, 344n
Grottger, Artur, 37, 38
Gulf of Siam, 156, 298

Haggard, H. Rider, 134, 145
Hallowes, Lillian, 275
hand severing in Congo, 209–11, *212*, 213, 244
Harcourt, William, 328n
Hard Times (Dickens), 40–41
Harou, Prosper, 186, 187, 189–90
Hartmann, Lev, 330n
Hartmann the Anarchist, or, the Doom of the Great City (Fawcett), 76, 77

Haymarket affair, 74
"heart of darkness," 1, 203, 205
Heart of Darkness, 3–4, 235–37, 244, 312–13
    Achebe's critique of, 4, 312–13
    author's readings of, 4, 312–13
    Casement and Congo Reform Association, 211, 213–14
    "civilization" and "savagery," 201, 205, 213–14, 224, 225–26, 236–37, 313
    plot summary, 200–205
    publications of, 205, 210
Hemingway, Ernest, 314
Highland Forest, 115–17, 126, 134
Hinde, Sidney Langford, 350n
history
    biography vs., 10
    fiction vs., 10–11
"History of Mr. Conrad's Books, The" (Curle), 308
H.M.S. Pinafore (operetta), 59
Hobson, J. A., 258, 282
Ho Chi Minh, 285, 301
homosexuality, 110, 356–57n
Hope, George Fountaine Weare, 160–61, 200, 219, 228
Hudson, W. H., 254
Hugo, Victor, 21, 25, 42, 50, 52
Huneker, James, 279

Île Grande, 230–31
immigration (immigrants), 5, 75–76, 82–83, 284, 285, 302, 314–15, 331n
imperialism, 258, 282, 285, 301, 302.
    See also American imperialism; British Empire
Imperialism: The Highest Stage of Capitalism (Lenin), 282
India, 19, 285, 301
Indian Ocean, shipping routes, 86–87
Influence of Sea Power upon History, The (Mahan), 103, 258
Inheritors, The, 243
International African Association, 174–78
International Anarchist Congress, 72–73
International Association of the Congo, 178–80
"international socialism," 301–2
Irish nationalism, 251, 286, 302
    Fenian bombing campaign, 73–74, 76, 78
Islamist terrorism, 4–5
Italian Risorgimento, 249
ivory trade, 188–89, 197, 208, 232

Jack the Ripper, 79
Jagiellonian University, 46, 297
James, Henry, 7, 243
January Uprising of 1863, 35–36, 38, 44, 81
Japan, 55, 281
Jean-Aubry, Gérard, 9, 133, 336n
Jeddah, 137–44
    in *Lord Jim*, 141–44
Jewish immigrants (immigration), 19, 75–76, 82–83, 331n
"Jim: A Sketch," 236
Johnston Quay (Singapore), *131*
Journal of Race Development, 285
Joyce, James, 305

Kabila, Joseph, 2–3
Karl, Frederick, 10
Keynes, John Maynard, 300
Kinshasa, 1–2, 3, 164, 170, 185, 186, 191
Kipling, Rudyard, 7, 134, 257, 305
Kisangani, 311–12
Koch, Ludvig, 192, 194, 197–98
Konrad Wallenrod (Mickiewicz), 24
Korzeniowska, Ewa Bobrowska, *23*
    arrest of husband, 30–31
    background of, 22
    birth of son, 17, 24
    courtship and marriage, 22–24
    exile with husband and son, 33–35, 36, 38–39
    illness and death of, 39–40
    Polish nationalism of, 19–20
    political activism of, 26, 27, 28–29
Korzeniowski, Apollo, *23*
    arrest of, 29–32
    background of, 19–21
    birth of son, 17–19, 24
    death of, 42–43, 44, 48, 50
    early life of, 21–22
    Ewa and, 19–20, 22–24, 39–40
    exile of, 32–36, 38–39
    learning English, 31, 40, 41
    Polish nationalism of, 23, 25–30, 35–36, 38, 53, 72, 82
    political activism of, 25–30, 38
    sentencing of, 32
    szlachta, 20, 21, 22, 24, 25, 35
    Tadeusz and, 21–24, 36, 41, 45–46, 53, 218, 302
    translation work, 21, 24–25, 40–41, 50, 82
    writing of, 18–19, 21–22, 24–25, 38, 40–41, 46
Korzeniowski, Teodor, 17, 21, 53
Kościuszko, Tadeusz, 29
Kraj (magazine), 42, 43

Kraków, 42, 44–52, *47*, 290–91, 296–97
Krieger, Adolf "Phil," 160, 162, 215, 228
Kropotkin, Peter, 73, 76, 79
Kurtz, 200–205, 224, 225, 235, 236–37

La Civilisation au Congo (Manduau), 179, *180*, 181
La Pervenche, 230–31
lascars, 102, 103, 124, 334n
Latin America, 244–64
Lawrence, D. H., 305
League of Nations, 300–301, 357n
le Carré, John, 314
Lenin, V. I., 282
Leopold II of Belgium, and Congo, 163, 173–81
  Berlin Conference, 177–78
  Brussels Geographic Conference, 174–75
  exploitation and atrocities, 205–11
  International African Association, 174–78
  Stanley's explorations, 171, 173, 175–77, 184
Léopoldville, 164, 176, 179, 181–84, 187, 189, 198
  Matadi-Léopoldville Railway, 163–64, *186*, 188, 205–6, 233
Liceu opera house bombing, 74
line-crossing ceremony, 91
Lingard, William, 128–29, 132, 134, 161
Liverpool Street Station, 59, 60, 62, 284, 296
Livingstone, David, 170–71
Lloyd's Register of British and Foreign Shipping, 96, 97
London, 58–63, 162
  Conrad's arrival in, 59–63
  Conrad's return (1889), 159–60
  Conrad's return (1891), 215–16
  Conrad's return (1893), 220
  Conrad's return (1895), 226, 229
  map (1880), *61*
  The Secret Agent, 63–83
  street numbering, 64
Lord Jim, 5, 12, 144–49, 236, 303
  concepts of "East" and "West," 147–48
  Jeddah scandal in, 141–44
  narrative form and sailor's time, 146–47, 305
  plot summary, 135–37
  publication of, 144–45
Lowestoft, 101, 299, 315
Lualaba River, 171–73
Lublin, 165
Lviv, 42, 46, 48, 326n
Lyons, Nellie, 241, 300

McKay, John, 92
Mackinder, Halford, 279, 281
McWhir, John, 116–17
Madras, 106
Mahan, Alfred Thayer, 103, 258
Makassar Strait, 125–26, 127–28
Makulo, 168–70, 176, 184–85, 207–8
Malaya, 133–35
Malay language, 124, 134, 339n
Manduau, Édouard, 179, *180*, 181
Manianga, 190, 191
Mann, Thomas, 314
Man Who Was Thursday, The (Chesterton), 80
Margate, 161
Marlow, Charles
  Chance, 159, 287
  Heart of Darkness, 166, 200–205, 219, 224, 230, 312
  Lord Jim, 141–43, 145, 147–48, 236
  The Nigger of the 'Narcissus,' 111–12
  "Youth," 141, 142, 200, 236
Marryat, Frederick, 50
Marseille, 49, 54–57, 327n
  The Arrow of Gold, 305, 306, 327n
  Conrad's suicide attempt in, 56–57, 94, 215, 327n
Marx, Karl, 10, 62, 72
Matadi, 176, 182, 187–89, 199
Matadi-Léopoldville Railway, 163–64, *186*, 188, 205–6, 233
"material interests," 281–82, 284
Mauritius, 155, 157
Mavis, 57
Max Havelaar, 134
Mechanical Transport Corps, 298
Melville, Herman, 6, 11
Mencken, H. L., 279, 307
Merchant Shipping Act of 1876, 100, 332n
metadiagesis, 340n
Mickiewicz, Adam, 20, 21, 24, 36, 45, 324n
"Mierosławski's Reds," 29–30
migration. *See* immigration
military conscription, 55, 159, 207
Mills, Elliott Evans, 281
Mirror of the Sea, The, 108–9, 275
Moby-Dick (Melville), 11
Monroe Doctrine, 264, 266–67, 272
Mont-Blanc, 56, 90–91
Monte Carlo, 56
Morel, Edmund Dene, 211, *212*, 213

Most, Johann, 73, 79
Mount Rigi, 51
Mourning News (Grottger), *37*, 38
Munsey's Magazine, 288
Muscovy, 38

Naipaul, V. S., 5, 314
Najder, Zdzisław, 10, 322n, 325n, 326n, 338n, 344n
Nanshan, 130
Napoleon III, 57, 60
Nation, Beware!, 30
National Association for the Advancement of Colored People, 284
National Gallery (London), 229
nationalism, 285, 301–2, 302
Nellie, 160–61, 200
New York City, 306–7
New York Herald, 170–71
Nicaragua, 19
Nigger of the 'Narcissus,' The, 98–99, 110–12
Niven, John, 124
Nizhny Novgorod, 34–35
Nobel Prize, 305
Nostromo, 5, 12, 273–83
  background of, 245–46, 248, 266–70
  major themes, 256–57, 279–83, 300
  plot summary and characters, 252–54, 255–57, 260–64, 267–70, 353n
  publications of, 273, 277–78
  public reception of, 278–79, 305, 354n
  writing of, 245–46, 252–57, 260–64, 273–77
"Note on the Polish Problem," 297
November Uprising of 1830, 20, 21, 52, 60
Nowy Świat, 29, 30–31, 81
Nyangwé, 206, 346n

Obama, Barack, 4
Olmeijer, Charles, 129–30, 134
On the Stowage of Ships and Their Cargoes (Stevens), 116
Order of Merit, 305
"Orient," the, 148
Oswalds home, 309–10
Otago, 155, 157–58, 298
  navigational chart of the Gulf of Siam, *156*
Ottoman Empire, 285, 300
Our Seamen: An Appeal (Plimsoll), 99–100
Outcast of the Islands, An, 243, 339n
"Outpost of Progress, An," 231–33, 234, 244

Palestine, 106, 107, 111, 130
Pall Mall Gazette, 76
pampas, 248, 251
Panama, separation from Colombia, 266–68, 270–73
Panama Canal, 263–64, 270–71
Panic of 1857, 19
Pan Tadeusz (Mickiewicz), 36
Paraguay, 249–55
Paraguayan War, 249–50, 254–55
Paris Commune, 60
Partitions of Poland, 14–15, 29, 35–36
Passage to India, A (Forster), 305
Patchett, Ann, 314
Pent Farm, Kent, home, 241, *242*, 243–44, 246, 273
People's Will, 72, 73, 330n
Pérez Triana, Santiago, 271–73
Perm, Russia, 33, 325
Personal Record, A, 50–53, 94, 112–14, 165, 296
Philippines, 125, 174
Picture of Dorian Gray, The (Wilde), 79
Pinker, James Brand, 243, 245–46, 286, 287, 294, 295, 353n
piracy, 124, 125–26
Plimsoll, Samuel, 99–100, 333n
"Plimsoll line," 100
Poland, 17, 19–20, 23
  Congress Kingdom, 20, 26, 27, 29–30, 35–36
  Conrad's family trip of 1914, 288–96, *289*
  Fourteen Points, 300–301
  January Uprising of 1863, 35–36, 38, 44, 81
  "national mourning," 25–28, 30
  November Uprising of 1830, 20, 21, 52, 60
  partitions of, 14–15, 29, 35–36
  "Poland Revisited," 295–98
Poland and Muscovy (Korzeniowski), 38
"Poland Revisited," 295–98, 328n
Polish-Lithuanian Commonwealth, 17–18, 20, 28, 29
Polish nationalism, 25–30, 35–36, 72, 324n
Political activism
  of Apollo Korzeniowski, 25–30
  of Eva Korzeniowska, 26, 27, 28–29
Poradowska, Marguerite, 164–67
  Conrad in Africa, 187, 198
  depression of Conrad, 215, 222
  relationship with Conrad, 164–65, 226–27, 233, 342n
  Tadeusz and, 217, 218–19, 221
Poradowski, Aleksander, 164–65
prejudices, 4, 11–12, 279

Primus I, 311–12
"Prince Roman," 52–53
protectionism, 175, 285
Prussia, 17, 36
Pseudonym Library (Unwin), 223
Pulman, Adam, 46, 51, 54

Quechua language, 248

"racial difference," 111–12, 285
racism, 4, 12, 174, 224
Raffles, Stamford, 120, 125
Ranee, 130
Ravachol, 75, 76
Ravel, Maurice, 305
Ready, HMS, 299, *299*
Red Badge of Courage, The (Crane), 145, 243
Red Ensign, 94
"Reds" (Polish political faction), 27–28, 29–30
Renouf, Eugénie, 157–58
Renouf, Gabriel, 157, 158
Rescue, The (The Rescuer), 231, 235, 236, 305
Retinger, Józef, 288–89, 297
Revue des deux mondes, 27, 164
Rhodes, Cecil, 258, 259
Rhodesia, 258
Riddle of the Sands, The (Childers), 258
Rio de la Plata, 248–49
River Medway, 160–61
River Scheldt, 162
Robertson Languages, 40, 41
Rogers, W. A., 280
Roi des Belges, 181–83, *183*, 192–99
    pirogues alongside, 192, *193*
Romance, 243, 351n
Roman Empire, 257
Roosevelt, Theodore, 266–67, 268, 270–71, 280
Roosevelt Corollary, 266–67
Rossetti, Christina, 76, 243
Rossetti, Dante Gabriel, 76, 243
Rossetti, Helen and Olivia, 76, 78, 79–80
Roth, Philip, 314
Rover, The, 305, 308
Royal Navy, 6, 93, 104
Royal Palace of Brussels, 163, 167, 173, 175
rubber trade, 208–10, 347n
Russell, Bertrand, 302
Russia (Russian Empire)
    Crimean War, 17–18, 23
    January Uprising of 1863, 35–36, 38, 44, 81
    military conscription, 55–56
    Polish uprising, 20, 21, 25–28, 35–36
    World War I, 291–94, 300
Russo-Japanese War, 281
Russo-Turkish War, 55, 356n

Said, Edward, 9, 340n
sailor, life of, 98–104
    certifications and exams, 104–7
    changing labor market, 106–8
    fatalities, 99–100
    foreign crews, 101–3, 106–8
    time and sailor's sense at sea, 90–91, 146–47
    wages, 101–3, 334n
    welfare at sea, 99–101
Sailors' Home (Singapore), 118, 123, 132
St. Anne's Gymnasium, 326n
St. Petersburg University, 21
Salgari, Emilio, 339n
Salisbury, Robert Gascoyne-Cecil, Lord, 82–83, 328n
Sanderson, Edward, 220, 230–31
San Tomé Mines, 256, 260–61, 263, 268, 269, 275–76
Sarawak, 125, 129, 174, 350n
Sarawak Steamship Company, 130
Sarmiento, Domingo, 249, 250–51, 253
"savagery"
    Almayer's Folly, 223–26
    Heart of Darkness, 201, 205, 214, 224, 236–37, 313
Schopenhauer, Arthur, 148, 341n
Science of Revolutionary Warfare, The (Most), 73, 79
Scindia, 138
Scotland Yard, 74
Scott, Walter, 181
Scottish Labour Party, 251
Scottish National Party, 251
Scramble for Africa, 145, 173–74, 257–58, 343n.
    See also colonization of the Congo
    map, *153*
Seaman's Savings Bank, 100
Sebald, W. G., 314
Secret Agent, The, 10, 63–83, 78
    background of, 70–73
    Conrad's early life and family in, 80–84
    major themes, 71–81
    plot summary, 4–5, 63–70
    role of anarchism and terrorism, 71–81
    sales figures for, 83–84
    tribute to Dickens, 70–71

"Secret Sharer, The," 133, 298
Semarang, 117
"send a letter to Berdychiv," 19
separation of Panama from Colombia, 266–68, 270–73
September 11 terrorist attacks (2001), 4–5
Serbia, 291–92
Seven Eventful Years in Paraguay (Masterman), 254–55
severed hands, in Congo, 209–11, *212*, *213*
Shadow-Line, The, 155, 298, 302, 344*n*
Shakespeare, William, 143
She (Haggard), 145
Sheffield University, 289, 298
Sherlock Holmes, 79
Sherry, Norman, 10, 314
shipbuilding, 96, 333*n*
Siberia, 20, 33
Silvius Brabo Fountain (Antwerp), 162, *163*
Singapore, 6, 117–23, *118*, 130, 337*n*
shipping trade, 120, *121*, 122–23, 337*n*
Singapore General Post Office, 6, 119
Singapore River, *119*, 119–20
Singapore Steam Ship Company, 122–23
Sissie, 130
Skimmer of the Seas, 101
slavery and slave trade, 125–26, 127, 168–71, 174, 184, 196–97, 207–8, 217
socialist movement, 251
Société Anonyme Belge du Commerce du Haut-Congo (SAB), 164, 166, 181, 187, 191, 197–98
Soho (London), 60, 62, 70
Solano López, Francisco, 249–50, 254–55
South Africa, 266
Boer War, 257–58
Spanish-American War, 259
Spenser, Edmund, 315
Stanley, Henry Morton, 169–75, *171*, 231, 345*n*
  claiming of Congo for Leopold II, 173, 175–80, 184
  finding Livingstone, 170–71
  first trans-African exploration, 171–73, 182
Stanley Falls, 164, 176, 184, 192, 196–97, 234
Stanley Pool, 181, 183
Stape, John, 10
State Department, U.S., 3
Stead, W. T., 259
steamships, 95–96, 106, 108, 122
stereotypes, 4, 148, 224
Stevens, Robert White, 116
Stevenson, Robert Louis, 79, 134

Stoke Newington, 59, 62
Stone, Robert, 314
Strand, The (magazine), 79
Suez Canal, 6, 7, 95–96, 120, 122, 264
Sulawesi, 124, 127, 143
Sullivan, Arthur, 59
Sun Yat-sen, 285, 301
"survival of the fittest," 102, 120
Suspense, 309
Sutherland, William, 107
Swiss spa treatments, 216, 222, 226
Switzerland, 60
Swoop, The! Or, How Clarence Saved England (Wodehouse), 258–59
szlachta, 20, 21, 22, 24, 25, 27, 35, 92, 105, 109, 302–3

Tanganyika, Lake, 170–71
Tanjong Pagar Docks, 123
taxes, 206–7, 209
Tenerife, 167
Terekhove, Ukraine, 26–27, 28
terra nullius, 206
terrorism, 4–5, 9, 313
  The Secret Agent and anarchism, 4–5, 72–80, 82
Thames River, 59, 237, 346*n*
Thian Hock Keng Temple, 119, 337*n*
Thousand Days' War, 266, 267, 270–71
Through the Dark Continent (Stanley), 173
Thys, Albert, 163–64, 189, 206, 244
Tilkhurst, 130
time, sailor's sense at sea, 90–91, 146–47
Times Literary Supplement, 314
Tippu Tib, 168–69, 171, *172*, 173, 176, 184, 196–97
Tit-Bits (magazine), 117
Toilers of the Sea (Hugo), 50, 52
Tonkin, 174
Torch, The, 76, 78, 79–80
Torrens, 105, *105*, 219–20, 222
Torres Strait, 155
T.P.'s Weekly, 273
Trafalgar Square, 74, 251
Treaty of Berlin (1878), 356*n*
Treaty of Versailles, 300–301
tribalism, 302
Triple Entente, 291
Tshumbiri, 185, 192, 198
Tuscania, 306
"Typhoon," 134

"*ubi crux, ibi poesia*", 18
Ukraine, 17–18, 159, 164–65
 Conrad's visa to visit, 159, 161, 162, 164
Ulysses (Joyce), 305
Under Western Eyes, 286
United Nations Human Development Index, 1
United States. *See also* American imperialism
 tour of 1923, 306–7
University of St. Petersburg, 21
Unwin, T. Fisher, 221, 222–23
"Up-River Book," 194–96, *195*
Uruguay, 249, 250, 254

Valéry, Paul, 305
Vanderbilt, Cornelius, 264
van Gogh, Vincent, 164
Vanished Arcadia, A (Graham), 251–52, 253–54
Vargas Llosa, Mario, 314
Vásquez, Juan Gabriel, 314
Venezuela, 245, 263
Venice Lido, 51
Verloc, 64–71, 80–81
Versailles Treaty, 300–301
Victoria, Queen, 174, 257
Victory, 133
Vidar, 123–34, 141, 161, 308
 bill of landing, 126–27, *127*
Vienna, 73, 294–95
Vietnam, 301
Vigny, Alfred de, 25
Ville de Maceio, 167, 186–87
Vlaanderen, 181
Vologda, Russia, 34–35, 36, 38–39

Walpole, Hugh, 300

War of the Triple Alliance, 249–50, 254–55
Warsaw, 20, 25, 27, 29–30, 30–31, 73, 165
Warsaw Citadel, 30–32
Watt, Ian, 9
Wee Bin, 123
Wells, H. G., 243
White Rajahs, 125, 129, 350n
"Whites" (Polish political faction), 27–28, 35–36
Whitman, Walt, 6–7
Wilde, Oscar, 79
Wilhelm II, German Emperor, 258
Williams, Augustine, 138
William Tell (opera), 74
Wilson, Woodrow, 300–301
Wodehouse, P. G., 258–59
Women in Love (Lawrence), 305
women's suffrage movements, 285
Woolf, Virginia, 314
Woolwich Town Hall, 59
Worcester, 289
World War I, 291–300
Wreck Charts, 99

Yaga: A Sketch of Ruthenian Manners (Poradowska), 164–65
yerba maté, 249
"Youth," 110–11, 133–34, 141, 142, 200, 235, 236

Zagórska, Aniela, 292, *293*
Zakopane, 292, 294, 309
Zanzibari Arabs, 170, 184, 196, 197, 206, 311
Zhytomyr, Ukraine, 24–25, 26, 39

图书在版编目(CIP)数据

守候黎明:全球化世界中的约瑟夫·康拉德/(美)马娅·亚桑诺夫(Maya Jasanoff)著;金国译. -- 北京:社会科学文献出版社,2018.11

书名原文:The Dawn Watch : Joseph Conrad in a Global World

ISBN 978-7-5201-3501-6

Ⅰ.①守… Ⅱ.①马…②金… Ⅲ.①康拉德(Conrad, Joseph 1857-1924)-人物研究②康拉德(Conrad, Joseph 1857-1924)-小说研究 Ⅳ.①K835.615.6②I561.074

中国版本图书馆CIP数据核字(2018)第214932号

守候黎明
——全球化世界中的约瑟夫·康拉德

著 者 /	[美]马娅·亚桑诺夫(Maya Jasanoff)
译 者 /	金国
出 版 人 /	谢寿光
项目统筹 /	段其刚　　责任编辑 / 周方茹　陈曦
出 版 /	社会科学文献出版社·独立编辑工作室(010)59367151 地址:北京市北三环中路甲29号院华龙大厦　邮编:100029 网址:www.ssap.com.cn
发 行 /	市场营销中心(010)59367081　59367018
印 装 /	北京盛通印刷股份有限公司
规 格 /	开　本:889mm×1194mm　1/32 印　张:16.125　字　数:290千字
版 次 /	2018年11月第1版　2018年11月第1次印刷
书 号 /	ISBN 978-7-5201-3501-6
著作权合同登记号 /	图字01-2018-5566号
定 价 /	78.00元

本书如有印装质量问题,请与读者服务中心(010-59367028)联系

▲ 版权所有 翻印必究